Onder de radar

Van Lee Child zijn verschenen:

DE JACK REACHER THRILLERS:

1 Jachtveld
2 Lokaas
3 Tegendraads
4 De bezoeker
5 Brandpunt
6 Buitenwacht
7 Spervuur
8 De vijand
9 Voltreffer
10 Bloedgeld
11 De rekening
12 Niets te verliezen
13 Sluipschutter
14 61 uur
15 Tegenspel
16 De affaire
17 Achtervolging
18 Ga nooit terug
19 Persoonlijk
20 Daag me uit
21 Onder de radar
22 Nachthandel

DE JACK REACHER-VERHALEN

1 James Penney
2 Heethoofd
3 Tweede zoon
4 Iedereen praat
5 3 kogels
6 Uit Rusland
7 Diepgang

Lee Child

Onder de radar

UITGEVERIJ LUITINGH-SIJTHOFF

MIX
Papier van verantwoorde herkomst
FSC® C014496

Eerste druk 2016
Vijfde druk 2018

Oorspronkelijke titel: *Night School*
Vertaling: Jan Pott
Omslagontwerp: DPS Design & Prepress Studio, Davy van der Elsken
Omslagbeeld: Alma stock photo/Shutterstock

ISBN 978 90 210 2093 8
NUR 332

www.leechild.com
www.lsamsterdam.nl
www.boekenwereld.com

Met grote waardering opgedragen aan
de mannen en vrouwen van over de hele wereld
die dit soort dingen in werkelijkheid doen.

1

’s Ochtends kreeg hij een medaille en ’s middags stuurden ze Reacher terug naar school. De medaille was zijn tweede Legion of Merit. Het was een fraai exemplaar, wit email met een lint in een kleur die het midden hield tussen paars en rood. Conform US Army Regulation 600-8-22 wordt de onderscheiding toegekend voor uitzonderlijk verdienstelijk gedrag bij werkzaamheden van uitmuntende aard in dienst van de Verenigde Staten op een positie met grote verantwoordelijkheid. En dat was een horde die Reacher dacht te hebben genomen, in ieder geval in technisch opzicht. Maar hij vermoedde dat hij de onderscheiding om precies dezelfde reden had gekregen als de eerste. Het was een deal. Een bevestiging van een afspraak. *Aanpakken en je mond houden over wat je voor ons moest doen.* Reacher zou sowieso zijn mond hebben gehouden. Wat hij gedaan had, was niet iets om over op te scheppen. De Balkan, een beetje speurwerk, een zoektocht naar twee mannen die op de hoogte waren van oorlogsgeheimen. Hij had al snel vastgesteld wie het waren en waar ze zaten. Hij had hen met een bezoek vereerd en door het hoofd geschoten. Allemaal onderdeel van het vredesproces. De belangen waren behartigd en de regio kwam een beetje tot rust. Twee weken van zijn leven. Vier kogels verbruikt. Het stelde weinig voor.

Army Regulation 600-8-22 was verrassend vaag omtrent de redenen voor het verlenen van de onderscheiding. Het enige wat erin stond, was dat het ordeteken tijdens een passende ceremonie moest worden uitgereikt met een adequaat vertoon van vormelijkheid. Dat betekende over het algemeen een ruim vertrek met verguld meubilair en een stelletje vlaggen. En er was een officier vereist met een hogere rang dan de ontvanger van de onderscheiding. Reacher was majoor met een staat van dienst van twaalf jaar, maar er werden die ochtend ook andere onderscheidingen uitgereikt, aan een drietal kolonels en twee generaals met één ster. Daarom werden de honneurs waargenomen door een generaal met drie sterren uit het Pentagon die Reacher kende van jaren geleden toen de man bataljonscommandant was geweest bij de CID in Fort Myer. Iemand met hersens. Iemand met in ieder geval genoeg hersens om te verzinnen waarom een majoor van de MP een Legion of Merit kreeg. Hij keek op een bepaalde manier. Een tikje ironisch met een bloedserieuze ondertoon. *Aanpakken en je mond houden*. Misschien had hij in het verleden wel net zoiets gedaan. Misschien wel vaker dan één keer. Het linkerpand van zijn klasse A uniformjas hing vol met versierselen, genoeg om een hele kerstboom mee op te tuigen. Er zaten twee Legions of Merit bij.

Het voor de gelegenheid passend geachte vertrek lag diep in Fort Belvoir in Virginia. Dicht bij het Pentagon, wat handig was voor de driesterrengeneraal. Ook handig voor Reacher, omdat het ongeveer even ver was van Rock Creek, waar hij was ingekwartierd toen hij in het land was teruggekeerd. Minder handig voor de andere officieren. Die waren ingevlogen vanuit Duitsland.

Ze liepen allemaal wat rond, praatten over koetjes en kalfjes en enkelen schudden elkaar de hand. Toen werd het stil en gingen de kandidaten voor de versierselen op een rij in de houding staan. Er werd gesalueerd, en de onderscheidingen werden opgespeld en omgehangen. Daarna liepen ze opnieuw wat rond, praatten ze opnieuw over koetjes en kalfjes en werden er handen geschud. Reacher schuifelde voorzichtig in de richting van de deur, vast van plan er zo snel mogelijk tussenuit te knijpen, maar de driesterrengeneraal ving hem op. Hij schudde Reacher de hand, pakte hem bij zijn elleboog en zei: 'Ik heb gehoord dat je nieuwe orders krijgt.'

'Dat heeft nog niemand me verteld,' zei Reacher. 'Nog niet. Waar hebt u dat gehoord?'

'Van mijn sergeant. Die praten allemaal met elkaar. Geen efficiëntere tamtam dan die van de onderofficieren in het leger van de Verenigde Staten. Ik sta er steeds weer versteld van.'

'Waar zou ik volgens hen naartoe moeten?'

'Dat weten ze niet precies. Maar niet ver weg. In ieder geval naar een plek die per auto te bereiken is. Ik heb gehoord dat er een auto is gereserveerd in het depot.'

'En wanneer krijg ik dat bevestigd?'

'In de loop van de dag.'

'Dank u,' zei Reacher. 'Dat is goed om te weten.'

De driesterrengeneraal liet Reachers elleboog los. Reacher schuifelde verder in de richting van de deur, de deur door, een gang in. Daar hield een sergeant eerste klas abrupt zijn pas in. Hij salueerde. Hij was buiten adem, alsof hij een flink eind had hardgelopen. Misschien vanaf een ander deel van het complex, waar het echte werk werd gedaan.

'De complimenten van generaal Garber, sir,' zei de man. 'Hij laat vragen of u zich wilt melden op zijn kantoor zodra het u uitkomt.'

'Waar ga ik naartoe, sergeant?' vroeg Reacher.

'Naar een plek die per auto bereikbaar is,' zei de man. 'Maar dat kan van alles en nog wat zijn in deze omgeving.'

Het kantoor van Garber was in het Pentagon, dus reed Reacher mee met twee kapiteins die in Belvoir woonden, maar in de middag in ring B waren gestationeerd. Garber had een eigen kantoor, afgescheiden van de rest, in de tweede ring op de tweede verdieping, met een sergeant achter een bureautje voor de deur. De sergeant stond op en nam Reacher mee naar binnen. Hij kondigde hem aan als een ouderwetse butler in een film. Daarna deed hij een stap opzij en maakte aanstalten om terug te keren naar zijn post, maar Garber zei: 'Sergeant, ik wil graag dat je erbij blijft.'

Dus bleef de man, op de plaats rust, beide voeten stevig op het linoleum geplant.

Een getuige.

'Ga zitten, Reacher,' zei Garber.

Reacher ging zitten op een stoel met een buisframe, die iets inzakte onder zijn gewicht, zodat hij een beetje achteroverhelde, alsof er een krachtige wind stond.

'Je hebt nieuwe orders,' zei Garber.

'Wat en wanneer?' vroeg Reacher.

'Je gaat terug naar school.'

Reacher zei niets.

'Teleurgesteld?' vroeg Garber.

Vandaar de getuige, dacht Reacher. Geen privégesprek. De beste aanpak. Hij zei: 'Zoals altijd, generaal, ben ik tevreden met waar het leger me naartoe stuurt.'

'Je klinkt niet blij. Maar dat zou je wel moeten zijn. Een carrière in ontwikkeling is iets moois.'

'Welke school?'

'De details worden op dit moment op je kantoor bezorgd.'

'Hoelang gaat het duren?'

'Dat hangt ervan af hoe hard je werkt. Zo lang als nodig is, denk ik.'

Reacher nam een bus op het parkeerterrein van het Pentagon en stapte twee haltes verder uit, aan de voet van de heuvel waarop het hoofdkwartier van Rock Creek was gelegen. Hij liep de helling op en ging rechtstreeks naar zijn kantoor. Midden op zijn bureau lag een dunne dossiermap. Zijn naam stond erop, plus een paar cijfers en de titel van de cursus: DE IMPACT VAN RECENTE FORENSISCHE INNOVATIES OP TRANSINSTITUTIONELE SAMENWERKING. In de map zaten vellen papier, nog warm van de kopieermachine, en een formele bevestiging van een tijdelijke detachering op een locatie die de indruk wekte van een gehuurde faciliteit op een bedrijventerrein in McLean, Virginia. Hij moest zich daar vóór vijf uur die middag melden. In burgerkleding. Er was in onderdak op locatie voorzien. Hem zou een burgervoertuig ter beschikking worden gesteld. Geen chauffeur.

Reacher nam de dossiermap onder zijn arm en liep het gebouw uit. Niemand keek hem na. Niemand was in hem geïnteresseerd. Niet meer. Hij had mensen teleurgesteld en voor een anticlimax gezorgd. De tamtam van de onderofficieren had de adem ingehouden en het enige resultaat was een zinloze cursus met alleen maar flauwekul in de titel. Niets opwindends. Dus telde hij niet meer mee. Hij verdween uit de circulatie. Uit het zicht en buitenspel. Als een geblesseerde teamsporter. Over een maand zou iemand zich hem misschien heel even herinneren en zich afvragen wanneer hij weer terug zou komen, of hij terug zou komen, en hem daarna net zo snel weer vergeten.

De sergeant van dienst bij de ingang keek even op toen hij langsliep, en keek toen weer verveeld een andere kant op.

Reacher had maar heel weinig burgerkleren en een deel ervan kon je niet eens burgerkleding noemen. De broek die hij buiten diensturen droeg, was afkomstig van het Korps Mariniers en dertig jaar oud. Hij kende iemand die iemand kende die in een depot werkte, die beweerde dat er in de tijd dat Johnson nog president was een baal oude spullen verkeerd bezorgd was waar nooit meer aandacht aan was besteed. De clou van het verhaal was kennelijk dat die oude broeken van de mariniers er net zo uitzagen als nieuwe broeken van Ralph Lauren. Niet dat het Reacher iets kon schelen hoe die broek eruitzag, maar vijf dollar was een aantrekkelijke prijs. En het was een fijne broek. Nooit gedragen, nooit aan iemand verstrekt, stijf opgevouwen, een beetje muf, maar hij kon nog minstens dertig jaar mee.

De T-shirts die hij buiten diensturen droeg kon je evenmin burgerkleding noemen. Het waren oude exemplaren van het leger, vaal, dun en verwassen. Alleen zijn jack was absoluut niet militair. Het was een bruin spijkerjack, in elk opzicht een authentieke Levi, inclusief het label, zij het dat het in elkaar was genaaid door de moeder van een voormalig vriendinnetje, destijds in een kelder in Seoul.

Hij kleedde zich om en stopte de rest van zijn spullen in een plunjezak en een koffer. Hij sleepte de bagage naar de stoeprand, waar een zwarte Chevrolet Caprice was geparkeerd. Hij vermoedde dat het een oude zwart-witte patrouillewagen van de MP was, afgedankt, ontdaan van de stickers, de lichtbalk en de antennes, de gaten dichtgestopt met rubberen pluggen. De sleutel zat in het contactslot. De stoel was versleten, maar de motor startte, de versnelling deed het en de remmen waren prima in orde. Reacher keerde het ding als een manoeuvrerend slagschip en reed naar McLean, Virginia, de ramen omlaaggedraaid en de radio aan.

Het bedrijventerrein was er een van vele, allemaal hetzelfde: bruin en beige, bescheiden belettering, keurige gazons, hier en daar groenblijvende struiken, laagbouw, twee, drie gebouwen per complex, verspreid over leeg terrein, met mensen die schuilgingen achter nietszeggende namen en getint glas in de ramen van hun kantoren. Reacher reed het terrein op waar hij moest zijn, langs een kniehoog bord met het opschrift EDUCATIEVE OPLOSSINGEN B.V., in een zodanig versimpeld lettertype dat het wel met een kinderhand geschreven leek.

Bij de deur stonden nog twee Chevrolets Caprice geparkeerd. De ene was zwart, de andere donkerblauw. Ze waren allebei nieuwer dan het exemplaar van Reacher. Het waren bovendien allebei echte burgervoertuigen, in die zin dat er nergens rubberen pluggen zaten en de portieren niet waren overgespoten. Het waren zonder meer auto's van overheidsinstanties, schoon en glanzend. Ze hadden allebei twee antennes meer dan de gemiddelde burger nodig had om onderweg naar het verslag van de honkbalwedstrijd te luisteren. De antennes op de zwarte auto waren korte naalden, die op de blauwe auto lange sprieten, geplaatst in een andere opstelling. Een andere golflengte. Twee verschillende instanties.

Transinstitutionele samenwerking.

Reacher parkeerde naast de beide andere auto's en liet zijn bagage in de auto liggen. Hij liep het gebouw in, door een lege hal met slijtvaste grijze vloerbedekking en hier en daar langs de wanden een varen in een pot. Er was een deur met het opschrift KANTOOR en een deur met KLASLOKAAL. Reacher deed die tweede deur open. Voor in het lokaal was een groen schoolbord. Er stonden twintig bankjes zoals je die in collegezalen aantreft, in vier rijen van vijf, stuk voor stuk met rechts een klein plateautje voor pen en papier.

In twee van de bankjes zaten mannen, beiden gekleed in een pak. Het ene pak was zwart, het andere donkerblauw. Net als de auto's. Beide mannen keken recht voor zich uit, alsof ze een gesprek hadden gevoerd, maar nu geen nieuwe gespreksonderwerpen meer wisten te bedenken. Ze waren ongeveer net zo oud als Reacher. De man in het zwarte pak was bleek. Zijn haar had een opvallende lengte voor iemand die in een auto van een overheidsinstantie reed. De man in het blauwe pak was ook bleek. Zijn kleurloze haar was met een tondeuse kort geschoren. Als dat van een astronaut. Hij had ook de bouw van een astronaut, of een turner die nog niet zo lang geleden was gestopt.

Reacher liep het lokaal in. Ze keerden zich allebei in zijn richting.

'Wie ben jij?' vroeg de man met het donkere haar.

'Dat hangt ervan af wie jullie zijn,' zei Reacher.

'Is het afhankelijk van mij wie jij bent?'

'Of ik het je vertel of niet. Zijn die auto's daar buiten van jullie?'

'Is dat belangrijk?'

'Veelzeggend.'

'Hoezo?'

'Omdat ze verschillend zijn.'

'Ja,' zei de man. 'Dat zijn onze auto's. En ja, je bevindt je in een klaslokaal met twee verschillende vertegenwoordigers van twee verschillende overheidsinstanties. Voor een cursus Samenwerking. Waar ze ons gaan leren hoe we moeten omgaan met andere instanties. Vertel me alsjeblieft niet dat jij zo'n andere instantie vertegenwoordigt.'

'Militaire politie,' zei Reacher. 'Maar maak je geen zorgen. Ik wil wedden dat er hier tegen vijven genoeg beschaafde mensen zullen rondlopen. Dan kun je mij vergeten en je met hen onderhouden.'

De man met het kortgeschoren haar keek op en zei: 'Nee, het blijft bij ons drieën, denk ik. Het gaat om ons. Er zijn boven maar drie slaapkamers ingericht. Ik heb het gebouw verkend.'

'Wat is dat voor rare overheidscursus met maar drie deelnemers? Zoiets heb ik nog nooit gehoord.'

'Misschien geven wij de cursus. Misschien verblijven de deelnemers ergens anders.'

'Ja, dat klinkt logischer,' zei de man met het donkere haar.

Reacher dacht terug aan het gesprek met Garber in diens kantoor. 'Mijn meerdere had het over het ontwikkelen van mijn carrière. Ik kreeg sterk de indruk dat ik moest leren in plaats van lesgeven. Daarna liet hij doorschemeren dat ik het snel achter de rug kon hebben als ik hard zou werken. Al met al denk ik niet dat wij de cursus moeten geven. Klonken jullie orders anders?'

'Niet echt,' zei de man met het kortgeschoren haar.

De man met het donkere haar reageerde niet, op een speculatief schouderophalen na, waaruit iemand met veel verbeeldingskracht zou kunnen opmaken dat zijn orders niet bepaald indrukwekkend waren geweest.

'Ik ben Casey Waterman, FBI,' zei de man met het kortgeschoren haar.

'Jack Reacher, United States Army.'

'John White, CIA,' zei de man met het donkere haar.

Ze schudden elkaar de hand en vervielen toen in hetzelfde soort stilzwijgen dat in het lokaal had geheerst toen Reacher binnenstapte. De gespreksonderwerpen waren op. Reacher ging in een bankje achter in het lokaal zitten. Waterman zat links voor hem, White rechts. Waterman was heel rustig, maar waakzaam. Hij doodde de tijd en spaarde zijn energie. Daar was hij duidelijk geoefend in. Hij was een ervaren agent. Bepaald geen groentje. White evenmin, al was hij voor het overige in alle opzichten anders. White zat geen moment stil. Hij zat te wiebelen en te draaien en zich in de handen te wrijven en in het niets te turen, nu eens ver weg, dan weer dichtbij. Hij kneep zijn ogen tot spleetjes en maakte grimassen, keek naar links, dan weer naar rechts, alsof hij gevangen was in een constante stroom gedachten waaraan geen ontsnappen mogelijk was. Een analist, dacht Reacher, die jaren had doorgebracht in een wereld vol onbetrouwbare feiten, list en bedrog, hinderlagen en achterdocht. Hij had het volste recht om er een beetje geagiteerd uit te zien.

Niemand zei iets.

Vijf minuten later verbrak Reacher de stilte. Hij vroeg: 'Is er in het verleden een situatie geweest waarin we niet met elkaar overweg konden? De FBI, bedoel ik, en de CIA en de MP. Ik ben me niet bewust van grote problemen. Jullie wel?'

'Ik denk dat je de verkeerde conclusie trekt,' zei Waterman. 'Dit heeft niets met het verleden te maken. Het gaat om de toekomst. Ze weten dat we al samenwerken. Dat geeft ze de kans om ons uit te buiten. Denk eens aan de eerste helft van de titel van die cursus. Dit gaat net zo goed om forensische innovatie als om samenwerking. En innovatie betekent dat ze willen bezuinigen. We gaan in de toekomst nog veel meer samenwerken. Door onderzoekslaboratoria te delen. Ze gaan één nieuw complex bouwen waar ze ons allemaal in stoppen. Dat denk ik. Wij zitten hier om ze te vertellen hoe ze dat voor elkaar kunnen krijgen.'

'Dat is onzin,' zei Reacher. 'Ik weet helemaal niets van laboratoria of roosters. Ik ben de laatste op de wereld die je daarvoor moet hebben.'

'Dat geldt ook voor mij,' zei Waterman. 'Dat is niet mijn sterkste kant, om eerlijk te zijn.'

'Dit is veel erger dan onzin,' zei White. 'Dit is een reusachtige tijdsverspilling. Er zijn zoveel andere dingen die veel belangrijker zijn.'

Wiebelend en draaiend en handenwringend.

'Hebben ze jullie van een klus gehaald om je hiernaartoe te sturen?' vroeg Reacher. 'Werk dat je nog niet af had?'

'Eigenlijk niet, nee. Ik stond op de nominatie om door te schuiven naar iets anders,' antwoordde White. 'Ik had net iets afgerond. Met succes, dacht ik, en kijk eens wat mijn beloning is.'

'Je moet het van de zonnige kant bekijken. Je kunt lekker relaxen. Kalm aan doen. Ga maar lekker golfen. Jij hoeft niet te leren hoe je die samenwerking aan de praat krijgt. Onderzoekslaboratoria kunnen de CIA geen lor schelen. Die spelen geen rol van betekenis bij jullie.'

'Straks loop ik drie maanden achter voor de klus waaraan ik op dit moment zou moeten beginnen.'

'En dat is?'

'Dat kan ik je niet vertellen.'

'Wie doet dat nu?'

'Dat kan ik je ook niet vertellen.'

'Een goede analist?'

'Niet goed genoeg. Hij zal dingen over het hoofd zien. Dingen die misschien wel van vitaal belang zijn. Je kunt die zaken maar heel moeilijk voorspellen.'

'Welke zaken?'

'Dat kan ik je niet vertellen.'

'Maar wel belangrijk, toch?'

'Veel belangrijker dan dit.'

'Wat heb je net afgerond voordat je hiernaartoe kwam?'

'Dat kan ik je niet vertellen.'

'Waren dat werkzaamheden van uitmuntende aard waarbij je uitzonderlijk verdienstelijk gedrag hebt getoond in dienst van de Verenigde Staten op een positie met grote verantwoordelijkheid?'

'Wat?'

'Of woorden van gelijke strekking.'

'Ja, ik zou zeggen van wel.'

'Maar dit was je beloning.'

'Dat geldt ook voor mij,' zei Waterman. 'Ik zit in hetzelfde schuitje. Ik zou alles kunnen herhalen wat hij net heeft gezegd. Ik zat te wachten op promotie. Niet hierop.'

'Een promotie? Waarvoor? Of na wat?'

'We hebben een grote zaak gesloten.'

'Wat voor soort zaak?'

'In principe een klopjacht. Een zaak van jaren geleden, honderd procent cold case. Maar we hebben hem te pakken gekregen.'

'Je hebt de natie een dienst bewezen?'

'Waarom wil je dat allemaal weten?'

'Ik vergelijk jullie met elkaar. Ik zie niet zoveel verschil. Jullie zijn allebei goede agenten, allebei met een behoorlijke staat van dienst. Jullie worden als loyaal beschouwd, en betrouwbaar, en dus krijgen jullie klussen opgedragen die zinvol zijn. En nu plotseling dit als beloning voor je werk. Dat kan maar twee dingen betekenen.'

'En dat is?' vroeg White.

'Misschien zijn er mensen in verlegenheid gebracht door wat jullie hebben gedaan. Misschien moeten ze het nu kunnen ontkennen. Misschien moeten ze jullie wegstoppen zodat niemand je meer ziet en aan je denkt.'

White schudde zijn hoofd. 'Nee, ze waren er heel blij mee. En dat blijven ze nog jarenlang. Ik ben in het geheim onderscheiden. En ik heb een persoonlijke brief ontvangen van de minister van Binnenlandse Zaken. En niemand hoeft iets te ontkennen, want het was alles bij elkaar volstrekt geheim, niemand wist ergens van.'

Reacher keek Waterman aan en vroeg: 'Kon die klopjacht van jou mensen in verlegenheid brengen?'

Waterman schudde zijn hoofd. 'Wat is de tweede mogelijkheid?' vroeg hij.

'Dat dit geen cursus is.'

'Wat is het dan wel?'

'Dit is een plek waar ze agenten naartoe sturen die net een klus heel goed hebben afgerond.'

Waterman zweeg even. Een nieuwe invalshoek. Hij zei: 'Geldt voor jou hetzelfde? Dat moet haast wel, want waarom zouden ze hier twee mensen met dezelfde achtergrond naartoe halen en niet drie?'

Reacher knikte. 'Ik heb inderdaad dezelfde achtergrond. Ik heb ze net een groot plezier gedaan. Dat is een ding dat verdomd zeker is. Ik heb er vanochtend een medaille voor gekregen. Aan een lint om mijn hals. Voor een goed uitgevoerde opdracht. Keurig netjes zonder rafelige eindjes. Niets waardoor iemand in verlegenheid gebracht zou kunnen worden.'

'Wat voor soort klus was het?'

'Het was vast en zeker geheim. Maar ik heb uit betrouwbare bron vernomen dat er misschien wel iemand bij betrokken was die ergens heeft ingebroken en de bewoner een kogel door het hoofd heeft geschoten.'

'Waar?'

'Eén door het voorhoofd en één achter het oor. Dat werkt altijd.'

'Nee, ik bedoel, waar was dat huis?'

'Dat is vast en zeker ook geheim. Maar ergens in het buitenland, zou ik denken. Ik heb bovendien uit betrouwbare bron vernomen dat het slachtoffer een naam had met veel medeklinkers. Heel weinig klinkers. Diezelfde bron meldt dat de volgende nacht hetzelfde is gebeurd. In een ander huis. En dat er gefundeerde redenen voor waren. Alles met elkaar zou je dus verwachten dat degene die deze klus had geklaard daarna beter werk te doen zou krijgen. Je zou verwachten dat hij op z'n minst zelf zou mogen meepraten over zijn volgende missie. Misschien wel dat hem een keuze zou worden geboden.'

'Precies,' zei White. 'En dit zou mijn keuze niet zijn. Ik zou hebben gekozen voor waar ik nu eigenlijk mee bezig had moeten zijn.'

'Dat klinkt als een uitdagende klus.'

'Heel erg.'

'Dat is typerend. Wat wij willen is een uitdaging als beloning en geen simpele orders. Wij willen meer en hogerop.'

'Precies.'

'Misschien gebeurt dat ook wel,' zei Reacher. 'Ik wil jullie iets vragen. Denk even terug aan toen je deze orders kreeg. Was dat van man tot man of waren het orders op papier?'

'Van man tot man. Dat moest ook wel bij zoiets als dit.'

'Was er ook nog een derde persoon in het vertrek aanwezig?'

'Eigenlijk wel, ja,' antwoordde White. 'Dat vond ik vernederend. Een administratief medewerkster die stond te wachten om een stapel documenten af te geven. Hij zei dat ze even moest wachten. Ze stond daar maar.'

Reacher keek Waterman aan. 'Bij mij hetzelfde,' zei die. 'Hij liet zijn secretaresse in zijn kantoor wachten. Normaal gesproken zou hij dat niet doen. Maar hoe wist je dat?'

'Hetzelfde is mij overkomen. Zijn sergeant als getuige. Maar ook de ingang tot het roddelcircuit. En daar ging het ze om. Ze praten allemaal met elkaar. Binnen de kortste keren wist iedereen dat ik niet op weg was naar iets interessants. Alleen maar een onzinnige cursus met een naam vol flauwekul. Ik werd onmiddellijk gedegradeerd tot oud nieuws. Ik verdween meteen van de radar. Ik wil wedden dat het nu tot in alle uithoeken is doorgedrongen. Ik besta niet meer. Ik ben verdwenen in een bureaucratische mist. Jullie misschien ook wel. De administratief medewerksters en secretaresses bij de CIA en de FBI hebben waarschijnlijk zo hun eigen netwerken. Als dat zo is, zijn wij met z'n drieën de meest onzichtbare mensen op aarde. Niemand stelt vragen over ons. Niemand is nieuwsgierig naar wat wij doen. Niemand kan zich ons zelfs nog maar herinneren. Iets saaiers dan wat wij nu meemaken, bestaat niet.'

'Je beweert dat ze drie agenten in topvorm die niets met elkaar te maken hebben, gelanceerd hebben op een traject onder de radar? Waarom zouden ze?' vroeg Waterman.

'Onder de radar vat het niet goed samen. We zitten weer op school. Dat maakt ons onzichtbaar.'

'Waarom? En waarom wij drieën? Wat is het verband?'

'Dat weet ik niet. Maar ik ben ervan overtuigd dat het een uitdagend project is. Misschien wel het soort project dat drie agenten in topvorm zouden beschouwen als een bevredigende beloning voor geleverde diensten.'

'Wat is dit hier eigenlijk?'

'Ik weet het niet,' zei Reacher. 'Maar het is geen school. Dat is een ding dat verdomd zeker is.'

Om precies vijf uur reden twee zwarte SUV's van de weg af, langs het kniehoge bord het terrein op. Ze parkeerden dwars achter de drie Chevrolets, als een barricade waarachter de auto's opgesloten stonden. Uit elke SUV klommen twee mannen in pak. Geheime dienst of U.S. Marshals. Elk stel mannen keek even rond, gaf het teken dat alles veilig was en dook weer terug in de SUV om de baas uit te laten stappen.

Uit de tweede SUV kwam een vrouw. Ze had een aktetas in haar ene hand en een bundel papieren in haar andere hand. Ze droeg een keurige zwarte jurk. Tot op de knie. Het was het soort jurk dat een dubbele functie had: overdag met een snoer parels in kantoren op de bovenste verdiepingen waar een plechtige stilte heerste, 's avonds met diamanten op recepties en cocktailparty's. Ze was ouder dan Reacher, een jaar of tien misschien. Halverwege de veertig, maar ze zag er goed uit. Ze oogde daadkrachtig. Ze was blond en haar halflange haar was nonchalant gekapt. Ze kamde het ongetwijfeld met haar vingers. Ze was langer dan de gemiddelde vrouw, maar niet zwaargebouwd.

Uit de eerste SUV kwam een man die Reacher onmiddellijk herkende. Zijn foto stond minstens één keer per week in de krant en hij was nog vaker op tv te zien, want er werd niet alleen verslag gedaan van zijn eigen zakelijke activiteiten, hij stond ook op talloze foto's en filmopnames van kabinetsvergaderingen en heftige, informele discussies in de Oval Office. Het was Alfred Ratcliffe, de National Security Advisor. De aangewezen man als de president te maken kreeg met zaken die verkeerd konden aflopen. De man bij wie je moest zijn. De rechterhand. Het gerucht ging dat hij bijna zeventig was, maar zo oud zag hij er niet uit. Hij was een oudgediende van het ministerie van Buitenlandse Zaken, iemand die door de jaren heen nu eens alle vertrouwen genoot en dan weer eens in ongenade viel als de wind uit een andere hoek waaide en hij niet meeboog. Hij had zich lang genoeg weten te handhaven en zijn rug recht gehouden om uiteindelijk terecht te komen op de meest begeerde positie die er maar was.

De vrouw voegde zich bij hem en samen liepen ze, omgeven door de vier pakken, naar de deuren die toegang boden tot de hal. Reacher hoorde ze openschuiven. Daarna hoorde hij voetstappen op de harde vloerbedekking en uiteindelijk liepen ze met z'n allen het lokaal in. Twee pakken bleven achter bij de deur, de andere twee liepen door en namen posities in naast het schoolbord. Ratcliffe en de vrouw volgden hen naar binnen en keerden zich, toen ze niet verder konden, naar het lokaal, precies zoals leraren dat doen die les gaan geven.

Ratcliffe keek naar White, hij keek naar Waterman en toen naar Reacher, helemaal achterin.

'Dit is geen cursus,' zei hij.

2

De vrouw boog gracieus door haar knieën en legde haar aktetas en de bundel papieren op de vloer. Ratcliffe deed een stap naar voren en zei: 'Jullie drieën zijn hier onder valse voorwendselen naartoe gebracht, dat mag duidelijk zijn. Maar we wilden geen trompetgeschal. Het leek ons beter iedereen op een dwaalspoor te brengen. We willen als het maar even mogelijk is geen aandacht trekken. In ieder geval in het begin.'

Toen zweeg hij even, om zijn woorden te laten bezinken, alsof hij wachtte op vragen. Niemand stelde vragen. Zelfs niet de vraag: het begin van wat? Je kunt maar beter eerst het hele verhaal horen. Dat is altijd veiliger als de orders van hogerhand komen.

'Wie van jullie kan het nationaleveiligheidsbeleid van deze regering in eenvoudige, gewone bewoordingen uiteenzetten?' vroeg Ratcliffe.

Niemand zei iets.

'Waarom zeggen jullie niets?' vroeg Ratcliffe.

Waterman trok zich terug achter een lege blik, gericht op een punt een kilometer ver weg. White haalde zijn schouders op alsof hij wilde zeggen dat de immense complexiteit vanzelfsprekend uitsloot dat het in gewone taal onder woorden kon worden gebracht. En waren bovendien de begrippen 'eenvoud' en 'gewoon' niet eigenlijk zeer subjectief? Zodat er dus duidelijk eerst een discussieronde plaats diende te vinden waarin men het eens kon worden over de inhoud van die begrippen?

'Het is een strikvraag,' zei Reacher.

'Jij vindt dat ons beleid niet op een eenvoudige manier kan worden uitgelegd?' vroeg Ratcliffe.

'Ik denk dat het niet bestaat.'

'Ben je van mening dat wij incompetent zijn?'

'Nee, ik denk dat de wereld verandert. Je kunt maar beter flexibel blijven,' zei Reacher.

'Ben jij de MP?'

'Ja.'

Ratcliffe zweeg opnieuw even. Toen zei hij: 'Iets meer dan drie jaar geleden explodeerde er een bom in een parkeergarage onder een wolkenkrabber in New York. Persoonlijk heel tragisch voor de slachtoffers en gewonden natuurlijk, maar vanuit mondiaal perspectief bekeken weinig schokkend. Zij het dat op dat moment de wereld gek werd. Hoe beter we ernaar keken, hoe minder we zagen en hoe minder we ervan begrepen. Blijkbaar hadden we overal vijanden, maar we wisten niet precies wie ze waren of waar ze waren, of waarom ze onze vijand waren, of welke verbanden er waren, of wat ze wilden, en we hadden er zeker geen flauw benul van wat ze nog meer zouden doen. We waren helemaal nergens. Het enige wat we ervan konden zeggen, was dat we dat tenminste toegaven. Dus verloren we geen tijd met het ontwikkelen van beleidslijnen om zaken te bestrijden waarvan we zelfs nog nooit hadden gehoord. We vonden dat we daarmee een vals gevoel van veiligheid zouden creëren. Dus vanaf nu is onze standaardprocedure om als een gek rond te rennen alsof ons haar in brand staat, en om tien zaken tegelijk aan te pakken op het moment dat ze zich voordoen. We jagen op alles, we moeten wel. Over iets meer dan drie jaar begint er een nieuw millennium, wat in iedere grote hoofdstad een dag lang gevierd zal worden, kortom, een unieke gelegenheid voor het uitvoeren van de meest spectaculaire propagandastunt in de geschiedenis van de planeet. We moeten weten wie die lui zijn, ruim van tevoren. We moeten ze allemaal kennen. Zodat we niets over het hoofd zien.'

Niemand zei iets.

'Al hoef ik mezelf voor jullie niet te rechtvaardigen,' zei Ratcliffe. 'Maar jullie moeten de theorie begrijpen. We leggen ons niet vast op vooronderstellingen en we laten geen middel onbeproefd.'

Niemand vroeg iets. Zelfs niet: had u ook een bepaald middel voor ons in gedachten?

Je kunt maar beter je mond houden tot ze het woord tot je richten. Je kunt maar beter rustig afwachten.

Toen keerde Ratcliffe zich naar de vrouw en zei: 'Dit is dr. Marian Sinclair, mijn rechterhand. Zij zal jullie de rest vertellen. Alles wat zij zegt, heeft mijn zegen, en dus ook de zegen van de president. Van hoofdletter tot punt. Misschien is dit allemaal wel complete tijdsverspilling en levert het helemaal niets op, maar tot het moment dat we dat zeker weten, krijgt het evenveel prioriteit als alle andere zaken. We sparen kosten noch moeite. Jullie krijgen alles wat je nodig hebt.'

Toen beende hij het lokaal uit, tussen twee redderende pakken in. Reacher hoorde hen door de hal lopen en hij hoorde de motor van hun SUV starten en de SUV wegrijden. Dr. Marian Sinclair draaide een van de bankjes om tot het naar het lokaal gericht was en ging zitten, een en al door de zon gebruinde armen en zwarte nylons en dure schoenen. Ze sloeg een been over het andere en zei: 'Maak eens een kringetje.'

Reacher liep naar voren, naar de derde rij en perste zich in een bankje zodat hij samen met Waterman en White een keurige halve cirkel van toehoorders vormde. Sinclair had een open, eerlijke uitdrukking op haar gezicht, al keek ze gespannen, gestrest en zorgelijk. Er was ergens een grote puinhoop. Dat was duidelijk. Misschien had Garber hem wel een hint gegeven. *Je klinkt niet blij. Maar dat zou je wel moeten zijn.* Misschien was er nog hoop. Reacher had het idee dat White dezelfde conclusie trok. Hij boog voorover, zijn ogen bewogen niet. Waterman zat roerloos. Hij spaarde zijn energie.

'Er is een appartement in Hamburg, in Duitsland,' zei Sinclair. 'Een trendy wijk, redelijk dicht bij het centrum, vrij duur, maar misschien ook wel met een erg hoge doorstroming, erg onpersoonlijk. Het afgelopen jaar is het appartement gehuurd door vier mannen van in de twintig. Geen Duitsers. Drie van hen zijn Saoedi's, de vierde is een Iraniër. Alle vier ogen heel seculier, heel wereldlijk. Gladgeschoren, kortgeknipt, goedgekleed. Ze dragen het liefst poloshirts in pasteltinten met een krokodil als logo. Ze dragen Rolex-polshorloges en Italiaanse schoenen. Ze rijden in BMW's en gaan uit in nachtclubs. Maar ze werken niet.'

Reacher zag White in zichzelf gekeerd knikken, alsof hij het verhaal herkende. Waterman reageerde niet.

'De mensen daar denken dat die vier jonge mannen onbeduidende playboys zijn. Misschien in de verte verwant aan rijke, invloedrijke families. Die de bloemetjes buitenzetten voordat ze terugkeren naar huis om te gaan werken op het ministerie voor Oliezaken. Met andere woorden, beroepslanterfanters. Maar wij weten dat dat niet klopt. Wij weten dat ze in hun thuisland zijn gerekruteerd en via

Jemen en Afghanistan naar Duitsland zijn gestuurd door een nieuwe organisatie waarover we nog niet zoveel weten. Niet veel meer dan dat het een ruimhartig gefinancierde, fanatiek jihadistische organisatie is met vooral paramilitaire trainingsmethoden, die niets geeft om nationaliteiten. Het is ongebruikelijk dat Saoedi's en Iraniërs samenwerken. Maar dat doen ze wel. In de trainingskampen had men een hoge dunk van hen en ze werden een jaar geleden naar Hamburg gestuurd. Hun opdracht was om zich te settelen in de westerse samenleving, een rustig bestaan te leiden en nadere instructies af te wachten. Tot nu toe zijn die niet gekomen. Met andere woorden, het is een slapende cel.'

Waterman bewoog en vroeg: 'Hoe weten we dat allemaal?'

'De Iraniër is van ons,' zei Sinclair. 'Hij is een dubbelspion. De CIA stuurt hem aan vanuit het consulaat in Hamburg.'

'Dappere jongen.'

Sinclair knikte. 'En dappere jongens zijn moeilijk te vinden. Dat is een van de manieren waarop de wereld verandert. In het verleden liepen vrijwilligers zo de ambassade binnen. Ze schreven ons smeekbrieven. Het waren er zoveel dat we ze soms moesten afwijzen. Maar dat waren oude communisten, nu hebben we jonge Arabieren nodig en die kennen we niet.'

'Waar hebben jullie ons voor nodig?' vroeg Waterman. 'De situatie is stabiel. Ze zijn niets van plan. Op het moment dat zij hun orders krijgen, weten jullie het meteen, als je er tenminste van uitgaat dat er in het consulaat dag en nacht iemand bij de telefoon zit.'

Je kunt maar beter eerst het hele verhaal horen.

'De situatie was stabiel,' zei Sinclair. 'Er gebeurde helemaal niets. Tot een paar dagen geleden. Een minieme gebeurtenis. Ze kregen bezoek.'

Sinclair stelde voor dat ze zouden verhuizen van het klaslokaal naar het kantoor. Ze zei dat het lokaal niet comfortabel was vanwege de bankjes. Daar had ze gelijk in. Het gold zeker voor Reacher. Hij was een meter zesennegentig en woog honderdtien kilo. Het bankje hing meer om zijn lichaam dan dat hij erin zat. In het kantoor daarentegen stonden vier gemakkelijke leren stoelen om een vergadertafel. Sinclair leek uit te kijken naar dat extra comfort. Dat was niet zo vreemd. Ze had per slot van rekening de ruimte zelf gehuurd, gisteren misschien, of had daarvoor een assistent opdracht gegeven. Drie slaapkamers en vier stoelen voor het overleg.

De mannen in pakken bleven in de gang posten. Sinclair zei: 'We hebben onze man het hemd van het lijf gevraagd en we denken dat we zijn conclusies kunnen vertrouwen. De bezoeker was ook een Saoedi. Even oud als de bewoners. Op dezelfde manier gekleed. Een geurtje in zijn haar, een gouden kettinkje en een krokodil op zijn shirt. Ze hadden hem niet verwacht. Het was een complete verrassing. Maar ze hebben net zo'n soort erecode als de maffia, waarbij er een beroep op hen kan worden gedaan om een dienst te bewijzen. De bezoeker verwees ernaar. Hij was wat ze een koerier noemen. Zijn bezoek had helemaal niets met hen te maken. Hij kwam voor iets heel anders. Hij was in Duitsland voor zaken en had een safehouse nodig. Koeriers geven de voorkeur aan een huis boven een hotel. In een hotel laat je uiteindelijk een spoor op papier achter. Ze zijn vreselijk paranoïde, omdat al die nieuwe netwerken zo wijdverspreid zijn. Dat betekent dat een veilige communicatie in theorie heel moeilijk is. Ze denken dat we hun mobiele telefoons kunnen afluisteren en waarschijnlijk kunnen we dat ook. Ze denken ook dat we hun e-mail kunnen lezen, en ik ben ervan overtuigd dat we dat binnenkort ook daadwerkelijk kunnen, en ze weten dat we hun brieven kunnen openstomen. Dus maken ze nu gebruik van koeriers, die in feite niet meer zijn dan boodschappers. Ze hebben geen diplomatenkoffertje bij zich dat met een handboei aan hun pols is geketend. Ze dragen de vragen en antwoorden mee in hun hoofd. Ze reizen heen en weer, van het ene continent naar het andere, vraag, antwoord, vraag, antwoord. Uiterst traag, maar honderd procent veilig. Nergens elektronische vingerafdrukken, niets op papier en op een luchthaven valt niet meer te zien dan een man met een gouden kettinkje, die net als miljoenen anderen onderweg is.'

'Is het bekend of Hamburg zijn eindbestemming was?' vroeg White. 'Of was hij onderweg naar een andere bestemming ergens in Duitsland?'

'Hij moest hier in Hamburg zijn zaken afhandelen,' zei Sinclair.

'Maar niet met die jongens in dat huis.'

'Nee, met iemand anders.'

'Is het bekend wie hem heeft gestuurd? Gaan we ervan uit dat het dezelfde lui in Jemen en Afghanistan zijn?'

'We zijn er bijna zeker van dat het dezelfde lui zijn. Vanwege een andere omstandigheid.'

'En wat was dat?' vroeg Waterman.

'Het was een statistisch gezien niet zo heel verrassend toeval dat de boodschapper een van de Saoedi's in het huis bleek te kennen. Ze hadden samen drie maanden in Jemen doorgebracht met het klimmen in touwen en het overhalen van de trekker van een AK-47. Het is maar een klein wereldje. Dus die twee voerden soms korte gesprekken, waarvan de Iraniër er een paar opving.'

'Wat hoorde hij?'

'De Saoedi had twee dagen later een afspraak. Waar precies is niet gezegd, of in ieder geval niet opgevangen, maar uit de context bleek dat het redelijk dicht in de buurt moest zijn van het safehouse. Hij moest geen boodschap overbrengen, hij zou iets te horen krijgen. Een openingszet, zei de Iraniër. Een soort uitgangspunt. Hij zei dat dat duidelijk werd uit de context. De boodschapper moest de verklaring aanhoren en in zijn hoofd meenemen.'

'Dat klinkt als het beginpunt van onderhandelingen. Een openingsbod.'

Sinclair knikte. 'We verwachten dat de boodschapper terugkomt. Minstens één keer, met ja of nee als antwoord.'

'Hebben we enig idee waar het om gaat?'

Sinclair schudde haar hoofd. 'Maar het is wel belangrijk. Daarvan is de Iraniër overtuigd, omdat de boodschapper een elitestrijder is, net als hijzelf. Ze moeten een hoge dunk van hem hebben gehad in de kampen, want waar had hij anders die poloshirts en Italiaanse schoenen en vier paspoorten vandaan moeten halen? Het was niet het soort man dat door kleine jongens aan de ene of de andere kant van de keten werd gebruikt. Hij was het soort boodschapper van wie alleen de grote bazen gebruikmaken.'

'Heeft die ontmoeting ook plaatsgevonden?'

'In de namiddag van de volgende dag. Toen was de Saoedi vijftig minuten de deur uit.'

'En toen?'

'De volgende ochtend is hij meteen vertrokken.'

'Geen gesprekken meer?'

'Nog één. Dat was een goed gesprek. De Saoedi praatte zijn mond voorbij. Hij kwam er ronduit mee voor de dag. Hij vertelde zijn vriend welke boodschap hij moest meenemen naar huis. Zomaar. Hij kon zich niet inhouden. Omdat hij onder de indruk was, denken we. Onder de indruk van de enormiteit. De Iraniër zei dat hij heel opgewonden was. Het zijn uiteindelijk jonge mannen van in de twintig.'

'Wat was de boodschap?'

'Het was een uitgangspunt. Een openingsbod. Precies zoals de Iraniër had gedacht. Kort en krachtig.'

'Wat was de boodschap?'

'De Amerikaan wil honderd miljoen dollar.'

3

Sinclair ging rechtop zitten en schoof wat dichter naar de tafel, alsof ze wilde benadrukken wat ze zei: 'De Iraniër is een heel slimme jongen, welbespraakt en met een goed gevoel voor taal. Het hoofd van de CIA in Hamburg heeft het keer op keer met hem doorgenomen en we zijn ervan overtuigd dat het een ondubbelzinnige standpuntbepaling was. Tijdens die vijftig minuten heeft de boodschapper de Amerikaan ontmoet. Een man, want er viel uit niets op te maken dat het een vrouw was, zei de Iraniër, en als het een vrouw was geweest, dan zou dat wel uit een of andere opmerking zijn gebleken. Dat weet hij absoluut zeker. Tijdens die ontmoeting heeft de Amerikaan tegen de boodschapper gezegd dat hij honderd miljoen dollar wilde. Dat was zijn prijs voor iets. Dat was duidelijk de context. Maar dat was ook het einde van de boodschap. Welke Amerikaan? Dat weten we niet. Honderd miljoen dollar waarvoor? Dat weten we niet. Van wie? Dat weten we niet.'

'Maar honderd miljoen dollar geeft wel een indicatie voor de mogelijkheden,' zei White. 'Zelfs als het een openingsbod is, waar uiteindelijk nog de helft afgaat, is dat een hele portemonnee vol. Wie heeft er zoveel geld? Weliswaar een heleboel mensen, maar je kunt ze toch met z'n allen wel kwijt in één Rolodex.'

'Je kijkt van de verkeerde kant door de verrekijker,' zei Reacher. 'Je kunt beter zoeken naar de verkoper dan naar de koper. Waarvoor zouden kerels die in Jemen in touwen klimmen honderd miljoen dollar betalen? En wat voor Amerikaan heeft zoiets in Hamburg te koop?'

'Honderd miljoen is veel geld,' zei Waterman. 'Over zo'n prijs maak ik me zorgen.'

Sinclair knikte en zei: 'Over die prijs maken wij ons grote zorgen. Het klinkt bloedserieus. Het is meer dan we ooit eerder hebben gehoord. Daarom halen we alles uit de kast. Wereldwijd is iedereen die voor ons werkt gealarmeerd. Er zijn al honderden mensen hard mee bezig. Maar er moet meer gebeuren. Het is jullie taak om die Amerikaan te zoeken. Als hij nog steeds in het buitenland is, opereert hij op het werkterrein van de CIA en heeft meneer White de leiding. Als hij inmiddels terug is in de Verenigde Staten, valt hij onder jurisdictie van de FBI en heeft special agent Waterman de leiding. En omdat de cijfers ons leren dat in Duitsland de overweldigende meerderheid van de Amerikanen in het leger zit, denken we dat majoor Reacher er mogelijk bij betrokken kan raken, of hij nu in de Verenigde Staten is of in het buitenland.'

Reacher keek naar Waterman en White en las in hun ogen dat ze problemen verwachtten. Waarschijnlijk lazen zij hetzelfde in zijn ogen.

'Medewerkers en voorzieningen komen morgenvroeg,' zei Sinclair. 'Jullie kunnen alles krijgen wat je maar nodig hebt, wanneer je het maar nodig hebt. Maar alles gaat via mij, meneer Ratcliffe of de president. Jullie eenheid ligt in quarantaine. Ook al heb je alleen maar een doos potloden nodig, dan nog benader je mij, meneer Ratcliffe of de president. Dat betekent in de praktijk dat je mij aanspreekt. De bijbehorende papierwinkel wordt in de westvleugel van het Witte Huis gegenereerd. Jullie mogen niet worden herkend. Omdat honderd miljoen dollar een heleboel geld is. De overheid mag er niet bij worden betrokken. De Amerikaan kan best iemand zijn op het ministerie van Buitenlandse Zaken of in het Pentagon. Je zou per ongeluk met de verkeerde persoon kunnen praten. Dus praat met niemand. Dat is regel nummer twee.'

'Wat was regel nummer één?' vroeg Waterman.

'Regel nummer één is dat de dekmantel van de Iraniër niet verloren mag gaan. We moeten absoluut alles nalaten wat naar hem te herleiden zou kunnen zijn. We hebben veel in hem geïnvesteerd en we zullen hem nog nodig hebben, want we hebben werkelijk geen enkel idee wat er hierna komt.'

Toen duwde ze haar stoel achteruit, stond op en liep naar de deur. Ze draaide zich nog even om en zei: 'Denk erom, alsof je haar in brand staat.'

Reacher leunde achterover in zijn leren stoel. White keek hem aan en zei: 'Het moet om tanks en vliegtuigen gaan.'

'Onze dichtstbijzijnde tanks bevinden zich vijftienhonderd kilometer van Jemen of Afghanistan. Het duurt weken om ze te verplaatsen en je hebt er duizenden mensen voor nodig. Het zou makkelijker zijn om Jemen en Afghanistan naar die tanks te brengen. Het zou nog sneller gaan ook en minder opvallen,' zei Reacher.

'Vliegtuigen dan.'

'Ik denk dat je met honderd miljoen wel een paar piloten kunt overhalen om over te lopen naar de duistere machten. Een stuk of drie, vier. Maar ik vraag me af of ze in Afghanistan landingsbanen hebben die lang genoeg zijn. Misschien in Jemen. Dus in theorie is het mogelijk. Alleen hebben ze niets aan vliegtuigen. Ze zouden er tonnen reserveonderdelen voor moeten hebben en honderden monteurs en onderhoudstechnici. Waar duizenden trainingsuren in gaan zitten. Bovendien zouden we ze binnen vijf minuten vinden en op de grond uitschakelen met raketten. Misschien kunnen we het tegenwoordig zelfs wel op afstand doen.'

'Ander militair wapentuig dan?'

'Ik zou niet weten wat. Een miljoen geweren voor honderd dollar per stuk? Zoveel hebben we er niet eens.'

'Het kan ook een geheim zijn,' zei Waterman. 'Een code of een wachtwoord of een formule of een plattegrond of een schema. Of een lijst, een blauwdruk van de beveiliging van alle computers in de financiële sector wereldwijd, of de formule van een of ander commercieel product, of de totale omkoopsom die nodig is om een bepaalde wet er in alle vijftig staten door te jagen.'

'Denk je dat het om data gaat?' vroeg White.

'Wat kun je anders op een onopvallende manier verhandelen wat zoveel waard is? Misschien diamanten, maar daarvoor moet je in Antwerpen zijn, niet in Hamburg. Drugs misschien, maar er is geen Amerikaan die voor honderd miljoen dollar aan drugs klaar heeft liggen voor transport. Daarvoor moet je in Zuid- en Midden-Amerika zijn. Bovendien hebben ze in Afghanistan hun eigen papavers.'

'Wat is het worstcasescenario?'

'Ik word er niet voor betaald om dat te bedenken. Dat moet je Ratcliffe vragen, of de president.'

'Maar wat denk je?'

'Wat denk jij?'

'Ik ben Midden-Oostenspecialist. Dat is één groot worstcasescenario.'

'Het pokkenvirus,' zei Waterman. 'Dat is volgens mij het ergste wat er kan gebeuren. Of zoiets. Een pestepidemie. Een biologisch wapen. Of ebola. Of een tegengif. Of een vaccin. Wat zou betekenen dat ze al over het virus beschikken.'

Reacher staarde naar het plafond.

Zaken die wel eens verkeerd konden aflopen.

Je klinkt niet blij. Maar dat zou je wel moeten zijn.

Zo lang als nodig is.

Garber was net een cryptogram.

White keek hem aan en zei: 'Waar denk je aan?'

'Aan de tegenstrijdigheid tussen regel nummer één en de rest. We moeten de dekmantel van de Iraniër respecteren. Dat betekent dat we in alle opzichten uit de buurt van de boodschapper moeten blijven. We kunnen niet eens iemand laten surveilleren bij een plek waar de boodschapper heen gaat. Omdat we niet weten dat de boodschapper bestaat. Tenzij ons van binnenuit iets wordt ingefluisterd.'

'Dat bemoeilijkt de zaak alleen,' zei Waterman. 'Maar het is geen tegenstrijdigheid. Daar vinden we wel een oplossing voor. Ze hebben die man nodig.'

'Het is een kwestie van efficiency. Ze moeten van tevoren weten wie deze lui zijn. Ze moeten netwerken blootleggen en databases opbouwen. Dat betekent dat ze zich zeker op de boodschappers moeten richten. Vragen en antwoorden die ze in hun hoofd hebben, heen en weer, van het ene continent naar het andere, vraag, antwoord, vraag, antwoord. Zij weten alles. Ze zijn als een geluidsband. Ze zijn meer waard dan honderd man undercover. Omdat ze het grote verhaal kennen. Wat heeft die Iraniër? Alleen vier muren in Hamburg en niets te doen.'

'Je kunt hem niet zomaar opofferen.'

'Ze zouden hem terug kunnen trekken op hetzelfde moment dat ze de boodschapper pakken. Ze zouden hem een huis in Florida kunnen geven.'

'De boodschapper zou niets loslaten,' zei White. 'Dit is een stammencultuur, duizenden jaren oud. Die verraden elkaar niet. In ieder geval niet na het kleine beetje druk dat we mogen uitoefenen. Dus is het een slimme zet om die man daar te handhaven. Want ze weten echt niet wat ons nog te wachten staat. Zelfs een kleine hint in een vroeg stadium kan heel waardevol zijn. Een tipje van de sluier.'

'Weet jij wel wat ons te wachten staat?' vroeg Reacher.

'Iets wat op zichzelf staat. Het is niet meer zoals vroeger.'

'Heb je eerder met Ratcliffe gewerkt? Of Sinclair?'

'Nog nooit. Jij wel?'

'Ze hebben ons niet uitgekozen omdat ze ons kennen,' zei Waterman. 'Ze hebben ons uitgekozen omdat we niet in Hamburg waren op het kritieke moment. We waren elders aan het werk. Dus kunnen wij niet de verkeerde mensen zijn om mee te praten.'

Een eenheid in quarantaine, had Sinclair gezegd, en zo voelde het ook. Drie mannen in een vertrek, afgesloten van de buitenwereld, omdat ze alle drie geïnfecteerd waren. Met een alibi.

Om zeven uur haalde Reacher zijn bagage uit de auto en droeg hij de spullen de trap op naar zijn kamer. Het was de achterste van drie kamers naast elkaar in een gang die eruitzag als een gang in een kantoorgebouw. Dat was het een dag eerder misschien ook nog wel geweest. De kamer was ruim en had een eigen badkamer. Een suite voor een manager. Ontworpen om plaats te bieden aan een bureau in plaats van een bed, maar het kon zo ook.

Eten was een kwestie van de oude Caprice starten en de straten van McLean doorkruisen, intuïtief de straten kiezen waar hij misschien het soort restaurant zou aantreffen dat hij zocht. Geen voor de hand liggende keuze. Zijn stofwisseling was hem behulpzaam. Naast een tankstation, bij de oprit naar een snelweg, zag hij een neonreclame en glanzend aluminium. Een *diner*, zo oud dat hij misschien wel authentiek was. Een paar deuken en verweerd. Genoeg kilometers op de teller.

Hij parkeerde, trok de verchroomde deur open en liep naar binnen. Het was er koud en schel verlicht. Zijn blik viel meteen op een vrouw, alleen in een zitje. Hij kende haar van de op een na laatste eenheid waarover hij het commando had gevoerd. De beste soldaat met wie hij ooit had samengewerkt. Zijn beste vriendin waarschijnlijk, op een gereserveerde manier; een vriendschap die toestond om dingen ongezegd te laten.

In eerste instantie dacht hij dat het een niet erg verrassend toeval was. Het was een klein wereldje en in de beurt van het Pentagon werd die wereld nog veel kleiner. Maar toen hij erover nadacht, herzag hij zijn mening. Ze was zijn beste sergeant geweest in de gloriejaren van het 110th MP. Ze was minstens zo belangrijk geweest als alle anderen, en belangrijker dan sommigen. Belangrijker dan de meesten. Waarschijnlijk belangrijker dan hijzelf.

Omdat ze heel slim was.

Zo slim dat dit geen toeval kon zijn.

Hij liep naar haar tafel. Ze verroerde zich niet. Ze keek naar hem in de spiegelende achterkant van een omhooggestoken lepel. Hij schoof op het bankje tegenover haar en zei: 'Hallo, Neagley.'

4

Sergeant Frances Neagley keek op en zei: 'Hoe groot was de kans dat je in deze *diner* zou opduiken?'

'Dat heb je ongetwijfeld heel precies berekend.'

'Ik ging ervan uit dat je naar het westen zou rijden omdat je onbewust Washington met het Pentagon de rug zou willen toekeren. Ik probeerde in te schatten wanneer je zou afslaan en toen was dit de meest voor de hand liggende plek. Bovendien is dit het meest voor de hand liggende tijdstip. Twee uur briefing, leek me, en daarna een pauze om te eten.'

'Het is een cursus.'

'Nee, dat is het niet. De titel van de cursus is flauwekul.'

'Dat is altijd zo.'

'Maar deze is beroerder dan anders.'

'Het is een cursus.'

'Dat zouden ze je niet aandoen. Niet zolang Garber nog leeft en iets in de melk te brokkelen heeft.'

'Ik kan er niets over zeggen. Het is te saai,' zei Reacher.

'Laat me eens gokken. Het is een dekmantel. Gezien je huidige prestaties is het iets belangrijks. Dat betekent dat je alles krijgt waar je om vraagt. Vooral mankracht. Daarom zul je me sowieso morgenvroeg opbellen. Dus kun je het me net zo goed twaalf uur eerder vertellen.'

Neagley droeg het gevechtstenue met camouflagepatroon, de mouwen keurig opgerold. Ze leunde met haar ellebogen op tafel. Ze had kortgeknipt, donkerblond haar, donkere ogen en was bruinverbrand. Haar huid leek zacht en kwetsbaar, maar Reacher was ervan overtuigd dat het niet zo was. Hij had haar meegemaakt in actie. Ze was snel en uitzonderlijk sterk. Onder die huid zaten vast harde, massieve spieren. Alleen wist hij dat niet uit ervaring. Hij had haar nog nooit aangeraakt. Zelfs nog nooit haar hand geschud.

Hij zei: 'Ik weet niet precies wat we allemaal nodig zullen hebben. Het beste zou zijn om methodisch te werk te gaan en lijsten te maken. Van orders voor overplaatsing. Personeel in actieve dienst dat op een bepaalde dag fysiek aanwezig was in Duitsland. En burgers, op grond van de paspoortenregistratie.'

'Waarom?'

'We zijn op zoek naar een bepaalde Amerikaan die gedurende een bepaalde periode van vijftig minuten in Hamburg was.'

'Waarom?'

'Omdat hij van plan is iets te verkopen wat honderd miljoen dollar waard is aan een zootje tuig van het nieuwe soort uit Jemen en Afghanistan.'

'Weten we wat hij te koop aanbiedt?'

'Geen flauw idee.'

'Landsgrenzen kunnen problemen opleveren. Ik geloof dat je die vanwege de Europese Unie zonder meer kunt passeren. De paspoortenregistratie is waarschijnlijk niet volledig.'

'Precies,' beaamde Reacher. 'Het is maar een kleine kans, maar we kunnen die kans wel een handje helpen. We zouden kunnen kijken wie er in Zwitserland is geweest, de week ervoor bijvoorbeeld. Toen de man het uiteindelijke besluit nam om te verkopen. Hij stond op het punt om een openingsbod te doen. En die onderhandelingen zouden niet eeuwig duren, dus moest hij voorbereidingen treffen. Hij opende een geheime bankrekening in Zwitserland. Waarschijnlijk in Zürich. Stand-by. En daarna is hij weer teruggegaan naar Hamburg en heeft hij zijn prijs genoemd.'

'En dat is ook een kwestie van kansberekening. Je kunt er niets mee uitsluiten. Misschien is het wel een rekening die hij al jaren had. Misschien is het iemand die al jaren op het slechte pad is. Of misschien heeft hij ergens anders een geheime rekening. In Luxemburg bijvoorbeeld.'

'Daarom zei ik dat ik niet precies wist wat we nodig zouden hebben.'

'Denk je dat het om een militair gaat?' vroeg Neagley.

'Dat kan. De kans is groot. Net zoals bij militairen in Korea of op Okinawa. Dat is dus een andere lijst die we moeten hebben, voor het geval dat. Wat zou een militair kunnen verkopen? Informatie? Of wapentuig? In dat geval moet je denken aan een transportcontainer, of een grote bestelbus of een klein vrachtwagentje. Iets onopvallends, en dan zouden we een lijst moeten maken van wat daarin past en honderd miljoen dollar waard kan zijn.'

'Het zou iets moeten zijn waar je op kunt vertrouwen en wat gemakkelijk te bedienen is. Hij levert er geen ondersteunend personeel bij.'

'Oké, houd dat in gedachten. Maak maar een hoofdlijst met behulp van alle andere lijsten. Meer kunnen we op het moment niet doen. Zorg dat je klaar bent om morgenvroeg om negen uur aan de slag te gaan. Eerder zullen ze niet in staat zijn om in actie te komen. Het moest eerst door de National Security Council worden geloodst door een vrouw die Marian Sinclair heet.'

'Ik weet wie dat is,' zei Neagley. 'Zij is de rechterhand van Alfred Ratcliffe.'

'Zorg dat je het materiaal klaar hebt waaraan zij voor ons moet werken. We moeten geen tijd verspillen.'

'Is dit een grote zaak?'

'Dat zou kunnen. Het is net zo groot als wij denken dat het is, maar misschien valt het mee. Voorlopig is het niet meer dan een zin die ze hebben opgevangen. Misschien is het wel een grap. Of een sarcastische opmerking voor de goede verstaander. Misschien is het wel een voor ons onbegrijpelijke opmerking van de ene in de touwen klimmende Jemeniet tegen de andere. Maar als het waar is wat er is gezegd, zou het wel eens kunnen duiden op een groot probleem.'

De serveerster kwam op hen af. Ze bestelden. Neagley zei: 'Gefeliciteerd met je medaille.'

'Dank je.'

'Alles goed?'

'Kan niet beter.'

'Zeker weten?'

'Hé, ben jij mijn moeder?'

'Wat vond je van Sinclair?'

'Ik mag haar wel.'

'Wie doen er nog meer mee?'

'Iemand van de FBI die Waterman heet. Een ouderwetse speurneus. En iemand van de CIA die White heet. Een zwaar gestreste kerel. Misschien wel terecht. Tot nu toe hebben ze in verschillende opzichten adequaat gefunctioneerd. Ze hebben verstandige opmerkingen gemaakt. Je mag aannemen dat ze op dit moment hun eigen assistenten rekruteren. En waarschijnlijk wordt er door de NSC iemand aangewezen die de leiding krijgt, die moet babysitten en onze berichten moet doorgeven aan Sinclair.'

'Waarom mag je haar?'

'Ze is eerlijk. Ratcliffe ook. Ze zeggen dat ze als gekken rondrennen alsof hun haar in brand staat.'

'Je zou je broer moeten bellen. Op het ministerie van Financiën. Dan kan hij bankoverschrijvingen in de gaten houden. Transacties van honderd miljoen dollar zijn misschien wel zichtbaar op dat niveau.'

'Dat zou via Sinclair moeten.'

'Ben je van plan je daaraan te houden?'

'Ze denkt dat iedereen wel die Amerikaan zou kunnen zijn. Ze wil niet dat we onszelf aan de verkeerde persoon verraden. Maar ze vergeet iets. Het is niet zomaar iemand. Het is eigenlijk iedereen. Min of meer. Het is een heel breed terrein. Ongetwijfeld zal blijken dat onze man een van de velen is. We zullen allerlei mensen betrappen bij geheime bijeenkomsten, allerlei mensen die heen en weer reizen naar Zwitserland met koffers vol geld, die stuk voor stuk snode plannen hebben, die spullen kopen en verkopen en in allerlei zaken handeldrijven. We zullen een heleboel vijanden maken, zowel in het leger als daarbuiten. We kunnen ons alleen niet veroorloven om stof te doen opwaaien. Nu nog niet in ieder geval. Door achter de schermen te opereren vertragen we de zaak. Dus voorlopig moeten we in zee gaan met Sinclair. Als het aan de orde komt, zien we wel weer.'

'Begrepen,' zei Neagley.

De serveerster bracht hun maaltijd en ze begonnen te eten. Acht uur 's avonds in McLean, Virginia.

Acht uur 's avonds in McLean, Virginia, was twee uur 's nachts in Hamburg, Duitsland. Laat, maar de Amerikaan was nog wakker. Hij lag op zijn rug in bed naar een plafond te staren dat hij nog nooit eerder had gezien. Er lag een naakte prostituee tegen hem aan. Het was haar appartement. Het was er schoon en netjes. Het rook er lekker, eigenlijk een beetje overdreven fris. Bepaald niet goedkoop, maar dat was zij ook niet. Dat was prima. Hij stond op het punt een zeer rijk man te worden. Dat was wel een feestje waard. Hij hield bovendien van dure vrouwen. Dat maakte het opwindender. Hij had een vrij eenvoudige smaak. Het ging om de mate van enthousiasme. En daar had ze genoeg van getoond. Daarna hadden ze gepraat. De hoofden dicht bij elkaar op de kussens. Ze was tegen hem aangekropen. Ze was in hem geïnteresseerd geweest. Ze kon goed luisteren.

Hij had te veel gezegd.

Prostituees waren waarschijnlijk betere psychologen dan echte psychologen, dacht hij. Ze wisten het verschil tussen dikdoenerij en opscheppen en flauwekul en luchtkastelen. Zodat alleen een gebied overbleef waar de waarheid huisde. Niet zozeer een waarheid in de vorm van een bekentenis. Meer iets wat voortkwam uit een gevoel van gelukzaligheid. Een niet te bedwingen behoefte iemand de waarheid te vertellen. Het kwam er zomaar uit, in een golf van opwinding. Hij had zich geweldig gevoeld. Ze was het geld waard. Hij was in de zevende hemel. Hij had haar verteld dat hij van plan was een ranch in Argentinië te kopen. Groter dan Rhode Island, had hij gezegd.

Het was niet iets belangrijks, maar ze zou het zich herinneren. En in Duitsland waren prostituees niet bang voor de politie. Duitsland was een verzorgingsstaat. Alles was er toegestaan zolang het maar gereguleerd was. Dus als de klopjacht zou beginnen, zou ze er geen been in zien om even langs te gaan op het bureau en de politie te vertellen over die Amerikaan die ze had ontmoet, die van plan was een ranch op de pampa's te kopen die groter was dan Rhode Island. Wat hij haar had verteld als een soort compensatie, zou ze uitleggen. Zodat ze hem serieus zou nemen. Omdat hij niet bepaald erg hard was geworden. En dan zouden die politieagenten het opschrijven, omdat het nu eenmaal Duitsers waren. Ze zouden iemand opbellen die er verstand van had, en dan zouden ze erachter komen dat een ranch op de pampa's die groter was dan Rhode Island heel veel geld kostte.

En na een eenvoudige zoektocht naar vastgoedtransacties in één enkel land op de wereld die onlangs hadden plaatsgevonden, zouden ze binnen de kortste keren bij hem op de stoep van zijn spiksplinternieuwe eigendom staan.

Stom.

Zijn eigen schuld.

In gedachten ging hij door het vertrek, volgde hij zijn voetstappen van eerder die avond en maakte hij een lijstje van alles wat hij had aangeraakt. Afgezien van haar was dat niet veel. Stonden zijn vingerafdrukken op haar huid? Dat betwijfelde hij. Het zouden sowieso niet meer zijn dan vegen. Ze had zijn DNA in haar maag, maar dat werd daar aangevallen door krachtige zuren en spijsverteringsenzymen. Bovendien verkeerden die technieken nog in de kinderschoenen. Ze zouden zich niet aan uitspraken wagen, om een blamage te voorkomen.

Veilig genoeg.

En dat maakte het absurd.

Maar ook logisch. Wie a zegt, moet ook b zeggen. Het was alles of niets. Er was geen andere mogelijkheid. Hij had zich afgevraagd hoe het zou voelen. Het bleek een soort vallen te zijn. Misschien wel zoiets als skydiven. Een lange, vrije val voordat de parachute opengaat. Vallen, steeds maar verder vallen. Hij kon er niets tegen doen. Hij kon alleen maar diep ademhalen en zich ontspannen en zich eraan overgeven.

Hij had het hotel ongezien verlaten door de parkeergarage. Niet om de een of andere reden, maar omdat hij zo binnendoor kon naar een andere bar die hij kende. Zij was de garage in gereden en stond op het punt aan het werk te gaan. Laat in de avond. Een en al kwaliteit en duur. Een andere wereld. Maar nu niet meer. Hij kon krijgen wat hij maar wilde. Alleen al vragen was een genot op zich. Veronderstel dat hij haar verkeerd had ingeschat? Maar dat had hij niet. Hij had haar eerder gezien. Ze glimlachte en noemde een absurd hoog bedrag. Hij had haar wel tien keer zoveel willen betalen, alleen al vanwege de manier waarop ze daar stond. En ze was net onder de douche geweest. Geen maagd, maar veel dichterbij dan zij was niet mogelijk.

Zij reed, terug naar het appartement dat ze nog maar net had verlaten.

Waren er verborgen camera's geweest in die parkeergarage?

Hij dacht van niet. Hij was het soort man dat met details rekening hield. Hij was oplettend. Hij zag alles. Dat moest hij wel. Het hoorde erbij. Tegen het plafond van de parkeergarage had hij brandwerend schuim gezien en elektriciteitsleidingen en rioleringsbuizen van honderdvijfentwintig millimeter en een sprinklerinstallatie.

Geen camera's.

Veilig genoeg.

En dat maakte het absurd.

Maar ook logisch.

Hij oefende een keer in gedachten en daarna deed hij het snel. Eerst dacht ze dat het een spelletje was. Dat hij iets deed wat hij in een pornofilm had gezien. Hij rolde haar op haar buik en ging schrijlings op haar zitten. Hij hield haar armen klem onder zijn knieën, zat op haar billen, in elkaar gedoken als een jockey op een paard en zij kreunde, zoals ze allemaal doen. Hij boog voorover en wurgde haar van achteren, snel en hard, kneep alles in één keer dicht. Ze probeerde te bokken, hem van zich af te gooien, maar ze kon zich amper bewegen. Alleen haar voeten waren eigenlijk vrij en ze probeerde hem in zijn rug te trappen met haar hakken, wat niet echt lukte. Haar voeten trappelden op en neer, alsof ze aan het zwemmen was, maar zonder effect te sorteren. Toen hielden ze op. Hij bleef knijpen tot hij het zeker wist, en daarna kneep hij nog een poos. Toen liet hij haar los en maakte hij dat hij wegkwam.

Alles of niets.

5

Reacher sliep goed in zijn managersslaapkamer, maar hij werd vroeg wakker en was al op toen om zeven uur een cateringbedrijf grote kannen met koffie bezorgde en een schaal broodjes zo groot als een flinke schietschijf. Veel meer dan je met drie man kon opeten. Dat betekende dat de hulptroepen onderweg waren.

Die arriveerden om halfacht in de vorm van twee middenkadermedewerkers van de National Security Council. Sinclair kende hen beiden persoonlijk, zei ze, toen ze hen voorstelde, en ze vertrouwde hen. Het waren allebei mannen, in de dertig, allebei somber alsof het werk met de gegevens die ze onder ogen kregen, hen verzuurde. Tegen acht uur hadden ze zich geïnstalleerd en waren er beveiligde telefoonlijnen geopend. Eerder dan Waterman en White legde Reacher zijn verzoek voor een assistent op tafel en om negen uur was Neagley gearriveerd, die meteen een hele rits informatie opvroeg bij de NSC, nog voordat Watermans assistent maar ter plekke was, twintig minuten later gevolgd door die van White. Ook dat waren mannen. Ze oogden als jongere versies van hun meerdere. Die van Waterman heette Landry, die van White Vanderbilt. De laatste was geen familie van de miljonair van vroeger.

Ze versleepten meubilair en richtten in het klaslokaal een controlecentrum in dat werd gerund door Neagley, Landry en Vanderbilt. De babysitters van de NSC kregen een plek in het kantoor, waar Reacher, Waterman en White vergaderden, gezeten in de leren stoelen rondom de tafel. Tegen elf uur was het een en al bedrijvigheid. Tegen twaalf uur druppelde de eerste informatie binnen. Sinclair nam telefonisch deel aan de vergadering om zich van de vorderingen op de hoogte te laten stellen.

'Op die bewuste dag waren er bijna tweehonderdduizend Amerikanen in Duitsland,' zei Reacher. 'Ongeveer zestigduizend militairen in actieve dienst, en nog eens eenzelfde aantal gezinsleden en niet-actieve militairen die nog niet naar huis waren teruggekeerd. Bovendien een duizendtal burgers op vakantie en zo'n vijfduizend die deelnamen aan beurzen en directievergaderingen.'

'Dat zijn veel Amerikanen.'

'We moeten naar Hamburg,' zei Reacher.

'Wanneer?'

'Nu.'

'Waarom nu?'

'We zullen er sowieso een keer naartoe moeten. We kunnen dit niet op papier oplossen.'

'Agent Waterman,' zei Sinclair, 'wat denk jij?'

'Wat ik denk,' zei Waterman, 'hangt af van hoe snel die boodschappers heen en weer reizen. Het is een trage manier van werken. Wanneer verwacht onze man een antwoord? Hoelang duurt zoiets normaal gesproken?'

'In andere gevallen lijkt het een week of twee te duren. Soms een dag langer of korter.'

'We moeten in de buurt zijn als de koop wordt gesloten. Dat lijdt geen twijfel. Maar het lijkt erop dat we nog tijd genoeg hebben. Als het aan mij lag, zou ik volgende week naar Hamburg gaan. Ik zou eerst de achtergronden verder willen analyseren. Dat bespaart op den duur misschien tijd.'

'En White?'

'Ik zou helemaal niet naar Hamburg gaan, denk ik. Wie heeft me daar nodig als de premiejager en de moordenaar er al zijn? Ik los zaken op papier op. Ik ga alleen weg van de oostkust als het per se moet.'

'Majoor Reacher,' vroeg Sinclair, 'waarom wil je op dit moment al naar Hamburg?'

'Omdat Ratcliffe zei dat we alles konden krijgen wat we nodig hadden,' zei Reacher.

'Heeft een van jullie beiden, Waterman en White, er bezwaar tegen als majoor Reacher alleen naar Hamburg gaat?' vroeg Sinclair.

'Nee,' zei White.

'Zolang hij daar maar geen schade aanricht,' zei Waterman.

Een groot voordeel van een organisatie die werd gerund vanuit de westvleugel van het Witte Huis was dat vluchten en hotels op korte termijn konden worden geregeld. Binnen een halfuur waren er voor die avond twee stoelen gereserveerd aan boord van een rechtstreekse vlucht met Lufthansa naar Hamburg, en kamers in een zakenhotel in Hamburg, niet ver van het appartement waar het om draaide. Het was in een trendy wijk, had Sinclair uitgelegd, niet ver van het centrum, vrij duur.

Ze bleven de rest van de middag in McLean en werkten aan het doorstrepen van namen van militairen aan de hand van rapporten over transporten en troepenverplaatsingen. Niemand kon tegelijkertijd in het oosten van Duitsland een tank besturen en rondlopen in Hamburg. Het aantal mensen dat in aanmerking kwam daalde drastisch. Zo te zien maakten ze vorderingen. In de loop van de middag kwamen ook de eerste rapporten binnen van de luchtvaartmaatschappijen over vluchten van en naar Zürich. Vanderbilt, de assistent van White, leek te begrijpen wat de bedoeling was en bood aan om 's avonds door te werken aan het vergelijken van lijsten als Reacher en Neagley in het vliegtuig zaten. Als hij iets had ontdekt wat de moeite van het vermelden waard was, zou hij hen bellen zodra ze waren geland.

Transinstitutionele samenwerking, dacht Reacher. Wie weet.

Neagley reed hen in de Caprice van Reacher naar de luchthaven en parkeerde in de parkeergarage voor kort parkeren op kosten van de overheid. Haar versie van burgerkleding bestond uit een zonnebril met spiegelende glazen en een verweerd leren jack over een T-shirt. Ze droeg een broek waarvan Reacher vermoedde dat hij ook uit een depot kwam en ooit bedoeld was geweest voor het Korps Mariniers, maar het bleek een originele Ralph Lauren te zijn.

Zij had een tas bij zich, Reacher niet. Ze vlogen economy class, maar dat was pure luxe vergeleken met de canvas hangmatten bij militaire transporten. Ze aten hun maaltijd, lieten hun stoelen twee centimeter achteroverzakken en gingen slapen.

Vierentwintig uur nadat de Amerikaan het appartement van de prostituee had verlaten, rook het er aanzienlijk minder aangenaam. En een stuk sterker. Zozeer dat de geur werd opgemerkt in de gang en bij de ventilatieroosters van de keuken. De buren, die haar aanwezigheid al veel langer met lede ogen hadden aangezien, waarschuwden midden in de nacht de politie. De dienstdoende agent stuurde er een patrouillewagen naartoe om poolshoogte te nemen.

Om er eens de geur op te snuiven, zogezegd. Dat resulteerde erin dat de huismeester werd wakker gepord voor de sleutel van het appartement. Daarna was het vier uur lang een drukte van belang, werden er vragen gesteld, werden er linten gespannen om de plaats delict af te zetten, verschenen er forensisch rechercheurs, en reed er uiteindelijk een ambulance voor met een rubberen lijkzak.

Goed nieuws en slecht nieuws, vanuit het perspectief van de politie gezien. Hamburg was een ruige havenstad met een wereldberoemde hoerenbuurt en drugs en graffiti op treinen, maar relatief weinig moorden. Minder dan één per week. Een lijk was nog altijd een hele gebeurtenis. Daar kon je carrière mee maken. En de politie claimde dat ze tegen de negentig procent van alle moorden oploste. Dat was het goede nieuws. Het slechte nieuws was dat die overige tien procent bestond uit neergestoken junkies en gewurgde prostituees. Beroepsrisico's. Dat waren geen zaken die als voorbeeld in de lesboeken terechtkwamen. De dader was waarschijnlijk al lang en breed weer op zee en lag te slapen in een kooi aan boord van een schip dat de wijde oceaan op voer.

Reacher en Neagley hadden geld van de westvleugel in hun zak om de onkosten te dekken, dus namen ze een taxi van de luchthaven naar de stad. Een Mercedes onder een waterig zonnetje dwars door de ochtendspits. Hun hotel lag aan een rustige straat met veel bomen en gebouwen met glas en bleke uitheemse baksteen. Langs beide kanten stonden kleine, maar dure auto's. Hun kamers lagen op de derde verdieping, op een redelijke hoogte en met uitzicht op de daken van andere huizen. Hamburg was een oude Hanzestad met een geschiedenis van meer dan duizend jaar, maar geen van de daken die Reacher kon zien, was ouder dan vijftig jaar. Duitsland had Groot-Brittannië gebombardeerd en daarna had Groot-Brittannië Duitsland gebombardeerd en dat hadden ze aardig grondig gedaan. In 1943 hadden ze een vuurstorm ontketend die Hamburg vrijwel met de grond gelijk had gemaakt. Vlammen tot driehonderd meter hoog, temperaturen van meer dan vijfhonderd graden. De lucht brandde, de straten brandden, rivieren en kanalen kookten. Veertigduizend doden bij één bombardement. Groot-Brittannië had zestigduizend doden te betreuren gehad tijdens de hele oorlog. *Wie wind zaait, zal storm oogsten.* Hosea, een van de twaalf kleine profeten, maar wat dat betreft sloeg hij de spijker op de kop.

De telefoon in de hotelkamer rinkelde. Het was Neagley die een afspraak wilde maken voor het ontbijt. Daarna rinkelde hij opnieuw. Vanderbilt, nog laat op in McLean, Virginia, met de namen van zesendertig Amerikanen die gedurende de week in kwestie van Hamburg naar Zürich waren gereisd. *We zullen allerlei mensen betrappen*, had Reacher gezegd.

Hij ging naar beneden naar het ontbijtbuffet dat er heel Europees uitzag, met veel vleeswaren en verschillende soorten rookkaas en paté. Hij ging bij Neagley zitten aan een tafel bij een raam. Negen uur 's ochtends in Hamburg, Duitsland.

Negen uur 's ochtends in Hamburg, Duitsland, was halfeen 's middags in Jalalabad, Afghanistan. In de keuken van een wit lemen huis werd de lunch bereid. Buiten heerste een heet woestijnklimaat, zoals in Arizona. De boodschapper wachtte. Hij was 's nachts aangekomen, na vier vluchten met burgerluchtvaartmaatschappijen en vijfhonderd kilometer over ruig terrein in een Toyota pick-up. Ze hadden hem een ontbijt gegeven en in een kamertje laten wachten. Daar had hij al vaak gewacht. Heen en terug, heen en terug. Dat was zijn leven. Hij was de enige man in het huis zonder baard of AK-47.

Uiteindelijk hadden ze hem naar een kleine, hete kamer gebracht, vol traag rondzoemende vliegen. Er zaten twee mannen op kussens, allebei met een baard, de een klein en dik, de ander lang en mager. Ze droegen allebei een lange witte jurk en een witte tulband.

'De Amerikaan wil honderd miljoen dollar,' zei de boodschapper.

De mannen in hun jurken knikten. De lange man zei: 'We zullen het vanavond tijdens het eten bespreken. Kom morgenvroeg terug voor ons antwoord.'

Neagley had bij de balie een plattegrond van Hamburg opgepikt. Ze vouwde hem open en hield hem schuin zodat het licht van het raam erop viel. 'Bij een afwezigheid van vijftig minuten moet je denken aan een straal van anderhalve kilometer, denk je niet? Twintig minuten heen, tien minuten praten, twintig minuten terug. In wat voor soort tent zouden ze elkaar ontmoeten?'

'Een kroeg of een koffiebarretje, of op een bank in een park,' zei Reacher.

Ze vonden het gehuurde appartement op de plattegrond. Neagley maakte een passer van haar duim en wijsvinger en trok een cirkel met een straal van anderhalve kilometer. Die besloeg een aantal straten waar volgens Reacher vooral woonhuizen stonden, maar ook wel een paar bedrijven gevestigd zouden zijn. Hij was in veel steden geweest en hij wist hoe dat werkte. In dat deel van de wereld zouden er in dat deel van de stad vooral veel panden zijn met appartementen op de bovenverdiepingen en kleine winkels en kantoren op de begane grond. Kleine delicatessenzaken natuurlijk, misschien wel juweliers en stomerijen en verzekeringsagenten. En bakkers en banketbakkers en koffiebarretjes en restaurants en echte kroegen. Een wijk. Er waren bovendien nog vier kleine plantsoentjes, zodat er misschien ook nog eens acht bankjes waren, en waarschijnlijk duiven die konden worden gevoederd, want dat deden spionnen altijd in de films die hij had gezien.

'Het is een mooie dag voor een wandeling,' zei Neagley.

Een gebied met een straal van anderhalve kilometer betekende een gebied met een doorsnee van drie kilometer, meer dan zeven vierkante kilometer. Ze vonden het appartement en liepen erlangs zonder te kijken en bleven vervolgens als toeristen met hun plattegrond op willekeurige straathoeken staan. Er liepen meer toeristen op straat. Ze waren geen uitzondering.

Gaandeweg registreerden ze de ene na de andere mogelijkheid. Alleen al in de eerste vijf straten een luxe bakker met twee goudkleurige tafeltjes waar je aan kon zitten om iets te gebruiken, drie doorsnee koffiebarretjes en twee echte kroegen. 'Maar de ontmoeting vond aan het eind van de middag plaats,' zei Reacher. 'Dat betekent dat de bakkerijen afvallen. Bakkerijen doen hun zaken 's ochtends. Ik denk dat ze elkaar in een kroeg hebben ontmoet.'

'Of in een park.'

'Waar zou de Amerikaan zich de dominante partij hebben gevoeld? Het gaat volgens ons om onderhandelingen. Dan zou hij een psychologisch voordeel willen hebben. Hij zou zich op zijn gemak willen voelen, en hij zou willen dat de andere partij zich ongemakkelijk voelde.'

'Gaan we ervan uit dat hij blank is?'

'Die kans is groot.'

'Dan in een kroeg voor skinheads.'

'Zou die er zijn in zo'n buurt als deze?'

'Dat kun je niet zien op een uithangbord. Daar doen ze niet aan.'

Reacher bestudeerde de plattegrond, probeerde de vormen te interpreteren, zocht de kruispunten van brede straten, waar het verkeer drukker zou zijn en dus de huur lager, en waar zijstraten waren waarin je auto's kon parkeren. Hij vond een potentiële locatie. Onderweg ernaartoe zouden ze twee van de plantsoentjes passeren.

'Het is een mooie dag voor een wandeling,' zei hij.

Qua beplanting waren de plantsoentjes een teleurstelling. Ze waren voor het grootste deel bestraat en er stonden bloembakken met bloeiende planten in kleuren zo fel als lippenstift. Maar er stonden ook banken, in beide gevallen twee die een beetje afgezonderd stonden. De ene man had op de ene bank kunnen zitten en de andere man op de andere bank, en dan had de eerste man iets kunnen zeggen en op kunnen staan om te vertrekken, en niemand zou er iets bijzonders in hebben opgemerkt. Gewoon een man op een bank. En nog een. De een komt en de ander vertrekt.

De plantsoenen waren potentiële locaties.

Het gebied met veel verkeer was niet zo heel anders, maar er was inderdaad iets meer lawaai en het was er levendiger. Bedrijfjes in de panden aan de drukste straat en in de eerste panden van de zijstraten. In één van die panden was een kroeg. Buiten stonden vier mannen bier te drinken. Om tien uur 's ochtends. Ze hadden alle vier een kaalgeschoren kop met littekens van snijwonden en korsten, alsof ze het zelf deden met een mes en daar trots op waren. Ze waren jong, tussen de achttien en de twintig, maar zwaargebouwd. Vier reusachtige hompen vlees. Ze kwamen niet uit die buurt, dacht Reacher. Dat wierp vragen op over territorium. Claimden die jongens iets?

'Laten we een kopje koffie gaan drinken,' zei Neagley.

‘Hier?’
‘Die jongens hebben ons iets te vertellen.’
‘Hoe weet je dat?’
‘Dat denk ik. Ze kijken naar ons.’
Reacher draaide zich om en ze keken naar hem. Primitief, een beetje uitdagend en met iets van angst. Iets dierlijks ook, alsof ze plotseling in een gemoedstoestand raakten van vluchten of vechten. Een moment van de waarheid.
‘Wat willen ze?’ vroeg Reacher.
‘Dat gaan we uitzoeken,’ zei Neagley.
Ze liep in een rechte lijn naar de deur van de kroeg.
De vier jongens schoven naar elkaar toe.
‘Zijn jullie Amerikanen?’ vroeg de jongen die vooraan stond.
‘Hoe raad je het zo,’ zei Reacher.
‘We laten geen Amerikanen toe in deze kroeg,’ zei de jongen.

6

Achteraf bedacht Reacher dat als een man van zijn eigen leeftijd dat had gezegd, hij hem meteen een dreun zou hebben verkocht, *bang*, nog voordat het laatste woord was weggestorven, want waarom zou je iemand die ruzie zoekt de kans geven zelf het juiste moment te kiezen? Maar dit was nog maar een jongen, en mededogen vereiste dat je hem op zijn minst een tweede kans gaf. Dus vroeg Reacher, heel nadrukkelijk: 'Spreek jij Engels?'

'Dat dóé ik,' zei de jongen.

'Omdat je helemaal de verkeerde woorden gebruikte zonet. Het klonk een beetje raar. Net alsof je wilde zeggen dat er in Duitsland kroegen zijn waar Amerikanen niet naar binnen mogen, waar ze niet welkom zijn. Dat is vast niet wat je bedoelde. Als je wilt, kan ik je wel vertellen wat je wel moet zeggen.'

'Duitsland is voor de Duitsers.'

'Vind ik prima,' zei Reacher. 'Maar toch ben ik hier. Gewoon onderweg. En ik heb zin in een kop koffie. Ik probeer jou de kans te geven een stap achteruit te doen en je gezicht te redden zonder dat je een pak op je donder krijgt.'

'We zijn met z'n vieren.'

'Hoelang heb je erover gedaan om dat op te tellen? Nee, echt, daar ben ik benieuwd naar.'

Achter het raam van de kroeg verscheen een gezicht. Iemand keek naar buiten en dook toen weer weg.

'We kunnen wel doorlopen,' zei Neagley. 'Dit is niet de plek. Onze man zou hier niet binnenkomen.'

'En ons kopje koffie dan?' vroeg Reacher.

'Waarschijnlijk waardeloze koffie.'

'Het is geen waardeloze koffie,' zei de jongen. 'De koffie is hier goed.'

'Je hebt me zojuist overgehaald,' zei Reacher. 'Nu aan de kant graag.'

De jongen bleef staan.

'Hier bepalen wij wat er gebeurt,' zei hij. 'Niet jij. De Amerikaanse bezetting is voorbij. Duitsland is voor de Duitsers.'

'Het klinkt alsof je van plan bent dat met me uit te vechten.'
De jongen deed een stap naar voren.
'Wij zijn niet bang,' zei hij.
Hij klonk als de schurk in een oude zwart-witfilm.
'Jij denkt dat de toekomst van jou is?' vroeg Reacher.
'Dat denk ik.'
'Steeds maar weer hetzelfde doen en dan hopen dat het op een andere manier afloopt, is pure waanzin, weet je? Heb je dat wel eens eerder gehoord? Dat zeggen de geleerden. Ik geloof dat het van Einstein komt. Dat was een Duitser, toch? Denk daar maar eens over na.'
'Ik wil dat jullie weggaan.'
'Ik tel tot drie, jongen. Aan de kant.'
Geen reactie.
'Eén.'
Geen reactie.
Reacher sloeg op de tweede tel. Eigenlijk vals spel, maar waarom ook niet? De tweede kans was allang voorbij. Welkom in de echte wereld, jongen. Een rechtse directe, op zijn middenrif. Een humaan gebaar. Alsof je een koe verdooft. De tweede jongen had minder geluk. Hij had het momentum tegen. Hij struikelde, waardoor Reachers elleboog precies tegen de brug van zijn neus aankwam, tussen zijn ogen, en toen hij onderuitging versperde hij de vierde jongen de weg, net lang genoeg om Reacher de kans te geven de derde een soort dolkstoot te geven met dezelfde elleboog, die in een zwaai terugkwam, wat de vierde plotseling heel kwetsbaar maakte, zodat Reacher kon kiezen. Hij koos ervoor hem in zijn ballen te trappen. Dat vergde de minste inspanning en sorteerde het meeste effect.
Hij stapte over de wirwar van benen en liep de kroeg in. Er stond een oude kerel achter de bar. Geen klanten. De man leek een jaar of zeventig. Net zo oud als Ratcliffe. Maar hij was beduidend minder fit. Zijn gezicht was gerimpeld en gegroefd, hij was helemaal grijs en had een kromme rug.
'Spreek jij Engels?' vroeg Reacher.
'Ja,' zei de oude man.
'Ik zag je net uit het raam kijken.'

'O ja?'

'Jij wist dat die jongens daar buiten stonden.'

'En wat dan nog?'

'Ze vonden dat er alleen Duitsers naar binnen mochten. Wat vind jij daarvan?'

'Ik heb het recht zelf te bepalen wie ik wel en niet wil bedienen.'

'Wil je mij bedienen?'

'Nee, maar als het moet, doe ik het.'

'Is je koffie te drinken?'

'Die is heel goed.'

'Ik wil je koffie niet. Ik wil alleen maar antwoord op een vraag. Iets wat ik altijd al graag heb willen weten.'

'En dat is?'

'Hoe voelt het om een oorlog te verliezen?'

Reacher en Neagley vervolgden hun weg en gaven het vijf straten verder op. Er waren domweg te veel potentiële locaties. Door te gissen naar persoonlijke smaak en voorkeuren konden ze het aantal mogelijkheden terugbrengen, maar dan bleven er nog steeds voor elk denkbaar scenario te veel opties open. Het was eenvoudigweg onmogelijk te voorspellen waar de twee mannen elkaar zouden ontmoeten.

'We moeten het andersom doen,' zei Reacher. 'We moeten ons ingraven en wachten tot de boodschapper terugkomt. Dan kunnen we hem volgen en erachter komen met wie hij heeft afgesproken. Dat zal best moeilijk worden, als je alles in ogenschouw neemt. Dat zal de nodige vaardigheid vereisen, buiten op straat. En een heleboel mensen. We hebben een team van gespecialiseerde surveillanten nodig.'

'Dat gaat sowieso niet,' zei Neagley. 'We mogen de Iraniër niet in gevaar brengen.'

'We gaan niets doen. Gewoon wachten. Zo lang als maar nodig is. We hoeven nu alleen maar de man te zien die hij ontmoet. Als we weten wie dat is, kunnen we later op hem af via een gefingeerd onderzoeksspoor dat vanuit een heel andere hoek naar hem leidt. Of het echte onderzoeksspoor aanpassen. Hoe dan ook, we kunnen het zo doen dat de boodschapper er niet bij betrokken lijkt te zijn. Dan zou er niets veranderen aan de positie van de Iraniër.'

'Bestaan er nog wel gespecialiseerde surveillanceteams?'
'Bij de CIA vast wel.'
'Op elk consulaat? Nog steeds? Dat betwijfel ik. Reken er maar op dat jij en ik het alleen moeten doen. Dat maakt het verdomd lastig. Zoals je al zei. Vooral omdat dat appartementencomplex vast ook een achteruitgang heeft. Dan moeten we vanaf het begin gescheiden opereren.'
'Misschien heeft Waterman mensen,' zei Reacher.
'De operatie zou groter opgezet moeten zijn.'
'We konden alles krijgen wat we nodig hebben, zei de man.'
'Maar ik ben er niet van overtuigd dat hij dat ook meende. Hij zal zeggen dat zelfs het surveilleren bij het appartement een risico betekent voor de Iraniër. En dat klopt. Het kan wel twee weken duren. Als iemand één foutje maakt of als ze dezelfde persoon twee keer zien, is het safehouse waardeloos geworden, en dan komen ze er wel achter waarom. We kunnen geen kant op.'
Reacher zei niets.

Ze liepen terug naar het hotel. Met nog twee straten te gaan zagen ze vier patrouillewagens van de politie geparkeerd langs het trottoir, terwijl acht agenten in uniform langs de huizen gingen, aanbelden en met mensen praatten in de hal van de panden. Navraag van huis tot huis. Er was iets ernstigs aan de hand.
Ze zouden zijn doorgelopen, ware het niet dat een agent hen staande hield en in het Duits vroeg: 'Woont u in deze straat?'
'Spreekt u Engels?' vroeg Reacher.
'Woont u in deze straat?' vroeg de man opnieuw, nu in het Engels.
Reacher wees. 'Wij logeren in het hotel.'
'Hoelang bent u hier al?'
'We zijn vanochtend aangekomen.'
'Hebt u vannacht gevlogen?'
'Ja.'
'Vanuit Amerika?'
'Hoe raadt u dat zo?'
'Dat kan ik zien aan uw kleren en de manier waarop u zich gedraagt. Wat is het doel van uw bezoek?'
'Vakantie.'

‘Uw papieren, alstublieft,’ zei de man.

‘Meent u dat?’ vroeg Reacher.

‘Volgens de wet in Duitsland moet u zich kunnen legitimeren als de politie daarom vraagt.’

Reacher haalde zijn schouders op en zocht in zijn zak naar zijn militaire ID-kaart. Het kostte hem niet veel moeite die te vinden, want hij had verder weinig op zak. Hij overhandigde zijn legitimatiebewijs. Neagley deed hetzelfde. De politieagent schreef hun namen in zijn boekje en gaf hun beleefd de legitimatiebewijzen terug.

‘Dank u,’ zei hij.

‘Wat is er gebeurd?’ vroeg Reacher.

‘Er is een prostituee gewurgd. Voordat u aankwam. Ik wens u een plezierige dag verder.’

De man liep door en liet hen achter op het trottoir.

Op dat moment was de Amerikaan nog geen vijfhonderd meter verderop. Hij huurde een auto bij een klein filiaal, in twee panden op de begane grond ingeklemd tussen de andere huizen in een parallelstraat. Hij wilde een paar dagen de stad uit. Of zelfs misschien maar voor een paar uur. Een onvolwassen reactie, dat wist hij ook wel. Kinderachtig. *Als ik jou niet kan zien, kun jij mij ook niet zien.* Niet omdat hij zich zorgen maakte, helemaal niet. Geen vingerafdrukken, geen DNA, geen camera’s. Ze was maar een prostituee. Ze zouden er snel de brui aan geven. Daarvan was hij overtuigd. Maar ondertussen had het geen zin om daar te blijven rondhangen. Hij zou naar Amsterdam rijden en dan weer terugkomen. Het was net als vallen: onmogelijk om er nu mee op te houden.

Toen Reacher en Neagley terugkwamen bij het hotel, vertelde de man achter de balie hun dat iemand uit Amerika met de naam Waterman twee keer voor hen had gebeld. Twaalf uur ’s middags in Hamburg. Zes uur ’s ochtends aan de oostkust. Iets belangrijks. Ze gingen naar de kamer van Neagley, die het dichtstbij lag, en belden terug. Landry, de assistent van Waterman, nam de telefoon aan. Ze waren allemaal al aan het werk. Vervolgens kwam Waterman zelf aan de lijn. Hij zei: ‘Jullie moeten terugkomen. Ze hebben meer informatie opgevangen. Ze denken dat dat alles verandert.’

7

Ze vlogen met Lufthansa, vroeg in de avond. Ze zaten naast elkaar, omringd door voornamelijk jonge mensen die hoofdzakelijk alleen reisden. Sommigen zagen er sjofel uit, anderen ronduit vreemd, en weer anderen alsof ze deelnamen aan een postdoctorale excursie. Twee uur nadat ze uit Hamburg waren vertrokken arriveerden ze in de Verenigde Staten, halverwege de avond, acht uur in de lucht min zes tijdzones. Ze haalden de Caprice uit de parkeergarage voor kort parkeren, reden in het donker naar McLean en parkeerden naast de twee andere Chevrolets die eruitzagen alsof ze niet van hun plaats waren geweest. Ze liepen naar binnen en troffen iedereen samen met Ratcliffe en Sinclair op elkaar gepropt aan in het kantoor. In afwachting van hun komst. Maar ze hadden niet lang gewacht. Rang heeft zo zijn voordelen. 'Jullie zijn precies op tijd,' zei Ratcliffe. 'De FAA heeft ons op de hoogte gehouden van jullie vlucht, en de politie heeft ons op de hoogte gehouden van de verkeersdrukte hiernaartoe.'

'Wat hebben we gemist?' vroeg Reacher.

'Een stukje van de puzzel,' zei Ratcliffe. 'Wat weet je van computers?'

'Ik heb er een keer een gezien.'

'In alle computers zit een ding dat de datum en de tijd bijhoudt. Een klein printje. Heel simpel, heel goedkoop en al heel lang geleden ontwikkeld, destijds toen alles nog met ponskaarten ging en alle data in acht kolommen geperst moesten worden. Om bits uit te sparen schreven ze alleen de laatste twee cijfers van het jaartal, niet alle vier. 1960 werd 60, 1961 werd 61, enzovoort. Ze moesten zuinig zijn met ruimte. Dat werkte prima, alleen was dat toen, en nu is nu, en voordat je het doorhebt, wordt 1999 het jaar 2000. Niemand weet of de systemen met twee cijfers die overgang goed kunnen verwerken. Misschien denken ze wel dat het opnieuw 1900 is. Of 19.100. Of het jaar nul. Misschien blijven de computers wel gewoon hangen. Overal op de wereld kunnen zich catastrofale storingen voordoen. Nutsbedrijven en infrastructuur zouden kunnen uitvallen. Hele steden in het duister. Banken zouden plat kunnen gaan. Je zou al je geld in een vloek en een zucht kunnen kwijtraken. Nog sneller dan dat zelfs.'

'Ik heb geen geld,' zei Reacher.

'Maar je snapt wat ik bedoel.'

'Wie hebben die print ontworpen? Wat zeggen zij?'

'Die zijn allemaal allang met pensioen of overleden. Bovendien gingen ze ervan uit dat die programma's het maar een paar jaar hoefden vol te houden. Dus is er geen documentatie. Het was niet meer dan een stelletje sukkels rondom een laboratoriumtafel die probeerden iets uit te vogelen. Niemand herinnert zich nog precies de details. En niemand is slim genoeg om de weg terug te vinden. Er zijn er bovendien die denken dat ze niet precies wisten hoe de gregoriaanse kalender werkt. Ze zijn misschien vergeten dat het jaar 2000 een schrikkeljaar is. Normaal gesproken zijn alle jaartallen die deelbaar zijn door honderd geen schrikkeljaar, maar alle jaartallen die deelbaar zijn door vierhonderd juist weer wel. Het is een puinhoop.'

'En wat heeft dat met ons probleem te maken?'

'De wereld is in toenemende mate afhankelijk van computers. Internet is misschien wel iets heel groots tegen 2000. Dat zou het probleem ineens veel groter maken, omdat dan alles aan elkaar vastzit. Daarmee gaat de inzet flink omhoog. Er zijn mensen die zich zorgen beginnen te maken. Ze beginnen de gevaren onder ogen te zien. Daar springen handige ondernemers op in die softwarepatches beginnen te ontwikkelen.'

'Wat zijn dat voor dingen?'

'Een soort toverdrank in de vorm van programmacode. Je installeert de patch en die lost het probleem voor je op. Daar valt veel geld mee te verdienen. Het is een enorme markt. Miljoenen mensen over de hele wereld hebben die oplossing op tijd nodig. Het is urgent. Zo urgent dat we bang zijn dat mensen eerst zullen installeren en dan pas gaan nadenken. Dat maakt ze kwetsbaar.'

'Kwetsbaar?'

'We hebben nog een flard van een gesprek opgevangen. Er zou een kant-en-klare patch te koop zijn. Die schijnt er goed uit te zien, maar dat is hij niet. Het is een Trojaans paard. Net zoiets als een virus of een worm, maar dan iets anders. Het is een kalendersysteem met vier cijfers, maar het kan op afstand worden stilgezet via internet. En dat wordt iedere dag groter. Over de hele wereld zullen computers crashen. Van overheden, nutsbedrijven, bedrijven en particulieren. Probeer je eens in te denken hoeveel macht dat iemand geeft. Probeer je de chaos eens voor te stellen. Denk eens aan de enorme mogelijkheden voor chantage. Voor zoiets zou iemand wel honderd miljoen dollar willen betalen.'

'Is het niet vergezocht?' vroeg Reacher. 'Er zijn heel veel zaken waarvoor mensen wel honderd miljoen dollar willen betalen. Waarom denken jullie per se hieraan?'

Je kunt maar beter eerst het hele verhaal horen.

'Je hebt een bepaald soort talent nodig om zoiets te schrijven,' zei Ratcliffe. 'Een bepaald soort instelling bovendien. Een beetje anarchistisch. Niet dat zij het zelf zo zien natuurlijk. Ze zien het zelf meer als iets hips. Ik heb me laten vertellen dat zo'n mentaliteit veel voorkomt onder programmeurs van software. Vierhonderd van die programmeurs zijn net in het buitenland bij elkaar geweest op een congres. Vierhonderd van de meest hippe computerfreaks op de wereld. Ongeveer de helft van hen was Amerikaan.'

'Waar?'

'Het congres was in Hamburg. Ze waren er op hetzelfde moment als jullie. Het congres duurde tot vanochtend. Ze zijn vandaag allemaal weer vertrokken.'

Reacher knikte. 'Ik denk dat we een aantal van hen in het vliegtuig hebben gezien. Jong en sjofel.'

'Maar het congres draaide op volle toeren op de dag dat de boodschapper zijn afspraak had. Op dat moment waren er tweehonderd Amerikaanse programmeurs in de stad. Misschien is een van hen er even een uurtje tussenuit geglipt.'

Reacher zei niets.

'Mijn mensen vertellen me dat dergelijke congressen in Europa een iets ander karakter hebben, dat ze allerlei rare snuiters en extremisten aantrekken.'

Ratcliffe vertrok met zijn lijfwachten in zijn zwarte SUV. Sinclair leidde de rest van het overleg. Ze zei dat ze de aandacht zouden verleggen naar computerprogrammeurs. Ze zei dat de FBI een nieuwe eenheid had die was gespecialiseerd in zulke zaken. Waterman zou optreden als verbindingsman met die eenheid, maar alleen via haar of Ratcliffe of de president, of iemand anders die een nuttige bijdrage zou kunnen leveren, maar ook nu weer niet rechtstreeks. White zou de tweehonderd Amerikanen in kaart brengen en beginnen met antecedentenonderzoek. Reacher zou niet onmiddellijk een duidelijke rol hebben, maar moest wel paraat blijven, voor het geval dat. Het ministerie van Defensie had computers en programmeurs. Feitelijk was daar zelfs in allereerste instantie alarm geslagen over de millenniumbug. Misschien had de schurk de vraag aangewakkerd voordat hij zich bezig ging houden met het aanbod.

Waterman en White gingen aan de slag, maar Reacher bleef in het kantoor. Nu was hij alleen met Sinclair. Ze liet haar blik over hem heen glijden en vroeg: 'Wil je me iets vragen?'

Hij dacht: *Heb je al gegeten?* Ze droeg opnieuw een zwarte jurk tot op de knie, vrij strak, en opnieuw zwarte nylons en dure schoenen. En dan dat gezicht en het haar, de nonchalante stijl, gekamd met de vingers. Geen trouwring.

Maar hij zei: 'Denk je echt dat dit iets is wat knapen die in Jemen in touwen klimmen zouden willen kopen?'

'We zien niet in waarom niet. Ze zijn niet onbeschaafd. In feite spreekt het prijskaartje boekdelen. Dat komt uit de kas van een schurkenbedrijf of ze worden gefinancierd door een schurkenstaat, of ze hebben de sleutel van de kluis van een heel rijke familie. In alle gevallen betekent dat vertrouwdheid met de moderne wereld, inclusief computersystemen.'

'Dat is een selffulfilling prophecy. Je zoekt argumenten.'

'Wat bedoel je?'

'Improviseren is goed, maar paniek is een kwalijke zaak. Jullie klampen je vast aan strohalmen. Misschien zit je er helemaal naast. Wat is er gebeurd met geen middel onbeproefd laten?'

'Weet jij een andere benadering die hout snijdt?'

'Voorlopig niet.'

'Wat is er in Hamburg gebeurd?' vroeg Sinclair.

'Niet veel,' zei Reacher. 'We hebben het appartement gezien. Hoe gaat het met de Iraniër?'

'Goed. Hij heeft zich vanochtend gemeld. Er gebeurt niets. Er was enige opwinding vier straten verderop. Iemand heeft een prostituee vermoord.'

'Dat hebben we gezien,' zei Reacher. 'We hebben heel veel gezien. Ook veel te veel locaties voor een afspraak. Het heeft geen zin om aan het andere uiteinde te beginnen. We moeten de boodschapper volgen van het appartement naar de afgesproken plek.'

'Te riskant.'

'Het kan niet anders.'

'Misschien kun je de Amerikaan opsporen voordat die ontmoeting plaatsvindt. Dan benader je het vanaf de andere kant. Dat is waarschijnlijk beter voor iedereen die erbij betrokken is.'

'Ze zetten je van hogerhand onder druk.'

'Ze willen het in Washington graag zo snel mogelijk opgelost zien.'

'Daarom geeft het een goed gevoel om de mogelijkheden in te perken. Dat is weer een stapje vooruit. Tweehonderd voelt beter dan tweehonderdduizend. Dat begrijp ik. Maar wat goed voelt, is niet altijd de beste aanpak.'

Sinclair dacht lang na. Toen zei ze: 'Oké, je mag het op je eigen manier aanpakken als de anderen je niet nodig hebben.'

Een beperking van een heel andere orde. Vrijheid van handelen als uitlaatklep voor de druk. Het voelde als een honkbalwedstrijd waar de slagman uit werd gegeven bij één slag. Een enkele poging tot een theorie.

'Alles komt steeds weer uit bij dezelfde vraag,' zei Neagley. 'Wat verkoopt de man?'

'Dat ben ik met je eens,' zei Reacher.

'Dus wat verkoopt hij?'

'Jij hebt de lijst gemaakt.'

'Nee dus, die lijst is leeg. Wat voor soort geheime militaire inlichtingen zouden ze van ons willen? Wat is voor hen honderd miljoen dollar waard? Ze weten al wat ze moeten weten. Dat kunnen ze in de krant lezen. Ons leger is groter dan hun leger. Einde verhaal. Als het erop aankomt, hakken we ze in de pan. Waarom zouden ze honderd miljoen dollar uitgeven om erachter te komen hoe we dat doen en hoe vreselijk ze op hun donder krijgen? Wat hebben ze daar nu aan?'

'Dus wapentuig.'

'Maar wat? De spullen zijn of te goedkoop en massaal, of ze hebben een heel regiment technici nodig om ze aan de praat te krijgen. Daar zit niets tussenin. Honderd miljoen is een heel rare prijs.'

Reacher knikte. 'Dat heb ik ook tegen White gezegd. Hij dacht aan tanks en vliegtuigen.'

'Wat voor wapens zouden ze van ons willen? Geef me eens één goed voorbeeld. Iets wat een infanterist op het slagveld kan gebruiken als de gevechten het zwaarst zijn. Want dat moet de standaard zijn waarop ze mikken. Iets wat eenvoudig en robuust en betrouwbaar is. Iets met een grote rode knop. En een grote gele pijl die de richting aangeeft. Want ze zijn niet opgeleid als specialisten en ze hebben geen regiment technici.'

'Er zijn een heleboel van dat soort dingen.'

'Klopt. Draagbare, vanaf de schouder lanceerbare luchtdoelraketten zouden heel nuttig zijn. Daar kunnen ze vliegtuigen van de burgerluchtvaart mee neerhalen. Boven steden. Maar daar hebben ze er duizenden van. We hebben duizenden van die dingen aan de rebellen gegeven en de Russen hebben er duizenden achtergelaten. En het nieuwe Rusland verkoopt nu al die duizenden die ze mee terug hebben genomen. En als ze daar nog niet genoeg aan hebben, kunnen ze goedkope kopieën kopen in China. Of Noord-Korea. Het zou simpelweg niet uitvoerbaar zijn om voor honderd miljoen dollar dergelijke raketten te kopen. Er zijn er veel te veel van. Ze zijn te goedkoop. Economie les één. Alsof je voor honderd miljoen dollar zand koopt.'

'Wat dan wel?'

'Er is niets. We hebben geen theorie.'

Tien uur 's avonds in McLean, Virginia.

Dat was halfzeven de volgende ochtend in Jalalabad, Afghanistan. De boodschapper zat weer te wachten in het zijkamertje. De vroege ochtendzon scheen naar binnen door een raam hoog in de muur, speelde met stof in de lucht en wekte pasgeboren vliegen tot leven. In de keuken werd thee gebrouwen.

Na verloop van tijd werd de boodschapper naar de kleine, hete kamer gebracht. Daar was ook een raam hoog in de muur, met het schijnsel van de ochtendzon, dansend stof en ontwakende vliegen. Dezelfde twee mannen zaten onder het zonlicht op dezelfde twee kussens. Allebei met een baard, de een klein en dik, de ander lang en mager, allebei gekleed in een eenvoudige witte jurk en getooid met eenzelfde eenvoudige witte tulband.

'Vandaag vertrek je met ons antwoord,' zei de lange man.

De boodschapper boog eerbiedig het hoofd.

'Het is gebruikelijk om af te dingen,' zei de lange man. 'Maar wij kopen geen kamelen, dus is ons antwoord eenvoudig.'

De boodschapper boog opnieuw het hoofd en hield het iets scheef alsof hij hun zijn oor leende.

'Zeg tegen de Amerikaan dat we zijn prijs zullen betalen,' zei de lange man.

8

Vier uur later was het acht uur 's ochtends in Hamburg. De gemeentelijke lijkschouwer begon met zijn werk in het centrale mortuarium. Hij had de vorige avond laat de sectie afgerond. Onbetaald overwerk, maar moord kwam weinig voor en hij moest zijn carrière opbouwen. Nu wilde hij zijn aantekeningen nog een keer doornemen voordat hij zijn bevindingen zou rapporteren.

Het slachtoffer was een vrouw van het blanke ras met een bleke huid. Volgens haar papieren was ze zesendertig jaar en acht maanden oud geweest op het tijdstip van overlijden. Dat kwam overeen met de fysieke kenmerken. Ze had een goede conditie gehad. Iemand die regelmatig een dieet volgde, gezien het lage vetpercentage. Iemand die regelmatig naar de sportschool ging, gezien de spiermassa. Ze had ongeveer zes uur voor haar dood een couscoussalade gegeten en ongeveer een uur voor haar dood sperma doorgeslikt. Daarna was ze van achteren gewurgd, op een bruuske manier, door een rechtshandige dader, want het weefsel aan de rechterkant was iets meer beschadigd, wat duidde op sterkere vingers.

De bleke huid van het slachtoffer vertoonde nog meer perimortale bloeduitstortingen op andere plaatsen. Niet spectaculair, maar wel duidelijk zichtbaar. In het bijzonder waren er twee opkomende blauwe plekken op de achterzijde van de ellebogen, waar de dader zijn knieën had geplant. Hij had haar klem gehouden op het bed, schrijlings op haar gezeten, haar als een pony bereden. Bovendien waren ook op haar billen vage blauwe plekken te zien, veroorzaakt door het contact met zijn billen. Het was een stakerige man, volgens de lijkschouwer. Sterk, maar pezig. Knokige, harde handen en knieën. Een kerel met een mager kontje, zouden ze op tv zeggen. Waarschijnlijk energiek en gespannen, nerveus in gedrag en in staat tot geweldsuitbarstingen.

Er ontstond een beeld.

Een meevaller was dat de afstand tussen de bloeduitstortingen op de billen van het slachtoffer en die op haar ellebogen natuurlijk precies de afstand aangaven tussen het zitbeen en de knieschijf van de dader. Als je daar de standaardafmetingen van de gewrichten van aftrok, hield je de precieze lengte van zijn dijbeen over. De lengte van het dijbeen werd als een onfeilbare indicatie van iemands lengte beschouwd.

De dader was een meter drieënzeventig lang. In Amerikaanse eenheden: vijf voet en acht inches. En je moest die Amerikaanse maten mee in beschouwing nemen, omdat het slachtoffer een prostituee was. Soldaten in het Amerikaanse leger hadden nog steeds flink wat te besteden. Hoe dan ook, de man was geen dwerg, maar ook geen reus geweest.

De lijkschouwer voegde met een paperclip een persoonlijke aantekening toe aan het dossier. Dat was niet gebruikelijk, maar hij liet zich een beetje meeslepen door zijn opwinding. In de aantekening verwoordde hij zijn indruk dat de dader waarschijnlijk een rechtshandige man was met een doorsneelengte, waarschijnlijk minder zwaar dan gemiddeld, met een uitgesproken botstructuur, een krachtige bouw, maar eerder pezig dan gespierd. Het postuur van een langeafstandsloper.

Daarna stopte de lijkschouwer het rapport in een envelop, die hij verzegelde en meteen per fietskoerier liet bezorgen bij het hoofd van de recherche op het hoofdbureau van politie.

Het hoofd van de recherche was er in eerste instantie niet blij mee. Pas later raakte hij opgewonden. Hij heette Griezman. Men beschouwde hem als een succesvol man. Het oplossingspercentage van negentig procent dat zijn afdeling scoorde, was indrukwekkend. Maar in dit geval wilde Griezman geen indruk maken. Hij wilde een kort onderzoek en daarna zou hij het dossier zo ver mogelijk wegstoppen, bij de resterende tien procent van vergeten cold cases.

Hij had de aantekeningen van zijn rechercheurs gelezen. Een van hen schreef dat het slachtoffer normaal gesproken 's avonds laat van haar huis naar het hotel reed, in de garage parkeerde en in de bar aan het werk ging. Die avond had echter niemand haar zien arriveren. Normaal gesproken ging ze met de cliënt naar diens hotelkamer. Normaal gesproken zou ze rond middernacht weer vertrekken, soms de volgende ochtend vroeg. Mogelijk zouden de barkeepers en het schoonmaakpersoneel een lijst kunnen samenstellen van mannen met wie ze was gezien.

Uit de aantekeningen van een andere rechercheur bleek dat het ongebruikelijk was dat ze cliënten meenam naar haar eigen appartement. Dat was in het algemeen ongebruikelijk voor prostituees. Misschien was de cliënt een vaste klant geweest. Bekend en vertrouwd. In dat geval zou een onderzoek naar vaste cliënten mogelijk iets opleveren. Cliënten tot een jaar of twee terug misschien. Men ging ervan uit dat het contact was gelegd in de bar. Misschien dat het personeel van het hotel zich iets zou kunnen herinneren van een eerste ontmoeting. Het merendeel van het personeel werkte er al lang.

Een derde aantekening maakte duidelijk dat ze extreem duur was.

Griezman sloot zijn ogen.

Dat wist hij al. Hij wist ook dat ze in de bar haar werk deed. In sommige opzichten bevatten de aantekeningen fouten. Het was niet ongebruikelijk dat ze thuis werkte. Helemaal niet. Soms ontmoette ze mensen in de bar die niet in het hotel verbleven. Heren die gewoon in Hamburg woonden en ontspanning zochten na een dag hard werken op kantoor. Heren met een eigen huis in de buurt, dat vanzelfsprekend niet kon worden gebruikt. Vanwege echtgenotes en gezinnen en dergelijke.

Heren die gewoon in Hamburg woonden, zoals hijzelf.

Hij was haar klant geweest. Bijna een jaar geleden. Drie keer. Oké, vier keer. Steeds bij haar thuis. De eerste keer inderdaad vanuit het hotel. *Wat is je kamernummer? Ik heb hier niet echt een kamer, ik kom hier alleen iets drinken.* Ze waren in hun eigen auto naar haar appartement gereden. Hij had geld bij zich van een verzekeringspolis die net was uitgekeerd, met een bonus. Dat bedrag had naar zijn spaarrekening voor de kinderen gemoeten. En nu was ze dood. Vermoord. Hij zou op die lijst staan van mannen met wie ze was gezien. Een minutieus onderzoek zou rampzalig zijn. Er was vast iemand die zich iets zou herinneren. Hij zou natuurlijk zijn baan kwijtraken. En zijn vrouw zou natuurlijk van hem scheiden. Een enorm gezichtsverlies.

Hij maakte de envelop van de lijkschouwer open. Hij las de harde, koude feiten. Hij kende die hals. Het was een lange, slanke hals met een schitterend bleke teint. Hij wist dat ze van couscous hield. Hij wist dat ze het doorslikte.

Hij bladerde naar de laatste pagina en zag de persoonlijke aantekening van de lijkschouwer. Rechtshandig, doorsneelengte, licht, uitgesproken botstructuur, eerder pezig dan gespierd.

Het postuur van een langeafstandsloper.

Hij was zelf twee meter en woog honderdzesendertig kilo. Vooral veel vet. Hij at worst met aardappelpuree als ontbijt. De laatste keer dat hij een bot had gezien was op een röntgenfoto.

In geen enkel opzicht het postuur van een langeafstandsloper.

Hij gaf zijn secretaresse opdracht iedereen bij elkaar te roepen voor overleg. Zijn team verzamelde zich. Zijn rechercheurs. Hij zei: 'Het wordt tijd voor een aantal nieuwe parameters. Laten we aannemen dat het slachtoffer naar het hotel is gereden, maar werd opgepikt voordat ze naar binnen ging. Een toevallige ontmoeting in de parkeergarage of zo. Misschien een vaste klant. Misschien iemand die ze al lange tijd niet had gezien. Waaruit je kunt afleiden dat hij rijk genoeg is om zich haar te kunnen permitteren, maar niet in het hotel verblijft, want dan zou ze bij voorkeur met hem naar zijn kamer zijn gegaan. Het is dus iemand van hier of iemand die elders in een hotel verblijft. De vraag rijst of hij een auto had. Waarschijnlijk wel, omdat hij in de garage was. Maar misschien ook niet, omdat de kortste weg naar de andere kant van het huizenblok door de garage voert. In dat geval is hij misschien met het slachtoffer meegereden naar haar huis. In dat geval moeten we vingerafdrukken nemen in haar auto. Op zijn minst van de deurkrukken en de veiligheidsgordels.'

Zijn rechercheurs maakten aantekeningen.

'En het mooiste is,' zei Griezman, 'dat we nu hard feitenmateriaal hebben van de lijkschouwer. De dader is een magere man met een doorsneelengte. Dat is informatie gestoeld op wetenschappelijke basis. Dus zo iemand zoeken we. Niemand anders. Vergeet klanten uit het verleden, tenzij ze een doorsneelengte hadden en mager waren. We zijn niet geïnteresseerd in andere klanten. Ongetwijfeld is het allemaal verspilde tijd en moeite, want waarschijnlijk is het een zeeman die achterstallig loon uitbetaald had gekregen, die nu allang weer ergens op de oceaan zit, maar we moeten iets doen. Maar werk doelgericht. Verknoei geen tijd. Doorsneelengte, mager, vingerafdrukken in de auto. Zet daar maar vinkjes bij. Verder niets. Geen spoken najagen. Bewaar je energie maar voor de volgende klus.'

De rechercheurs stonden op en verlieten de ruimte. Griezman haalde diep adem en leunde achterover op zijn stoel.

Op datzelfde moment stond de Amerikaan in Amsterdam onder de douche. Hij was laat opgestaan. Hij had een kamer in een hotel, net niet op een toplocatie. Het was een klein, schoon hotel. Onder de gasten bevonden zich piloten van lijnvliegtuigen. Zo'n soort hotel. Hij was beneden geweest om koffie te drinken en had in de ontbijtzaal Duitse kranten zien liggen. Geen koppen. Ze hadden helemaal niets. Hij was veilig.

Op datzelfde moment zat de boodschapper in een Toyota pick-up en had hij de eerste tien van de vijfhonderd kilometer achter de rug. Er zouden nog vier luchthavens volgen en drie safehouses. Allemaal zwaar genoeg, maar het ergste was het eerste deel van de reis. De weg was slecht. Slecht voor de pick-up en slecht voor de passagier. Het was vermoeiend. Op sommige stukken was het amper nog een weg. Op sommige plaatsen was het meer de bedding van een drooggevallen rivier. Maar dat was de prijs die je betaalde voor afzondering.

De zon bewoog van oost naar west en verlichtte eerst de kust van Delaware, daarna de oostkust van Maryland, dan Washington D.C., en verleende de stad even een gloed van vroeg ochtendlicht, alsof alles draaide om dat specifieke moment van de dag. Daarna werd het licht in McLean. Het vrachtwagentje van het cateringbedrijf reed het bedrijventerrein op met koffie en ontbijt. Iedereen was wakker en in afwachting. Landry, Vanderbilt en Neagley waren ondergebracht in het tweede van de drie gebouwen op de campus van Educatieve Oplossingen. Hier was het van hetzelfde laken een pak: waar bureaus hadden gestaan, waren bedden geplaatst. De babysitters van de NSC wisselden elkaar af vanuit het derde gebouw. Steeds had er één dienst terwijl de ander sliep.

‘Op tien man na zijn de programmeurs allemaal terug in de Verenigde Staten of hebben ze hun ticket geboekt,’ zei White. ‘Die andere tien zijn expats. Die wonen in Europa en Azië. Er woont er zelfs een gewoon in Hamburg.’

‘Gefeliciteerd,’ zei Reacher. ‘Je hebt de zaak opgelost.’

‘Het is een kwestie van afwegen. Is de kans dat een expat een boef is groter of niet? Moeten we eerst naar hen kijken of niet?’

‘Wie is die man in Hamburg?’

‘We hebben een foto van hem. Het is een alto. Hij was al vroeg met computers bezig. Hij beweert dat ze vroeg of laat de wereld democratischer zullen maken. Dat betekent dat hij dingen steelt en vernielt, en dat politiek noemt in plaats van criminaliteit. Of een performance.’

Vanderbilt haalde de foto tevoorschijn. De man stond met hoofd en schouders afgebeeld, linksboven op een uit een tijdschrift gescheurde pagina. De foto hoorde bij een artikel in een opinieblad, zo te zien uit de wereld van de tegencultuur. Het was een magere, blanke man met een enorme bos haar. Alsof hij aandelen had in een haargroeimiddel. Een kruising tussen een krankzinnige professor en een ondeugende grappenmaker. Hij was veertig jaar oud.

‘Het hoofd van de CIA in Hamburg is een keertje langs zijn huis gelopen,’ zei White. ‘De man is niet thuis op het moment.’

‘Als hij daar woont,’ zei Reacher, ‘waarom heeft hij dan de eerste ontmoeting geregeld tijdens dat congres? Dat was een drukke week. En toen waren er mensen die hem kenden. Iemand zou iets gezien kunnen hebben. Hij had het beter eerder of later kunnen doen.’

‘Wil je zeggen dat de timing erop wijst dat het een van de andere deelnemers aan het congres is geweest?’

‘Ik wil zeggen dat dit hele gedoe volgens mij Alice in Wonderland is.’

‘Voorlopig is het het enige wat we hebben.’

‘Hoever reizen die boodschappers?’ vroeg Reacher.

‘Nog niet hiernaartoe; tenminste, voor zover wij weten. Maar ze reizen door heel West-Europa, Scandinavië en Noord-Afrika. En door het Midden-Oosten natuurlijk.’

‘Dus het beste wat je kunt doen is de programmeurs in het oog houden die naar huis zijn gegaan, en wachten tot een van hen weer terugkomt voor een tweede ontmoeting. Om ja of nee te krijgen als antwoord. Al hoeft dat niet per se in Hamburg te zijn. Volgens jullie theorie was Hamburg de eerste keer handig vanwege dat congres, dus misschien is een andere plaats de volgende keer wel handiger. Parijs of Londen, of Marrakesh. Jullie theorie voorspelt niets over de locatie.'

'We komen erachter wat voor ticket de man koopt. Dan kennen we zijn bestemming.'

'Dat koopt hij op het allerlaatste moment.'

'Maar dan weten we toch in welk vliegtuig hij stapt.'

'Maar dat is te laat. Wat doe je dan? De volgende vlucht pakken om vier uur na het sluiten van de deal aan te komen?'

'Jij bent echt het zonnetje in huis, wist je dat?'

'Volgens jullie theorie is de boodschapper op datzelfde moment ook onderweg naar dezelfde bestemming.'

'Maar we weten niet onder welke naam hij reist en waarvandaan hij komt. Of welk paspoort hij gebruikt. Pakistaans waarschijnlijk. Maar misschien ook wel Brits. Of Frans. Te veel onzekerheden. We hebben de gegevens tot twee dagen voor de eerste ontmoeting geanalyseerd. Dat leverde alleen al voor de luchthaven van Hamburg vijfhonderd namen op. Op papier kunnen we ze niet van elkaar onderscheiden. We zouden niet weten wie we in het oog moesten houden.'

'Neem nog een kop koffie,' zei Reacher. 'Meestal helpt dat.'

In Hamburg was het tijd voor de lunch. Het hoofd van de recherche Griezman had een wandeling van slechts enkele minuten voor de boeg, op weg naar een rijkelijk gedekte tafel in een kelderrestaurant niet ver van zijn kantoor. Eerst moest hij echter nog een klus afmaken. Een deel van zijn werk als hoofd van de recherche bestond eruit dat hij informatie moest doorspelen naar diegenen die informatie nodig hadden. Als een soort bureauredacteur of als een soort curator. Iemand moest verantwoordelijk worden gesteld. Iemand moest de laan uit worden gestuurd als er achteraf gedonder van kwam. Daar werd hij voor betaald, zoals ze op tv zeiden.

Natuurlijk neigde hij naar voorzichtigheid. Je moest het zekere voor het onzekere nemen. Vrijwel alles werd ergens naartoe gestuurd, elke dag. Hij las doorslagen en kopieën door en legde ze in verschillende bakjes met verschillende bestemmingen. Zijn secretaresse liet ze tijdens zijn lunch per fietskoerier bezorgen.

Vrijwel bovenaan lag een nieuw rapport over het onderzoek naar de moord op de prostituee. Bij de namen die waren genoteerd bij het huis-aan-huisonderzoek stonden ook een majoor en een onderofficier in het leger van de Verenigde Staten, die beweerden dat ze daar op vakantie waren. De rapporterende agent had die verklaring gecontroleerd bij de douane op de luchthaven. Die controle had bevestigd dat beide Amerikanen inderdaad die ochtend waren aangekomen. Dus konden ze allebei worden doorgestreept als verdachten, al wilde de rapporterende agent er graag bij vermelden dat ze er niet uitzagen als vakantiegangers of toeristen.

Je moest het zekere voor het onzekere nemen. Griezman legde het rapport in het bakje met het etiket U.S. Army Command HQ Stuttgart, waar het die dag vooralsnog het enige item was.

Vervolgens las hij een standaardrapport van één alinea van de geüniformeerde dienst, typisch bedoeld om zich in te dekken tegen mogelijke gevolgen. Er stond in dat enige dagen geleden een burger telefonisch contact met hen had opgenomen om te rapporteren dat hij in de namiddag een Amerikaan had zien praten met een donkergekleurde man die waarschijnlijk afkomstig was uit het Midden-Oosten, in een kroeg niet ver van de binnenstad. De burger beweerde dat de donkergekleurde man zich geagiteerd had gedragen, ongetwijfeld samenhangend met geheimen die te maken hadden met leven en dood en die verband hielden met onrust in de regio, veroorzaakt door in het verleden begane onrechtvaardigheden. Lokale gezagsdragers voegden er echter onmiddellijk aan toe dat de informant in kwestie bekendstond als een paranoïde fanaticus die regelmatig belde om melding te maken van vergelijkbare situaties met een dreigend karakter. Bovendien had de man uit het Midden-Oosten het volste recht om geagiteerd te zijn, omdat de kroeg waar het zich afspeelde een ontmoetingsplek was van rechtsextremisten, waar zijn aanwezigheid niet gewenst zou zijn en niet lang zou worden getolereerd. Dat alles gezegd zijnde, vond men het toch de moeite waard om te rapporteren.

En dus de moeite waard om door te schuiven, besloot Griezman. Als de een zich wilde indekken, kon de ander dat ook. Maar waar moest het naartoe? Het Amerikaanse consulaat natuurlijk. Deels als een sneer voor dat pesterige gedrag. Waarom moest een Amerikaan een Arabier uitnodigen in zo'n kroeg? Het was ondenkbaar dat de uitnodiging van de andere kant was gekomen. Voor de man uit het Midden-Oosten kon het onmogelijk de eerste keus zijn geweest als ontmoetingsplaats. Wat was het doel geweest?

Maar Griezman schoof het vooral door omdat het een gesprek betrof tussen een Amerikaan en een Arabier. Er bestond plotseling heel veel interesse in dat soort dingen. Je kon scoren met dergelijke informatie. Je kon er je carrière een zetje mee geven.

Hij gooide het uit één alinea bestaande rapport in een bakje met het etiket U.S. Consulate Hamburg, waar het ook die dag vooralsnog het enige item was.

9

Reacher en Neagley installeerden zich in het controlecentrum in het klaslokaal. Ze werkten aan de rapporten over troepenverplaatsingen. Ze trokken honderd namen tegelijk na, tweehonderd, vijfhonderd namen in één keer. Het militaire apparaat was vrij goed in het volgen van mensen. Met uitzondering van mensen die met verlof waren, die tijd doorbrachten bij hun gezin in Duitse voorsteden. Of met een goedkope vlucht naar huis waren vertrokken. Of op vakantie waren, avonturen beleefden. Mensen van over de hele wereld. Minstens duizenden tegelijkertijd.

Geen informatie.

'We hebben ook drie deserteurs. En een luitenant-kolonel die weigert te zeggen waar hij die dag was,' zei Neagley.

Een luitenant-kolonel.

'Wie zijn die deserteurs?' vroeg Reacher.

'Alle drie soldaat eerste klas. Een bij de infanterie, een bij de gemechaniseerde troepen en een hospik.'

'Lopen de hospikken nu ook al weg?' vroeg Reacher. 'Wanneer is dat begonnen? Hoelang zijn ze al weg?'

'De hospik een week, de infanterist anderhalve week en de man van de gemechaniseerde troepen vier maanden.'

'Vier maanden is lang.'

'Ze kunnen hem niet vinden. Hij heeft niet geprobeerd om zijn paspoort te gebruiken, dus is hij waarschijnlijk nog steeds in Duitsland. Maar dat is tegenwoordig een groot land.'

'Wie is die luitenant-kolonel die weigert te zeggen waar hij was?'

'Commandant infanterie.'

'Heb je navraag gedaan?'

De meest effectieve tamtam op de wereld.

'Hij is betrouwbaar,' zei Neagley. 'Maar hij is niet echt betrokken geweest bij de Golfoorlogen en tegenwoordig zit hij door de mist in de verte naar de sovjets te staren, die allang verdwenen zijn. Dus is hij gefrustreerd en dat brengt hij bij tijd en wijle onder woorden.'

'Een mopperkont.'

'Maar niet de ergste in zijn soort.'

'Waarom weten ze niet waar hij was?' vroeg Reacher.

'Hij heeft zichzelf een reisorder geschreven. Voor onderzoek naar nieuwe wapens en tactieken. Dat soort gelul. De toekomst draait om flexibel en lichtgewicht, enzovoort. Hij is veel op reis. Normaal gesproken hoeft hij niet te zeggen waarnaartoe. Maar dit keer hebben ze het hem gevraagd en kregen ze geen woord uit hem.'

'Waar is hij nu?'

'Ze hebben hem naar huis gestuurd. Omdat de vraag werd gesteld door de westvleugel. Door de opperbevelhebber. Nu weten ze niet meer wat ze moeten doen. Niemand weet of er iets aan de hand is of niet.'

'Dat zouden we op ons uniforminsigne moeten borduren, als motto onder twee gekruiste vraagtekens,' zei Neagley.

'De man is vast in de buurt van het Pentagon ingekwartierd. Hij kan gesprekken op hoog niveau tegemoetzien. Daar ben ik van overtuigd. Als je met hem wilt praten, kunnen we hem opsporen.'

Toen zei ze: 'Wacht.'

Ze begon te bladeren in haar stapel met lijsten.

'Wacht even, verdorie,' zei ze.

Ze vond de lijst die ze zocht. Ze keek erop en keek nog een keer.

'Ik weet waar hij een week eerder was,' zei ze.

Reacher las de lijst op de kop. Namen en vluchtnummers. Zesendertig Amerikanen. Het werk van Vanderbilt.

'Zürich,' zei hij.

Neagley knikte. 'Exact zeven dagen voor de ontmoeting. Hij landde keurig op tijd voor een kop koffie in de middag en vloog later die avond na het eten weer terug. Maar dat is niet de man die we zoeken. Onze man zou een verhaal hebben waarmee hij zijn activiteiten van die dag zou dekken. Toch? Hij zou liegen. Hij zou niet domweg zijn mond houden. Wat denkt hij dat wij zouden doen? Hem op zijn woord van eer geloven?'

'Zoek uit waar hij is,' zei Reacher. 'Zorg ervoor dat ze weten dat het op verzoek van de opperbevelhebber is. Zeg maar dat we hem komen ophalen. Zeg maar tegen ze dat we een eindje met hem gaan rijden.'

De man was ingekwartierd in Fort Myer in de accommodatie voor bezoekende officieren. Reacher schatte in dat hij de nieuwe orders om een eindje uit rijden te gaan twintig minuten daarvoor had doorgekregen, waarschijnlijk afkomstig van het bureau van de gezamenlijke stafchefs, wat de order het nodige gewicht zou hebben verleend. Hij schatte in dat de man onmiddellijk de benen zou hebben genomen of zich zou hebben voorbereid op het autoritje. Het laatste bleek het geval. Hij kwam naar buiten op het moment dat de zwarte Caprice langs de stoeprand tot stilstand kwam.

Neagley zat aan het stuur. Reacher zat rechts achterin. De man stapte in en ging achter Neagley zitten, rechtop, met gestrekte rug, zijn handen op de knieën, alsof hij in een kerkbank zat en iedereen naar hem keek. Hij heette Bartley. Hij was net de veertig gepasseerd. Een man van gemiddelde lengte en slank. Een man met uithoudingsvermogen. Veerkrachtig, niet sterk. Die op het punt stond door te draaien. Een man met leidinggevende capaciteiten, maar niet langer met de geloofwaardigheid die soldaten voor hem door het vuur zouden doen gaan. Hij droeg een keurig gestreken gevechtstenue. Hij rook naar zeep.

'Wilt u uw orders voor mij herhalen, kolonel?' vroeg Reacher.

'Mijn orders zijn om in een voertuig te stappen met twee leden van de militaire politie,' zei Bartley. 'En om elke vorm van twijfel weg te nemen, dien ik mijzelf juridisch te beschouwen als onderworpen aan hun gezag en hun vragen naar beste vermogen naar waarheid te beantwoorden, omdat ik om verdere mogelijke twijfel weg te nemen deze orders dien te beschouwen als persoonlijk afkomstig van de opperbevelhebber.'

'Deze man weet het wel goed onder woorden te brengen, vind je niet?' zei Reacher.

'Hij is van oorsprong jurist,' zei Neagley.

'Het zijn allemaal juristen.'

'Welke vragen wilt u mij stellen?'

'U hebt de verkeerde dag uitgezocht om zoek te raken, kolonel,' zei Reacher.

'Ik heb daar niets over te melden.'

'Zelfs niet als de opperbevelhebber de vragen stelt?'

'Het is een privéaangelegenheid. Die dag heeft niets te maken met mijn professionele activiteiten. Het heeft niets te maken met het uitvoeren van mijn plicht.'

'Dat is goed om te weten. Maar volgens mij gaat het er juist om dat ze willen weten wat u in uw vrije tijd doet. U bent een hooggeplaatste officier. Dat impliceert het een en ander. Deze zaak kan zich goed of slecht ontwikkelen. Het is verstandiger om ons iets over die dag te vertellen. Anders loopt u het risico dat onze verbeeldingskracht met ons op de loop gaat.'

'Ik heb niets te zeggen.'

'Dat is een tactische fout. U trekt de aandacht. Waar rook is, is vuur. Dit is een horizon waarachter een ongewis land ligt. Hier kan het allemaal fout gaan. Waarschijnlijk om niets. Misschien vanwege iets onbeduidends waar anderen zonder kleerscheuren af zijn gekomen. Maar het zal uw ondergang worden. In het gunstigste geval zal uw carrière stagneren omdat er een sterretje bij uw naam komt te staan. Een sterretje met de boodschap: we kunnen die man niet meer vertrouwen.'

Bartley wreef met zijn handen over zijn broekspijpen en zei niets.

'Het kan mij niet schelen wat u hebt gedaan, tenzij het iets heel speciaals was. Maar dat denk ik niet. Ik bedoel, hoe groot is de kans dat dat zo is?'

'Ik ben ervan overtuigd dat dat niet het geval is,' zei Bartley.

'Kijk.'

'Er is geen enkele reden waarom u in mij geïnteresseerd zou hoeven te zijn.'

'U hebt vast gelijk. Maar ik moet mensen in de ogen kunnen kijken en hun mijn eerlijke oordeel geven. Als het dat niet was, dan zal ik dat graag zeggen en verder mijn mond houden. Ik zal met alle plezier zeggen dat ze er niet naar moeten vragen, dat het iets heel anders was. Uw geheim blijft bewaard. Maar ik moet eerst weten wat dat andere was. Omdat ik overtuigend moet kunnen zijn. Ik moet kunnen praten met een zelfvertrouwen en autoriteit die gebaseerd zijn op solide feiten.'

'Het was volstrekt niet belangrijk.'

'Dit is buigen of barsten, kolonel. Wie in een gat zit, moet ophouden met graven. Het interesseert me echt niet wat het is. Ik rapporteer het zelfs niet. Seks, drugs of rock-'n-roll, het kan me geen donder schelen. Als het maar niet dat ene is. En we waren het er al over eens dat het dat waarschijnlijk niet is. Ik wil u eigenlijk een vraag stellen over iets heel anders.'

'Wat wilt u vragen?'

'Dit is alleen maar een inleidende vraag, oké? Om duidelijkheid te scheppen. Als een oefenslag bij honkbal. Gaat u iedere week naar Zürich?'

De man zei niets.

'Het antwoord is heel eenvoudig, kolonel,' zei Reacher. 'Als u de waarheid vertelt, kunt u een vrij man zijn. Een enkel woordje en u kunt zonder smet op uw blazoen verder carrière maken. Of niet.'

'Bijna iedere week,' zei Bartley.

'Ook op de dag waarover we vragen stellen?'

'Ja.'

'Hebt u het ticket van de vlucht nog?'

'Ja.'

'Aankomst na lunch, vertrek na het avondeten?'

'Ja.'

'Gaat u naar een bank?'

'Ja.'

'Wat hebt u bij u?'

'Geld natuurlijk. Maar allemaal mijn eigen geld. Allemaal legaal.'

'Wilt u dat uitleggen?'

'Wat gebeurt er als ik dat doe?'

'Dat hangt ervan af. Dat hangt ervan af of het een belediging is van het uniform dat u draagt.'

'En als dat zo is?'

'U loopt een risico.'

Bartley zei niets.

'Bedenk het zelf maar, kolonel. U bent slim genoeg. U heb ongetwijfeld een academische graad. Dit is geen theoretische natuurkunde. De order om in deze auto te stappen is afkomstig uit het Witte Huis, via de gezamenlijke stafchefs. Voor wie zouden wij dan werken, denkt u?'

'Voor de NSC.'

'En hoe zwaar kunnen die u beschadigen?'

'Heel zwaar.'

'Zwaarder dan u zich kunt voorstellen. Honderd keer erger dan een schandaal omdat u geld wegsluist naar Zwitserland. Als dat al een schandaal is. En dat is het misschien helemaal niet. Niet als al dat geld van u is, als het allemaal legaal geld is. En u zei dat dat zo was.'

'Ik verberg het voor mijn vrouw. Ik ga van haar scheiden.'

'Heeft zij u slecht behandeld?'

'Nee.'

'Maar u brengt het geld desondanks weg.'

'Dat geld heb ik zelf verdiend.'

'Hoeveel? U bent luitenant-kolonel. Ik weet hoeveel u krijgt. Met alle respect, maar ik betwijfel of wat u spaart een Zwitserse bankier uit zijn slaap zal houden. En gaat u mij niet vertellen dat alle kleine beetjes helpen. Het is onzinnig om iedere week twee dollar naar Zürich te brengen. Dat zou niet opwegen tegen de kosten van het vliegticket.'

'Het ticket speelt een rol. De bankkosten ook, maar ik heb het uitgerekend.'

'Wat voor geld?'

'Ons huis. Hier. Vooral hypotheek. Ik wil de overwaarde verzilveren. Ik breng het weg zo snel als toegestaan is. Ik neem het contant mee uit Duitsland. Dan bestaat het op papier niet langer. Ik sla het op in een bankkluisje.'

'U gedraagt zich als een heer, kolonel. Dat is verdomd zeker. Maar wat ik eigenlijk graag wil weten, is wie u nog meer hebt ontmoet in Zürich. Iemand die heen en weer reist misschien, net als u. Of iemand die u niet eerder hebt gezien, gewoon maar één keer. Hebt u iemand leren kennen?'

'Zoals wie?'

'Andere Amerikanen.'

'Ik ga voor privézaken. Dan ontmoet je niet per se iemand.'

'En op de luchthaven? Of op straat?'

Bartley gaf geen antwoord.

'Ik heb een lijst nodig, kolonel. Datums en beschrijvingen. Militairen en burgers. Alles wat u zich maar kunt herinneren.'

'Wat gaat u daarmee doen? Aan wie gaat u dat doorgeven?'

'De president zal de gezamenlijke stafchefs meedelen dat u in deze zaak niet belangrijk bent voor de NSC. Daarna is het onvoorspelbaar wat er gebeurt. Dat hangt ervan af met wie u zult moeten spreken, denk ik. En hoeveel drukte uw vrouw zal maken.'

Ze lieten hem uitstappen, terug bij de accommodatie voor bezoekende officieren, en reden weg, terug naar McLean.

Overal vijanden.

Ze maakten een verslag van het gesprek met Bartley en borgen dat op in het centrale dossier. Daarna voerde Neagley een telefoongesprek en vertelde Reacher dat de deserteur die al vier maanden zoek was, Wiley heette. Hij was afkomstig uit Texas. Hij maakte deel uit van de vijfkoppige bemanning van een Chaparral-luchtdoelbataljon. Twaalf raketten op een voertuig met rupsbanden. Vier op de rails, gereed om af te vuren, en nog acht in reserve. Bedoeld om pantservoertuigen en infanteristen in de voorste linies op het slagveld te beschermen. Het idee was dat ze achter de voorste lijn met tanks zouden blijven en met radar en verrekijkers de horizon zouden afspeuren naar naderende jachtbommenwerpers en gevechtshelikopters. Vuren en vergeten. Hittezoekende raketten, net zoiets als de oude Sidewinder, maar dan beter. Ontwikkeld voor doelen op geringe hoogte. Om de vijand uit te schakelen als die een duikvlucht maakte om aan te vallen.

'Heel geschikt om lijnvliegtuigen uit te schakelen boven grote steden. Als ze opstijgen of landen. Als ze laag in de lucht hangen.'

'Te groot,' zei Neagley. 'Die raketten alleen al zijn drie meter lang. Die vrachtwagen is gigantisch. Bovendien heeft hij rupsbanden en is hij gespoten in camouflagekleuren. Dat zou opvallen op de parkeerplaats van de luchthaven. Bovendien maken ze gebruik van doelvolgradar. En de infrarode sensoren zijn gecompliceerd. Ze zijn verder uitontwikkeld. Zelfde probleem. Het is specialistisch werk. Met alle respect, maar een trainingskamp in Jemen is iets anders dan Ford Aerospace. Hetzelfde geldt ook voor de prijs. Twaalf raketten per vrachtwagen. Topsnelheid zestig kilometer per uur. Je zou een konvooi van een hele dag nodig hebben om op honderd miljoen dollar uit te komen. Een parade op het Rode Plein. Bovendien is de man al vier maanden zoek. Hij kan onmogelijk teruggaan om de zaak te organiseren. Ze zouden hem onmiddellijk arresteren.'

'Houd hem toch maar in de gaten,' zei Reacher. 'Die vier maanden zitten me niet lekker. Dat is beschamend. Iemand zou op zijn donder moeten krijgen. Waar zijn ze in godsnaam mee bezig daar?'

In Hamburg werd het nacht. De Iraniër maakte een avondwandeling, een rondje met een krant onder zijn arm. In winkels en kantoren en delicatessenzaken ging het licht aan, net als bij juweliers en stomerijen en verzekeringsagenten. Helder, fris wit licht, maar niet hard. Een zachter soort neonbuizen. Meer Europees. Bij de bakkers en de banketbakkers was het donker. Zij waren klaar met hun werk. In de restaurants en kroegen werd amberkleurig licht ontstoken, zacht en uitnodigend, om de indruk te wekken dat het klantvriendelijke en gastvrije etablissementen waren, afgetimmerd met eikenhout. Op straat was het niet bijzonder druk. Auto's reden voorbij, elk detail van de omgeving werd gereflecteerd in de glanzend in de was gezette flanken. De moderne koplampen verkenden de weg met een onnatuurlijk blauw schijnsel.

De Iraniër kwam aan bij een plantsoentje en ging op een bank zitten. Hij zakte onderuit en legde zijn armen breeduit op de rugleuning. Er reden auto's voorbij. Hij staarde recht voor zich uit. Er waren geen voetgangers.

Hij wachtte.

Toen stond hij weer op, zonder haast, en deponeerde zijn krant als een brave burger in de afvalbak. Hij verliet het plantsoen en slenterde terug langs dezelfde weg.

Een halve minuut later stapte het hoofd van de CIA in Hamburg uit de schaduwen. Hij stak de straat over, liep regelrecht naar de afvalbak, haalde er de krant uit, stopte die onder zijn arm en liep weg.

Een halfuur later voerde hij rechtstreeks vanuit het consulaat een telefoongesprek met McLean, Virginia.

10

Vanderbilt nam op en gaf de telefoon door aan White. White luisterde. Zijn ogen voerden het hele repertoire uit van tot spleetjes samenknijpen, in de verte turen en dichtbij focussen, naar links en naar rechts schieten. Hij maakte aantekeningen op een vel papier. Over twee verschillende onderwerpen, dacht Reacher. Onder twee verschillende kopjes. Twee blokken tekst, regelmatig en schuin geschreven.

Uiteindelijk verbrak White de verbinding en zei: 'Twee keer nieuws. De Iraniër heeft gebruikgemaakt van een zogenaamde dode brievenbus. Een halfuur geleden. Hij heeft een rapport achtergelaten in een krant. Een deel zou je speculatief kunnen noemen. Het is eigenlijk een culturele analyse. Bijna een essay. Hij zegt dat de Saoedi die de boodschapper kent, heel erg opgewonden is. Alsof er iets groots staat te gebeuren. Iets wat ze zelfs niet hadden durven dromen. Iets wat te maken heeft met die honderd miljoen dollar natuurlijk. Alsof ze iets voor elkaar hebben gekregen wat ze nooit hadden verwacht. De Iraniër benadrukt dat hij geen specifieke details weet, en de Saoedi evenmin. Het is een inschatting. Alsof er een heel andere richting ingeslagen is. Hij zegt dat de Saoedi loopt te grijnzen alsof hij in het beloofde land is aangekomen.'

'Wat was dat andere nieuws?' vroeg Reacher.

'Het consulaat heeft een rapport binnengekregen van een paar lage politieagenten in Hamburg, bedoeld om zich in te dekken. Het gaat over een Amerikaan die in gesprek was met een Arabier in een kroeg. Een vreemde toestand, maar het was toevallig wel precies op de juiste dag en het juiste tijdstip. Het is mogelijk dat er getuigen zijn van de eerste ontmoeting.'

White belde het consulaat terug en vroeg naar de lokale telefoonnummers die hij nodig had. Hij kreeg twee nummers voor de belangrijkste man, een dikke kerel die Griezman heette. Het hoofd van de recherche. Ze kenden hem goed op het consulaat. Het was na kantoortijd in Hamburg, maar de man was nog op zijn post en zat aan zijn bureau. Hij nam de telefoon onmiddellijk op. White schakelde de luidspreker van de telefoon in en vroeg hem naar het politierapport. Reacher hoorde de man bladeren door een stapel papieren, hij wist het blijkbaar niet meer uit zijn hoofd. Toen vond hij het. Die rare toestand met die Arabier in die kroeg.

Het rapport dat hij had doorgespeeld aan het consulaat.

Wat betekende dat er gescoord kon worden.

'Waarmee kan ik u van dienst zijn?' vroeg hij, heel beleefd, in het Engels.

Als een receptionist in een hotel.

'We willen graag de naam en het adres van de getuige,' zei White. 'En de naam van de kroeg, en achtergrondinformatie over allebei. En als het kan surveillance voor de man en de kroeg.'

'Dat weet ik niet.'

'Ik kan de bondskanselier vragen u even te bellen, het staatshoofd, dan zou u het wel weten.'

'Nee, ik bedoel, ik weet het niet. Ik ken de details niet. Ik ben hoofd van de recherche. Die rapporten passeren mijn bureau, meer niet. Bovendien lees ik hier dat de getuige een gek is.'

'Kan hij klokkijken?'

'Oké, ik zal de details voor u opvragen. Zeker. Morgen, tegen het einde van de dag.'

'Maakt u een grapje? U krijgt een uur. En u vertelt niemand waar u mee bezig bent of waarom. Beschouw dit maar als uiterst vertrouwelijk. En houd de lijn beschikbaar zodat ik u terug kan bellen.'

In Hamburg haalde Griezman diep adem. Hij keek door het raam naar de avondschemering. Toen ging hij aan het werk. Zoveel inspanning kostte dat niet. Hij hoefde niet meer te doen dan een paar telefoongesprekken voeren. Het ene nummer leidde vanzelf naar het volgende. Als een zenuwbaan. Een organisatie in actie. Iets om trots op te zijn. De bevestiging van een theorie. Zo verfijnd als hij maar wilde. Hij zou het spoor helemaal terug kunnen volgen tot de ongelukkige diender die het oorspronkelijke telefoongesprek had aangenomen. Als hij dat zou willen. En dat wilde hij. Met eenvoudige vragen gelukkig. Namen en adressen van een persoon en een kroeg.

In Virginia zei Landry, de man van Waterman: 'Iets groots wat ze zelfs niet hadden durven dromen, klinkt niet goed. Het klinkt ook niet alsof ze alleen maar iemand om zeep willen helpen. Het klinkt veel erger.'

'We hebben het uit de derde hand,' zei Reacher. 'Dan kun je geen oordeel vellen over de toon waarop het is gezegd.'

'Maar?'

'Wat ik hoorde was: een volstrekt nieuwe benadering. Alsof alles is opgeschaald. Alsof het zo onverwacht was, dat het wel toeval leek. Alsof ze een dubbeltje hadden laten vallen en een kwartje terugvonden. Zodanig dat jongens van in de twintig die op Italiaanse schoenen lopen en naar nachtclubs gaan, er heel erg opgewonden van worden. Het klinkt me erotisch in de oren. Zijn computers zo belangrijk?'

'Wij denken van wel,' zei Landry. 'Ze worden het in ieder geval wel in de toekomst. Zelfs nu zou de schade al catastrofaal zijn. Er zouden veel slachtoffers vallen. Maar ik ben het met je eens: het is niet erotisch.'

'Het is ook geen groots gebaar,' zei Vanderbilt. 'Al houden ze daar nogal van. Het is niet zoiets als het opblazen van een gebouw. Er zit geen specifiek moment met een climax aan vast. Het is een beetje te technisch.'

'Dus we zijn het er allemaal over eens dat we onze tijd verdoen met computers.'

'Waarmee moeten we anders beginnen?'

'Wat verkoopt de man?'

'Daar hebben we het over gehad.'

'Het uur is om,' zei Waterman.

White koos opnieuw het nummer in Hamburg. De man die Griezman heette nam de telefoon op. Hij had zowel de naam en het adres van de getuige als van de kroeg. De getuige werkte als ambtenaar voor de gemeente. Hij begon 's morgens vroeg en was aan het begin van de middag klaar. Vandaar dat hij 's middags in de kroeg kon zitten. Het was iemand met onwrikbare overtuigingen. Sommige van die overtuigingen waren weerzinwekkend en ze waren stuk voor stuk ongefundeerd en fout. De kroeg lag vijf straten van het safehouse. Het was een ontmoetingsplek van rechts-extremisten, al kon je dat aan de buitenkant niet zien. De kroeg zag er netjes uit. Sober en onopvallend. Mannen in pakken, normale kapsels. En nog niet echt anti-Amerikaans, zolang de Amerikaan in kwestie maar een blanke was.

Toen het gesprek was beëindigd, zocht Neagley de kroeg op op de plattegrond die ze had meegenomen uit Hamburg. 'Het is niet de kroeg die wij zo aardig vonden,' zei ze. 'Het is in een beter deel van de buurt. Een klein eindje van het appartement. Nog geen twintig minuten. Qua timing klopt het. Denk je dat daar de afspraak was?'

'Het was de juiste plek op het juiste moment,' zei Reacher. 'En het voelt goed.'

'We hebben een beschrijving nodig van de getuige. Misschien een politietekening.'

'Kunnen we dat overlaten aan de politie in Hamburg? Of moeten we dat zelf doen?'

'Wij hebben geen tekenaar. En is het de vraag of die getuige Engels spreekt. We zullen de politie in Hamburg wel moeten vertrouwen. Bovendien zal Buitenlandse Zaken dat eisen. Anders wordt het een diplomatieke rel.'

Reacher knikte. Hij had eerder met de Duitse politie te maken gehad. Zowel met militaire politie als met burgerpolitie. Dat was niet altijd even gemakkelijk geweest. Vooral vanwege het verschil in opvattingen. De Duitsers dachten dat ze een land hadden gekregen, de Amerikanen dachten dat ze een grote militaire basis hadden gekocht met personeel.

Buiten klonk het geluid van een voertuig dat de oprit op draaide langs het kniehoge bord. En daarna een tweede. Twee auto's. Ongetwijfeld twee zwarte SUV's. Even later kwamen twee mannen in pak door de deur, gevolgd door Ratcliffe en Sinclair, en weer twee mannen in pak. Ratcliffe was buiten adem. Sinclair had een blos op haar wangen en in haar hals. Ze droeg weer een zwarte jurk en zag er nog net zo mooi uit als de vorige keren. Misschien wel mooier. Vanwege die blos.

'Ik hoor dat we een ooggetuige hebben,' zei Ratcliffe.

'Dat is de veronderstelling waar we op dit moment van uitgaan,' zei Reacher.

'We gaan de teerling werpen. Sergeant Neagley en jij gaan vanavond terug naar Hamburg. Het ministerie zorgt voor paspoortfoto's van alle tweehonderd programmeurs. Ook van de expats. Morgenvroeg verhoren jullie meteen de ooggetuige. Er wordt op dit moment al druk uitgeoefend op de politie in Hamburg. Zodra de ooggetuige een van de foto's heeft uitgekozen, geven jullie de naam door en pakken we de man thuis op. Dan hebben we de zaak keurig netjes op tijd afgerond.'

Reacher zei niets.

Ze vlogen met dezelfde vlucht van Lufthansa. Vertrek: vroeg in de avond, zes tijdzones. Verwachte aankomst: aan het begin van de volgende werkdag. Neagley nam haar tas mee. Reacher had er dit keer ook een. Het was een rode canvas tas van het Air and Space Museum. Waarschijnlijk had het lunchpakket van iemand op Buitenlandse Zaken erin gezeten en was de tas gevorderd om er de tweehonderd pasfoto's in op te bergen toen de nood aan de man kwam. Tweehonderd foto's was een groot pakket. Elke foto was op een systeemkaart geplakt boven een naam en een paspoortnummer. Reacher en Neagley bekeken er een paar. Ze wisselden ze uit alsof het speelkaarten waren. Ze vonden de kaart van de expat in Hamburg. De alto met de enorme bos haar. De foto die de overheid van hem had, was beter dan die uit het opinietijdschrift van de tegencultuur. Meer glans en scherper. Standaardgrootte en een witte achtergrond. De man keek recht in de lens met iets uitdagends in zijn ogen. Een groot hoofd op een dunne nek.

'Hij is het niet,' zei Reacher.

'Waarom niet?' vroeg Neagley.

'Vanwege dat haar. Hij doet iets om het er zo uit te laten zien. Zelfs als dat inhoudt dat hij er niets aan doet. Het is een keuze. Hij neemt een standpunt in. Hij zegt: kijk mij eens, ik heb een interessante kop met haar. Net zoiets als met mannen die een hoed dragen. Die zeggen: kijk mij eens, ik heb een interessante hoed. Een beetje wanhopig, vind je niet? Onzeker, denk ik. Alsof wat er vanbinnen zit, niet genoeg is. Dat is niet het soort mensen dat patches schrijft waarmee je het heelal opblaast. Als je slim genoeg bent om zoiets te ontwikkelen en slim genoeg om het voor honderd miljoen dollar te verkopen, allemaal in het geniep, ben je niet onzeker. In de verste verte niet. Dan ben je overtuigd van het feit dat je de beste bent, en dat straal je ook uit.'

Ze stopten de kaarten weer in de tas en werkten een maaltijd naar binnen. Neagley zat bij het raampje en ze ging scheef weggedoken slapen, haar hoofd tegen de wand van de cabine. Op die manier was er minder kans dat ze hem per ongeluk aanraakte. Reacher bleef wakker. Hij dacht na over de ooggetuige. De ambtenaar met zijn weerzinwekkende overtuigingen. Waarschijnlijk een verspilling van tijd. Waarschijnlijk iemand die het heelal wil redden. Reacher wilde hem zien. Hij voelde zich net als het vliegtuig: snel op weg naar het oosten, de dageraad tegemoet.

De Amerikaan borstelde zijn haar voor de spiegel in de badkamer van het hotel in Amsterdam. Hij was vroeg opgestaan. Zonder reden. Hij had goed geslapen en was niet nerveus, maar het was tijd om terug te gaan. Hij zou onder de douche gaan, zijn spullen inpakken en voor de ochtendspits op weg gaan. Daarna was het een kwestie van kalm doorrijden.

Maar hij wilde eerst een kop koffie, dus trok hij de kleren van de vorige dag aan en borstelde hij zijn haar. Boven op zijn hoofd stond het recht omhoog, vanwege het kussen. Hij maakte zijn haar nat, streek het glad en keek in de spiegel. Het kon ermee door. Hij hoefde alleen maar even met de lift naar beneden en weer naar boven. In de lobby schonk hij zich een beker koffie in uit een zilverkleurige kan op een tafeltje naast de deur naar de ontbijtzaal. Op eenzelfde tafeltje aan de andere kant van de deur lagen kranten. Nederlandse kranten natuurlijk, en Britse, Franse, Belgische en Duitse. En de *Herald Tribune*. Keurig gerangschikt, allemaal op een eigen plekje.

Er stond niets in de Berlijnse krant. Geen kop, geen artikel. Ook niets op de voorpagina van de krant uit Hamburg. Of op pagina twee, of pagina drie.

Er stond een kop op pagina vier.

Onder aan de pagina en niet heel groot. Eronder een artikeltje van vijf centimeter. Spul van een persbureau. De politie verklaarde dat de zaak de hoogste prioriteit had en dat er voortgang werd geboekt.

Heel specifiek werd vermeld dat ze vingerafdrukken van het interieur van de auto zouden nemen.

De Amerikaan legde de krant terug op de stapel. Hij sloot zijn ogen. In de parkeergarage was ze meteen akkoord gegaan. Ze had zich omgekeerd, enthousiast, en hem met een theatraal gebaar meegetroond naar haar auto, alsof ze haast had, niet kon wachten, een samenzweerderig glimlachje om de lippen. Toen was hij met haar mee naar haar huis gereden. In die driedeurs coupé, klein, maar gebouwd als een bankkluis.

In gedachten stapte hij opnieuw in. De deurkruk aan de buitenkant. Zwart afgewerkt, iets opgeruwd materiaal. Sportief. Waarschijnlijk geen probleem. Binnenin was een uitsparing in de leren bekleding aangebracht om het portier dicht te trekken. Een onderdeel van het geheel waar je je vingers in kon steken. Bekleed met vinyl, waarschijnlijk kostenbesparend. Maar wel met dezelfde structuur als de rest, gegranuleerd, zoals het hoorde. Misschien geen ideaal oppervlak om vingerafdrukken van te nemen. Misschien veilig genoeg.

De gesp van de veiligheidsgordel had een T-vorm, waarvan het bovenste deel van zwart plastic was gemaakt, met een structuur als van fijn schuurpapier. Voor een betere grip, vermoedde hij. Een of ander voorschrift. Een verordening of zoiets. Veilig genoeg. Dan later, bij het uitstappen, de knop om de gordel los te maken. Zijn linkerduim. Hij herinnerde zich dat hij op de knop drukte. Zijn elleboog achteruit, zoekend met zijn duim. Een rode, rechthoekige plastic knop, stevig en met ribbels.

Hooguit een gedeeltelijke vingerafdruk. Misschien bij het uitstappen half weggeveegd door de pand van zijn jas. Hij herinnerde zich eigenlijk vooral druk op zijn nagel. Recht omlaag. Zonder haast. Beheerst. Een beetje langzaam zelfs, eigenlijk. Een heel precies klein klikje bij het losschieten van de gesp, helemaal in de geest van de prachtige coupé. En in de geest van wat er komen ging, nog even uitstel van het moment van uitpakken van het cadeau. In veel opzichten de momenten waar hij het meest van hield.

De gesp van de veiligheidsgordel zou hem niet verraden.

Maar dat gold niet voor de deurkruk. Dat was een kleine verchroomde hendel, koel bij het aanraken, met een uitsparing erachter waar je je vingers in moest steken. In dit geval de middelvinger van zijn rechterhand. Die had hij heel elegant, zelfs een beetje suggestief, dacht hij, achter de hendel geschoven en daar nog even met een beleefde aarzeling – zullen we echt? – tegen de achterkant ervan gedrukt, voordat hij had doorgedrukt om het portierslot te ontgrendelen, nog zo'n precieze, discrete klik. Daarna had hij zijn vinger op even elegante wijze weer uit de uitsparing achter de verchroomde hendel gehaald.

Niets was er weggeveegd.

Glad, koel chroom.

Stom.

Zijn eigen schuld.

11

Kennelijk was de Duitse immigratiedienst van hun komst op de hoogte gesteld, want toen Neagley haar paspoort aan de douanebeambte overhandigde, maakte die een gebaar, waarop een grote, dikke man overeind kwam van een harde stoel in de hal erachter en op hen toe liep. Hij zei dat hij Griezman heette en dat hij hun namen – Reacher en Neagley – herkende, omdat ze door een agent op straat waren genoteerd toen ze zich hadden voorgedaan als toeristen. Het was duidelijk dat ze dat niet waren. Dat begreep hij nu. Hij zei dat hij met genoegen zou helpen bij alles wat ze maar konden wensen. Hij zei dat de getuige al op hen wachtte op het politiebureau. Geheel vrijwillig en ten volle bereid om te helpen. Ze hadden hem verteld dat ze graag zijn mening wilden horen over een zaak waarbij de nationale veiligheid in het geding was. Het betekende bovendien een vrije dag. Betaald verlof, omdat hij een burgerplicht vervulde. Griezman zei dat de man geen Engels sprak. Er zou een tolk bij aanwezig zijn. En ja, het was ook in Duitsland gebruikelijk om een getuige foto's te laten zien van potentiële verdachten.

Griezman was gekomen met een Mercedes van het bureau die in een zone stond waar parkeren verboden was. Ze stapten in en hij reed weg. Zijn stoel puilde naar achteren uit onder zijn gewicht. Hij was kolossaal. Een paar centimeter groter dan Reacher en vijfentwintig kilo zwaarder. Meer dan twee keer het gewicht van Neagley. Voornamelijk vet. Hij vormde voor niemand een gevaar, alleen voor zichzelf.

'Gisteren aan de telefoon noemde u de getuige een gek,' zei Reacher.

'Niet letterlijk, natuurlijk,' zei Griezman. 'Hij wordt door sommige dingen geobsedeerd, meer niet. Ongetwijfeld komt het voort uit een zieke geest vol racisme en vreemdelingenhaat, aangewakkerd door irrationele angsten. Maar los daarvan is hij vrij normaal.'

'Zou u hem op zijn woord vertrouwen in een rechtbank?'

'Zeker.'

'En een rechter of een jury?'

'Zeker,' zei Griezman opnieuw. 'In het alledaagse leven functioneert de man heel goed. Per slot van rekening werkt hij voor de gemeente, net als ik.'

Het politiebureau bleek een juweel. Het was groot, nieuw en modern. En multifunctioneel. De laboratoria waren in het bureau geïntegreerd. Op de kruispunten van de paden op het terrein stond een woud aan borden om de richting aan te geven naar afdeling zus en afdeling zo. Binnen was het al niet anders. Het was een complex met alle mogelijke faciliteiten. Vergelijkbaar met een ziekenhuis of een universiteit. Griezman zette zijn Mercedes op een gereserveerde parkeerplaats en ze stapten uit. Neagley droeg haar tas, Reacher de zijne. Ze liepen achter Griezman aan het gebouw in, linksaf en rechtsaf door brede, schone gangen naar een verhoorkamer met een deur met gewapend glas. In de verhoorkamer zat een man aan een tafel, koffie en taartjes voor zich en overal kruimels. De man was een jaar of veertig. Hij droeg een grijs pak dat gemaakt leek van een synthetische stof. Hij had dun, grijs haar, dat met olie vastgeplakt lag over zijn schedel. Hij droeg een bril met een stalen montuur. De ogen achter de brillenglazen waren flets. Zijn huid was bleek. Het enige kleurige aan hem was zijn stropdas. Dat was een kermis van geel en oranje. Breed en kort, als een vis die uit de boord van zijn overhemd omlaaghing.

'Hij heet Helmut Klopp,' zei Griezman. 'Hij is een ossi. Na de val van de Muur is hij naar het westen gekomen. Net als zoveel anderen. Vanwege de banen, weet u.'

Reacher keek nog steeds door het gewapende glas naar de man. Waarschijnlijk een verspilling van tijd. Waarschijnlijk iemand die het heelal wil redden. Griezman maakte geen aanstalten om de verhoorkamer binnen te gaan. In plaats daarvan schoof hij de manchet van zijn overhemd opzij om op zijn horloge te kijken. Terwijl hij dat deed, kwam een vrouw om de hoek van de gang en liep op hen af. Griezman zag haar en schoof zijn manchet terug. Tevredengesteld. Precies op tijd. Duitse gründlichkeit.

'Onze tolk,' zei hij.

Ze was een kleine vrouw met een gedrongen postuur en van onduidelijke leeftijd. Haar haar was met lak als een bol rond haar hoofd gemodelleerd, alsof ze een goudkleurige motorhelm droeg. Ze droeg een grijze jurk van een dik soort gabardine, even streng als een uniform, en dikke wollen kousen boven schoenen die misschien per stuk wel een kilo wogen.

'Goedemorgen,' zei ze met de stem van een filmster.

'Zullen we naar binnen gaan?' vroeg Griezman.

'Wat voor werk doet meneer Klopp voor de gemeente?' vroeg Reacher.

'Zijn werk? Hij is opzichter. Op dit moment voor de afdeling Riolen.'

'Is hij tevreden met zijn werk?'

'Hij zit op kantoor. Het is nu niet bepaald werk waarbij je zelf in de modder staat. Hij lijkt wel tevreden. Zijn prestatierapporten zien er goed uit. Ze beoordelen hem als nauwgezet.'

'Waarom die vreemde werktijden?'

'Zijn die vreemd?'

'U hebt ons verteld dat hij vroeg begint en aan het begin van de middag klaar is. Dat klinkt meer als iemand die werk met zijn handen doet. Niet als iemand die op kantoor zit.'

Griezman zei een lang woord in het Duits, een naam voor het een of ander. De tolk legde uit: 'Er is beleid ontwikkeld om de luchtvervuiling tegen te gaan door files tijdens de spits te voorkomen. Werknemers worden aangemoedigd te kiezen voor gestaffelde werktijden. Vanzelfsprekend dient de lokale overheid het goede voorbeeld te geven. Blijkbaar heeft de afdeling Riolen ervoor gekozen vroeg te beginnen en vroeg te stoppen met werken. Of het is ze opgelegd. Hoe dan ook, de gemeente heeft bekendgemaakt dat de voordelen al zichtbaar worden. De laatste onderzoeken tonen aan dat de emissie van fijnstof met meer dan zeventien procent is afgenomen.'

Uit haar mond klonk het alsof het een geweldige prestatie was. Alsof ze in een film uit de jaren veertig speelde, zwart-wit, een gigantisch zilverkleurig scherm waarop een brave burger zich verplicht voelt kwalijke zaken uit te voeren, alleen omdat zij het met hijgerige stem aan hem vraagt.

'Klaar?' vroeg Griezman.

Ze gingen naar binnen. Helmut Klopp keek op. Zoals Griezman al had gezegd, leek hij een tevreden mens. Hij stond heel even in het middelpunt van de belangstelling. En daar wilde hij van genieten. Een gefrustreerde man waarschijnlijk. Duitser, maar een ossi in het westen, met alle rancune van een immigrant. Griezman opende het gesprek in het Duits, Klopp reageerde en de tolk zei: 'U bent geïntroduceerd als twee belangrijke officials die op stel en sprong zijn overgekomen uit de Verenigde Staten.'

'En hoe reageerde meneer Klopp daarop?' vroeg Reacher.

'Hij zei dat hij bereid is om u te helpen zo goed hij maar kan.'

'Dat denk ik niet.'

'Spreekt u Duits?'

'Ik heb het een en ander opgepikt. Ik ben hier eerder geweest. Ik begrijp dat u alleen maar beleefd wilt blijven, maar mijn sergeant en ik hebben allebei ergere dingen gehoord dan wat die man kan zeggen. Accuratesse is belangrijker dan onze gevoeligheden. Dit zou wel eens een ernstige situatie kunnen zijn.'

De tolk keek Griezman aan. Die knikte.

'De getuige zei dat hij blij is dat ze blanken hebben gestuurd,' zei ze.

'Oké,' zei Reacher. 'Zeg tegen meneer Klopp dat hij een belangrijke rol speelt in deze zaak. Zeg tegen hem dat we van plan zijn hem grondig te ondervragen over alle beleidsterreinen. Zeg hem dat we zijn mening en zijn adviezen willen horen. Maar we moeten ergens beginnen, en dat kan altijd het beste bij het begin, dus zullen we ons in eerste instantie richten op een gedetailleerde beschrijving van het uiterlijk en het gedrag van de twee mannen. Laten we maar beginnen met de Amerikaan. We willen het eerst in zijn eigen woorden horen, en daarna zullen we hem een aantal foto's laten zien.'

De tolk vertaalde het allemaal op levendige toon en duidelijk articulerend, waarbij ze Klopp aankeek. Klopp luisterde en knikte ernstig, alsof hij zijn uiterste best zou doen om zich van een zware taak vol verantwoordelijkheden te kwijten.

'Gaat meneer Klopp vaak naar die kroeg?' vroeg Reacher.

De tolk vertaalde en Klopp antwoordde, een heel verhaal. 'Hij gaat twee of drie keer per week,' zei de tolk. 'Hij gaat bij voorkeur naar twee verschillende bars. Hij wisselt ze af op werkdagen.'

'Hoelang komt hij al in deze bar?'

'Bijna twee jaar.'

'Heeft hij de Amerikaan er wel eens eerder gezien?'

Het bleef even stil. Er moest nagedacht worden. Toen zei Klopp iets in het Duits. 'Ja, hij denkt dat hij hem er twee of drie maanden geleden misschien ook heeft gezien.'

'Denkt hij dat?'

'Hij weet het niet zeker. De man die hij er twee of drie maanden geleden zag, droeg een pet. Daarom weet hij het niet zeker. Hij is alleszins bereid om toe te geven dat hij zich kan hebben vergist.'

'Wat voor pet?'

'Een honkbalpet.'

'Stond er iets op?'

'Een rode ster, denkt hij, maar dat was moeilijk te zien.'

'Bovendien lang geleden.'

'Hij herinnert het zich vanwege het weer.'

'Maar hoe dan ook, de Amerikaan is geen stamgast.'

'Nee, dat is hij niet.'

'Hoe weet hij dat de man een Amerikaan is?'

Er werd langdurig heen en weer gepraat. Er werd een hele lijst opgesomd. 'Hij sprak Engels,' zei de tolk. 'Hij had een accent. Een luide stem. De manier waarop hij gekleed was. De manier waarop hij zich bewoog.'

'Oké,' zei Reacher. 'Nu hebben we een beschrijving nodig. Heeft hij de Amerikaan zittend of staand gezien?'

'Allebei. Hij kwam binnen, zat alleen aan een tafeltje, zat samen met de Arabier aan het tafeltje, zat weer alleen en ging weg.'

'Hoe lang is de Amerikaan?'

'Een meter zeventig, vijfenzeventig.'

'Vijf voet acht inches,' zei Griezman. 'Doorsneelengte.'

'Is hij dik of mager?' vroeg Reacher.

'Geen van beide,' zei de tolk.

'Stevig gebouwd?'

'Niet echt.'

'Krachtig of slap?'

'Vrij krachtig.'

'Als hij aan sport zou doen, welke sport zou dat dan zijn?'

Klopp gaf daarop geen antwoord.

'Denk eens aan wat er op tv te zien is. Denk eens aan de Olympische Spelen. Aan wat voor sport zou hij deelnemen?'

Klopp dacht lang en diep na, alsof hij heel gedetailleerd de hele sportkalender langsging. Uiteindelijk gaf hij antwoord in het Duits, een lang speculatief antwoord, met argumenten voor en tegen, een beetje van dit en een beetje van dat. 'Hij denkt dat hij een hardloper zou kunnen zijn, middellange afstanden. Misschien de vijftienhonderd meter of meer. Misschien zelfs wel een langeafstandsloper, tot de tien kilometer. Maar hij was in ieder geval niet zo'n magere sprinkhaan als die marathonlopers.'

'Een Afrikaanse sprinkhaan, zeker?'

'Dat voegde hij eraan toe, ja.'

'Vertelt u mij alles wat hij zegt, oké?'

'Het spijt me.'

'Dus de Amerikaan heeft een doorsneelengte, is aan de pezige kant en zit waarschijnlijk vol veerkracht en energie, klopt dat?'

'Ja, hij is voortdurend in beweging.'

'Hoelang was hij al in die bar voordat de Saoedi kwam opdagen?'

'Misschien een minuut of vijf. Hij was domweg iemand in een bar, net als alle anderen. Niemand interesseerde zich voor hem.'

'Wat dronk hij?'

'Een halve liter bier, heel rustig. Het glas was nog behoorlijk vol toen het gesprek afgelopen was.'

'Hoelang is hij nog gebleven nadat de Saoedi was vertrokken?'

'Misschien een halfuur.'

'Wat dronk de Saoedi?'

'Niets, ze zouden hem niet hebben bediend.'

'Wat voor soort haar heeft de Amerikaan?'

Klopp haalde zijn schouders op naar de tolk. Zij berispte hem en zei hem dat hij moest nadenken. Klopp zei iets, onhandig, het was duidelijk iets waar hij geen verstand van had, maar toen ging hij verder, duidelijk van plan alle details boven te halen die hij zich maar kon herinneren. Het werd opnieuw een heel verhaal. 'De Amerikaan had blond haar, de kleur van hooi of stro in de zomer. Aan de zijkanten van zijn hoofd was het heel gewoon, maar bovenop was het veel langer. Een soort coupe. Alsof hij het zo achterover kon gooien. Net zoals Elvis Presley.'

'Zat zijn haar netjes?'

'Ja, het was keurig geborsteld.'
'Spul?'
'U bedoelt?'
'Had hij er spul in gedaan? Olie? Of gel of zoiets?'
'Nee.'
'Ogen?'

Het beschreven gezicht paste bij het haar en de bouw. Diepliggende blauwe ogen, een strakke huid op het voorhoofd, geprononceerde jukbeenderen, een smalle neus, een wit gebit, een mond zonder glimlach, een stevige kin. Geen zichtbare ontsieringen. Geen grote littekens, geen tatoeages. Een vaalbruine huid, alsof het een tijd geleden was dat hij aan de zon was blootgesteld, en dunne lijntjes om de ogen. Lijntjes die eerder het gevolg waren van veel turen dan van lachen of fronsen. Een plooi laag op zijn ene wang. Van het op elkaar klemmen van de kaken, en misschien een ontbrekende kies. Maar verder geen afwijkingen. Smalle lijntjes, maar allemaal horizontaal. De wenkbrauwen, de ogen, de hoge jukbeenderen, de smalle streep van de lippen, de in een grimas op elkaar geklemde kaken. Je zou hem eerder in de dertig schatten dan in de twintig.

'Zeg tegen meneer Klopp dat we willen dat hij dat allemaal aan de tekenaar vertelt,' zei Reacher.

De tolk gaf de boodschap door. Klopp knikte.

'Wat had de Amerikaan aan?' vroeg Reacher.

Klopp antwoordde. 'Toevallig net zo'n Levi's jack als dat van u.'

'Precies hetzelfde?'

'Identiek.'

'Het is een kleine wereld,' zei Reacher. 'Vraag hem nu eens waarom hij dacht dat de Saoedi geagiteerd was. Alleen maar op basis van wat hij zag en wat hij heeft gehoord of gezien. Zeg maar dat hij de politieke analyse moet bewaren voor later.'

Er volgde een lange discussie in het Duits, waaraan ook Griezman deelnam, met veel heen en weer gepraat om het allemaal op een rijtje te krijgen. Toen zei de tolk: 'Nu hij eraan terugdenkt, vindt meneer Klopp dat "opgewonden" misschien een beter woord is dan geagiteerd. Opgewonden en nerveus. Toen de Amerikaan iets tegen de Arabier zei, reageerde de Arabier op die manier.'

'Heeft meneer Klopp ook gehoord wat er werd gezegd?'
'Nee.'
'Hoelang duurde dat deel van het gesprek?'
'Misschien een minuut.'
'Hoelang is die Saoedi gebleven?'
'Hij vertrok meteen weer.'
'En daarna bleef de Amerikaan nog een halfuur?'
'Bijna precies een halfuur.'
'Oké,' zei Reacher. 'Zeg maar tegen meneer Klopp dat het tijd is om naar de foto's te kijken.'

Reacher zette zijn tas op tafel. 'Zeg tegen meneer Klopp dat er heel veel foto's zijn. Dat hij gerust mag pauzeren als hij daar behoefte aan heeft. Hij moet alles in gedachten houden wat hij ons heeft verteld over het gezicht van de man. Hij moet al die details gebruiken als een checklist bij het bekijken van die foto's. Zeg maar dat een kapsel kan veranderen, maar dat ogen en oren nooit veranderen. Hij mag ook gerust twijfelen. Hij mag twijfelgevallen opzijleggen en die later nog eens bekijken, maar hij mag zich niet vergissen.'

Neagley pakte de tas uit. Tweehonderd systeemkaarten. Ze maakte er vijf stapels van, elk met veertig kaarten. Minder intimiderend op die manier. Ze schoof de eerste stapel naar Klopp. Hij ging aan de slag, zonder enig zichtbaar enthousiasme, maar met een zekere efficiëntie. Zoals het een opzichter betaamde. Reacher keek naar Klopps ogen. Zo te zien maakte hij gebruik van de checklist zoals hem was aangeraden. Stuk voor stuk alle onderdelen. Ogen, neus, jukbeenderen, mond, kin. Steeds opnieuw een ja of een nee. De meeste kandidaten vielen snel af. De stapel met afgewezen mogelijkheden groeide snel. Pafferige gezichten, ronde gezichten, donkere ogen, volle lippen. Niet één van de eerste veertig kaarten doorstond de eerste keuring. Er was zelfs geen stapeltje dat nog eens bekeken moest worden.

Neagley schoof de tweede stapel naar Klopp. Ze keek Reacher aan en knipoogde. Hij knikte. De expat uit Hamburg lag boven op de stapel. De alto met zijn wilde bos haar. Klopp schoof de kaart zonder meer terzijde. Reacher begreep waarom. Geen jukbeenderen, dikke roze lippen, geen dunne streep zonder glimlach.

De stapel met afgewezen kaarten groeide gestaag.

Nog steeds geen stapeltje dat nog eens bekeken moest worden.

Neagley schoof de derde stapel naar Klopp. Klopp ging aan de slag. De tolk zat er zwijgend bij. Griezman verliet de verhoorkamer en kwam weer terug, en even later kwam er een man met een pot koffie en vijf kopjes. Klopp nam geen pauze. Hij pakte kaarten van de stapel van Neagley, steeds één, met de duim en de wijsvinger van zijn linkerhand, hield de kaart voor zich omhoog, keek ernaar en legde hem weg. De ene na de andere.

De stapel met afgewezen kaarten groeide.

Er was nog steeds geen stapeltje dat nog eens bekeken moest worden.

Klopp zei iets in het Duits. 'Hij biedt zijn verontschuldigingen aan omdat hij niet van meer nut kan zijn,' zei de tolk.

'Vraag eens hoe zeker hij zich voelt over de afgewezen foto's,' zei Reacher.

Ze stelde de vraag. 'Honderd procent,' zei ze.

'Dat is indrukwekkend.'

'Zo zit zijn geheugen in elkaar, zegt hij.' Ze aarzelde. Ze keek Reacher besmuikt aan. Hij had haar opgedragen alles te vertalen. Ze keek naar Griezman, alsof ze toestemming wilde vragen om dat werkelijk te doen. Ze zei: 'Meneer Klopp is opgeleid als opzichter, in Oost-Duitsland. Hij was adjunct-directeur van een grote fabriek bij de Poolse grens. Hij wil graag dat we goed begrijpen dat hij te hoog opgeleid is voor zijn huidige functie. Maar hier in het westen worden etnische Duitsers geweerd uit de betere functies. Die gaan allemaal naar mensen uit Turkije.'

'Misschien wil hij even pauzeren? Hij heeft er nog zo'n tachtig te gaan.'

Ze vroeg het. Hij antwoordde. Ze zei: 'Hij gaat graag verder. Hij heeft het gezicht van de Amerikaan in zijn geheugen geprent. Zijn foto zit erbij, of niet. Hij heeft er geen bezwaar tegen als u zijn werk vergelijkt met de schets die hij samen met de tekenaar zal maken. Hij denkt dat u zult constateren dat zijn conclusies correct zijn.'

'Oké, zeg maar dat hij het af kan maken.'

De vierde stapel leverde niets op, ook geen twijfelgeval dat nog eens bekeken zou moeten worden. Honderdzestig foto's. Neagley schoof de laatste stapel naar Klopp. Steeds één kaart tussen duim en wijsvinger, ontspannen vastgehouden, niet te dicht bij de ogen, niet te veraf. Redelijke ogen, met een bril. Daadwerkelijk geconcentreerd. Geen verveeld staren met een lege blik of ongeduldige gebaren. Kalm en geconcentreerd. Hij bestudeerde de foto's, stuk voor stuk, op alle onderdelen. Ogen, jukbeenderen, mond. Ja of nee.

Nee, dus. Keer op keer nee. De kaarten kletsten op tafel. Inmiddels had Reacher meer dan honderdzeventig versies gezien van hoe de man er niet uitzag. Wat langzamerhand een beeld opleverde dat klopte met wat Klopp had aangegeven. Diepliggende blauwe ogen, geprononceerde jukbeenderen, een smalle neus, een mond zonder glimlach, een stevige kin. Er bleven geen andere varianten over. En dat alles onder haar dat op dat moment de kleur had van stro, op dat moment aan de zijkanten van het hoofd normaal geknipt was, maar bovenop lang. Als een coupe.

Reacher keek toe.

De stapel met afgewezen kaarten groeide.

Er was nog steeds geen stapeltje dat nog eens bekeken moest worden.

Klopp pakte de laatste kaart van de tafel, keek ernaar, even geconcentreerd als naar alle voorgaande kaarten, en legde hem op de stapel afgewezen mogelijkheden.

Reacher belde vanuit het kantoor van Griezman. Hij kreeg Landry aan de telefoon, die Vanderbilt erbij haalde, die op zijn beurt White erbij haalde, die slaperig klonk. Het was vijf uur 's morgens in Virginia. 'De man was erbij toen de ontmoeting plaatsvond,' zei Reacher. 'Geen twijfel mogelijk. De beschrijving van de handelingen klopte precies. De kans dat zoiets zich twee keer in dezelfde buurt afspeelt, is miniem.'

'Heeft hij de Amerikaan herkend?'

'Nee,' zei Reacher. 'Ratcliffe heeft ongelijk. Dit gaat niet om computers. Hij heeft twee geruchten bij elkaar opgeteld, maar zonder enige grond. Er is geen enkel verband. Het zijn twee gescheiden zaken. Volkomen toevallig.'

'Oké, dat moeten we hem maar vertellen. Jullie kunnen beter terugkomen.'

'Nee,' zei Reacher. 'We blijven.'

12

De tekenaar wilde werken zonder mensen in de buurt, dus leidde Griezman Reacher en Neagley rond door het gebouw. Ze kregen nog meer verhoorkamers te zien en kantoren voor rechercheurs, en wachtzalen voor agenten, en de balie en de arrestantencellen, en het depot voor bewijsmateriaal en een kantine. Overal waren mensen hard aan het werk. Griezman leek er trots op te zijn. Dat leek Reacher ook terecht. Het was indrukwekkend.

Ze liepen een deur door, over een luchtbrug op de eerste verdieping naar een nieuw gedeelte van het complex. Het onderzoekscentrum. Het forensisch laboratorium. Ze kwamen eerst in een grote, witte zaal met rijen computers op lange, witte tafels. 'We denken dat diefstallen in de toekomst op deze manier gepleegd zullen worden,' zei Griezman. 'Op dit moment maakt al drie procent van de Duitsers gebruik van internet. In uw land is dat meer dan vijftien procent van de bevolking. We zijn ervan overtuigd dat het gebruik alleen maar zal toenemen.'

Ze liepen verder, langs cleanrooms met luchtsluizen. Alsof het operatiekamers waren in een ziekenhuis. Chemische analyse, wapens, bloed, weefsel, DNA. Laboratoriumtafels, honderden glazen buizen, allerlei vreemde apparaten. Het kon niet anders of ze beschikten over een enorm budget. 'Een deel wordt medegefinancierd door de universiteit, omdat een deel van hun onderzoekers hier werkt. Het mes snijdt aan twee kanten. Bovendien is er een flinke federale geldstroom. Het is een gedeelde faciliteit. Onder bepaalde omstandigheden maakt zelfs het Duitse leger hier gebruik van.'

Reacher knikte. Zoals Waterman al had gezegd op de zogenaamde School voor transinstitutionele samenwerking.

Ze namen de trap naar de begane grond. De lucht was er frisser, alsof de ruimte in open verbinding stond met de buitenlucht. Ze liepen een deur door naar een garage. Zoiets als een servicestation of een bandencentrale, maar brandschoon. Bijna steriel. Glanzende witte verf op de vloer, wit betegelde wanden, helderwit licht. Geen olievlekken, geen vuil, geen rommel. Er stonden twee auto's. De ene was een grote personenwagen met een aan één kant beschadigde neus. Erger dan een simpele botsing met blikschade, maar niet total loss. Niet afgeschreven. 'Er is een aanrijding geweest waarbij de automobilist is doorgereden. Er is een kind ernstig gewond geraakt. We denken dat dit de auto is. De eigenaar ontkent. We hopen dat we bloed en weefsel vinden. Maar dat zal lastig worden.'

De andere auto in de werkplaats was een grappige, kleine coupé waarvan de deuren wijd openstonden. Een man in een witte jas stond voorovergebogen half in de auto. 'We zoeken naar vingerafdrukken in het interieur. Er is een moord gepleegd. We denken dat de dader de laatste passagier kan zijn geweest van het slachtoffer. Ze was prostituee. Dat is soms een gevaarlijk beroep.'

Reacher slenterde naar de auto en keek toe. Het was een leuke auto, zeker vergeleken met zijn gerecyclede Caprice. En brandschoon. Hij glansde in het lamplicht en viel totaal niet uit de toon in de steriele ruimte. 'Dat is een heel schone auto,' zei hij.

'Dat gold ook voor haar appartement,' zei Griezman.

'Had ze een werkster?'

'Een schoonmaakdienst, denk ik.'

'Dan liet ze waarschijnlijk haar auto ook wassen. Misschien wel geregeld. Wassen en in de was zetten. En van binnen en van buiten schoonmaken. Heel goed, want dan zijn er weinig oude vingerafdrukken.'

Griezman vroeg iets in het Duits aan de man. Waarschijnlijk hoe de zaak ervoor stond. De man gaf antwoord en wees bepaalde plekken aan. Griezman stak zijn hoofd in de auto om het beter te kunnen zien. Toen deed hij pontificaal weer een stap achteruit en zei: 'We denken dat er een gedeeltelijke afdruk van een linkerduim op de ontgrendelingsknop van de gordel zit. Maar hij is niet erg breed omdat die knop smal is. Bovendien is hij gedeeltelijk weggepoetst op de een of andere manier. Misschien ook een vergelijkbare afdruk op de gesp van de gordel, maar dat is een waardeloos oppervlak. Hard plastic met bobbeltjes voor een betere grip. Dat zal wel een of ander voorschrift zijn. We moesten maar eens met die afdeling van het ministerie gaan praten. Ze zijn ons niet erg behulpzaam.'

'Welk merk auto is dit?' vroeg Reacher.

'Een Audi,' zei Griezman.

'Dan heeft Audi jullie al geholpen. Ik had een vriend met hetzelfde probleem. Ongeveer een jaar geleden. In Fort Hood. Dat is ongeveer even groot als Hamburg. Een woonwijk voor getrouwde militairen buiten de basis. In dat geval ging het om een Jaguar, geen Audi, maar het zijn allebei merken uit het topsegment. Ze verchromen de hendels waarmee je de portieren openmaakt. Dat ziet er duur uit, het voelt fantastisch aan en het glanst in het donker zodat je de hendel gemakkelijk kunt vinden. Allemaal ter bevordering van wat ze de gebruikerservaring noemen. De passagier steekt zijn middelvinger achter de hendel en trekt eraan. Niet zijn pink, want hij denkt dat die te zwak is, ook niet zijn ringvinger, want die vindt hij te onhandig, en ook niet zijn wijsvinger, want dan zou hij zijn pols nog eens vijfentwintig procent extra moeten draaien, en dat voelt ongemakkelijk. Altijd de middelvinger. Dus je moet het portier demonteren en op de achterkant van die hendel zoeken. Dat zou mijn vriend u aanraden.'

De man met de laboratoriumjas zei iets in het Duits. Wat hij zei was niet duidelijk, maar het klonk verontwaardigd. Kennelijk kon hij Engels verstaan. 'Dat zou sowieso onze volgende stap zijn geweest,' zei Griezman. 'Heeft de vondst van uw vriend geleid tot een veroordeling?'

'Nee,' zei Reacher. 'Het bewijsmateriaal was niet sluitend. Hij kon wel aantonen dat de vingerafdruk van de man op die hendel zat, maar niet dat die hendel afkomstig was uit de auto van de ex. De verdediging pleitte dat die hendel uit heel veel auto's afkomstig kon zijn.'

'Wat had uw vriend moeten doen?'

'Voordat hij het portier demonteerde had hij zijn initialen op de voorkant van die hendel moeten graveren. Toen die nog vastzat in de auto. Met een tandartsboor. Hij had foto's moeten laten maken terwijl hij dat deed. Groothoekopnamen, zodat de hele auto erop zou staan. En daarna close-ups.'

Griezman richtte zich in het Duits tot de man in de laboratoriumjas. Zo te horen somde hij een hele lijst met instructies op. Reacher ving het woord *Zahnarzt* op. In Stuttgart had hij een keer kiespijn gehad, dus hij wist dat dat tandarts betekende. De man in de laboratoriumjas luisterde en knikte.

Ze kwamen terug bij de verhoorkamer op het moment dat Klopp aanstalten maakte om te vertrekken. De politietekenaar gaf hun een schets die hij met kleurpotloden had gemaakt. Griezman zei dat hij een kopie zou sturen naar McLean en het origineel in het dossier zou stoppen.

Reacher en Neagley namen hun exemplaar mee tot bij de deur waar het gewapende glas enig daglicht doorliet. De Amerikaan zag er precies zo uit als Klopp hem had beschreven. De tekenaar had Klopps beschrijving op een prima manier vertaald. De golvende bos blond haar op het hoofd. De strakke huid over de schedel daaronder. De wenkbrauwen en de jukbeenderen, horizontaal en parallel en dicht bij elkaar, als de twee tralies op een oude helm uit het American football, waarboven de beide ogen diep in de kassen schitterden. De mond alsof hij met een vlijmscherp mes getrokken was. En twee verticale lijnen, de neus als het blad van een bijl, en een groef in de rechterwang, alsof de mond nooit verder in beweging zou komen dan tot een scheef boosaardig lachje. Op de tekening droeg de man net zo'n jack als Reacher. Gebleekt denim, authentiek in alle opzichten. Eronder droeg hij een wit T-shirt. Zijn sleutelbeenderen staken uit, net als zijn jukbeenderen. Zijn hals was pezig. Iemand van de arme grond, niet langer jong.

'Militair?' vroeg Neagley.

'Valt niet te zeggen door alleen hiernaar te kijken,' zei Reacher.

'Waarom blijven we dan nog?'

'Ik weet het niet. Ratcliffe zei dat we alles konden krijgen wat we nodig hebben. Ik denk dat ik niet opgesloten wil zitten in de foute redenering van een ander.'

'De tweede ontmoeting vindt misschien niet eens in Hamburg plaats.'

'Klopt. Dat is misschien maar een kans van één op tien, maar dat betekent wel dat we een kans hebben van één op tien dat we op de juiste plek zitten als we hier blijven. Als we naar Virginia gaan, hebben we geen enkele kans. Ze zoeken elkaar niet op bij het Washington Monument. Dat is een ding dat verdomd zeker is.'

De tolk kwam naar hen toe en zei: 'Meneer Klopp wil graag van u weten wanneer u de rest van het gesprek wilt plannen.'

'Zeg maar tegen meneer Klopp dat we helemaal klaar met hem

zijn,' zei Reacher. 'Zeg maar dat ik zijn beide ogen er stuk voor stuk uit wip met mijn duimnagel als ik hem ooit nog tegenkom.'

Vervolgens kwam Griezman naar hen toe lopen. 'Mag ik u een lunch aanbieden?'

Twaalf uur 's middags, in Hamburg, Duitsland.

Dat was één uur 's middags in Kiev, Oekraïne. De boodschapper stapte uit een vliegtuig. Ze hadden hem door de bergen gereden naar Peshawar in Pakistan. Vandaar was hij naar Karachi gevlogen, en vervolgens naar Kiev. Hij had voor beide vluchten een ander paspoort gebruikt en hij had zijn roze shirt onderweg verwisseld voor een zwart, had een zonnebril opgezet en een voetbalpetje van Sjachtar Donetsk. Hij was anoniem en zijn spoor was niet te volgen. De Oekraïense douane leverde geen problemen op. Hij liep door de bagageafhaalruimte de terminal uit. Hij ging in de rij staan voor een taxi en rookte tijdens het wachten een sigaret.

De taxi was een oude Tsjechische Škoda. Hij gaf de chauffeur het adres waar hij naartoe wilde. Een bloemenmarkt, vijf straten verwijderd van zijn echte bestemming, een klein appartement waar vier gelovigen uit Turkmenistan en Somalië woonden. Een safehouse. Het was altijd beter om het laatste eind te voet af te leggen. Taxichauffeurs herinnerden zich soms dingen, net als iedereen. Sommigen maakten zelfs aantekeningen. Kilometerstaten, benzineverbruik, adressen. Hij kende de vier mannen in het appartement niet, maar ze verwachtten hem. Het was in Kiev anders dan in Hamburg. Hij kon niet zomaar komen aanlopen. Er was een boodschapper vooruitgestuurd. Dat waren noodzakelijke voorzorgsmaatregelen.

Bij de bloemenmarkt stapte hij uit de Škoda. Hij liep tussen de stalletjes met uitbundige bloemen door en ging een vochtige markthal in waar zeldzamere bloemen werden verkocht, en toen hij er aan de andere kant weer uitkwam, droeg hij opnieuw zijn roze shirt en waren zijn petje en zonnebril verdwenen.

Hij liep de laatste vijf straten door en zocht het juiste gebouw. Het was een vierkante, gedrongen betonnen flat, niet helemaal in het midden van een rij oudere, elegantere gebouwen. Als een valse tand. Alsof er lang geleden een bom was gevallen, louter toevallig op die plek, waardoor er ruimte was ontstaan. Misschien was dat wel echt gebeurd. In de hal rook het naar ammonia. De lift deed het, maar maakte onplezierige geluiden. Op de verdiepingen waren de gangen nauw.

Hij klopte op de deur en wachtte. In gedachten telde hij de seconden. Hij had op heel veel deuren geklopt. Hij wist hoe het werkte. Eén, ze hoorden hem kloppen; twee, ze stonden op van de bank; drie, ze baanden zich een weg door de rommel; vier, ze liepen naar de deur; vijf, ze deden de deur open.

De deur ging open. Er stond een man. Alleen, en achter hem was het stil.

'Je verwacht me,' zei de boodschapper.

'We moeten ergens naartoe,' zei de man.

'Wanneer?'

'Nu.'

De man was een Somaliër, dacht de boodschapper. In de twintig, maar al helemaal verweerd, een en al stoffige huid en pezen. Primitief, alsof hij tot een voorvaderlijk ras behoorde. 'Ik wil nergens heen,' zei de boodschapper. 'Ik ben moe. Ik moet morgenvroeg meteen weer weg. Er is een vlucht voor me geboekt.'

'Geen keus. We moeten ergens naartoe.'

'Bij een safehouse gaat het er nu juist om dat ik nergens naartoe hoef.'

'Het voetbalelftal van Kiev speelt vanavond een wedstrijd in Moskou. Die wordt in de bars uitgezonden op tv. Het begint zo, vanwege het tijdsverschil. Het zou vreemd zijn als we niet zouden gaan kijken. We zouden opvallen.'

'Ga jij maar.'

'Er mag vanmiddag niemand achterblijven in het appartement. Dat zou te veel opvallen. Het is een wedstrijd met veel rivaliteit. Veel patriottisme. Het is de bedoeling dat we ons aanpassen.'

De boodschapper haalde zijn schouders op. Zo waren de noodzakelijke voorzorgsmaatregelen. Bovendien was voetbal zo beroerd nog niet. Hij had ooit een partijtje gezien met een mensenhoofd als bal. 'Oké,' zei hij.

Ze namen de trap naar beneden. Zonder iets te zeggen waren ze het erover eens dat ze de lift niet moesten riskeren. Ze liepen weg van de bloemenmarkt, een andere kant op, voorbij grootse maar verwaarloosde appartementencomplexen, met roestig ijzerwerk en afbrokkelend stucwerk, vervolgens tussen twee van die panden door een steegje in, dat volgens de Somaliër een snellere weg was. Het was een nauwe bakstenen gang, die echode en bijna onbehaaglijke gevoelens opriep, maar aan het einde ervan lag een kleine binnenplaats, niet veel groter dan een kamer, aan alle vier de zijden omsloten door de achtergevels van panden van vier verdiepingen. Ver boven hen was een klein stukje lucht te zien. Hier en daar waren witgekalkte en blinde ramen in de muren. Er hingen dikke regenpijpen aan en bossen antennesnoer die nergens toe dienden.

Op de binnenplaats stonden drie mannen.

Een van hen zou de neef van de Somaliër kunnen zijn, dacht de boodschapper. De andere twee vormden ook een paar. Ongetwijfeld uit Turkmenistan. De mannen uit het safehouse. Heel even dacht de boodschapper dat ze elkaar daar alleen maar ontmoetten en dat ze samen naar een bar zouden gaan tot hij zag dat er geen andere toegang naar de binnenplaats was.

Het was geen snellere weg.

Het was een val.

Toen begreep hij het. Glashelder. Volstrekt logisch. Hij was een veiligheidsrisico. Want hij wist de prijs. Honderd miljoen dollar. Het gevaarlijkste element van de hele onderneming. Een dergelijk groot bedrag zou overal alarmbellen doen rinkelen. Iedereen die het wist, was een potentieel lek. Klassieke theorie. Ze hadden het bestudeerd in de kampen, met hypothetische voorbeelden. Ze hadden het nagespeeld. Helaas, hadden ze gezegd, maar noodzakelijk. Een grote strijd vergt grote offers. Een grote strijd eist een heldere geest en een ijskoud hart. De man die ze vooruit hadden gestuurd, had niet verzocht om het logeerbed te luchten en voorbereidingen te treffen om hem te ontvangen. Hij had een andere boodschap overgebracht.

De boodschapper bleef staan. Hij zou nooit praten. Hij niet. Dat moesten ze weten. Na alles wat hij had gedaan. Hij was anders. Hij was betrouwbaar. Toch?

Nee, dit waren mannen die voetbalden met een mensenhoofd. Ze hadden geen plek voor gevoelens.

'Het spijt me, broeder,' zei de Somaliër.

De boodschapper sloot zijn ogen. Geen pistolen, dacht hij. Niet midden in Kiev. Het worden messen.

Hij had het mis. Het was een hamer.

In Jalalabad was het halfvijf 's middags. Er werd thee gedronken in het witte lemen huis. De nieuwe boodschapper was naar de kleine, hete kamer gebracht. Het was een vrouw. Vierentwintig jaar oud, lang, zwart haar, haar huid de kleur van thee. Ze droeg een wit Explorer-shirt met allerlei lussen en zakken, een kaki broek en kistjes. Ze stond in de houding voor de twee mannen, die op hun kussens zaten.

'Het is vrij onbelangrijk,' zei de lange man, 'maar het heeft haast. Dus vlieg je rechtstreeks van Karachi. Behoedzaamheid is niet nodig. Niemand heeft jou eerder gezien. Je ontmoet een Amerikaan en je zegt tegen hem dat we zijn prijs accepteren. Ik herhaal het nog een keer, we accepteren de prijs. Begrijp je dat?'

'Ja,' zei de vrouw.

'De Amerikaan zal de prijs niet noemen,' zei de dikke man. 'En jij mag er niet naar vragen. Het moet geheim blijven, want hij schaamt zich omdat we zoveel hebben afgedongen, en wat ons betreft willen we niet dat anderen denken dat we geen geld meer hebben en dat dit het enige is wat we ons kunnen veroorloven.'

De vrouw boog het hoofd.

'Wanneer vertrek ik?' vroeg ze.

'Nu,' zei de lange man. 'Rijd de hele nacht door zodat je morgenochtend het vliegtuig haalt.'

13

Griezman bracht Reacher en Neagley na de lunch met de auto naar het hotel waar ze eerder waren geweest. Ze bedankten hem en zwaaiden hem na, maar checkten niet in. Reacher hield er niet van om twee keer van dezelfde accommodatie gebruik te maken. Een gewoonte. Overbodig, volgens sommigen. Hij zei dat hij vijfendertig was en nog steeds in leven. Dat moest toch iets betekenen.

Ze keken op de plattegrond van Neagley. Ze zette een vingernagel op het safehouse. 'Ze kunnen er natuurlijk meer hebben,' zei ze.

'Dat kan,' zei Reacher. 'Deze hele zaak is voortdurend een kwestie van kansberekening.'

Ze begonnen te lopen en belandden in de straat waar de vier patrouillewagens van de politie geparkeerd hadden gestaan. Waar de prostituee was vermoord. Ze sloegen links af naar het safehouse, zochten er in de buurt, dichtbij, maar ook weer niet te dichtbij. Onderweg wierpen ze een blik in de zijstraten. Het viel niet mee. Het was minder makkelijk dan in sommige andere delen van de wereld. Er hingen nergens grote uithangborden. Geen flikkerende neonreclame, geen borden die heen en weer slingerden in de wind. Waarschijnlijk waren die verboden. Een kwestie van goede smaak. Ze moesten alles wat er commercieel uitzag op eigen merites beoordelen. Ze zagen een filiaal van een autoverhuurbedrijf, gevestigd in twee aangrenzende panden. Ze zagen andere bedrijven die ook niet uit de toon vielen. Maar er waren er ook die voor verwarring zorgden. Reacher stapte een ruimte binnen die eruitzag als de lobby van een hotel, met leunstoelen en een balie, maar het bleek een zonnestudio met cabines in het achterhuis. De vrouw achter de balie lachte en probeerde dat vervolgens te onderdrukken en maakte het uiteindelijk weer goed door hen te verwijzen naar een boetiekhotel een straat verderop. Dat leek een aantrekkelijke accommodatie. Er stond een portier met een hoge hoed, gereed om de deur voor hen te openen.

'Heb jij geld?' vroeg Neagley.

'Ratcliffe betaalt,' zei Reacher.

'Maar hij weet niet dat we hier zijn.'
'We bellen hem. Dat moeten we sowieso.'
'Waarvandaan?'
'Uit een kamer. Die van jou of die van mij.'
'We krijgen geen kamers. Ze laten ons niet inchecken zonder geld.'
Reacher haalde de rol bankbiljetten voor lopende kosten uit zijn zak. Wel geïncasseerd, nooit geretourneerd. Een bescheiden bedrag. Neagley had evenveel.
'We nemen één kamer,' zei Reacher. 'Voorlopig. Totdat de NSC hen opbelt.'
Neagley aarzelde even. Toen zei ze: 'Oké.'
Ze gingen naar binnen.

Op dat moment bevond de Amerikaan zich drie straten verderop. Hij remde af en bleef stilstaan bij het filiaal van het autoverhuurbedrijf waar Reacher en Neagley net langs waren gelopen. De Amerikaan had onderweg een vroege lunchpauze ingelast in Groningen. Met een glas wijn. Dus was hij daar nog even blijven hangen – het was een aardige stad – en had hij een wandeling gemaakt om de alcohol te verwerken. Voor het geval dat. Er waren strenge wetten. Daarna was hij verder gereden, had hij de virtuele grens overgestoken en was over de Autobahn langs Bremen gesneld. Hij had van elke kilometer genoten. Het was een soort vooruitgeschoven nostalgische trip. Het zou heel lang duren eer hij weer voet aan wal zou zetten in Europa. Misschien zou het wel nooit meer gebeuren.
Hij leverde de sleutel van de auto in en liep weg, de buurt uit, in de richting van het water. Naar zijn appartement. Gehuurd, nog tot het einde van de maand. Je moest geen geld over de balk smijten. Goed getimed.

De kamer die ze kregen had groen behang en overal stonden tinnen prulletjes. Maar de telefoon deed het. Reacher kreeg de dienstdoende officier bij de NSC aan de lijn. Die ondernam actie om hun verblijf te financieren via het consulaat. Daarna kwam White aan de lijn. 'Vanderbilt heeft gezocht naar Amerikanen die de afgelopen vier jaar in Zürich zijn geweest. Die lijst heeft hij vergeleken met de lijst van Amerikanen die op de bewuste dag in Duitsland waren. Dat waren er precies honderd.'

'Prima gegevens,' zei Reacher. 'Maar niet per se bepalend. Misschien heeft hij de Kaaimaneilanden gebruikt. Of Luxemburg. Of Monaco. Of misschien is hij gewoon naar Zürich gegaan om er even uit te zijn. Dat heb ik ooit eens gedaan, en ik ben absoluut niet in de buurt van een bank geweest toen ik daar was.'

'Ik snap het,' zei White.

'Maar bedank Vanderbilt in ieder geval.'

Daarna kwam Waterman aan de lijn. 'Ze worden nerveus van je,' zei hij.

'Wie?' vroeg Reacher.

'Ratcliffe en Sinclair.'

'Hij zei dat we de teerling moesten werpen. Het heeft geen zin om allemaal op dezelfde plek te gaan dobbelen.'

'Bereiken jullie iets?'

'Jij?'

'Helemaal niets.'

'Hier net zo. En het heeft ook geen zin om met z'n allen op één plek helemaal niets te bereiken.'

'Sinclair wil je spreken.'

'Dan zal ik later contact met haar opnemen. Als het consulaat zich heeft gemeld. Dat spoort ze misschien aan om ook in actie te komen.'

'En er is post van het ministerie van Defensie voor sergeant Neagley.'

'Urgent?'

'Ik geloof het niet.'

'Laat dat dan maar liggen tot ik met Sinclair heb gesproken.'

'Kun je een tijd aangeven?'

'Zeg maar tegen haar: over twee uur,' zei Reacher.

Ze gingen op zoek naar de bar waar Helmut Klopp ooggetuige was geweest van de ontmoeting. Het was twintig minuten lopen, even ver als van het safehouse, maar van een iets andere kant. Een andere vector. Als twee spaken van hetzelfde wiel. Ze liepen erlangs zonder hun pas in te houden of harder te gaan lopen, keken recht voor zich uit en namen de bar vanuit een ooghoek op. Het café was ondergebracht op de begane grond van een ouder stenen gebouw. Misschien was het ooit een fabriek geweest, of een huurkazerne, waarschijnlijk uitgebrand tijdens de vuurstorm in oorlogstijd, maar goed genoeg geacht om te worden gerenoveerd. In het midden van de met planken betimmerde gevel van de bar was de ingang. Geen rustieke deur. Het had niets van de gevel van een schuur op het platteland. De gladgeschaafde planken sloten stevig aan. Ze hadden een donkergouden kleur en zaten dik in de glanzende lak, als een roeiboot in de vijver van een park. Er waren kleine ramen met crèmekleurige vitrage achter de onderste helft, daarboven hingen slingers met kleine papieren vlaggetjes. Al die papieren vlaggetjes waren Duitse vlaggen. Binnen leek het donker en bruin.

'We worden door twee mensen gevolgd,' zei Neagley.

'Waar?' vroeg Reacher.

'Op de hoek, vijftig meter achter ons.'

Reacher keek niet om.

'Wie zijn het?' vroeg hij.

'Twee mannen, tussen de dertig en de veertig. Groter dan ik en kleiner dan jij. Waarschijnlijk geen Duitsers. Ze lopen als Amerikanen.'

'Hoe lopen Amerikanen?'

'Net als wij.'

'Hoelang zijn ze daar al?'

'Dat weet ik niet precies.'

'Jukbeenderen?'

'Nee. Bovendien te lang.'

'Oké,' zei Reacher. 'Laten we maar ergens een kop koffie gaan drinken.'

Ze liepen verder, nog steeds ontspannen slenterend. Ze gingen naar binnen bij een Konditorei met een etalage vol gebak en snoepgoed, een espressoapparaat en vier kleine tafeltjes met elk twee stoelen. De tafels en stoelen waren van zilverkleurig gespoten metaal. Ze stonden pal bij het raam en boden een ruim uitzicht op de straat. Neagley ging zitten en Reacher liep naar de toonbank. Hij bestelde twee dubbele espresso's en riep: 'Wil jij gebak?'

'Zeker,' zei Neagley. 'Apfelstrudel.'

'Twee,' zei Reacher tegen de vrouw achter de kassa. Een oeroude soldatenregel: eet wanneer je de kans krijgt. Misschien duurt het wel dagen voordat je weer iets krijgt. De vrouw gebaarde dat Reacher moest gaan zitten en dat ze de bestelling zou brengen. Reacher gebaarde dat hij meteen wilde betalen. Zijn eigen regel. Misschien moest hij wel halsoverkop vertrekken en hij wilde gewone mensen het brood niet uit de mond stoten. Hij nam het wisselgeld aan, liep naar het tafeltje en ging zitten. Neagley strekte haar hals, heel onopvallend, en zei: 'Ze zagen ons hier naar binnen gaan. Toen gingen ze harder lopen. We zien ze zo.'

Reacher keek uit het raam, naar links en naar rechts. Er was een koffiebarretje aan de overkant, twintig meter verderop. Tafeltjes bij het raam met een prima uitzicht. Iedereen met een beetje verstand zou daarnaartoe gaan. Ze konden er zo lang blijven zitten als ze maar wilden, zonder achterdocht te wekken, en zodra hun prooi weer in beweging kwam, konden ze die opnieuw volgen.

'Daar zijn ze,' zei Neagley.

Reacher zag twee mannen, zoals Neagley hen had beschreven, in de dertig, groter dan zij, kleiner dan hij. Misschien een meter tachtig, negentig kilo. Kortgeknipt haar. Ze liepen als Amerikanen. Ze waren gekleed als Amerikanen. Om precies te zijn, zag hij met zijn getrainde oog, waren ze gekleed als Amerikaanse militairen met verlof. Stop een burger een uur lang in een uniform, om een rol te spelen in een film of voor een gekostumeerd feest, en het ziet er fout uit op de een of andere manier, alsof het ongemakkelijk zit, of onwennig. Hetzelfde gold voor iemand die al tien jaar lang in uniform had gelopen, maar plotseling een spijkerbroek en een jack aanhad. Het zag er fout uit. Even onwennig. Een verkeerde houding, te netjes, de vouwen te scherp, een verkeerde manier van lopen.

Ze liepen voorbij, op dezelfde manier waarop Reacher en Neagley langs de bar waren gelopen, ze vertraagden of versnelden hun pas niet, keken recht voor zich en namen de Konditorei vanuit een ooghoek op. Grote, harde gezichten. Waarschijnlijk onderofficieren. Beroeps, zo te zien. Ze kuierden verder, de een fluisterde iets tegen de ander, de ander knikte en ze schoten het koffiebarretje in, twintig meter verderop, aan de overkant. Er reden auto's voorbij, in beide richtingen. Winkelende burgers en mensen met een kantoorbaan passeerden op het trottoir. De mannen zochten een tafeltje bij het raam en gingen zitten. Ze deden alsof ze niet naar Reacher en Neagley keken, op dezelfde manier waarop Reacher en Neagley deden alsof ze niet naar hen keken.

'Wat zijn dat voor lui?' vroeg Reacher.

'Moeilijk te zeggen, zo op het oog,' zei Neagley.

'Gokje?'

'Duidelijk leger. Sergeant als eindstation. Waarschijnlijk geen gevechtstroepen. Oude sergeants met ervaring op het slagveld zien er niet zo uit. Deze doen iets anders.'

'Het zijn geen bureautypes.'

'Nee, ze doen fysiek werk.'

'Juist. Ondersteuningstroepen. Misschien transport. Misschien laden ze vrachtwagens. En laden ze ze daarna weer uit.'

'Waar denk je aan?'

'Ik vraag me af waarom ze hier zijn,' zei Reacher. 'Hoe wisten ze het?'

'Griezman? Misschien heeft hij gebeld. Meteen nadat hij ons had afgezet bij het hotel.'

'Maar we zijn niet in dat hotel gebleven. Ze zijn ons niet vanaf dat hotel gevolgd. Omdat we daar niet aan deze wandeling zijn begonnen.'

'Dat betekent dat de NSC heeft gelekt. Dat zijn de enigen die weten in welk hotel we hebben ingecheckt. Maar dat is belachelijk.'

'Inderdaad. Daarom zijn ze ons ook niet vanuit dat hotel gevolgd. Wij zijn naar hen toe gekomen. Ze wachtten hier op ons.'

'Waarom?'

'Misschien is die bar meer dan gewoon een trefpunt voor gelijkgezinde geesten. Misschien ontmoeten wel allerlei mensen elkaar daar. Misschien wordt er wel geld verdiend. Dus wat gebeurt er als twee MP's plotseling zonder duidelijke reden in de stad opduiken? Dan laten ze mensen posten. Voor het geval dat. En hier zijn we dan. We hebben het alarm doen afgaan.'

'Ze weten niet dat wij MP's zijn. Ze weten niet wie wij zijn. Niemand weet zelfs dat we in het land zijn.'

'Hoe zijn we aan die informatie over Helmut Klopp gekomen?'

'Griezman heeft een of ander dom proces-verbaal doorgespeeld. Naar het consulaat.'

'Omdat hij zo'n brave burger is?'

'Nee, omdat hij zich probeerde in te dekken.'

'Zo iemand zou ook een dom proces-verbaal doorspelen over twee MP's die werden geregistreerd bij een moordonderzoek. Die toevallig langs kwamen lopen en beweerden dat ze toeristen waren, op vakantie. Daar staan onze namen zwart-op-wit. Dus dat moest hij wel doorspelen. Waarschijnlijk rechtstreeks naar het hoofdkwartier in Stuttgart. En daar heeft iemand onze gegevens opgezocht en geconstateerd dat we nog niet zo lang geleden deel uitmaakten van het 110th. Diegene heeft vervolgens op een geheime alarmknop gedrukt. Zo'n ding als ze in banken hebben. Niemand hoort het, maar in de hele stad komen mensen in actie. Voor wie zijn wij hier? Dit bestrijkt een breed terrein. We zullen allerlei mensen een ongemakkelijk gevoel geven.'

'Veronderstel dat dit de mensen zijn die we zoeken?'

'Als jij die aan de linkerkant neemt, krijg je een Legion of Merit.'

'Ze zouden een sergeant nooit een Legion of Merit geven.'

'Dit zijn niet de mensen die we zoeken. Ik heb veel geluk, maar niet zoveel.'

'Wat zijn het dan wel voor lui?'

'Niet te zeggen, zo op het oog.'

Ze speelden met de laatste kruimels van de apfelstrudel op hun bordjes, dronken hun kopjes leeg tot op de drab op de bodem, stonden toen snel op en haastten zich naar buiten.

14

Reacher en Neagley ontweken voetgangers op het trottoir en auto's op straat en staken schuin over naar het koffiebarretje aan de overkant. Ze zagen door het raam dat de beide mannen opschrokken en recht gingen zitten. Te laat. Ze zaten naast elkaar achter een tafel in de hoek waar ze goed zicht hadden. Er stonden dus twee lege stoelen tussen hen en de rest van de ruimte. Neagley kwam als eerste binnen en ging op een van de lege stoelen zitten. Reacher kwam achter haar aan en ging op de andere stoel zitten. Beide mannen zaten als ratten in de val. Alles had zich heel rustig en vreedzaam en beschaafd voltrokken, maar ze konden geen kant op, tenzij Reacher en Neagley zouden opstaan om hen erlangs te laten. Maar dat stond niet boven aan hun agenda op dat moment.

'Luister goed, jongens,' zei Reacher. 'Ik zeg dit maar één keer. We hebben een eenmalige speciale aanbieding voor jullie. We zullen jullie helpen als dat kan. Een minimumstraf als jullie alles opbiechten. Tenzij het datgene is waarin wij geïnteresseerd zijn, al denk ik niet dat het dat is. Ik denk dat jullie daarvoor het verkeerde slag mensen zijn.'

'Val dood,' zei de man links.

Hij was eerder veertig dan dertig. Hij had grijzend zwart, kortgeschoren haar en een pafferig gezicht dat veel weg had van een ongebakken brood. Hij had donkere ogen en eelt op zijn handen. Naar zijn accent te oordelen kwam hij uit Arkansas of Tennessee, of misschien uit Mississippi.

'Jullie weten hoe we heten, omdat iemand onze gegevens heeft opgezocht en alarm heeft geslagen,' zei Reacher. 'Dus weten jullie dat wij MP's zijn. Vanaf dit moment zijn jullie gearresteerd.'

'Dat kun je niet doen.'

'Ik weet wel zeker dat dat wel kan. Militair strafrecht. We zouden de opperbevelhebber kunnen arresteren als we dat zouden willen. Er zou wel het een en ander bij komen kijken om dat hard te maken, maar in principe kan het. Wat jullie betreft ligt dat veel minder problematisch.'

'Je hebt geen bevoegdheid.'

'Dat zou ik niet te hard zeggen.'
'Wij zijn geen militairen.'
'Volgens mij wel.'
'Wij zijn ook geen Amerikanen.'
'Volgens mij wel.'
'Je hebt het mis.'
'Bewijs het maar. Laat maar eens een legitimatiebewijs zien.'
'Val dood,' zei de man opnieuw.
'Volgens de Duitse wet ben je verplicht je te legitimeren wanneer een politieambtenaar daarom vraagt.'
'Een Duitse politieambtenaar, ja. Niet als jullie erom vragen.'
'Je pakt dit helemaal verkeerd aan. Je koerst nu af op een maximale straf.'
De man zweeg. De andere man volgde het gesprek met zijn ogen alsof het een tenniswedstrijd was, heen en weer.
'Laat eens een legitimatiebewijs zien,' zei Reacher.
'We willen nu vertrekken,' zei de man links. 'Maak alsjeblieft ruimte.'
'Dat zal niet gebeuren.'
'We zouden ervoor kunnen zorgen dat het wel gebeurt.'
'Dat zou je kunnen proberen,' zei Reacher. 'Maar je zou je bezeren. Je overschat jezelf. Je roept iets over je af wat je nog nooit in je leven hebt meegemaakt.'
'Jij hebt wel een verdomd hoge dunk van jezelf.'
Reacher knikte naar Neagley. 'Ik heb het over haar. Ik zit hier alleen maar om de rommel op te ruimen.'
Ze keken naar Neagley. Donkerblond haar, donkere ogen, door de zon gebruind. Een knappe vrouw om te zien. Ze glimlachte naar hen. Haar onderarmen lagen op tafel. Reacher zag haar nagels. Ze waren glanzend gelakt en keurig bijgevijld. Zelfs die van haar rechterhand, wat ze met links moest hebben gedaan. Ze zou nooit naar een nagelstudio gaan. Ze kon het niet verdragen dat iemand haar handen aan zou raken. Ze keek eerst de ene man aan, toen de andere.
De man links haalde zijn schouders op, kwam een paar centimeter overeind en stak zijn hand in zijn achterzak. De andere man deed hetzelfde. Reacher keek toe. Niets aan de hand. Niemand stop-

te een wapen in zijn achterzak. Oncomfortabel. Niet gemakkelijk bereikbaar.

Beide mannen haalden twee legitimatiebewijzen tevoorschijn. Plastic kaarten zo groot als creditcards. Maar dat waren het niet. Het waren ID-kaarten en rijbewijzen. Op beide kaarten stond *Bundesrepublik Deutschland* langs de bovenrand. Duitsland. De Bondsrepubliek. De foto's klopten. De man links heette Bernd Durnberger, de man rechts heette Klaus Augenthaler.

'Zijn jullie Duits staatsburger?' vroeg Reacher.

De man links pakte zijn legitimatiebewijzen weer aan en knikte.

'Genaturaliseerd?'

De man knikte opnieuw.

'Moest je een test afleggen?'

'Zeker.'

'Was die test zwaar?'

'Niet echt.'

'In welke staat zijn we?'

'Duitsland.'

'Dat is het land. Duitsland is een federale staat. Het staat op je legitimatiebewijs: Bundesrepublik. Dat betekent dat het land bestaat uit deelstaten, net als de Verenigde Staten. Alleen zijn het er hier zestien in plaats van vijftig. Maar het principe is hetzelfde.'

'Ik weet het niet meer, denk ik.'

'Hamburg,' zei Reacher.

'Zo heet de stad.'

'En de deelstaat. Net zoiets als New York. Het grenst aan Sleeswijk-Holstein en Nedersaksen, dat op zich om de deelstaat Bremen heen ligt. Heb je je naam veranderd?'

'Waarom niet?'

'Waarom Durnberger?'

'Het klinkt mooi.'

'Heb je je Amerikaans staatsburgerschap behouden?'

'Nee, daar hebben we afstand van gedaan. We hebben geen dubbel staatsburgerschap. Er is dus helemaal niets wat je kunt doen.'

'We zouden onbeschoft kunnen worden.'

'Wat?'

'Amerikanen overzee zijn vaak onbeschoft. Daar klagen jullie Europeanen altijd over. We zouden hier gewoon in de weg kunnen blijven zitten.'

'Nee, wij gaan nu weg.'

'Waarom?'

'Omdat we dat willen.'

'Moet je naar het toilet?'

'Nee.'

'Heb je een dringende afspraak?'

'We mogen gaan en staan waar we willen.'

'Zeker. Je hebt ongeveer net zoveel bewegingsvrijheid als iemand op Times Square die probeert op tijd op zijn werk te komen. Dat lukt hem alleen als hij over de hoofden van de toeristen voor hem rent.'

De man zei niets.

Reacher keek de andere man aan. 'Hoe ben jij op je naam gekomen?'

'Net zo,' zei de man. 'Het klonk wel mooi.'

'Echt? Zeg het eens hardop.'

Geen reactie.

'Zeg het eens.'

Niets.

Reacher haakte zijn duimen onder de rand van het tafelblad en greep de tafel stevig vast. Hij boog zich voorover. 'Zeg je naam eens.'

De man zei niets.

'Dus we hebben hier een kerel die niet meer weet dat Duitsland een bondsrepubliek is met deelstaten,' zei Reacher, 'en eentje die zich zijn eigen naam niet meer kan herinneren. Ik vind jullie niet erg overtuigend.'

Terwijl hij zich vooroverboog greep hij het tafelblad niet vast om zijn woorden kracht bij te zetten, maar om wat er zou gebeuren. Wat op dat moment ook inderdaad gebeurde. De man rechts probeerde de tafel hard van zich af te schuiven met de bedoeling Reacher ter hoogte van zijn middenrif te raken, als een flinke klap, of hem zelfs met stoel en al achterover te doen tuimelen. Maar Reacher was er klaar voor en hij duwde met tien keer zoveel kracht de tafel in tegengestelde richting en ramde hem de man in zijn buik. Een bevredigende klap, die er echter wel voor zorgde dat er voor de man links ruimte genoeg ontstond om op te staan, achter Reachers stoel langs te schuiven en de benen te nemen richting de uitgang. Wat hem ook zou zijn gelukt, ware het niet dat Neagley inmiddels ook overeind was gekomen. Ze deed een stap naar links met haar schouder in de richting van de man en wervelde toen om haar as en beukte haar vuist in zijn middenrif. De man verstijfde en hapte naar adem. Alsof hij een stroomstok had ingeslikt. Dat gaf haar ruimschoots de tijd een volgende actie voor te bereiden. Ze trok haar linkerbeen op en plantte haar knie in zijn kruis. Ze besloot haar optreden met het optrekken van haar rechterbeen, zodat ze hem vol in zijn gezicht raakte met haar rechterknie toen hij voorover dubbelklapte.

Reacher hield de andere man ingeklemd achter de tafel. 'Zie je? Dat bedoel ik dus. Nu moet ik de rommel opruimen.'

Hij draaide zijn hoofd in de richting van de toonbank waar een oude vrouw op het punt stond te gaan gillen, of flauw te vallen of de telefoon te grijpen. Hij riep: '*Seksueller Angriff!*' Hij had ooit een arrestant naar een huis van bewaring gebracht in Stuttgart en wist dat het 'aanranding' betekende. Hij wees naar zichzelf en zei: '*Militärpolizei.*' De oude vrouw kalmeerde een beetje. Het gevestigde gezag had de situatie onder controle. Bovendien was er niets stuk. De man was onderuitgegaan en had niets geraakt. Neagley werkte heel precies. Er lag bloed op de vloer, maar niet veel. Met een dweil was het in een minuut weer opgelost. Alles bij elkaar geen enkel probleem.

'Vraag haar of je haar telefoon mag gebruiken,' zei Reacher tegen Neagley. 'Bel Stuttgart en probeer erachter te komen of er iemand aanwezig is die wij kennen die vandaag nog hier kan zijn.'

'Voor deze lui?'

'Het gerommel op de achtergrond begint. We zullen mensen nodig hebben om het afval te dumpen.'

'Niet via Sinclair?'

'Dit is een zaak van het leger. We moeten haar niet lastigvallen met details.'

Neagley sprak net zomin Duits als Reacher, dus bootste ze met opgetrokken wenkbrauwen en de duim en de pink van haar rechterhand het voeren van een telefoongesprek na, overal op de wereld begrepen, waarop de oude vrouw zich naar het uiteinde van de toonbank haastte en terugkwam met een ouderwets toestel aan een snoer. Neagley draaide een nummer, wachtte en begon te praten.

Reacher richtte zich weer op de man achter de tafel. Die zag bleek. Zijn kortgeschoren haar groeide tot laag op zijn voorhoofd. Zijn wangen vertoonden sporen van acne. Hij keek beurtelings naar Reacher en naar zijn maat die op de vloer lag. Heen en weer, alsof hij werd aangedreven door een metronoom. Paniek in zijn ogen.

'Ik gok dat jij niet het brein achter deze operatie bent,' zei Reacher. 'Dat maakt je kwetsbaar, maar je hebt geluk. Ik ben een redelijk iemand. De eenmalige speciale aanbieding geldt nog steeds. Alleen voor jou. Een minimumstraf als je alles opbiecht. Ik tel tot drie. Dan is het afgelopen met de aanbieding.'

Nog meer paniek in de ogen van de man. Hij deed zijn mond open, maar kreeg geen woord over zijn lippen. Niet al te slim, verbaal niet al te begaafd.

'Wie heeft jullie gezegd dat je hier vandaag moest zijn?'

De man wees naar zijn maat op de vloer.

'Hij,' zei hij.

'Waarom?' vroeg Reacher.

'Wij verkopen spullen.'

'Waar?'

'In de bar.'

'Wat voor spullen?'

Geen antwoord.

'Groot of klein?' vroeg Reacher.

'Klein.'

'Handwapens?'

De man knikte.

'Beretta M9's?'

De man knikte.

'Nog meer?' vroeg Reacher.

'Nee.'

'Oké, jullie verkopen pistolen aan skinheads. Gefeliciteerd. Nieuw of tweedehands?'

'Alleen oude.'

'Waarvandaan?'

'We halen ze uit de vrachtwagens met schroot.'

Reacher knikte. Afgedankte spullen van het Amerikaanse leger, geregistreerd als versleten, defect of vernietigd, die nooit de smeltoven bereikten. Niet ongebruikelijk. 'Ook munitie?' vroeg hij.

'Ja,' zei de man.

'In diezelfde bar?'

'Ja,' zei de man.

'Waar heb je die valse legitimatie vandaan?'

'Ook daar. In die bar. Van een Duitser.'

'Wat gebeurt daar nog meer?'

'Er worden allerlei zaken gedaan.'

'Zijn jullie er vaak?'

De man keek naar zijn maat op de vloer. Hij knikte. 'Daar verkopen we de spullen,' zei hij.

Reacher haalde de politieschets uit zijn zak. De Amerikaan. De wenkbrauwen, de jukbeenderen, de diepliggende ogen. De bos haar. Hij vouwde de tekening open, streek hem plat en draaide hem om op de tafel. 'Heb je deze man daar ooit gezien?' vroeg hij.

De man keek.

'Ja,' zei hij. 'Ik heb hem gezien.'

15

Neagley legde de telefoon neer, bedankte de oude vrouw en kwam terug naar hun tafel. 'Deze kerel heeft onze man gezien in de bar,' zei Reacher.

'Hoe vaak?' vroeg Neagley.

'Ik denk drie keer,' zei de man.

'In hoeveel tijd?'

'In de laatste paar maanden. Soms heeft hij een pet op.'

'Wat voor soort pet?'

'Van een sportclub, denk ik. Misschien uit de NFL. Iets met een rode ster.'

'Weet je hoe hij heet?'

'Nee.'

'Wat doet hij in die bar?'

'Niets bijzonders.'

'Zit hij in het leger?'

'De laatste keer dat ik hem heb gezien, droeg hij geen pet en was zijn haar te lang.'

'Wanneer was dat?'

'Een week of twee geleden.'

'Wat deed hij twee weken geleden?'

'Hij zat in z'n eentje aan een tafeltje bij het raam bier te drinken.'

Op dat moment stond de Amerikaan te wachten op een stadsbus naar het centrum. Hij moest het een en ander doen. Boodschappen op de valreep, een lijstje afwerken. Hamburg was een havenstad met veel passagiersvervoer. Veerboten en cruiseschepen die aanlegden en weer vertrokken, dus het was geen probleem om zaken voor onderweg te kopen. En geschikte kleren voor een lange reis. Alles contant betaald, gekocht in verschillende winkels. Een krap tijdschema, maar het kon niet anders. De klokte tikte voort.

De bus stopte en de Amerikaan stapte in.

Reacher trok de man die op de vloer van het koffiebarretje lag overeind en duwde hem naar buiten, het trottoir op. Neagley begeleidde zijn maat. Reacher en zij keken op de plattegrond van Neagley en zetten koers naar een van de plantsoentjes. De man die Neagley onder handen had genomen, hinkte en schuifelde. Zijn neus was gebroken door het contact met haar rechterknie. Hij werd er niet knapper van. Ook niet lelijker trouwens.

In het plantsoentje installeerden ze zich op twee banken. Neagley zat samen met de domme op een bank, Reacher met de gewonde op een andere bank. Ze wachtten. De domme hield zich heel koest. Hij was duidelijk bang voor Neagley. Misschien was hij dan toch minder dom dan je zou denken. De toegetakelde man kwam langzamerhand weer een beetje bij. Reacher voelde dat de man rusteloos werd, dat hij om zich heen keek, op zoek naar een mogelijkheid om te ontsnappen, en zijn kansen berekende. Op een gegeven moment reed een stadsbus langzaam met brullende motor langs, dichtbij, kolossaal en luidruchtig, vol passagiers op weg naar het centrum. Reacher voelde dat de man zich bewoog, alsof het lawaai en de afleiding hem een kans boden, dus legde Reacher zijn hand in de nek van de man, een vriendelijk gebaar, en kneep. De man piepte zachtjes en toen was de bus voorbij.

Ze wachtten. Het liep tegen het einde van de middag. Er stopte uiteindelijk een blauwe auto langs het trottoir. Een grote Opel. Van General Motors. Aan het stuur zat een man in gevechtstenue. Naast hem een tweede man in gevechtstenue. Achter hen scheidde een plaat plastic de auto van de vloer tot het dak in tweeën. Een politieauto.

De passagier stapte uit. Klein, breedgeschouderd en donker getint. Manuel Orozco. In het verleden ingedeeld bij het 110th. *Handen af van de Special Investigators.* Zijn woorden. Een goede vriend. 'Ik dacht dat ze je ergens in een school hadden begraven,' zei hij.

'Had je dat gehoord?' vroeg Reacher.

'Iedereen had het erover, man, alsof je dood was.'

'De NSC had ons nodig voor een geheime klus. We staan aan een boom te schudden en er valt allerlei extra rotzooi uit. Die zul jij voor ons moeten opruimen. Zonder dat je ons noemt. Wat mij betreft beweer je dat je ze zelf hebt gepakt. Goed voor nog een medaille. Begin maar met deze twee. Ze verkopen in een bar afgeschreven Beretta M9's aan skinheads.'

'Daar krijg ik geen medaille voor.'

'Het gaat eigenlijk om die bar. Dit kon wel eens het topje van een ijsberg zijn.'

'Wat is er met zijn neus gebeurd?'

'Neagley.'

'Uitstekend.'

'We hebben achtergrondinformatie nodig over die bar. Kennelijk gebeurt er daar van alles. Kun je daar een apart rapport van maken? En daarna mag je zelf gaan vissen. Op het moment dat wij het zeggen. We zijn naar één kerel in het bijzonder op zoek en we willen hem niet bang maken en wegjagen. Als we er tenminste van uitgaan dat hij weer terugkomt. Wat niet erg waarschijnlijk is.'

'Komt voor elkaar, baas,' zei Orozco.

'Ik ben je baas niet meer.'

'Je bent vast nog wel ergens de baas.'

Orozco zette de twee mannen achter in de auto, achter het plastic scherm, en klom voorin naast de chauffeur. Reacher en Neagley wuifden hen na. Daarna liepen ze terug naar het boetiekhotel, waar de receptioniste bevestigde dat het consulaat zich had gemeld, met als gevolg dat ze nu twee mooiere kamers naast elkaar hadden op de bovenste verdieping. Ze gingen eerst naar Neagleys kamer en belden met McLean om te rapporteren aan Sinclair.

Op dat moment belde de technisch rechercheur, die naar vingerafdrukken zocht in de politiegarage, het hoofd van de recherche Griezman. Hij vertelde hem dat hij een prachtige afdruk had gevonden op de achterkant van de verchroomde hendel. Haarscherp. Afgaande op de vorm was het een afdruk van de rechtermiddelvinger, met een doorsneegrootte voor een man, groot voor een vrouw. De databases van de Bondsrepubliek leverden niets op. Dat betekende dat de kans erg groot was dat de dader geen Duitser was.

De mooie kamers waren uitgerust met echte telefoontoestellen. Neagley schakelde de luidspreker van de telefoon in en ging op het bed zitten. Reacher zat op een stoel. In McLean hadden ze de luidspreker van de telefoon eveneens ingeschakeld. Reacher hoorde een soort galm toen achtereenvolgens Sinclair, Waterman en White hallo zeiden. Kennelijk zaten ze alle drie in het kantoor, aan de vergadertafel, in de leren stoelen.

'Hebben jullie al iets bereikt?' vroeg Sinclair.

Ze klonk vermoeid.

'De Duitse ooggetuige was een man die Klopp heette. Hij heeft ons een goede beschrijving en een schets geleverd. Die hebben we je gefaxt. Klopp zegt dat hij de man twee keer heeft gezien. We hebben ondertussen een tweede getuige gevonden die de man drie keer heeft gezien. Steeds in dezelfde bar. Dat lijkt voor een deel een trefpunt te zijn voor rechts-extremisten en voor een ander deel een ondergrondse marktplaats. Kennelijk voor allerlei illegale handel.'

'Zal de tweede ontmoeting daar ook plaatsvinden?'

'Die kans is niet groot. Ze kunnen wel overal tussen Scandinavië en Noord-Afrika hebben afgesproken.'

'We vergelijken lijsten op allerlei manieren met elkaar,' zei White. 'Buitenlandse Zaken heeft er een paar zware computers op gezet. We houden zo'n vierhonderd Amerikaanse namen in de gaten. Dat is veel te veel, niet erg praktisch. Recente reisbestemmingen naar zo'n veertig landen. Ook veel te veel en onpraktisch.'

'Het komt allemaal steeds weer terug bij dezelfde oude vraag: wat verkoopt deze man?'

Geen antwoord.

'We hebben van onze mensen in Oekraïne een vreemd bericht ontvangen,' zei Sinclair. 'Een standaard proces-verbaal. De politie van Kiev heeft melding gemaakt van een dode Arabier in een steegje in de binnenstad. Overleden door slagen op het hoofd, waarschijnlijk met een timmermanshamer. Hij was in de twintig en droeg een roze polo met het logo van een krokodil. Dat trok onze aandacht. Maar waarschijnlijk is het niets. De politie in Kiev zegt dat er die middag een voetbalwedstrijd op tv was. De plaatselijke club daar verloor van een club uit Moskou. Dat leverde een heleboel ongelukkige jonge mannen op in de kroegen. Misschien was een Arabier met een roze polo in zijn eentje een verleiding die ze niet konden weerstaan.'

'Maar?'

'Het is stompzinnig om op die polo af te gaan, maar misschien was hij een van die jongens. Misschien is er een burgeroorlog aan de gang.'

'Verandert dat iets aan onze plannen?'

'Nee, we moeten ervan uitgaan dat de boodschapper nog steeds onderweg is en handelen alsof de tweede ontmoeting binnenkort zal plaatsvinden. We moeten besluiten of sergeant Neagley en jij in Hamburg blijven of terug moeten komen.'

'Die ontmoeting vindt niet plaats in McLean, dat is zeker, maar misschien wel in Hamburg. Dat is in ieder geval een mogelijkheid. Een kleine kans misschien, maar een kleine kans is beter dan niets.'

Sinclair zweeg gedurende lange tijd. Alleen echo en ruis op de lijn. Toen zei ze: 'Oké, maar blijf uit de buurt van het safehouse.'

'Zelfs als dat betekent dat we de ontmoeting mislopen?'

'Dat probleem lossen we op als het zich voordoet. Maar dit moet heel duidelijk zijn: het is niet aan jullie om daarover te beslissen.'

In Jalalabad was het avondeten achter de rug. De borden waren afgeruimd. De mannen in hun witte jurken zaten weer in hun kleine, hete kamer. De helft van het gesprek bestond uit beleefdheden om voorzichtig duidelijk te maken dat er nog niets definitiefs was bereikt. Ze waren er dichtbij, maar het was nog niet zover. Ze citeerden oude spreekwoorden, oude stammenwijsheden dat je de kippen niet moest tellen zolang niet alle eieren waren uitgekomen. Maar de rest van het gesprek ging over niets anders dan het tellen van kippen. Ze telden keer op keer, steeds opnieuw. Roemrijke dromen en speculaties. Ze maakten lijsten en brachten daar eindeloos wijzigingen in aan, glimlachend en heen en weer wiegend op hun kussens. Veel erotischer kon het voor die kerels niet worden.

Ze moesten tien steden uitkiezen. Ze waren het eens over Washington D.C., New York en Londen. Daar viel niet over te onderhandelen. Maar dat bood ruimte voor de andere zeven. Ze zouden Parijs op de vierde plaats kunnen zetten. En dan Brussel vanwege de NAVO en het Europees Parlement. En Berlijn, want waarom ook niet? Dan waren er nog plaatsen over. Moskou was misschien belangrijk voor hun broeders in Oost-Europa. En Tel Aviv natuurlijk, al was dat een verhaal apart. Dan nog twee. Amsterdam? Chicago? Los Angeles? Madrid?

Maar dan riepen ze zichzelf weer resoluut tot de orde en herinnerden ze elkaar eraan dat de tijd voor het tellen van de kippen nog niet was gekomen. Dat duurde ongeveer een minuut. Ze wiegden zwijgend heen en weer en begonnen opnieuw over de stad die op de vierde plek zou komen. Moest San Francisco voor Parijs komen? De Golden Gate Bridge?

De Amerikaan stapte uit in het winkelgebied midden in de stad. Er speelde een glimlachje om zijn mond. De bus had moeten afremmen om een bocht te nemen bij een plantsoentje, en door het raam aan de andere kant van het gangpad had hij de beide mannen gezien met wie hij in de bar zaken had gedaan. Ze zaten op bankjes. Een klein wereldje. Ze zaten daar samen met twee anderen, een man en een vrouw, vrienden misschien. De man had precies zo'n spijkerjasje aangehad als hijzelf had. Een klein wereldje, zeker. Hoe groot was de kans dat zoiets gebeurde?

Hij stak een met keitjes geplaveid plein over en bleef staan bij een wisselkantoor. Hij wisselde een handvol Duitse marken en dollars voor Argentijnse peso's. Vervolgens deed hij dat nog een keer bij een wisselkantoor een straat verderop. En daarna nog eens. Uitsluitend gebruikte en meerdere malen verfrommelde bankbiljetten in verschillende coupures. Steeds contant geld voor contant geld. Kleine bedragen. Niets wat de moeite waard was om te onthouden. Niets wat zou worden geregistreerd.

Hij wisselde zijn laatste pak geld bij het station, tegenwoordig een trieste plek. Er hingen daklozen en verwarde mensen rond. Mannen die zich schichtig gedroegen en spiedend om zich heen keken, de handen diep in ruime zakken gestoken. Graffiti op de muren. Het was nog niets vergeleken bij de South Bronx of de binnenstad van Detroit of South-Central L.A., maar ongebruikelijk voor Duitsland. De hereniging was een zware last gebleken. Economisch en sociaal. En mentaal. Hij had het gezien. Alsof je een aangenaam bestaan leidde in een fijn, klein huisje met je gezin waar plotseling een heleboel bloedverwanten bij introkken, die afkomstig waren van een of ander oord waar ze niet wisten hoe je met mes en vork moest eten. Onnozele mensen die in hun ontwikkeling waren achtergebleven. Maar evenzogoed wel Duits.

Alsof een broer meteen na de geboorte was weggehaald en opgesloten in een kast om daar na jaren bleek, kromgebogen en knipperend met de ogen weer uit te komen. Een lastige situatie om iets van te maken.

Hij betastte de peso's met duim en wijsvinger en was tevreden. Ze waren bedoeld voor incidentele uitgaven, nergens anders voor. De bankier zou het grote geld overhevelen, via een overschrijving of telex, of op wat voor geheime manier ze dat ook maar deden. Het contante geld was voor fooien, taxi's en kruiers op de luchthaven. Meer niet.

Maar nu moest hij kleren kopen. En dan naar een apotheek. En een zaak voor gereedschap, een campingwinkel en een speelgoedzaak.

Reacher en Neagley gingen vroeg in de avond op pad om iets te gaan eten. Ze hadden tentjes genoeg gezien in de buurt. Hun keus viel op iets eenvoudigs, waar je aardappelen en vlees kon eten in een soort kelder waarvoor je een trapje met drie treden af moest. De wanden waren bekleed met hout en er klonk accordeonmuziek uit luidsprekers aan het plafond.

'Marian Sinclair vliegt hiernaartoe,' zei Neagley.

'Waarom zou ze?' vroeg Reacher.

'Ik denk dat je haar hebt overtuigd met jouw argument dat een kleine kans beter is dan niets.'

'Dat zou vanzelfsprekend moeten zijn.'

'En ze wil jou in de gaten houden.'

'Ze wist wat voor vlees ze in de kuip had. Ik weet zeker dat Garber haar dat heeft verteld.'

'Ik wed om tien dollar dat ze hier morgen is.'

'Kun je wel zoveel ophoesten?'

'Dat is niet nodig. En ik wil geen geld van de overheid. Ik wil jouw eigen geld.'

'Ze komt niet,' zei Reacher. 'Dat zou zijn alsof je geld inzet op een paard. En dat doen die lui niet.'

Het leek alsof het licht werd gedimd toen het hoofd van de recherche Griezman op hen afkwam. Een meter achtennegentig en honderdvijfendertig kilo. Een opbollend grijs pak zo groot als een puptent. De vloer kraakte. 'Het spijt me dat ik u stoor,' zei Griezman.

'Honger?' vroeg Reacher.

Griezman aarzelde even en zei toen: 'Ja, eigenlijk wel.'

Goed gegokt, dacht Reacher.

'Komt u er dan maar bij zitten. Op kosten van het Pentagon,' zei Reacher.

'Nee, dat kan ik niet accepteren. Dit is mijn stad. Laat mij u toch trakteren.'

'Oké,' zei Reacher. 'Hartelijk dank. Het ministerie van Financiën van de Verenigde Staten is u heel dankbaar.'

Griezman ging zitten. Een ober haastte zich naar hun tafel met een derde couvert. Hij schonk water in en bracht brood.

'Ik wil u om een gunst vragen,' zei Griezman.

'Vertel eerst eens hoe u ons hebt gevonden,' zei Reacher.

'Uw hotel heeft ons gemeld dat u daar verbleef. Dat zijn ze verplicht. Elke reservering via een ambassade, een consulaat of een diplomatieke missie impliceert veiligheidsrisico's. Daarvoor is een systeem in het leven geroepen. Ik heb mensen gepost in auto's met radio. Ze gaven elkaar uw positie door tot u hier naar binnen ging. Ik wilde niet dat ze u te voet zouden volgen, want ik was bang dat u ze zou opmerken.'

'Hebben we iets verkeerds gedaan?'

'Ik moet u om een belangrijke gunst vragen. Van man tot man.'

'Wat voor belangrijke gunst?'

'We hebben een vingerafdruk gevonden in de auto van de vermoorde prostituee. Weet u nog? Precies waar u zei dat we hem zouden vinden. Op de achterkant van die verchroomde hendel. De middelvinger van een rechterhand.'

'Gefeliciteerd.'

'Er was geen enkele match in onze databases.'

'Is dat gebruikelijk?'

'Wel als het om een buitenlandse vingerafdruk gaat.'

Reacher zei niets.

'Wilt u voor mij in uw databases zoeken naar die vingerafdruk?' vroeg Griezman.

'Dat is niet niks,' zei Neagley.

Reacher knikte. 'Dat ligt politiek gevoelig. Dat is een wespennest. Waarschijnlijk valt dat onder allerlei NAVO-regels, en onder het Vierde Amendement. Een en al gedoe met de bescherming van persoonsgegevens en advocaten. Ze zouden alleen al een jaar nodig hebben om te besluiten of ze dat wel kunnen en mogen doen.'

Griezman zuchtte. 'Dat is altijd al mijn probleem. Ik ben apolitiek. Ik ben gewoon een eenvoudige rechercheur die hoopt dat de een de ander een dienst kan bewijzen.'

'Gelul,' zei Reacher. 'U betaalt het eten vanavond omdat ik het woord Pentagon liet vallen. Misschien stelt u zich nog wel eens kandidaat voor het burgemeesterschap. Dit is een vooruitstrevende stad in Europa. De kiezers zouden niet graag horen dat u zich liet trakteren door onbeschaafde, oorlogszuchtige Amerikanen. Dus gaat u morgen liever steggelen over een bonnetje dan dat u over tien jaar pijnlijke vragen moet beantwoorden. Als je het mij vraagt, getuigt dat van behoorlijk veel politiek instinct.'

'Ik probeer alleen maar een schurk te pakken.'

'Waarom zou dat een Amerikaan moeten zijn?'

'Statistieken. Misdaadcijfers.'

'En u denkt dat wij dat volmondig zouden toegeven? In de zin van: u zit met een vermoorde prostituee, dus natuurlijk, volstrekt logisch om achter Amerikanen aan te zitten. Wij kunnen een dergelijke verdenking domweg niet gelaten over onze kant laten gaan. Dat zou thuis niet best vallen. Dit is een zaak die ver boven mijn salarisschaal uitstijgt.'

'Persoonlijk ben ik het helemaal met u eens. Ik denk dat het een zeeman is geweest. Met een keuze uit wel honderd nationaliteiten. Maar de Amerikanen vormen een groot contingent buitenlanders in Duitsland. Ik zou een enorm aantal potentiële verdachten kunnen uitsluiten.'

'Dus nu denkt u dat het geen Amerikaan is geweest?'

'Dat zou ik graag aantonen, ja. Er wordt in ieder geval van me verwacht dat ik daartoe een poging doe, voordat het spoor koud wordt. Wat ik overigens het liefst zou willen, hoe eerder hoe beter.'

'Waarom?'

'Nou, omdat we er, om maar iets te noemen, veel te veel tijd aan kwijt zijn.'

'Omdat het een prostituee was?'

'Uiteindelijk wel, denk ik. Maar dat is gebaseerd op cijfers en ervaring. De meeste moorden op prostituees worden gepleegd door passanten. Dat is een feit. De man in kwestie is waarschijnlijk al halverwege de Atlantische Oceaan en prijst zich gelukkig dat hij ermee weggekomen is.'

Politiek. Reacher voelde zich gepiepeld. 'Ik zal erover nadenken,' zei hij. 'Stuur maar een kopie van de vingerafdruk naar het hotel. Voor het geval dat.'

'Niet nodig,' zei Griezman. Hij haalde een kleine envelop uit zijn binnenzak. 'Hier zit een kopie in op film. En een kaartje met mijn nummer.'

Reacher pakte de envelop aan en stopte hem in zijn eigen zak.

Na het eten kozen ze ervoor om lopend terug te keren naar het hotel, dus reed Griezman zonder hen weg in zijn dienst-Mercedes. Ze maakten een omweg langs het safehouse. Gewoon een avondwandelingetje. In het voorbijlopen even gluren vanuit een ooghoek. Al wisten ze niet eens welk appartement het was. Er waren zo'n vijftien ramen die konden horen bij dat ene trappenhuis. Sommige van die ramen waren donker. Achter een aantal gloeide het blauwe schijnsel van een tv. Achter weer andere scheen warm, geel licht. Ze zagen geen mensen. Er reden auto's door de straat. Zo nu en dan kwamen ze een voetganger tegen. Vroeg in de avond, in de stad. Ze liepen verder.

Langs het trottoir voor het hotel stond een blauwe auto geparkeerd. Een Opel. De patrouillewagen van Manuel Orozco. Hij wachtte hen op in de lobby. 'Er is iets wat je moet weten,' zei hij.

16

Ze liepen weer naar buiten en leunden tegen de auto van Orozco. De lucht was koel en vochtig. Ze voelden de nabijheid van open water. 'Je had ook kunnen bellen,' zei Reacher.

'Nee,' zei Orozco. 'Dit kan beter van man tot man dan over de telefoon.'

'Waarom?'

'Wat je mij hebt verteld was maar bijzaak. Het belangrijkste heb je gemist.'

'Verkopen ze veel kwalijker zaken?'

'Nee, een stuk of veertig afgekeurde M9's of zo in het afgelopen halfjaar. En zo'n duizend patronen. Dat betekent niet het einde van de wereld. We hebben wel erger meegemaakt.'

'Wat is dan het belangrijkste?'

'Die legitimatiebewijzen waren echt.'

'Het zijn echt Duitsers?'

'Nee, ze zijn zo Amerikaans als een donut. Uit Arkansas en Kentucky. Ze spreken amper Engels, laat staan Duits. Ze heten Billy Bob en Jimmy Lee. Of zoiets.'

'Dus dan waren die legitimatiebewijzen vals.'

'Wat dat betreft wel, ja. Maar ze waren ook echt. In die zin dat ze te goed waren voor namaak. Zo goed dat we denken dat ze voor hen zijn gemaakt door de Duitse overheid. In de drukkerij waar alle officiële dingen worden gedrukt. Naast al het andere moffenspul.'

'Ze zeiden dat ze de legitimatiebewijzen van iemand in die bar hadden gekocht.'

'Dat zeiden ze ook tegen mij.'

'En?'

'En ik geloofde hen.'

'Maar?'

'Waar had die kerel in die bar ze vandaan?'

'Hoe zeker ben je van je zaak?'

'Ik heb hier en daar vragen gesteld. We hebben erover gepraat. Er zijn er die zeggen dat het gecompliceerd is omdat een heleboel communistische vervalsers hun baan kwijtraakten toen de muur viel. En die waren echt goed. Er kwamen allerlei malafide documenten uit de DDR. Dus die lui werken nu voor iemand anders. In het gunstigste geval voor de georganiseerde misdaad, in het ergste geval voor de nieuwe Duitse inlichtingendienst. Hoe dan ook, dit kan maar beter niet over de telefoon besproken worden. Je weet nooit wie er meeluistert.'

'De Duitse inlichtingendienst kan zich echt wel gewone wapens veroorloven. Die zouden geen valse identiteitspapieren nodig hebben voor een paar kruimeldieven.'

'Dat denk ik ook, maar laten we er eens van uitgaan dat de Duitse inlichtingendienst een afdeling heeft om papieren te vervalsen. Zoals je die bij alle inlichtingendiensten hebt. Bemand door de gebruikelijke excentriekelingen. Zoals je die op al die afdelingen aantreft. En veronderstel eens dat een van die lui niet deugt. Veronderstel eens dat hij zijn zaken regelt in die bar. Afgaand op wat Billy Bob en Jimmy Lee over die bar vertellen, lijkt het de aandelenbeurs wel. Kopen, verkopen, handelen, wat je maar wilt.'

'De eerste ooggetuige die onze Amerikaan heeft gezien, werkt voor de overheid. Er zitten er daar vast wel meer,' zei Reacher.

Orozco knikte. 'Je moet oppassen. Als je maar aan die boom blijft schudden, kan er van alles uit vallen. Ook zware troep die je niet op je hoofd wilt krijgen.'

Orozco vertrok en Reacher ging naar de kamer van Neagley om White te bellen in Virginia. 'We hebben betrouwbare informatie dat je in die bar echte Duitse legitimatiebewijzen kunt kopen. Voorlopig hebben we alleen ID-kaarten en rijbewijzen gezien. Wie weet kun je er ook paspoorten krijgen. Wie weet heeft onze man er een paspoort gekocht. Daarom is het verspilde energie om vierhonderd Amerikaanse namen in de gaten te houden. Ik wil wedden dat die man onder een valse Duitse naam reist.'

White bleef een hele tijd stil. Toen zei hij: 'Jullie zijn daar in de stad. Jullie zouden kunnen uitzoeken wie hem wat heeft verkocht en welke naam hij erop heeft laten zetten. Een geboortedatum en een paspoortnummer zouden ook heel mooi zijn. De lui die dergelijke dingen verkopen houden meestal gegevens bij. Om veiligheidsredenen, en voor chantage.'

'Dat wordt een zaak van alles of niets,' zei Reacher. 'Als wij naar die bar gaan, raken ze in paniek. Iedereen krijgt het meteen te horen. Onze man duikt onmiddellijk onder. Misschien heeft hij wel meer dan één paspoort. Er zijn meer bars. Onze getuige komt regelmatig in twee bars.'

'Toch is het onze beste kans.'

'Leg het maar aan Ratcliffe voor. Ik wil weten in hoeverre ik er alleen voor sta.'

Daarna ging Reacher naar de kamer ernaast en naar bed. Hij was moe. Hij had meer dan dertig uur niet geslapen. Hij zette zijn schoenen naast elkaar onder het raam en drapeerde er zijn sokken overheen. Hij vouwde zijn broek keurig op de naden en legde hem plat onder de matras om hem te persen. Zijn jack hing hij over de rugleuning van een stoel. Er ritselde iets in een zak. De envelop van Griezman. De vingerafdruk. Hij was van plan geweest hem aan Orozco te geven, maar dat was hij vergeten.

Volgende keer misschien.

Hij ging onder de douche, veegde een tiental kussens met groen brokaat van het bed, gleed onder het laken en viel in slaap.

De Amerikaan doorliep nu al dagen hetzelfde ritueel voor hij naar bed ging. Eerst tien minuten genieten en daarna nog twintig minuten serieus aan het werk. Voor het genot zorgde een kaart van Argentinië. Een grote schaal, dunne lijntjes, veel details. De ranch die hij zou kopen lag midden op de kaart. Het was een gigantisch vierkant perceel met zijden van bijna vijftig kilometer. Een uur rijden van de ene hoek naar de andere als je het kalm aan deed. In totaal bijna vijfentwintighonderd vierkante kilometer. Bijna tweehonderdvijftigduizend hectare. Bijna te zien vanuit de ruimte. Maar in alle eerlijkheid niet groter dan Rhode Island, want Rhode Island was eenendertighonderd vierkante kilometer. Maar wel groter dan het grootste aaneengesloten perceel in particulier eigendom in Texas, want dat was amper tweeduizend vierkante kilometer. De ranch viel natuurlijk in het niet bij de schapenboerderij Anna Creek in Australië met een oppervlak van vierentwintigduizend vierkante kilometer, bijna tweeënhalf miljoen hectare, ongeveer even groot als Massachusetts. Hij had een artikel gelezen over de eigenaar. De man had meer dan honderdzestigduizend kilometer op de teller van een pick-up staan zonder zijn land ooit met die auto te hebben verlaten. Desondanks zou de ranch in Argentinië nog steeds een plek bij de top tien van de wereld krijgen. Het was verdomd groot. Dat was zeker. Zijn huis zou bijna vijfentwintig kilometer achter zijn eigen hekken staan, precies het soort isolement waarnaar hij op zoek was in de nieuwe wereld waaraan hij bezig was een bijdrage te leveren.

Hij vouwde de kaart op en begon aan zijn twintig minuten werk. Hij luisterde naar taalbandjes om zijn Spaans op te vijzelen. Hij zou arbeiders nodig hebben en hij kon moeilijk verwachten dat die Engels zouden spreken. Dus lag hij in bed met een hoofdtelefoon op te luisteren, herhalen en leren tot hij moe werd en in slaap viel.

Neagley klopte de volgende ochtend om acht uur op de deur van Reachers kamer. Hij was wakker. Hij had gedoucht en zich aangekleed. Hij was klaar voor een kop koffie. De lift was een soort vergulde vogelkooi aan een ketting in een schacht van kunstig vlechtwerk van smeedijzer. Ze hoorden hem omhoogkomen. Ze stapten in. Er lag een creditcard op de vloer. Of een rijbewijs. Zoiets. Ondersteboven. Waarschijnlijk had iemand hem per ongeluk laten vallen. Geen ID-kaart van de Bondsrepubliek Duitsland. Verkeerde kleur.

Neagley bukte zich en raapte hem op.

Ze keek ernaar.

'Ik krijg tien dollar van je,' zei ze.

Het was een Amerikaans legitimatiebewijs. Een rijbewijs uit Virginia. Een haarscherpe foto. Een vrouw. Een open, eerlijk gezicht. Blond, halflang haar, nonchalant geknipt. Ze kamde het ongetwijfeld met haar vingers. Marian Sinclair. Ze bleek vierenveertig jaar te zijn en woonde in Alexandria. In een huis in een buitenwijk, te oordelen naar het huisnummer.

Reacher haalde geld uit zijn zak, zocht twee briefjes van vijf en gaf ze aan Neagley. 'Ze moet net hebben ingecheckt,' zei hij. 'Na de nachtvlucht. Mijn intuïtie begint me in de steek te laten. Ik had niet verwacht dat ze zou komen. En ik had al helemaal niet verwacht dat zij het soort persoon was dat een rijbewijs kwijtraakt in een lift. Ze is nota bene nummer twee bij de NSC. De toekomst van de wereld is van haar afhankelijk.'

De lift bereikte de begane grond. Ze stapten uit. Het ontbijt werd in de kelder geserveerd. Ze daalden een wenteltrap af naar een aantrekkelijke ruimte met openslaande glazen deuren naar een verdiept gelegen binnenplaats. Daar zat Sinclair in de ochtendzon aan een tafeltje buiten. Ze dronk koffie en at een broodje. Ze droeg een zwarte jurk. Reacher en Neagley liepen naar haar toe en zeiden: 'Goedemorgen.'

Sinclair keek op.

'Hetzelfde,' zei ze. 'Kom erbij zitten.'

Ze namen plaats. 'Waarom ben je hier?' vroeg Reacher.

Ze keek hem aan en zei: 'Een kleine kans is beter dan niets.'

'Je hebt je rijbewijs in de lift laten vallen.'

'O?'

Hij gaf haar het rijbewijs. Ze legde het op tafel naast haar kopje. 'Bedankt. Heel slordig van me. Een geluk dat jullie het hebben gevonden, want ik ben hier niet onder mijn eigen naam. Ze zouden niet hebben geweten aan wie ze het terug moesten geven. Jullie hebben me een hele papierwinkel met de dienst voor wegverkeer bespaard.'

'Waarom gebruik je hier niet je eigen naam?'

'Hotels rapporteren aan de politie. Mijn naam zou een diplomatiek alarm doen afgaan. En ik ben hier niet officieel.'

'Heb je een andere identiteit?'

'Meerdere. We hebben een afdeling waar ze documenten maken. Net als de Duitsers. Ik heb vanochtend met majoor Orozco gesproken en het hele verhaal gehoord. Vanzelfsprekend hielden we jullie vrienden in de gaten. Je bent buiten je boekje gegaan. Ik had je gezegd, alleen ik, meneer Ratcliffe of de president.'

'Het was een privéaangelegenheid.'

'In deze zaak bestaat geen privéaangelegenheid. Maar neem het je vriend alsjeblieft niet kwalijk dat hij zijn mond heeft opengedaan. Hij had geen keus. En je moet je ook niet al te beroerd voelen, want zowel White als special agent Waterman heeft precies hetzelfde gedaan. Eigen vrienden ingeschakeld. Niet onverwacht. We hebben ons laten informeren over jullie achtergrond.'

'Het was niet relevant.'

'Dat was het wel, vanwege die legitimatiebewijzen. Dat maakt alles anders. Legitimatiebewijzen die zo goed zijn dat je er een aantal grenzen mee kunt oversteken, zijn zeldzaam. Daar hadden we geen rekening mee gehouden. Nu moet dat wel en het reduceert onze kans op succes tot minder dan nul. Onze Amerikaan is nu één van de tien miljoen mensen die op reis zijn naar tienduizend verschillende bestemmingen.'

'De kans op succes is groter dan nul,' zei Reacher. 'Hij zoekt een plek uit waar hij zich thuis voelt en de boodschapper niet. Dat betekent in een grote, westerse stad. Met een luchthaven, want hij zal niet meer willen reizen dan nodig. Bovendien kent hij Hamburg al. De kans is aanwezig dat hij hier terugkomt. We hebben misschien wel een kans op succes van één op tien.'

'Je wilt per se het safehouse in de gaten houden.'

'Ik denk dat we dat moeten doen.'

'Misschien hebben ze meerdere safehouses.'

Reacher knikte. 'Ze hebben er wereldwijd misschien wel tien in elke stad. Het is een kwestie van kansberekening. We moeten ergens beginnen.'

Sinclair knikte op haar beurt. 'We nemen het in overweging. We worden hoe dan ook gewaarschuwd als de boodschapper arriveert. Als die ooit komt. Dan handelen we naar bevind van zaken. De vorige keer moesten we achtenveertig uur wachten tot de ontmoeting plaatsvond. Er is nog tijd om een besluit te nemen.'

'Op welke manier communiceert de Iraniër?'

'Hij belt als dat kan. Als het veilig is. En anders loopt het contact via een dode brievenbus. Bovendien heeft het hoofd van de CIA in Hamburg een soort alarmsignaal met hem afgesproken. Dat leek ons onder de omstandigheden wel verstandig. Als de Iraniër om de een of andere reden niet kan bellen en ook geen bericht kan achterlaten in een dode brievenbus, verplaatst hij zodra de boodschapper arriveert een lamp op de vensterbank van zijn kamer. Van de rand naar het midden. Zijn kamer is aan de achterkant van het gebouw en het raam is te zien vanaf de straat ernaast. Het hoofd van de CIA rijdt er vier keer per dag langs.'

Een serveerster met hoogblonde vlechtjes meldde zich bij hun tafeltje om de bestelling van de nieuwkomers op te nemen. Sinclair groef in haar tas en haalde een grote gele envelop tevoorschijn. Ze gaf hem aan Neagley en zei: 'Dit is je post van het ministerie van Defensie.'

'Dank u,' zei Neagley. Ze maakte de envelop open. Ze trok er een paar velletjes papier uit, bekeek die en schoof ze weer terug. Ze glimlachte alsof het iets was voor soldaten onder elkaar.

'Wat is er?' vroeg Reacher.

'Niets.'

'Je kunt vrijuit spreken, sergeant,' zei Sinclair. 'Ik heb een betrouwbaarheidsverklaring.'

'Nee mevrouw, het is echt niets. Het is volstrekt niet relevant. Alleen bewijst het misschien eens te meer dat de perskamer de meest efficiënte eenheid in uniform is. Ik heb informatie opgevraagd over een geval van desertie van vier maanden geleden waar we op stuitten. Een schot in het duister. Heeft nergens mee te maken, maar majoor Reacher heeft me gevraagd hem op de hoogte te houden van die zaak.'

'Waarom?'

'Ik wil daar niet rechtstreeks bij betrokken raken,' zei Reacher.

'En de perskamer heeft gereageerd?' vroeg Sinclair.

'Ze hebben twee algemene knipsels gestuurd over de eenheid waarbij de man diende,' zei Neagley. 'Meer konden ze niet voor me doen. Ze hebben geprobeerd om te helpen. In feite is het ene knipsel niet eens een artikel, maar een advertentie. Omdat ze natuurlijk niets weten over de man zelf, ze zijn tenslotte alleen maar de perskamer. Maar ze werken graag mee en ze zijn snel.'

'En geen informatie van de eenheden die wel iets van de man weten?'

'Nog niet.'

'Is vier maanden ongebruikelijk?'

'Dat zou het wel zijn voor een eenheid waarbij ik was ingedeeld.'

'Zetten ze nu al advertenties voor mensen?' vroeg Reacher.

Neagley haalde de velletjes papier voor de tweede keer uit de envelop. Een oude *Army Times* en een flyer van een beurs. In de *Times* stond een neutraal artikel over de voortdurende troepenvermindering uit de Fulda Gap, in de buurt van Frankfurt, die men zich ooit had voorgesteld als het strijdtoneel van geweldige tankslagen. Nu was de vijand er niet meer en had de grens zich honderden kilometers teruggetrokken, als het tij bij eb, en waren de frontstrijdkrachten gestrand als vissen op het droge. Sommige strijdkrachten waren verder naar het oosten verplaatst, voor het geval dat, andere waren teruggetrokken en het materieel was opgeslagen op immense wagenparken, in de mottenballen gelegd. Er waren alleen nog vijf Chaparral-eenheden paraat. Een van die vijf was de eenheid waarbij de deserteur had gediend. Die eenheid was vereeuwigd op een foto boven het artikel.

De foto was in scène gezet, met de camera laag achter de manschappen en hun voertuig. Ze keken allemaal de andere kant op, naar een denkbeeldige vijand. De raketten op de vrachtwagen waren in de lanceerinstallaties gericht op een doel laag boven de horizon. De mannen staarden allemaal naar hetzelfde punt in de lucht. Sommige door verrekijkers, sommige met de hand boven de ogen, alsof ze last hadden van de opkomende zon. Het was alsof degene die naar de foto keek, zich in elkaar gedoken twintig meter achter de dappere, waakzame mannen verschool. Op de rug gezien leek het een stel capabele mannen, afgetraind, doelbewust en energiek. Reacher kende wel soldaten bij vergelijkbare eenheden. Zijn ervaring was dat ze zich enerzijds gedroegen als reguliere artilleristen, anderzijds als de bemanning op het vluchtdek van een vliegdekschip, allemaal druk in de weer, terwijl er ergens een onaangepaste *Top Gun*-piloot tussendoor scharrelde. Ze beschouwden hun geparkeerde vrachtwagen als een geparkeerd vliegtuig. Meestal eenheden met een sterk moreel besef en saamhorigheidsgevoel. Deze jongens hadden allemaal een hanenkam, een vijf centimeter brede strook haar, stijf overeind gehouden met gel of wax, van voor naar achter over een schedel die voor het overige kaalgeschoren was. Niet strikt volgens de voorschriften in Army Regulation 670-3-2, waarin was bepaald dat het haar netjes en conservatief geknipt diende te zijn en dat extreme, excentrieke en modieuze stijlen niet waren toegestaan. Maar een wijze commandant had blijkbaar een oogje dichtgeknepen. Soms moest je de strijd niet aangaan, zeker niet als er belangrijker veldslagen achter de horizon wachtten.

De flyer van de beurs had de lay-out van een krantenartikel en kwam van de fabrikant van uniformen die probeerde klanten te werven voor een nieuw, stedelijk camouflagepatroon. Met waarschijnlijk als doelgroep het ministerie van Defensie of SWAT-teams van de politie. Op de grootste foto, die de indruk wekte te zijn gemaakt in een reusachtige studio, was dezelfde Chaparral-bemanning afgebeeld als in het artikel in de *Army Times*, samen met de vrachtwagen, uitgedost in iets met digitale ruis, kleine vierkantjes, uitvergrote pixels in diverse tinten grijs. Het gezicht, de handen en de gedeeltelijk kale hoofden van de mannen waren op dezelfde manier beschilderd, evenals de vrachtwagen en de raketten. Ze poseerden voor een geschilderde achtergrond van een stad die in puin lag, als het decor in een theater. Dit keer was de camera hoog geplaatst, voor de mannen, zoals een piloot hen zou zien vanuit een helikopter die laag kwam aanvliegen voor een preventieve aanval. In dat geval zou de camouflage haar werk uitstekend doen. De mannen en hun vrachtwagen waren amper te zien. Ze vormden een bijna perfecte eenheid met de achtergrond. Ze leken geestverschijningen die er tegelijkertijd wel en niet waren. Alle details waren vaag. Zelfs de raketten waren moeilijk te onderscheiden. Alleen de hanenkammen sprongen eruit, vijf op een rij, omdat ze als enige niet waren beschilderd. Heel indrukwekkend, zij het dat de fabrikant in de luxepositie had verkeerd dat hij de studiovloer en het decor zelf had kunnen ontwerpen, precies zoals hij het wenste. Dat betekende in dit geval natuurlijk exact aangepast aan de camouflage. In de echte wereld zou het wel eens anders kunnen zijn.

Sinclair zette een vingertop op de spookachtige, halfverborgen raketten en vroeg: 'Zou je die dingen kunnen stelen en verkopen?'

'Niet voor honderd miljoen dollar,' zei Neagley. 'Dat is het probleem. Dat hebben we van alle kanten bekeken. Het is een kwestie van catch 22. Het is het een of het ander, niets ertussenin. Alles is gedevalueerd. Er komt te veel goedkoop oud spul uit Rusland en China en er is bovendien sowieso te veel goedkoop nieuw spul op de markt. De wapenfabrikanten proberen sinds de val van de Muur overal nog wat winst vandaan te scharrelen. Ze maken zich zorgen. Ze staan onder druk. Er is iedere maand wel ergens een wapenbeurs. Als je de juiste cheques kunt uitschrijven, kun je alles krijgen wat je maar wilt. Behalve nucleair spul. En dat bedoel ik dus. Er is niets tussenin. Als je iets wilt dat honderd miljoen kost, moet je een atoombom kopen.'

'Spreek dat woord niet hardop uit.'

'We zullen wel moeten, mevrouw. Al was het alleen maar om de mogelijkheid onmiddellijk uit te sluiten. We hebben thuis op luchtmachtbases bommen, en raketten in silo's in de *badlands*, en raketten in onderzeeërs onder water, stuk voor stuk zwaarbewaakt, en we zouden het onmiddellijk weten als er eentje weg was. De kleinste draagbare raket in ons arsenaal waar je gemakkelijk aan zou kunnen komen, is waarschijnlijk de Minuteman ICBM, maar het zou honderd keer makkelijker zijn om de Brooklyn Bridge te verkopen en te verschepen. Daar komt bij dat er op geen enkel moment één persoon is die de volledige activeringscodes kent. De regels schrijven voor dat die altijd worden verdeeld over twee man. Een elementaire beveiliging bij nucleaire wapens.'

'Dus jij denkt dat dit niet militair is?'

'Tenzij het om inlichtingen gaat.'

'Welke inlichtingen zijn honderd miljoen dollar waard?'

'Dat weten we evenmin.'

'Moeten we ons materieel controleren?'

'Dat duurt eeuwen. En ik kan u nu al zeggen wat dat zou opleveren. Er raakt van alles zoek, maar dat zijn allemaal kleine dingen, geen grote dingen.'

'Hoe weet je dat?'

'Als dat zo was, had ik het gehoord.'

'De effectiefste tamtam op de wereld,' zei Reacher. 'Dat heeft iemand me pas verteld.'

Het werd stil aan tafel.

'We moeten het safehouse in de gaten houden,' zei Reacher.

'Daar zouden we een undercoverteam voor nodig hebben,' zei Sinclair. 'Dat hebben we niet in Hamburg. En het zou moeilijk te verdedigen zijn om zo'n team in te vliegen. Het najagen van een kans van één op tien is geen beleid.'

'Dat is rondrennen alsof je haar in brand staat ook niet.'

'Griezman zou het voor ons kunnen doen,' zei Neagley. 'Die lui van hem zijn behoorlijk goed. Ze volgden ons gisteravond naar het restaurant. En hij is ons nog iets verschuldigd. Hij heeft onze aanwezigheid in Stuttgart gemeld.'

Reacher haalde de schets uit zijn zak. De Amerikaan. De wenkbrauwen, de jukbeenderen en de diepliggende ogen. De bos haar. Herkenbaar. De mensen van Griezman zouden naar hem kunnen uitkijken, vanuit strategisch geparkeerde auto's. Met radio. Dag in dag uit. Misschien zouden ze succes hebben. 'Dat zou een enorme inzet vergen. Veel manuren. Daar zou iets tegenover moeten staan.'

'Wat zouden we hem kunnen bieden?' vroeg Sinclair.

'Er is een prostituee gewurgd. Hij heeft een vingerafdruk. Hij wil dat we gaan zoeken in onze databases.'

'Dat kunnen we niet doen.'

'Dat heb ik ook tegen hem gezegd.'

'Iets anders?'

'Ik weet niets. Eten misschien. Aan zijn omvang te zien houdt hij daar wel van.'

Het werd opnieuw stil aan tafel. Sinclair bukte zich en zocht in haar tas. Ze haalde er haar portefeuille uit. Een dik leren geval, blauw, gesloten met een lipje en een drukknoop. Ze pakte haar rijbewijs van de tafel naast haar kopje, maakte de portefeuille open en wilde het rijbewijs in de gebruikelijke gleuf steken.

Toen verstijfde ze.

'Ik heb mijn rijbewijs nog. Hier zit het.'

Met haar vingertoppen pakte ze haar rijbewijs en trok het achter het plastic venstertje vandaan.

Twee rijbewijzen naast elkaar. In alle opzichten identiek. De Commonwealth of Virginia, het nummer, de naam, het adres, de geboortedatum en de handtekening.

Zelfs de foto's waren identiek.

Twee rijbewijzen.

Identiek.

17

Reachers reptielenbrein controleerde deuren en ramen en zijn linkerhersenhelft feiten en logica. De feiten en de logica wonnen het, maar honderd procent zekerheid was een gevaarlijke illusie, dus zei hij: 'Misschien moeten we naar binnen gaan.'

Neagley ging als eerste. Sinclair pakte haar tas in haar ene hand en de portefeuille en de twee rijbewijzen in de andere hand en haastte zich achter Neagley aan. Reacher dekte de aftocht. Ze liepen door de dubbele deuren naar binnen, de ontbijtzaal door en de trap op naar de lobby. Niemand te zien. 'We moeten mijn kamer controleren,' zei Sinclair.

'Waar is je kamer?' vroeg Reacher.

'Bovenste verdieping.'

De liftkoker was leeg. De vergulde vogelkooi was op een van de verdiepingen.

'Wacht even,' zei Reacher.

Hij liep naar de balie. De receptioniste die hen had ingecheckt, had dienst. Het was een resolute oude matrone, ongetwijfeld zeer competent. 'Mevrouw,' vroeg Reacher, 'is er misschien een vrouw geweest die op mijn vriendin hier lijkt, die om een sleutel heeft gevraagd? Heeft zij zich gelegitimeerd?'

'Lijkt?' vroeg de receptioniste.

'Er net zo uitziet.'

'Nee,' zei de vrouw. 'Niemand heeft een sleutel gevraagd. Er is niemand binnengekomen. Er is geen vrouw geweest. Alleen een man. Hij wachtte op de lift. Waarschijnlijk om een hotelgast te bezoeken. Maar toen moest ik even naar het kantoor en heb ik hem niet meer gezien.'

Ze wees achter zich, naar de deur van het kantoor.

'Hoe zag die man eruit?' vroeg Reacher.

'Hij was klein. Hij droeg een regenjas.'

'Dank u,' zei Reacher.

Hij liep terug naar de anderen.

'Laten we de trap nemen,' zei hij.

Neagley ging voorop. Ze bleef dicht bij de muur en strekte haar nek om omhoog te kijken. De trap kromde zich om de liftkoker. Door het vlechtwerk van smeedijzer konden ze het binnenste van de liftkoker zien. Er hingen kettingen en kabels en een groot ijzeren blok dat diende als contragewicht, maar niets bewoog. Ze kwamen op de eerste verdieping en daarna op de tweede verdieping, en de derde verdieping. Ze keken omhoog en zagen de onderkant van de liftkooi. De vergulde vogelkooi. Hij wachtte op de volgende verdieping op passagiers. Op de bovenste verdieping.

'Als hij in beweging komt, rennen we terug naar beneden. Dan zijn wij er eerder, hij is vrij traag,' zei Reacher.

Maar de lift kwam niet in beweging. Hij wachtte in alle rust op passagiers. Ze liepen de trap verder op, tot ze in de kooi konden kijken. Hij was leeg. Het hek was dicht. Ze liepen er achterlangs, toen opzij erlangs, en beklommen uiteindelijk de laatste treden naar de bovenste verdieping.

Niemand.

Sinclair wees. De derde kamer in de gang. Naast de kamer van Reacher. De mooiere kamers, omdat het consulaat zich had gemeld. Niets dan het beste als de overheid van de Verenigde Staten betaalde. De deur was gesloten.

'Ik ga,' zei Neagley.

Ze liep geruisloos over het dikke tapijt in de gang. De scharnieren van de deur waren aan deze kant, de deurkruk zat aan de andere kant. Ze dook onder het spionnetje door en drukte zich plat tegen de muur voorbij de deur. Ze reikte met een backhand naar de deurkruk. Gedegen training. Altijd veiliger. Pistoolschoten gaan dwars door deuren.

'Op slot,' zei ze geluidloos. Ze gebaarde dat ze de sleutel wilde. Sinclair klemde haar portefeuille en de rijbewijzen onder haar arm en rommelde in haar tas. Ze haalde een bronzen sleutel aan een tinnen sleutelhanger tevoorschijn. Reacher pakte de sleutel van haar aan en gooide hem naar Neagley, die hem met één hand opving en in het slot stak vanuit dezelfde positie, opnieuw een beweging met de backhand, zo ver mogelijk van de deur verwijderd, uit de vuurlijn.

Ze draaide de sleutel om.

De deur viel op een kiertje open.

Doodse stilte.

Geen reactie.

Reacher deed een stap naar voren en drukte zich aan de scharnierkant tegen de muur, net als Neagley, even veilig. Hij spreidde zijn vingers en duwde de deur open.

Geen reactie.

Neagley schoot ineengedoken om de deurpost heen de kamer in. Reacher kwam meteen achter haar aan. Gedegen training. De kleinste eerst, de grote erachteraan. Op die manier hadden beiden een ongehinderd zicht. Bovendien werd de grote op die manier niet per ongeluk in de rug geschoten.

Er was niemand in de kamer.

Er stond alleen een breed bed met een tiental kussens met groen brokaat, en een eenzame koffer op wieltjes met een slot, midden in de kamer.

Er was niemand in de badkamer.

Sinclair kwam de kamer in en liet haar spullen op het bed vallen. Haar tas, haar portefeuille en de twee rijbewijzen kwamen verspreid op het bed terecht. Reacher sloot de deur en deed hem op slot. Hij keek uit het raam.

Niets te zien.

Veilig genoeg.

Sinclair zei dat ze haar echte rijbewijs kon herkennen aan een balpenvlek op een van de hoeken. Ze was die vlek allang vergeten, maar ze wist nog dat die erop was gekomen toen ze een keer een cheque moest innen bij een bank in Washington D.C. Vanwege het dikke kogelvrije glas voor het loket was de balie zo smal dat haar pen uitschoot toen ze haar zwierige handtekening zette. Er kwam een vlekje op het rijbewijs dat ze nodig had om zich te legitimeren. Ze had geprobeerd de inkt weg te poetsen met haar duim, maar dat was niet helemaal gelukt.

Ze stopte haar echte rijbewijs terug in haar portefeuille, en de portefeuille weer in haar tas. Het valse rijbewijs liet ze op het bed liggen en ze ging ernaast zitten. Ze zette er een vingernagel op alsof ze wilde voorkomen dat het ervandoor zou gaan. 'Ik denk dat dit een heleboel vragen doet rijzen,' zei ze.

'Op zijn minst één,' zei Reacher.

'Eentje maar?'

'Ben jij ooit wel eens je rijbewijs kwijtgeraakt?'

'Is dat de vraag?'

'Ja.'

'Nee, nooit.'

'Dan zou ik zeggen dat er werk aan de winkel is voor meneer Ratcliffe.'

'Waarom hij?'

'Omdat ze dit niet aan de FBI zullen willen geven. Het risico op een schandaal is veel te groot.'

'Wie bedoel je met ze?'

'Het Witte Huis.'

'Vergeet het Witte Huis maar. Er loopt hier in Hamburg iemand rond die zich voor mij uitgeeft.'

'Of andersom.'

'Wat bedoel je daarmee?'

'Misschien ben jij een buitenlandse spion,' zei Reacher. 'Misschien loopt de echte Marian Sinclair wel rond in Hamburg.'

'Je maakt een grapje.'

'We laten geen middel onbeproefd.'

'Dat is belachelijk.'

'Ga je wel eens naar honkbal?'

'Wat?'

'Honkbal,' zei Reacher. 'Zit je wel eens op de tribune?'

'Alleen om mijn gezicht te laten zien.'

'Bij welke club ga je kijken?'

'De Orioles.'

'Wat zie je daar achter het verre veld rechts?'

'Een pakhuis.'

'Oké, je bent geslaagd voor de test.'

'Meende je dat echt?'

'Nee, ik nam een loopje met je. Natuurlijk ben je echt omdat je de post voor Neagley bij je had.'

'Dit lijkt me niet het juiste moment voor dergelijke grapjes, majoor.'

'Of misschien juist wel. Anders worden we misschien maar depressief.'

'Het Witte Huis heeft mijn rijbewijs niet nagemaakt.'

'Vast niet.'

'De bar waar ze dit soort spullen verkopen, ligt zo ongeveer om de hoek.'

'Toeval,' zei Reacher.

'Ik geloof niet in toeval en dat zou jij ook niet moeten doen.'

'Soms moet je wel. Als dat rijbewijs hier in Duitsland was gemaakt, zouden die lui, hoe goed ze ook zijn, gedwongen zijn geweest een persfoto te gebruiken. Die was dan opnieuw gefotografeerd om hem echt te laten lijken, en zonder meer een foto van jou, maar het zou nooit dezelfde foto zijn geweest als die op je echte rijbewijs. Dat kan niet, want alleen de dienst voor wegverkeer van de staat Virginia heeft die foto. Je bent nooit je rijbewijs kwijtgeraakt, dus kunnen ze het niet rechtstreeks hebben gekopieerd.'

'Maar wie heeft dat rijbewijs dan gemaakt?'

'De dienst voor wegverkeer van de staat Virginia.'

'Je kunt veel van ze zeggen, maar niet dat het een criminele organisatie is.'

'Absoluut niet. Ze hebben dat rijbewijs gemaakt bij het uitoefenen van hun functie. Dienstverlening aan de burger. Toen jij je rijbewijs was kwijtgeraakt en een nieuw exemplaar aanvroeg.'

'Maar dat is nooit gebeurd. Dat heb ik je net verteld.'

'Ze wisten niet dat jij dat niet was. Iemand heeft het formulier ingevuld met jouw naam en adres, en opgestuurd, en vervolgens je brievenbus in de gaten gehouden tot het vervangende rijbewijs arriveerde.'

'Wie?'

'Iemand die op het reisbureau van het Witte Huis werkt. Een ouder iemand die al jaren voor de overheid werkt. Vandaar ook de mogelijk pijnlijke situatie. Vandaar ook dat Ratcliffe het niet in handen van de FBI zal geven.'

'Waarom het reisbureau?'

'Voor een deel omdat ze bij de dienst voor wegverkeer meer nodig hebben dan alleen je naam en je adres. Ze moeten allerlei nummers weten. De mensen die jouw vluchten boeken en auto's en hotels voor je huren, kennen al die nummers.'

'Mijn advocaat kent ze ook allemaal. En mijn accountant. Waarschijnlijk zelfs mijn huishoudster.'

'Je zat meer dan zesduizend kilometer van huis te ontbijten onder een valse naam. Iemand liet je nagemaakte rijbewijs tien meter verderop vallen. Jij gelooft niet in toeval. Wie wist dat je hier was?'

Sinclair dacht even na en zei toen: 'Het reisbureau van het Witte Huis.'

'En wie nog meer?'

'Niemand.'

'Zelfs bij de balie van het hotel wisten ze het niet,' zei Reacher. 'Je reist onder een andere naam. Er is maar één verklaring mogelijk: iemand op het reisbureau van het Witte Huis heeft iemand anders opgebeld.'

'Wie? Een of andere vrouw die is opgeleid om zich voor mij uit te geven?'

'Die is er niet. Er is niemand bij de balie geweest. Alleen een klein mannetje in een regenjas.'

'Maar wat is er dan gebeurd?'

'Dat kleine mannetje met die regenjas kende jouw bestemming. De nachtvlucht met Lufthansa. Iemand op het reisbureau had hem er alles over verteld. Hij is je gevolgd van de luchthaven naar het hotel. Hij heeft een tijdje buiten op straat rondgehangen. Hij zag dat je incheckte, en toen je de lift in stapte, is hij het hotel binnengelopen, heeft hij de lift weer naar beneden laten komen en het rijbewijs op de vloer van de kooi laten vallen. Vervolgens heeft hij zich omgedraaid en is hij weggelopen.'

'Waarom zou hij dat allemaal hebben gedaan?'

'Het was een boodschap. Ik denk dat het de bedoeling was dat je dat rijbewijs zelf zou vinden. Je was naar boven gegaan om je koffer weg te brengen en hij verwachtte dat je daarna weer naar beneden zou komen om te ontbijten.'

'Ik heb de trap genomen.'

'Duidelijk.'

'Waarom moet het per se een oudere persoon zijn die al jaren op het reisbureau werkt?'

'Dat kun je zelf bedenken. Volgens mij heb je dat eigenlijk al bedacht. Je vraagt je niet af wie die man met die regenjas was, omdat je dat al weet.'

'Nee, dat weet ik niet.'

'Je weet het behoorlijk zeker.'

'Er zijn dingen die ik je niet kan vertellen.'

'Laat mij eens gokken,' zei Neagley. 'U hebt ergens de een of andere undercoveroperatie uitgevoerd en de daarbij betrokken agenten Duitse papieren gegeven. Undercover onder een valse vlag. Of misschien wel gewoon voor de lol. Of misschien waren het de Israëli's, met uw toestemming. De Duitsers kwamen erachter en werden boos. U wilde dat niet toegeven of er zelfs maar over praten, dus nu oefent de Duitse inlichtingendienst op een heel beschaafde manier druk uit. Ze zeggen: zie je wel, wij kunnen dat ook. Ze willen u met gelijke munt terugbetalen. Er zit een element van grootdoenerij bij, denk ik, maar waarom niet? Het gebeurt allemaal heel discreet en het is volstrekt onschuldig. Maar het slaat wel de bodem weg onder een heleboel zekerheden.'

'Waarom een ouder iemand die er al jaren werkt?'

'Ze hebben mensen op de ambassade die het ook hadden kunnen doen, maar het is altijd goed als je zaken kunt ontkennen, dus hebben ze een lokale agent ingezet. Het nieuwe Duitsland heeft dergelijke relaties niet. Die dateren allemaal uit het verleden, van de DDR. Zoals bijvoorbeeld een of andere jonge Amerikaanse medewerker in dienst van de overheid, die destijds misschien wel droomde van een revolutie en voor de DDR documenten kopieerde en verstopte onder een steen in het park. Vervolgens koopt hij een huis en heeft hij geld nodig, en zo gaat het door, tot uiteindelijk de inlichtingendienst van het nieuwe Duitsland hem erft van het oude Duitsland. Nu kan hij eindelijk zijn nut bewijzen. Hij weet waar u woont, want hij werkt inmiddels op het reisbureau. Dus hij haalt die truc uit om een vervangend rijbewijs te bemachtigen en levert dat af op de ambassade. Misschien ook wel het rijbewijs van Ratcliffe, en de rijbewijzen van iedereen die ze een loer willen draaien. Op de ambassade blijven de rijbewijzen allemaal keurig onder in een la liggen tot er iemand afreist naar Duitsland. Vanochtend was u dat. Lufthansa werkt mee, want het bedrijf is eigendom van de staat. U vloog niet alleen. Een medewerker van de ambassade kwam aan boord met een lastminuteticket en uw rijbewijs in een envelop. Daarom moest de man met de regenjas u ook volgen vanaf de luchthaven.

Hij had rustig hier kunnen wachten, want hij wist wat uw bestemming was omdat het reisbureau uw vlucht had geboekt, maar hij moest eerst die vlucht opwachten zodat de medewerker van de ambassade hem die envelop kon geven. Dat rijbewijs is niet meer dan twee minuten later dan u het land binnengekomen.'

Sinclair dacht lang na. Toen zei ze: 'Geen commentaar. Vanzelfsprekend zouden we het nooit bevestigen als het op die manier was gebeurd. En ook daar laat ik me niet over uit.'

'Ga je reageren?' vroeg Reacher.

'Dat zou een gecompliceerd schaakspel worden, denk je niet?'

'Je kunt naar Griezman gaan. Hem op scherp zetten. Hij zal heel aardig doen naar jou toe, maar alles vervolgens achter je rug in een grote doofpot stoppen, zodat zijn bazen hem zullen zien als een loyale kerel. Het zou hem geen windeieren leggen. Misschien zou hij zelfs denken dat je hem een dienst had bewezen. Misschien zou hij in ruil daarvoor wel mensen beschikbaar willen stellen om het safehouse te surveilleren.'

'Het zou eenvoudiger zijn als we naar die vingerafdruk gingen zoeken.'

'Dat zouden we sowieso moeten doen. Er is een vrouw vermoord. Het zou een goede zaak zijn om dat te doen.'

'Is dat hoe de stuurlui aan wal erover denken?'

'Zo zouden alle stuurlui erover moeten denken.'

Sinclair zei niets.

'We zouden in het geheim kunnen zoeken. Als het niets oplevert, kunnen we hem dat vertellen. Als het wel iets zou opleveren, moeten we verzinnen hoe we dat gaan brengen.'

'Hoe schat je de kansen in?'

'Soldaten gaan wel naar de hoeren, maar vermoorden ze meestal niet. Bovendien was ze duur, afgaand op de buurt waar ze woonde. Dat maakt de kans dat het een soldaat is geweest nog kleiner.'

'Nee,' zei Sinclair. 'Het is een wespennest. Veel te veel politieke risico's.'

Op dat moment stond de nieuwe boodschapper in de rij voor de douane op de luchthaven van Hamburg. Er waren vier loketten, twee voor mensen met een Europees paspoort en twee voor de overige reizigers. Zij had een Pakistaans paspoort. Ze stond als vijfde in de rij. Ze was niet nerveus. Daar was geen enkele reden voor. Ze was brandschoon. Spiksplinternieuw. Ze stond in geen enkele database geregistreerd. Ze was nog nooit ergens geweest. Niemand had haar ooit gezien, haar vingerafdrukken genomen of foto's van haar gemaakt, behalve die ene keer voor het paspoort dat ze in haar hand hield. Een echt paspoort, afgezien van de naam en de nationaliteit.

Nu was ze vierde in de rij. Ze zag haar spiegelbeeld in het glas van het loket. Haar haar zat in de war, ze keek slaperig uit haar ogen. Kwetsbaar. Haar Explorer-shirt was nog keurig wit en fris. Vuil- en waterafstotend en met antibacteriële werking. De bovenste twee knoopjes open. *Nooit drie*, was haar verteld. *Tenzij het er onopzettelijk uitziet. Ga in de rij staan van een mannelijke medewerker.*

Nu was ze derde in de rij.

Reacher en Neagley lieten Sinclair achter in haar kamer. Ze liepen langs Reachers kamer naar die van Neagley, zodat ze niet door de muur heen konden worden afgeluisterd. 'Ik begrijp niet waarom ze is gekomen,' zei Reacher. 'Ze wil het safehouse niet surveilleren.'

'Ze is hier omdat een kleine kans beter is dan niets.'

'Maar ze kiest er wel bewust voor om niets te doen.'

'O ja?'

'Waar heb je het over?'

'Laat maar,' zei Neagley. 'Neem maar even pauze. Het duurt nog een uur voordat ze aan de oostkust uit de veren zijn en in staat iets te doen. Dan komen we weer samen. Ik wil wedden dat een telefonische vergadering een positieve uitwerking zal hebben op ons humeur.'

Reacher verliet het hotel voor een wandeling. Hij kwam terecht in een straat met herenmodezaken. En winkels met riemen en handschoenen en horloges en portefeuilles. Kleren en accessoires. Een soort onoverdekt winkelcentrum. Hij liep een eenvoudige winkel binnen en kocht ondergoed en een T-shirt. Het T-shirt was zwart en van een fijne kwaliteit katoen. Het kostte ongeveer vier keer zoveel als hij gewend was uit te geven, maar het paste. De gemiddelde

Duitser was vrij lang. Niet zo lang als de Nederlanders, die wereldkampioen waren, maar langer dan de gemiddelde Amerikaan.

Hij kleedde zich om in een pashokje in de winkel en gooide zijn oude spullen in een prullenbak. Neagley had het al gezegd: er raakt van alles zoek, allemaal kleine dingen. Zoals nu een verkleurd legergroen T-shirt, ooit door een depot uitgegeven, nooit ingeleverd of als vermist gerapporteerd of vernietigd, en dus nu plotseling onttrokken aan een voorraad die bijgevolg tot in lengte van dagen niet meer klopte.

Hij liep verder. Halverwege de straat was een kapper, alsof het de toplocatie betrof van het officieuze winkelcentrum. Het interieur had zo afkomstig kunnen zijn uit een ouderwetse Amerikaanse kapperszaak. Twee stoelen met een bekleding van vinyl en meer chroom dan een Cadillac. Een grote oude radio op een plank aan de muur. Het was niet bedoeld als marketingstunt, het was eerder een vorm van eerbetoon. In de omgeving was geen grote Amerikaanse legerbasis. Bovendien was de kapper op de basis altijd goedkoper. Met zijn geoefende oog zag Reacher dat het meer op een *diner* leek dan op een kapperszaak, maar het was een dappere poging. Sommige details waren goedgekozen. Op een spiegel was een poster geplakt. Een Amerikaanse poster. Reacher had er honderden gezien in de Verenigde Staten. Lijntekeningen in zwart-wit, vierentwintig hoofden met kapsels in verschillende stijlen, zodat de klant alleen maar hoefde te wijzen en niets hoefde uit te leggen. Helemaal links bovenin een crewcut, daarnaast de variant met de kaalgeschoren slapen, dan de *flat top*, een soort platte borstel boven op het hoofd, en de *fade*, opgeschoren zijkanten, enzovoort. Verder in de richting van rechts onderin werd het haar steeds een beetje langer en werden de kapsels vreemder. De hanenkam stond er ook tussen, samen met een paar varianten die van de hanenkam een schoolvoorbeeld van deugdzaamheid maakten.

Binnen stond iemand naar Reacher te wenken.

'Hoeveel kost het?' vroeg Reacher geluidloos.

De man stak zijn hand op met gestrekte vingers en duim.

'Vijf wat?' vroeg Reacher geluidloos.

De man liep naar de deur, deed die open en zei: 'Vijf Amerikaanse dollars.'

'De kapper waar ik normaal kom, is goedkoper.'

'Maar ik ben beter. Jullie uniformen worden op maat gemaakt, toch?'

'Zie ik eruit alsof ik een uniform draag?'

'O, kom op.'

'Vijf dollar?' zei Reacher. 'Ik kan me nog herinneren dat je voor vijf dollar twee hamburgers kon kopen, plus een kaartje voor de achterste rij in de bioscoop. En een buskaartje voor je vriendinnetje, als je zelf halverwege uitstapte. Scheren en knippen kostte twee dubbeltjes.'

'Was dat een lofzang?'

'Wat?'

'Zei je dat met opzet?'

'Soms zeg ik dingen per ongeluk, maar meestal niet meer dan één lettergreep achter elkaar.'

'Dus je zei het opzettelijk. Het was een lofzang. Je bouwde positieve energie op.'

'Wat deed ik?'

'Je vindt dit een mooie zaak.'

'Ik denk het wel, ja.'

'Dan zou je ons moeten steunen door niet af te dingen op die vijf dollar.'

'Mijn haar hoeft niet geknipt te worden.'

'Weet je wat het verschil is tussen jou en mij?' vroeg de man.

'Nou?'

'Ik kan zien hoe jouw haar zit.'

'Ja, en?'

'Jouw haar moet geknipt worden.'

'Voor vijf dollar?'

'Je krijgt er een gratis scheerbeurt bij.'

Dat bleek een luxueuze gebeurtenis te zijn. Het water was warm, het scheerschuim wollig. Het staal perfect geslepen. Het gleed sissend over zijn huid, op een moleculair niveau. Het glas van de spiegel was getint, zodat de pas geschoren huid die waarschijnlijk roze was, door de zon gebruind leek. Maar het zag er niettemin vrij goed uit. *Laten we zeggen, een scheerbeurt van een dollar*, dacht Reacher, *dan kost het knippen vier dollar. Dat is nog steeds ongehoord.*

De man verving het scheermes door een schaar en wierp zich op Reachers haar. Reacher concentreerde zich op de poster. De vierentwintig kapsels. Hij liet zijn blik over de rijen gaan, zorgvuldig, alsof hij ze bestudeerde, van de crewcut linksboven tot de vetkuif met het kippenkontje rechtsonder.

Hij keek weer naar de hanenkam.

'Wat vind je ervan?' vroeg de man.

'Waarvan?'

'Je nieuwe coupe.'

Reacher keek in de spiegel. 'Ben je al klaar?'

'Twijfel je?'

'Het ziet er niet uit of het net is geknipt.'

'Precies,' zei de man. 'De beste knipbeurt ziet eruit alsof het alweer een week geleden is.'

'Dus ik betaal vijf dollar voor een kapsel dat eruitziet alsof je nodig geknipt moet worden?'

'Dit is een salon. Ik ben een artiest.'

Reacher zei niets.

Hij keek opnieuw naar de hanenkam.

Toen groef hij in zijn zak en gaf de man vijf Amerikaanse dollars. 'Heb je telefoon?' vroeg hij.

De man wees naar de muur. Daar hing een ouderwetse munttelefoon van metaal. Bedoeld voor de buitenmuur van een pompstation in plaats van de binnenmuur van een kapperszaak. Maar je moest toegeven dat de man zijn best had gedaan.

'Doet hij het?' vroeg Reacher.

'Natuurlijk doet hij het,' zei de man. 'We zijn in Duitsland. Het binnenwerk is gemoderniseerd.'

Reacher draaide het nummer op het visitekaartje van Griezman, dat in de envelop met de vingerafdruk had gezeten. Hij hoorde de telefoon overgaan. Hij deed het. Duitsland. Gemoderniseerd.

Griezman nam op.

'We zijn allebei maar eenvoudige politiemensen, u en ik, die afhankelijk zijn van een wederzijdse dienst op zijn tijd,' zei Reacher.

'U gaat naar die vingerafdruk zoeken,' zei Griezman.

'Als u iets voor mij doet.'

'En dat is?'

'Twee dingen eigenlijk. Zet een paar mannen in een auto bij die bar waar Klopp komt. Met radio's. Laat ze uitkijken naar de man op de tekening, maar zorg ervoor dat het niet opvalt.'

'En wat nog meer?'

'Er is een appartement vijf straten verderop. Daar geldt hetzelfde voor, auto's en radio's. Uitkijken naar de man van de tekening. Onopvallend. Vroeg of laat komt er een jonge Saoedi opdagen. Die blijft eerst een tijdje binnen en dan vertrekt hij weer, op weg naar een afspraak. Ik moet weten waar hij naartoe gaat, zodra hij in beweging komt.'

'Dat zijn een heleboel auto's en een heleboel mensen.'

'We zijn in Europa. Waar hebt u ze anders voor nodig?'

'Wanneer?'

'Nu.'

'Dat gaat niet. Het kost tijd om dat te organiseren.'

'Moet ik op zoek naar die vingerafdruk of niet?'

Griezman dacht even na. Toen zei hij dat hij dat graag wilde, iets enthousiaster dan Reacher had verwacht. Beroepseer, de man wilde de zaak echt oplossen.

'Als u uw best doet voor mij, doe ik mijn best voor u,' zei Reacher.

'Oké,' zei Griezman.

Daarna belde Reacher het hotel en vroeg Neagley te spreken. Ze was in haar kamer. 'Ik heb Orozco nodig,' zei hij. 'Nu meteen. En vijf minuten daarna moeten jij en ik overleggen met Sinclair.'

'Die zoekt jou al. Ze heeft iets voor je.'

'Wat?'

'Dat weet ik niet. Iets wat Vanderbilt heeft gedaan. Ze is helemaal opgewonden.'

'Zeg tegen Orozco dat ik in een kapperszaak ben, drie straten van het hotel. Zeg dat hij moet opschieten.'

'Wat heb je ontdekt?'

'Ik weet wie de Amerikaan is.'

18

De haarartiest zette koffie. Reacher nam plaats in de kappersstoel en de man vroeg hem naar de herinneringen aan zijn jeugd in het oude Amerika. In de hoop positieve energie op te bouwen, dacht Reacher. In feite had Reacher vrijwel zijn hele jeugd doorgebracht buiten het Amerikaanse continent. Hij was de zoon van een officier bij de mariniers die over de hele wereld gelegerd was geweest. Reacher, zijn broer en zijn moeder waren als gezin met hem meegereisd. Het Verre Oosten, de Stille Zuidzee, Europa. Tientallen bases. In zekere zin kwam dat goed van pas. Het oude Amerika was altijd een mythe geweest voor Reacher. Dus herhaalde hij dezelfde flauwekul waarover hij vroeger had gefantaseerd, de kauwgomballenautomaten en de Cadillacs met vleugels, de zon die altijd scheen, de drive-inbioscopen en serveersters op rolschaatsen, cheeseburgers en Coca-Cola in groene glazen flesjes, en honkbal op de radio, vanuit Kansas City, compleet met statische ruis. De glimlach op het gezicht van de kapper werd steeds breder, alsof het niveau van positieve energie in de zaak voortdurend steeg.

Toen stopte de Opel van Orozco voor de kapperszaak met banden die tegen de stoeprand piepten. Reacher haastte zich naar buiten. Hij stapte in aan de passagierskant. 'Gaaf geknipt, man,' zei Orozco.

Reacher haalde zijn vingers door zijn haar. 'Kun je het zien?' vroeg hij.

'Haalt je jukbeenderen mooi op. De vrouwen zullen wild worden.'

Reacher haalde de envelop van Griezman tevoorschijn.

'Ik wil dat je naar die vingerafdruk zoekt in de databases,' zei hij.

'Welke databases?'

'Landmacht, marine, luchtmacht en marechaussee. Maar heel voorzichtig.'

'Wat is er gebeurd?'

'Er is een prostituee vermoord. De politie hier denkt dat deze man het heeft gedaan.'

'Zijn er aanwijzingen dat het een Amerikaanse militair zou kunnen zijn?'

'Geen enkele, maar ik moet ze een plezier doen.'

'Dit kunnen we niet maken.'

'Daarom zei ik voorzichtig. Alleen jouw ogen. En dan die van mij. En daarna ben ik ervoor verantwoordelijk.'

'Het woord krijgsraad komt zomaar bij me op.'

'Zover is het nog niet.'

Orozco nam even de tijd om na te denken. Toen pakte hij zonder iets te zeggen de envelop aan. Hij deed geen beloftes. Van meet af aan alles ontkennen was altijd een goed plan. Reacher stapte uit en Orozco reed weg. Reacher haastte zich naar het hotel.

Ze kwamen opnieuw bij elkaar in de kamer van Sinclair. Het grote nieuws was dat Vanderbilt was getroffen door een bliksemflits van proactieve energie en de gefaxte tekening van de Amerikaan had laten zien aan Bartley, in de accommodatie voor bezoekende officieren in Fort Myer. De luitenant-kolonel die had geweigerd te vertellen waar hij de dag in kwestie was geweest. Dezelfde Bartley die geld wegsluisde alvorens te scheiden van zijn nietsvermoedende vrouw. Hij had het gezicht van de tekening herkend. Hij vertelde dat hij de man op de luchthaven van Zürich had gezien tijdens zijn op een na laatste trip. Ze hadden samen in het vliegtuig naar Hamburg gezeten. Precies twee weken voor de eerste ontmoeting. De man had een glanzende dossiermap met het logo van een bank bij zich gehad. Zo'n ding dat je krijgt als je een bankrekening opent. De luitenant-kolonel had er zelf ook een, die hij een jaar geleden had gekregen toen hij het kluisje bij de bank huurde.

'Dat hoeft niet per se iets te betekenen,' zei Sinclair.

'Maar het zet je wel aan het denken,' zei Reacher. 'Klopp heeft die man gezien en Bartley ook. Ik denk dat het een goede tekening is.' Hij haalde zijn eigen kopie tevoorschijn en vouwde hem open. De wenkbrauwen, de jukbeenderen en de diepliggende ogen. Het haar. De kleur van hooi of stro in de zomer. Vrij normaal geknipt aan de zijkanten van het hoofd, had Klopp gezegd, maar veel langer bovenop, alsof hij het als een kuif achterover kon slaan, net als Elvis Presley.

'Hoe krijg je je haar zo?' vroeg Reacher.

'Ik denk dat je het eerst allemaal laat groeien,' zei Sinclair. 'Daarna zeg je tegen de kapper hoe je het wilt hebben.'

'Of je begint met een hanenkam en je laat alles uitgroeien. Vier maanden later heeft het opzij een normale lengte, maar bovenop is het lang, omdat het haar daar een voorsprong had. In het begin zet je een pet op, tot het er niet meer raar uitziet.'

'Je zet een honkbalpet op met een rode ster op de voorkant,' zei Neagley.

'Waarschijnlijk van de Houston Astro's, want je komt uit Texas. Je heet Wiley en je hebt vier maanden geleden een luchtverdedigingseenheid een paar honderd kilometer naar het oosten in de steek gelaten.'

Sinclair zei niets.

'Je hebt een nieuw paspoort gekocht, zodat je je eigen paspoort niet hoeft te gebruiken. Dat betekent dat de MP's je nooit zullen vinden.'

'En dat allemaal gebaseerd op een kapsel.'

'Vraag zijn personeelsdossier maar op en laat zijn foto aan Klopp zien.'

Op dat moment klopte de nieuwe boodschapper op de deur van het appartement. Het was de eerste keer dat ze op de deur van een appartement klopte. Het was de eerste keer dat ze de deur van een appartement zag. Maar ze wist hoe het zou voelen. Ze was gecoacht. Het wachten zou heel lang lijken, maar het was eigenlijk niet langer dan vijf tellen. Ze was tot in alle details gecoacht. Ze had de bus naar de stad genomen. Het was de eerste keer dat ze in een bus zat. Ze had voor het eerst geplaveide wegen gezien. Maar omdat ze uren achtereen was geïnstrueerd door de anderen, wist ze hoe het allemaal moest. Ze was erop voorbereid. Ze viel niet op. Ze struikelde een paar keer, maar dat overkomt iedereen die een lange reis achter de rug heeft. Als ze het allemaal perfect zou hebben gedaan, zou het veel meer zijn opgevallen.

Eén, twee, drie, vier, vijf.

De deur ging open.

'Wie ben jij?' vroeg een jonge Saoedi.

'Ik zoek asiel en onderdak. Ons geloof gebiedt je mij dat te verschaffen. Zoals ook onze ouderen en boven ons gestelden doen.'

'Kom binnen,' zei de Saoedi.

Hij sloot de deur achter haar, bleef toen staan en zei: 'Wacht even. Echt?'

'Ja, echt,' zei de nieuwe boodschapper. Ze was gecoacht. 'Ja, echt. De lange man zet de lijnen uit en de dikke man doet de details. In dit geval ook een boodschapper die niemand als zodanig zou verdenken, omdat ze een vrouw is.'

'De dikke man?'

'Hij zat links. Meer vliegen om hem heen.'

Ze was gecoacht.

'Oké,' zei de jongen. 'Maar toch. Al denk ik dat we de hele tijd wel hebben geweten dat dit belangrijk was.'

'Hoezo?' vroeg ze. Ze stond voor het eerst van haar leven in een appartement, maar het was niet voor het eerst dat ze gevaar proefde, gevaar van verzwakte loyaliteit of ronduit verraad. Ze kwam uit een wereld met een stammencultuur. 'Hoe weet je dat dit belangrijk is?' vroeg ze.

De jongen gaf geen antwoord.

'Heeft de eerste boodschapper je dat verteld?' vroeg ze.

'Hij heeft de prijs genoemd.'

'Hij is nu dood. Ze hebben hem gedood. Ze hebben mij in zijn plaats gestuurd. Ze hebben me gezegd dat ik niet naar de prijs mocht vragen. Ze willen niet dat iemand de prijs weet. Je zou het zo snel mogelijk moeten vergeten.'

'Hoelang blijf je?' vroeg de jongen.

'Niet lang.'

'Dit is maar een klein appartement.'

'Een grote strijd vergt grote offers. Maar maak je geen illusies. Ik heb gehoord dat ze mijn voorganger hebben doodgeslagen met een hamer. Dat zal met jou ook gebeuren. Als ik het zeg. Of als ik niet terugkom.'

Ze was gecoacht.

Sinclair deed wat Reacher had gevraagd. Ze maakte haar koffer open en haalde er iets uit dat er primitiever uitzag dan de eerste draadloze telefoon. Een baksteen.

'Satelliettelefoon,' zei ze. 'Een versleutelde verbinding met het kantoor.'

Ze drukte op knoppen en wachtte tot er geluidssignalen klonken. Toen zei ze: 'Ik wil het personeelsdossier van soldaat eerste klas Wiley in de landmacht van de Verenigde Staten, voornaam onbekend, op dit moment sinds vier maanden met ongeoorloofd verlof van een luchtverdedigingseenheid in Duitsland. Naar mij in Hamburg, met grote spoed.'

Daarna verbrak ze de verbinding.

De National Security Council.

De sleutels van het koninkrijk.

Er werd op de deur geklopt.

Heel even dacht Reacher: serieus, met grote spoed, niet te geloven.

Maar nee.

De deur ging open. Er kwam een man binnen. Druk, beweeglijk, ergens in de zestig, doorsneelengte, een grijs pak, een strak om de buik getrokken broeksband, een warm en vriendelijk gezicht. Iemand die dingen voor elkaar kreeg met behulp van veel charme. Een verkoper. Iemand die iets gecompliceerds verkocht. Iets financieels, of een Rolls-Royce.

'Sorry,' zei de man. 'Ik wist niet dat je bezoek had.'

Amerikaan. Een ouderwets yankee-accent.

In eerste instantie zei niemand iets.

Toen zei Sinclair: 'Neem me niet kwalijk. Sergeant Frances Neagley en majoor Jack Reacher in het leger van de Verenigde Staten. Mag ik jullie voorstellen aan Rob Bishop, hoofd van de CIA op het consulaat in Hamburg.'

'Ik ben er net langsgereden,' zei Bishop. 'Door de straat erachter. De jongen heeft de lamp op zijn vensterbank verplaatst.'

19

Bishop wilde niet dat ze zelf gingen kijken. Hij zei dat hij erlangs was gereden, en meteen daarna een tweede keer, wat onder alle omstandigheden al één keer te veel was. Hij moest wel, want er klopte iets niet. Maar dan nog kon hij niet toestaan dat er een derde keer werd gekeken. Hij wist welk raam het was en zij niet. Hij zou er stapvoets langs moeten rijden en het moeten aanwijzen. Een derde keer erlangs, stapvoets rijdend, vier mensen die naar één kant gebogen uit het raam tuurden. Veel te opvallend. Dat zou niet gebeuren. Dat risico kon je niet lopen.

'Wat klopte er niet?' vroeg Reacher.

'Het was de bedoeling dat de jongen de lamp zou verplaatsen van de hoek naar het midden van de vensterbank. Maar hij had hem maar een beetje verplaatst, halverwege. Hij staat lang niet in het midden. Het is niet het exacte signaal dat we hadden afgesproken.'

'En wat betekent dat?'

'Het kan drie dingen betekenen. Om te beginnen dat hij misschien heel snel moest handelen. De kamer in en er weer uit. Maar het kan ook betekenen dat het hem verdacht leek om de lamp helemaal in het midden te zetten. Misschien lopen de anderen voortdurend zijn kamer in en uit. Ze zouden het kunnen opmerken. Wie verplaatst er nu een schemerlamp op dezelfde dag dat hun oude vriend weer komt opdagen? Deze jongens zijn geen binnenhuisarchitecten. Ze hebben wel andere dingen aan hun hoofd. Misschien was het een slecht idee.'

'Hij heeft niet gebeld?'

'Kennelijk is dat niet zo gemakkelijk op dit moment. Je mag ervan uitgaan dat ze op een kluitje bij elkaar zitten. Het is tenslotte allemaal heel opwindend voor ze.'

'Wat is het derde?'

'Hij probeert ons iets te vertellen.'

'Wat zou dat kunnen zijn?'

'Dat er iets is veranderd. Dat er een nieuwe factor in het spel is. Alsof hij probeert te zeggen: het is wel gebeurd, maar ook niet. Bijvoorbeeld: de boodschapper is wel in Hamburg, maar de ontmoeting vindt ergens anders plaats. Misschien heeft de boodschapper hem verteld dat hij met de trein naar Bremen moet. Of Berlijn. Misschien vindt de ontmoeting in de trein plaats. Dat zou een slimme truc zijn. Ze zouden elkaar heel toevallig kunnen tegenkomen en even met elkaar praten. Maar misschien vindt het ook wel heel ergens anders plaats.'

'We hebben achtenveertig uur om erachter te komen,' zei Sinclair.

'Als ze hetzelfde schema aanhouden,' zei Neagley. 'Misschien doen ze dat niet. Het is een loterij. Ze kunnen vertraging oplopen bij het reizen. Ik neem aan dat ze op allerlei plaatsen moeten overstappen. Ook in de derde wereld. Dus ik neem aan dat ze extra tijd inbouwen. Als de vliegtuigen op tijd vliegen, hebben ze twee dagen over. Maar als vliegtuigen vertraging hebben, zou het wel eens kunnen gebeuren dat ze net op tijd zijn voor de ontmoeting. Of ergens daartussenin. Dat denk ik.'

'Het appartement moet worden gesurveilleerd,' zei Bishop.

'Dat gaat niet,' zei Sinclair. 'We mogen het safehouse niet riskeren.'

'We zijn compleet blind als we het niet doen. We laten een schitterende kans voorbijgaan om de man te pakken.'

Reacher keek naar Bishop. Een onverwachte bondgenoot.

'We moeten aan de toekomst denken,' zei Sinclair.

'Dat is van later zorg.'

'Het gaat niet,' zei Sinclair.

'We doen het al,' zei Reacher.

'Wat?'

'Het hoofd van de recherche Griezman heeft ermee ingestemd om het appartement te surveilleren. Agenten in burger in auto's. Ze zijn bepaald niet slecht. We hebben ze aan het werk gezien, of beter gezegd dat hebben we juist niet.'

Sinclair verbleekte. Vooral van woede, dacht Reacher.

'Sinds wanneer?' vroeg ze.

'Misschien al sinds vanmiddag,' zei hij. 'Dat had te maken met roosters.'

'Waarom doet hij dat?'

'Omdat ik het hem heb gevraagd.'

'In ruil waarvoor?'

'Ik laat zoeken naar die vingerafdruk.'

'Majoor, ik moet met je praten,' zei Sinclair.

'Je praat al met me,' zei Reacher.

'Onder vier ogen.'

'Ga maar naar mijn kamer,' zei Neagley. 'Daar kunnen we jullie niet horen.'

Ze gooide haar kamersleutel met een onderhandse worp. Sinclair ving de sleutel moeiteloos met één hand op.

'Kom mee,' zei ze.

Reacher ging met haar mee, de gang door, naar de kamer van Neagley. Sinclair liep de hele kamer door tot bij het raam. Daar keerde ze zich om, het licht in de rug.

Langer dan de gemiddelde vrouw, maar niet zwaargebouwd.

De zwarte jurk, de parels, de nylons, de schoenen.

Het gezicht en het haar, gekamd met haar vingers.

Ze zag er aantrekkelijk uit.

'Je hebt een order genegeerd,' zei ze.

'Ik kan me geen order herinneren,' zei Reacher. 'Ik kan me eigenlijk maar bar weinig andere dingen herinneren dan de mededeling van de adviseur van de National Security Council dat we alles zouden krijgen wat we nodig hebben. En dit hebben we nodig. Het kan ons wel een jaar winst opleveren. Zonder dit wordt het een standaardklopjacht. Op iemand die al vier maanden geleden is gedeserteerd en een spiksplinternieuw paspoort heeft. In plaats daarvan hebben we de kans dat een jonge Saoedi met een roze polo en modieuze schoenen ons rechtstreeks naar hem toe leidt. Hier en nu. Zo'n kans kun je niet laten lopen. De toekomst heeft geen enkele betekenis als je niet lang genoeg leeft om de toekomst te halen.'

'Dus heb je de wet aan je laars gelapt, alleen omdat je dacht dat je een goede reden had. Jij en al die anderen. Er zijn een heleboel goede redenen. Er zijn te veel goede redenen. Daarom hebben we een speciaal orgaan, om onderscheid te maken als die redenen strijdig zijn met elkaar. Dat orgaan heet de National Security Council. We wegen zaken tegen elkaar af en stellen prioriteiten. Je hebt net een jaar hard werken tenietgedaan, majoor. Je zou je ontslag moeten indienen. Voordat het rapport van deze missie wordt geschreven. Dan zou je er beter vanaf komen.'

'Oké,' zei Reacher. 'Dat zal ik doen als het verkeerd afloopt.'

'Je hebt ook net veertig jaar jurisprudentie opgeblazen over welke databases geheim zijn en welke niet. Dat is op zich een overtreding waarvoor je voor de krijgsraad moet verschijnen. Het is een misdrijf tegen de veiligheid van de staat.'

'Oké,' zei Reacher. 'Dan pleit ik schuldig als het verkeerd afloopt.'

'Je bent schuldig ongeacht hoe het afloopt.'

'Zo werkt het niet. Als het goed afloopt krijg ik een Legion of Merit.'

'Denk je dat je grappig bent?'

'Nee, het is een gok,' zei Reacher. 'En tot nu toe pakt het goed uit. De boodschapper is terug in Hamburg. Dat was op zijn best een kans van één op tien. Maar het is wel uitgekomen. Wat we moeten doen is meegaan met het tij en aan de winnende kant blijven. Griezman deugt. Het safehouse is veilig bij hem. Die jongens daar zijn heel zelfgenoegzaam. Ze letten niet op. Een van hen voert geheime telefoongesprekken en fabriceert geheime boodschappen voor een dode brievenbus, en gaat zomaar even zonder reden naar het plantsoen, en ze hebben er allemaal niets van gemerkt. Waarom zouden ze wel merken dat er honderd meter verderop een auto geparkeerd staat?'

Sinclair wuifde het weg, alsof Reacher niet begreep waar het om ging. 'Die kwestie met die vingerafdruk is ernstig,' zei ze. 'Juridisch en politiek. Dat kan niemand wegredeneren.'

'Ik zou kunnen zeggen dat ik mijn belofte heel voorzichtig onder woorden heb gebracht. Ik heb gezegd dat ik naar de vingerafdruk zou zoeken. Meer niet. Ik heb niet gezegd dat ik het resultaat met hem zou delen. Dat is natuurlijk een teleurstelling, maar eh... welkom bij de profs. Ik zou kunnen zeggen dat het voor mensen zoals ik altijd een gok is. Je breekt de eieren, bakt de omelet en als die goed smaakt, is alles vergeven.'

'En zo niet?'

'Ik sta altijd open voor iets nieuws.'

Sinclair reageerde niet.

'Als dit verkeerd afloopt, draag je mij over aan de autoriteiten,' zei Reacher. 'Dan getuig je tegen mij voor de krijgsraad. Dat begrijp ik. En dat doe je uit overtuiging. Dat begrijp ik ook. Je bent onze meerdere, maar je keurt ons handelen niet goed. Ik heb dit spel eerder gespeeld. Even goede vrienden.'

'En als het goed afloopt?'

'Dan draag je me niet over aan de autoriteiten en kom ik niet voor de krijgsraad. Er wordt een glanzende brief in jouw persoonlijke dossier gestopt en ik krijg nog een medaille.'

'Wat wordt het, denk je?'

'Wil je een eerlijk antwoord?'

'Altijd.'

'Het is kat in 't bakkie. Geklaarde klus. Het gaat om een deserteur. Hij en ik zijn in dezelfde stad. Geen enkel probleem.'

'Ben je altijd zo zelfverzekerd?'

'Vroeger wel.'

'En nu?'

'Nog veel meer.'

'Ga je naar bed met jouw sergeant?'

'Nee, dat doe ik niet. Dat zou ongepast zijn. Het zou worden afgekeurd, niet in de laatste plaats door haar.'

'Ze is gek op je.'

'We kunnen goed met elkaar opschieten, als vrienden en collega's.'

Sinclair reageerde niet.

Er werd op de deur geklopt. Dat zou Neagley zijn, dacht Reacher, precies op het goede moment, om te controleren of Sinclair hem al zou hebben vermoord. Of Bishop, om te controleren of hij Sinclair zou hebben vermoord. Hij deed de deur open en stapte opzij, uit de vuurlijn.

Gedegen training.

Het was Neagley niet en Bishop ook niet.

Het was een jonge Amerikaan in een confectiepak met een stropdas van Brooks Brothers. Hij had een dichtgeritste rubberen zak bij zich. Het zag eruit alsof er een pak papier van een centimeter dik in zat. Zo groot ongeveer. Zo stijf ongeveer.

'Voor dr. Sinclair,' zei de man. 'Van het consulaat. Het document dat ze heeft opgevraagd.'

Met grote spoed.

Niet te geloven.

Reacher pakte de zak aan en gaf hem aan Sinclair. De man in het confectiepak vertrok via de trap. Reacher en Sinclair keerden terug naar haar kamer, waar de anderen op hen wachtten.

Sinclair ritste de zak open. Reacher rook de geur van het papier, nog warm van de printer. Er was in alle haast heen en weer gebeld, vermoedde hij, en vervolgens was er via een supersnelle digitale verbinding tussen Personeelszaken thuis, of anders misschien Stuttgart, en Hamburg een bestand overgebracht, dat door een supersnelle machine in Hamburg was verwerkt, waarna de jonge attaché met zijn stropdas van Brooks Brothers de vellen papier had opgevangen die in hoog tempo uit de printer kwamen, ze opgestoten tot een mooi pakje, in de rubberen zak gedaan en een taxi aangehouden. De National Security Council. Nog sneller dan de perskamer van het leger.

De vellen papier vormden samen het in het leger gebruikelijke, zwart-wit afgedrukte standaardpersoneelsdossier van soldaat eerste klas Horace Wiley, vijfendertig jaar oud en afkomstig uit Sugar Land, Texas. Het liep tegen het einde van zijn eerste contractperiode van drie jaar. Hij was tweeëndertig toen hij in dienst ging. Hij was een meter tweeënzeventig lang en lichtgebouwd. Als een langeafstandsloper.

Aan de rechterbovenhoek van de tweede pagina was zijn foto gehecht. Geen pasfoto, zoals ze vroeger deden, maar een grotere afdruk. Misschien acht bij vijf. Bij het scannen waren alle lichte tinten verbleekt, als vloeibaar neon, en de donkere tinten smoezelig geworden. De paperclip zelf was fotografisch scherp, maar leek geladen met radioactiviteit.

Het was dezelfde man.

De gebrekkige manier waarop de scanner zijn werk had gedaan, gaf de foto een kwaliteit alsof het een met de hand gemaakte schets was, in houtskool. Net als de potloodtekening. Dezelfde schets. Dezelfde man. Geen twijfel mogelijk. De wenkbrauwen, de jukbeenderen en de diepliggende ogen. De neus als het blad van een bijl, de groef in de wang, precies parallel met elkaar. De strakke kaak, alsof hij zijn kiezen op elkaar klemde. De mond alsof hij met een vlijmscherp mes getrokken was, volstrekt uitdrukkingloos.

Alleen het haar was anders. De foto was drie jaar oud. Horace Wiley had zich aangemeld bij het leger met de doorsnee kortgeknipte haardos van de plattelandsjongen. Honderd procent in lijn met Army Regulation 670-3-2. Het extreme, het excentrieke en het modieuze waren allemaal later gekomen.

'We zullen de foto aan meneer Klopp laten zien,' zei Sinclair. 'Maar het lijdt eigenlijk geen twijfel. Gefeliciteerd majoor. En sergeant. Uitstekend gedaan. Jullie begonnen met tweehonderdduizend.'

Reacher zuchtte even. 'Alleen omdat iemand een domme opmerking maakte over een dom telefoongesprek dat ongeveer zeven lagen bureaucratie overleefde voordat het eindelijk bij de regering zelf terechtkwam. Wij proberen altijd zo veel mogelijk papieren rompslomp te vermijden. Misschien moeten we daar nog eens over nadenken.'

'En wat nu?' vroeg Sinclair.

'Nu wachten we af tot er een jonge Saoedi met een roze polo en Italiaanse schoenen de deur uitgaat om een eindje te wandelen.'

20

Wiley was van plan zijn nieuwe ranch Sugar Land te noemen. Of Sugarland, één woord. Niet dat hij suiker zou verbouwen, het was grasland. Hij wilde de grootste kudde op de hele wereld. En de beste. Maar eerst had hij een naam nodig op de boog van de poort. Een mooie boog van smeedijzer. En dan misschien alleen in de menie gezet. SUGAR LAND zou het wel goed doen. Helemaal in hoofdletters. Of in één woord, Sugarland. Het zou een soort persoonlijk eerbetoon worden. Aan een oude ambitie. Ooit had hij geprobeerd fortuin te maken in Sugar Land. Maar dat was geen gemakkelijk stadje om iets te bereiken. Nu kocht hij een stuk grond dat veertig keer zo groot was als het totale grondgebied van de gemeente Sugar Land.

Het voelde goed.

Het voelde alsof hij viel. In het begin had hij zich ertegen verzet, daarna had hij zich eraan overgegeven en was de snelheid van het vallen toegenomen. Alles rondom hem ging sneller. Daarom was hij veel te vroeg klaar. Klaar voor de afspraak. Hij had het gevoel dat hij erop voorbereid moest zijn. Zeker nu. De finale ging snel in zijn werk. Dat ging altijd zo.

In het bijzijn van Sinclair belde Reacher Griezman over de vaste lijn in de hotelkamer, handsfree. Hij gaf hem de naam van Wiley door, de naam die bij de tekening hoorde, en vertelde hem dat, voor zover hun informatie reikte, de boodschapper al in de stad was. Hij bevestigde de diverse protocollen opnieuw, dat er gebeld moest worden als er iets gebeurde, en vooral dat ze heel voorzichtig moesten zijn in de buurt van het appartement. Maar ook weer niet zo voorzichtig dat ze iets zouden missen. Een pittige klus. Maar Griezman leek alles onder controle te hebben. Hij ging akkoord met alle punten. Hij klonk overtuigend. Reacher zag Sinclair een beetje ontspannen. Toen keek ze hem aan, een strakke blik zonder met de ogen te knipperen. Hij vroeg zich af waarom. Misschien min of meer instemmend omdat het waanzinnige plan zou kunnen werken, maar misschien ook wel min of meer afkeurend omdat hij haar nu daaraan medeplichtig had gemaakt.

Bishop keerde terug naar het consulaat. Reacher en Neagley lieten Sinclair achter in haar kamer en gingen naar Reachers kamer om het dossier van Wiley te lezen. Van de eerste tot de laatste pagina. Hun allereerste vraag was waarom de man had gewacht tot zijn tweeëndertigste voordat hij in het leger ging. Dat was op zich al abnormaal. Maar de recruiter had er geen aantekening over gemaakt. Er was niets wat het verklaarde. Neagley belde Landry, de assistent van Waterman in McLean, en stelde hem voor onmiddellijk werk te maken van de zoektocht naar achtergrondinformatie. Tweeëndertig jaar achtergrondinformatie, vanaf de dag dat de man was geboren tot de dag dat hij het groene pak had aangetrokken. Er moest een reden voor zijn.

Hij mocht dan oud geweest zijn voor een rekruut, zijn opleiding verliep zonder bijzonderheden. Hij voltooide de basistraining zonder complicaties, wat erop wees dat hij beschikte over een zekere aanleg en een redelijke conditie. Hij werd bevorderd tot soldaat eerste klas, wat erop wees dat hij een polsslag had en nog steeds in het leger zat. Ze stuurden hem naar Fort Sill, het opleidingskamp voor de artillerie, om hem te testen. Vervolgens werd hij naar Duitsland overgeplaatst, waar hij werd getraind bij een luchtverdedigingscompagnie.

'Ik zie het voor me,' zei Neagley.

Reacher knikte, want hij zag het ook voor zich. De neutrale aantekeningen op papier waren meer dan zomaar tekens op papier. Ze waren als de statistieken van een honkbalwedstrijd. Je kon er een heel verhaal uit opmaken. Eerst gebeurde dit en toen dat. De spil in het verhaal was de opleiding bij de artillerie. Die was niet weggelegd voor dombo's. Wiley was zonder meer een acceptabele soldaat. Waarschijnlijk een van de besten in het basiskamp. Niet goed genoeg voor de elitetroepen, maar zijn commandant had kennelijk enig talent ontdekt. Of verzonnen. Sommige commandanten gaven aanbevelingen die gebaseerd waren op oudewijvenpraat, bijvoorbeeld dat linkshandigen nooit goede scherpschutters konden worden, of dat kleine, tanige mannetjes goede artilleristen waren. Enzovoort. Hoe dan ook, het had gewerkt. Wiley was op zijn plek bij die luchtverdedigingscompagnie. De Chaparral was een merkwaardige machine. Je moest hem parkeren en min of meer opbouwen voordat je ermee kon vuren. Dan moest je hem weer inpakken, verder rijden, en helemaal opnieuw uitpakken en opbouwen. De bemanning had veel weg van de monteurs in de pits van de 24 uur van Le Mans. Het was een gecompliceerd ballet, getimed tot op de tiende seconde. Een vliegtuig in duikvlucht kon heel dichtbij komen in een tiende van een seconde. Het was teamwork op zijn best. Bijna acrobatiek. Maar Wiley had zijn plek opgeëist en verdiend. Misschien hielp het echt dat hij klein en pezig was. Hij was een bekwaam soldaat. Ongetwijfeld. Maar hij zat ook op een dood spoor. Na drie jaar was hij nog steeds soldaat eerste klas. De pantserdivisies rekruteerden geen mensen meer. Het front was een zaak van het verleden.

Had dat hem verrast?

'Hebben de MP's die vier maanden geleden onderzoek deden naar zijn desertie met zijn maten gepraat?' vroeg Reacher.

Neagley knikte. 'Ik heb de transcripties al opgevraagd.'

'Wat verkoopt de man?'

Neagley gaf geen antwoord.

In plaats daarvan vroeg ze: 'Hoe kwaad was Sinclair?'

'Minder kwaad dan ze had kunnen zijn,' zei Reacher. 'Ik heb haar safehouse verraden.'

'Hoezo? Op Griezman kun je wel vertrouwen.'

'Dat heb ik ook tegen haar gezegd. Maar ze was niet overtuigd. Toen begreep ik het. Het geheim van het safehouse was geen geheim meer op het moment dat Griezman ervan hoorde. Heel eenvoudig. Niet langer ons geheim, zei ze. En ik snap wat ze bedoelde. Vroeg of laat geeft Griezman het door aan hun eigen inlichtingendienst. Zo zit hij in elkaar en bovendien is hij dat verplicht. Zodra dat gebeurt willen de Duitsers ook een vinger in de pap. Het is per slot van rekening hun grondgebied. Te veel kapiteins op één schip. Binnen de kortste keren staan de surveillerende patrouillewagens daar dubbel geparkeerd voor de deur. En dat is mijn schuld.'

'Tenzij we de man pakken.'

'Dat heb ik ook tegen haar gezegd. Maar dat lost het probleem niet op. Hoe je het ook wendt of keert, de Duitsers weten nu dat daar een safehouse is.'

'Dat zouden we ze toch al verteld hebben. Vroeg of laat. Volgend jaar, of het jaar daarna. Het wordt een internationaal probleem. Geloof me maar. Iedereen werkt straks samen met iedereen. Je hebt alleen maar een voorschotje genomen.'

'Ze zei dat die vingerafdruk erger is. Dat is een federaal misdrijf.'

'Van hetzelfde laken een pak. Als we die kerel pakken.'

'Of als ik Griezman om de tuin leid. Als ik wel profiteer van zijn werk en hem er niets voor teruggeef.'

'Heeft ze dat van je gevraagd?'

'Ik heb het zelf voorgesteld, want ik heb tegen hem gezegd dat ik naar de vingerafdruk zou laten zoeken. Meer niet. Waarom zei ik dat op die manier?'

'Omdat je onbewust een slag om de arm wilde houden.'

'Het voelt niet goed.'

'Zou het beter voelen om de bak in te draaien?'

'Griezman is rechercheur Moordzaken met een vingerafdruk. Wat moet ik doen?'

'Wat was je van plan?'

'Ik denk dat ik het hem zou vertellen als het onderzoek niets zou opleveren, en dat ik tijd zou rekken als het wel iets opleverde. Ik dacht dat ik het wel in mijn eentje aankon. Op die manier zou iedereen profiteren en zou ik de wet niet overtreden. En dat zou ik een prettig idee vinden, want ik vind dat een goede wet. Ik vind het terecht dat wij bepalen of Amerikaanse staatsburgers wel of niet worden berecht door buitenlandse rechtbanken. Ik heb dus twee keer los van elkaar een verkeerde inschatting gemaakt.'

'Hoezo?'

'De prijs,' zei Reacher. 'Honderd miljoen dollar. Ik zie dat bedrag maar steeds voor me. Dat is een heleboel geld. Dat verdient alle aandacht, zonder meer. Maar het begint buitenproportionele afmetingen aan te nemen in mijn gedachten. Het is het enige waaraan ik nog denk.'

'Blijkbaar.'

'Wat betekent dat?'

'Waarom denk je dat Sinclair minder kwaad op je was dan had gekund?'

'Misschien is ze het stiekem met me eens.'

'Nee,' zei Neagley. 'Ze valt op je.'

'Hé, wat is dit hier, zijn we weer terug op school?'

'Min of meer.'

'Oké,' zei Reacher.

'Geloof me maar,' zei Neagley. 'Zij was daarginds en jij was hier. Nu is zij hier ook. Je hebt geen hogere wiskunde nodig om een en een bij elkaar op te tellen. Een kleine kans is beter dan geen kans, maakt niet uit waarover het gaat. Ze is eenzaam. Ze woont in een groot, leeg huis in een buitenwijk.'

'Dat weet jij?'

'Dat denk ik.'

'Ik geloof helemaal niet dat ze op me valt,' zei Reacher.

'Val jij op haar?'

'Ben jij mijn moeder of zo?'

'Je had beter naar haar moeten luisteren.'

'Naar wie?'

'Naar je moeder. Die was Frans. Die dames hebben er verstand van.'

'Waar gaat dit eigenlijk over?'

Daarop gaf Neagley geen antwoord, want de telefoon rinkelde. Griezman. Reacher schakelde de luidspreker in. Griezman vertelde dat zijn mannen hun posities hadden ingenomen en dat ze ervan uit mochten gaan dat de surveillance vanaf dat moment actief was. Het pand telde zes appartementen, twee op de eerste, de tweede en de derde verdieping, met een trappenhuis in het midden. Uit de gemeentelijke administratie bleek dat er ook een Turks en een Italiaans gezin woonden, allebei gezinnen van een diplomaat, en nog eens drie Duitse gezinnen, keurige, welvarende middenklasse. Aan de achterkant was een dienstingang die met een tweede auto ook in het oog werd gehouden, voor het geval dat, maar waarschijnlijk maakte niemand daar gebruik van. Dat was geen gewoonte, zoals de leden van de slapende cel ongetwijfeld wisten. Blijkbaar deden die hun uiterste best om erbij te horen en niet op te vallen.

'Bedankt,' zei Reacher. 'Succes met de jacht.'

'Hoelang denkt u ons nodig te hebben?' vroeg Griezman.

'Maximaal achtenveertig uur.'

'Al iets gehoord over de vingerafdruk?'

Reacher aarzelde even.
'Nog niet,' zei hij.
'Waarom duurt het zo lang?'
'Het komt eraan.'
'Vast,' zei Griezman. 'Ik vertrouw u volkomen.'

21

In het pand voor Educatieve Oplossingen in McLean, Virginia, was het zes uur vroeger, nog steeds ochtend. Waterman en Landry werkten samen aan het in kaart brengen van de achtergrond van Wiley. Ze hadden Wileys dienstnummer, dat eenzelfde rol vervulde als een burgerservicenummer. Je kon er de deuren van veel databases mee openen. Het eerste wat boven tafel kwam, waren vier arrestaties in de jaren tachtig in Sugar Land, Texas, een plaats ten zuidwesten van Houston. Het was duidelijk dat geen van die vier arrestaties had geleid tot een veroordeling. Iemand die al bij de eerste keer achter slot en grendel was verdwenen, had geen tweede, derde of vierde keer de kans gekregen. Maar er is geen rook zonder vuur. Landry wierp zich op de details. Wiley was vier keer gearresteerd voor het verkopen van gestolen spullen. Naar verluidt. In alle gevallen was de zaak gestrand wegens gebrek aan bewijs. De openbaar aanklagers hadden de zaken geseponeerd. De getuigen hadden vage verklaringen afgelegd. Misschien omdat ze het niet precies wisten. Er was geen bewijs dat er dreigementen waren geuit, of dat er was geknoeid. Wiley had veel geluk. Of hij ging heel subtiel te werk. Na zijn laatste arrestatie was het strafblad vijf jaar achtereen leeg gebleven, tot hij dienst had genomen.

'Dit moeten we Sinclair vertellen,' zei Landry. 'Dit bevestigt het verhaal. De man steelt spullen en verkoopt die. Zo werkt hij.'

'Alleen beweert Reacher dat ze daar niets hebben wat honderd miljoen dollar waard is,' zei Waterman.

'Maar het kan niet anders.'

'Het is niet iets wat één man in zijn eentje kan stelen. Niets draagbaars. Niet iets wat kan worden bediend door mensen die in grotten wonen.'

'Dan moet het informatie zijn.'

'Informatie die een soldaat eerste klas in handen kan krijgen?'

'Dus Wiley zat in het leger vanwege zijn patriottische gevoelens?'

'Misschien heeft een rechter hem verteld dat hij Sugar Land beter de rug kon toekeren om in het leger te gaan. Een soort alternatief.'

'Alternatief voor wat?'

'Voor een vijfde ronde met de openbaar aanklagers. Misschien was Wiley bang dat zijn geluk hem in de steek zou laten.'

'Er staat niets in het proces-verbaal van drie jaar geleden,' zei Landry.

'Dat moet je ook niet verwachten. Zoiets gebeurt tijdens een gesprekje onder vier ogen. Zo gaat dat wel vaker.'

'We leven in de jaren negentig.'

'Misschien niet in Sugar Land.'

'De man had een afspraak met een Saoedi. Nu heeft hij weer een afspraak. Daar moet een reden voor zijn.'

Neagley vertrok. Reacher bleef alleen achter in zijn kamer, want daar zou Griezman hem als eerste bellen. Geen twijfel mogelijk. Puur uit welwillendheid. Gewone rechercheurs onder elkaar, die elkaar zo nu en dan een dienst bewijzen. Daarna zou hij Sinclair bellen. Alleen rinkelde de telefoon niet. Reacher had jeuk in zijn nek, zoals altijd nadat hij zijn haar had laten knippen. Hij trok zijn nieuwe T-shirt uit en schudde het uit. Toen kleedde hij zich helemaal uit en ging voor de tweede keer onder de douche, terwijl hij de deur van de badkamer open liet staan en steeds een van beide oren buiten de stroom water hield die neerdaalde op zijn hoofd. De telefoon rinkelde niet. Hij droogde zich af, kleedde zich weer aan, keek uit het raam en ging zitten in een groene, met velours beklede stoel. De telefoon rinkelde niet.

Er werd op zijn deur geklopt.

Sinclair.

Langer dan de gemiddelde vrouw, maar niet zwaargebouwd.

De jurk, de parels, de nylons, de schoenen.

Het gezicht en het haar.

'Ik neem aan dat dit de beste plek is om te wachten,' zei ze. 'Griezman zal jou vast als eerste bellen.'

Bovendien niet dom.

'Ik moet mijn excuses aanbieden,' zei Reacher. 'Ik heb twee inschattingsfouten gemaakt, al bedoelde ik het niet persoonlijk.'

'Mag ik binnenkomen?' vroeg ze.

'Natuurlijk.'

Hij deed een stap opzij. Ze liep langs hem heen. Hij rook haar parfum. Ze keek naar de telefoon en ging toen in de stoel zitten waar hij zojuist had gezeten.

'Ik voel me niet aangevallen. We hebben jou erbij gehaald om dingen voor elkaar te krijgen. Daar heb ik geen spijt van. Uiteindelijk maak ik me zorgen om jou.'

'Waarom om mij?'

'Omdat je gelijk had. We vragen jou dingen te doen en als dat goed uitpakt gaan wij met de eer strijken, maar als het verkeerd uitpakt, mag je in je eentje de rotzooi opruimen. Dat levert stress op. Net als die klus die je in Bosnië hebt opgeknapt. Dat kan niet erg plezierig zijn geweest.'

'Eigenlijk juist wel,' zei Reacher.

'In technische zin was het een dubbele moord.'

'De eerste was commandant van een of andere militie die etnische zuiveringen uitvoerde. De tweede was zijn adjudant. Om een voorbeeld te stellen arresteerden ze een beroemde voetballer uit het naburige dorp. De held van de plaatselijke voetbalclub. Ze ketenden hem met handboeien aan een radiator en verbrijzelden zijn benen met een sloophamer. Ze deden extra hun best op zijn knieën en enkels. Ze lieten hem daar een uur liggen om over zijn toekomst na te denken. Toen sleepten ze een paar matrassen de kamer in. En vervolgens de vrouw en de dochter van de voetballer. De hele bende stond te wachten in een rij bij de deur. Ze verkrachtten de vrouw en de dochter tot ze dood waren, pal onder zijn ogen. Hij bleef maar met zijn hoofd tegen die radiator slaan. Hij probeerde zichzelf van kant te maken, maar dat lukte hem niet. Zijn vrouw overleed na vierentwintig uur. Zijn dochter na zes uur. Ze was doodgebloed. Ze was acht jaar oud. Ik ben twee weken bezig geweest om de feiten te controleren. Ik heb de matrassen gezien. Dus alles bij elkaar gaf het me een behoorlijk goed gevoel om de trekker over te halen. Net zoiets als wanneer je de vuilnisbak bij de stoeprand zet. Op zich niet echt een leuk karweitje, maar achteraf houd je er een schone, opgeruimde garage aan over. En dat voelt goed. Dat is verdomd zeker.'

'Vreselijk.'

'Wat?'

'Dat zulke dingen op de wereld bestaan.'

'Wen er maar aan,' zei Reacher. 'Het kan alleen nog maar erger worden.'

'Ik heb bericht gehad van Waterman. Wiley is vier keer opgepakt voor het verkopen van gestolen spullen. Ze konden hem niets maken, maar je weet hoe dat gaat.'

'Fantastisch,' zei Reacher. 'En nu zit hij in het leger.'

'Waar allerlei dingen terugvloeien naar de opslagdepots omdat het front plotseling is verdwenen. En als gevolg daarvan is de beveiliging niet meer wat die is geweest. Misschien sterven oude gewoonten maar heel moeizaam uit.'

'Maar wat steelt hij en wat verkoopt hij?'

Sinclair gaf geen antwoord.

De telefoon rinkelde niet.

Er werd op de deur geklopt.

Een piccolo.

Of eigenlijk was het een meisje. In een keurig uniformpje en met een klein mutsje op. Ze kwam van beneden met een pakketje. Een smetteloos witte envelop. Groot. Zonder opschrift. Het zag eruit alsof er een pak papier van een centimeter dik in zat. Zo groot ongeveer. Zo stijf ongeveer.

'Voor u, meneer,' zei het meisje.

'Van wie komt dit?' vroeg Reacher.

'De meneer wilde zijn naam niet noemen.'

'Hoe zag hij eruit?'

'Dat heb ik niet goed gezien. Als een normale Amerikaan, denk ik. Heel gewoon.'

Een van de jongens van Orozco, dacht Reacher. Niet Orozco zelf. Die valt wel op. Misschien zijn sergeant. De man die achter het stuur zat van de auto, de eerste keer.

Het is altijd goed als je zaken kunt ontkennen.

Hij pakte de envelop aan en zei: 'Dank je.'

Het meisje liep de trap weer af naar beneden. Reacher maakte de envelop open en keek erin. Sinclair stond naast hem. Hij kon haar parfum ruiken. Hij ritste met zijn duim langs de bovenkant van de vellen papier en zag de eerste regels. Allemaal bekend. Het was een kopie van het dossier van Wiley. In elk opzicht identiek, zij het dat in dit geval de printer wel nieuwe toner kon gebruiken. De afdruk was bleekjes.

Horace Wiley, vervagend.

'Wie heeft dat gestuurd?' vroeg Sinclair.

'Orozco,' zei Reacher. 'Niemand anders weet dat ik hier ben.'

'Waarom zou hij je nog een exemplaar sturen?'

'Heb je die van jou opgevraagd bij de gezamenlijke stafchefs?'

'Ja.'

'Misschien heeft Orozco daar iets van meegekregen. Misschien dacht hij dat het belangrijk was. Paniek op hoog niveau over een soldaat eerste klas zou zijn aandacht trekken. Jij liet het naar Hamburg sturen. Misschien heeft hij me willen waarschuwen. Of op weg willen helpen. Omdat hij weet dat ik zelf in Hamburg ben, zonder te weten dat ik het dossier al heb gezien.'

'De gezamenlijke stafchefs lekken niet.'

'Dan misschien Stuttgart. Of Personeelszaken. Orozco heeft overal vrienden. Hij is enorm populair. Hij heeft een opgewekt karakter.'

Hij liet de envelop op het bed vallen. Sinclair stond nog steeds naast hem. Heel dichtbij. Hij kon haar parfum ruiken. De jurk, de parels, de schoenen. Het gezicht en het haar.

De telefoon rinkelde niet.

'Ik word nerveus van het wachten,' zei ze.

Hij zei niets.

'Ik kan me niet ontspannen.'

Hij zei niets.

'Word jij nerveus?'

Ja, dacht hij, ik bén nerveus.

'Nee,' zei hij. 'Dat helpt niet.'

'Je hebt je haar laten knippen.'

'Daardoor ben ik op het idee van Wiley gekomen. De kapper had een poster met tekeningen.'

'De kapper heeft je netjes geknipt.'

'Dat hoop ik. Ik moest vijf dollar betalen.'

'Dat is goedkoop.'

'Vind je?'

'Je zou eens naar mijn kapper in Washington D.C. moeten gaan.'

'Ik denk dat jouw kapsel ingewikkelder is,' zei hij.

Ze zei niets.

Ze keek hem alleen aan.

'Mag ik?' vroeg hij.

Ze gaf geen antwoord. Hij hief zijn hand, haalde zijn vingertoppen strelend langs haar voorhoofd, schoof zijn vingers in haar haar en kamde de afwisselend dikke en dunne lokken naar achteren. Hij haakte een deel van het haar achter haar oor en liet een lok vrij hangen.

Het zag er mooi uit.

Hij haalde zijn hand weg.

'Zo kam je je haar, hè?' zei hij.

'Nu de andere kant,' zei ze.

Met zijn andere hand deed hij hetzelfde, raakte amper haar voorhoofd aan, begroef zijn vingers diep in de lokken en duwde ze erdoorheen. Dit keer liet hij zijn hand waar die terechtkwam, als een kom om haar achterhoofd. Haar nek was slank en warm. Ze legde haar hand plat op zijn borst. Om hem te waarschuwen, dacht hij eerst. Of tegen te houden. Een stopteken. Maar toen begon haar hand een verkenningstocht. Ze bewoog hem heen en weer, omhoog en omlaag en schoof hem toen achter zijn nek, waar het geknipte haar had gekriebeld. Ze trok zijn hoofd omlaag, hij tilde haar hoofd op en ze kusten elkaar, aanvankelijk voorzichtig, daarna harder. Haar tong was koel en traag. Ze had haar ogen open. Hij vond het lipje van haar rits op haar rug. Een klein metalen druppeltje. Hij trok het langzaam omlaag tussen haar schouderbladen, over het holle deel van haar rug, voorbij haar middel.

Haar lippen bewogen tegen zijn lippen. 'Is dit een goed idee?' vroeg ze.

'Ik vind van wel,' zei hij. 'Tot nu toe.'

'Weet je het zeker?'

'Mijn vuistregel is dat je dergelijke vragen het beste achteraf kunt beantwoorden. Ervaring wint het altijd van vage vermoedens.'

Ze glimlachte en schudde met haar schouders haar jurk van zich af, die in een hoopje om haar voeten viel. Ze droeg een zwarte zijden beha en een zwarte panty. En haar schoenen. Ze pakte met beide handen de zoom van zijn nieuwe T-shirt, ging op haar tenen staan en trok het over zijn hoofd. Het T-shirt viel achter hem op de vloer. Ze maakte de gesp van zijn riem los. Ze trapten allebei hun schoenen uit. Ze trok haar panty uit. Ze droeg er een zwarte zijden slip onder. Dun en ragfijn. Ze trok zijn broek omlaag en hij stapte uit de pijpen. Ze kusten elkaar opnieuw en struikelden als een wezen met vier benen naar het bed. Ze duwde hem op het bed, op de envelop van Orozco. Ze klom boven op hem. Hij reikte achter haar rug en maakte haar beha los. Ze rolde van hem af op haar rug en trok haar slip uit. Hij drukte zich omhoog, kromde zijn rug en trok zijn onderbroek uit. Ze klom opnieuw boven op hem en bereed hem als een cowgirl, de heupen vooruit, de schouders achteruitgeworpen, haar gezicht omhooggekeerd, de ogen dicht. Hij hield zijn ogen open. Ze was beeldschoon. Ze had een bleke huid met hier en daar een moedervlekje en sproeten. Kleine borsten en een platte, harde buik en spieren in haar strakgespannen, bewegende dijbenen. Ze droeg nog steeds haar parelsnoer. De parels zwaaiden en stuiterden heen en weer en op en neer. Het kuiltje bij haar hals glansde vochtig. Ze hield haar armen achter zich, uitgestrekt en weg van haar lichaam, de handen plat en geopend, de handpalmen vlak boven het bed. Ze zweefde als op een luchtkussen, alsof ze balanceerde. Wat ze ook deed. Ze balanceerde op één enkel punt waar haar hele gewicht werd samengebald, wiegde vooruit en achteruit, licht heen en weer alsof ze het perfecte gevoel najoeg, het vond en weer verloor, en opnieuw vond en het vasthield, en zo door tot het ademloze einde. En daar stevende hij ook op af. Dat was verdomd zeker. Onmogelijk nu te stoppen. Hij duwde hard terug, tilde zijn heupen op zodat ze zweefde, haar voeten los van het bed, de knieën geklemd, stoten en terugstoten.

Naderhand bleef hij op zijn rug liggen en zij kroop tegen hem aan. Met zijn vingertop trok hij patronen op haar heup. 'En nu een antwoord op de vraag,' zei ze.

'Ja, ik denk dat het een goed idee was,' zei hij. 'En ja, ik weet het zeker.'

'Geen problemen met bevelstructuren en controle?'

'Ik dacht dat ik de zaak behoorlijk onder controle had.'

'Ik bedoel dat ik er geen problemen mee zou moeten hebben. Officieel gezien stond je onder mijn bevel.'

'In feite was ik je ondergeschikte.'
'Ik denk het.'
'En daar ben ik je dankbaar voor.'
Hij trok een patroon op haar heup.
Met zijn vingertop.
'Vertel eens over sergeant Neagley,' zei ze.
'Wat is er met haar?'
'Waarom is zij geen officier? Ze heeft genoeg in haar mars.'
'Ze wil geen officier zijn.'
'En ze is gek op jou, maar ze wil niet met je naar bed.'
'Zo werkt dat met vrienden.'
'Is alles wel goed met haar?'
'Ze lijdt aan haptofobie.'
'Wat is dat?'
'De angst om aangeraakt te worden. Het leger heeft haar naar een dokter gestuurd.'
'Wat is er met haar gebeurd? Is ze aangerand?'
'Ze zegt van niet. Ze zegt dat ze ermee is geboren.'
'Zonde,' zei Sinclair. Ze kroop dichter tegen hem aan.
'Zeker weten,' zei Reacher.
Hij trok een patroon op haar heup.
Met zijn vingertop.
Toen zei hij: 'Verdomme, wacht eens.'
Hij grabbelde onder haar naar de envelop van Orozco. Dit keer trok hij er de kopie van het dossier helemaal uit. Op het eerste vel van het pakket was een kleinere envelop vastgeplakt. De envelop van Griezman. De envelop met de vingerafdruk. De vingerafdruk van de hendel in de auto van de vermoorde prostituee.
'Ik geloof niet in toeval,' zei Sinclair.
Reacher keek naar de envelop en bladerde door het dossier. Geen aantekeningen, niets met de hand geschreven. Niets van Orozco. Alleen het plakband. Stevig vastgeplakt. Een boodschap.
Absoluut, maar heel goed te ontkennen.
'Soms moeten we wel geloven in toeval,' zei Reacher. 'Vooral in kleine toevalligheden. Kleine statistische populaties. Mannen die bereid zijn landverraad te plegen voor geld, mannen die naar prostituees gaan en mannen die een prostituee vermoordden. Net een

venndiagram. Weinig mannen waar de populaties elkaar overlappen. Ik neem aan dat hij zijn succes vierde. De zaak was voor de helft rond. Geweldige financiële vooruitzichten. Maar er ging iets fout. En voor ons is dat een enorme meevaller. Het is nu een reguliere moord. Griezman kan nu open kaart spelen. Hij kan federale bronnen aanspreken. Hij kan die politietekening aan iedere smeris in de stad geven.'

Sinclair bleef even stil. Toen schudde ze haar hoofd en zei: 'Nee, we kunnen nooit openlijk toegeven dat we op Griezmans verzoek naar die vingerafdruk hebben gezocht. Het zou de zaak bovendien alleen maar vertroebelen. Eén ding tegelijk. Wij willen de man pakken vanwege die honderd miljoen dollar. Dat heeft prioriteit. Dat is belangrijker.'

'Daar zou die prostituee het waarschijnlijk niet mee eens zijn.'

'We kunnen hem maar één keer ophangen. En we kunnen hem ook niet door de Duitsers laten arresteren, want hij is van ons. Maar het recht zal zegevieren. Dit keer is het een order.'

'Ja mevrouw,' zei Reacher.

Hij stopte het dossier weer in de envelop en zette in gedachten de gebeurtenissen op een tijdlijn. Vijf straten verderop in het appartement van de vrouw. Wiley was daar geweest op het moment dat Reacher met Neagley had zitten eten in McLean, Virginia. Toen hij Neagley had ontmoet *in uitgerekend die ene diner*. Hij ging weer liggen, op zijn zij, hij rolde Sinclair op haar buik en legde zijn hand hoog op de achterkant van haar dijbeen.

'Nu al weer?' vroeg ze.

'Ik ben jonger dan jij,' zei hij.

De telefoon rinkelde.

Het was Griezman die poolshoogte wilde nemen. Reacher schakelde over naar handsfree. Griezman vroeg naar de vingerafdruk. Reacher zei dat er nog geen nieuws was. Sinclair keek een andere kant op. Griezman zei dat er niets te rapporteren viel over de surveillance. Tot nu toe was Wiley nog niet waargenomen bij de bar. Er was een pakketje afgeleverd bij het safehouse, dat nog door niemand was opgehaald en onbeheerd op een tafeltje in de hal lag. Voor het overige had niemand tot nu toe het pand verlaten en was er niemand naar binnen gegaan, met uitzondering van een jonge vrouw, waarschijnlijk een dochter van de Turkse of Italiaanse diplomaat, die een avondje uitging. Naar een discotheek waarschijnlijk. Ze was begin twintig, had gitzwart haar en een olijfkleurige huid. Een mooie vrouw, zei Griezman, volgens de eensluidende rapportages van zijn mensen. De waarneming had hun dag goed gemaakt omdat er verder absoluut niets gebeurde. Maar desondanks zaten ze er nog steeds bovenop. Voorlopig zouden ze hun posities handhaven. Tegen de avond zouden ze de inzet van mankracht moeten beperken, omdat het lastiger zou worden om plekken te vinden waar ze konden parkeren als iedereen weer thuis was van zijn werk.

'De vorige keer vond de ontmoeting laat in de middag plaats,' zei Sinclair. 'Rond deze tijd.'

'Wacht eens even, verdomme,' zei Reacher. 'Die lamp op de vensterbank? Er was iets veranderd. Maar niet helemaal. We zijn stom geweest. Er is wel een boodschapper aangekomen, maar niet dezelfde boodschapper. Het is geen man, het is een vrouw. We zijn erin geluisd. We missen de afspraak. Het gebeurt nu.'

22

Reacher zei tegen Griezman dat hij al zijn eenheden onmiddellijk in actie moest laten komen, achter de mooie, jonge vrouw aan, maar Sinclair hield hem tegen. 'Dat is een gok,' zei ze tegen Reacher. 'Ze kan best echt een Turkse of een Italiaanse zijn. Zouden ze echt een vrouw inzetten?'

'Ik ben in Israël geweest,' zei Reacher. 'Daar zetten ze voortdurend vrouwen in.'

'Het is een gok.'

'En tot nu toe win ik met gokken. Kijk mij nu eens bijvoorbeeld.'

Sinclair aarzelde.

Toen zei ze tegen Griezman: 'Houd één auto bij het safehouse en laat alle andere in actie komen.'

De nieuwe boodschapper liep naar het zuiden de wijk uit en sloeg toen af naar het westen om onder de Aussenalster door te lopen, van Sankt Georg naar Sankt Pauli, op weg naar haar afspraak in een club aan een straat die de Reeperbahn heette. In gedachten had ze die route al vele malen afgelegd. Ze kende alle details na uren van instructies, alles wat er te zien en te horen en te ruiken viel, zo vaak herhaald dat de werkelijkheid er bleekjes bij afstak. Ze hadden haar gewaarschuwd dat Wiley een plek zou uitkiezen waarvan hij hoopte dat die een moslim zou tegenstaan. Een man welteverstaan. Hij zou geen vrouw verwachten. Hij had een verachtelijk, strijdlustig karakter. Drie dingen stonden hem voor ogen. Alcohol, vrouwen en haat. Daarvan wilde hij er twee in de strijd werpen, in dit geval het eerste en het tweede, vermoedde ze, afgaande op wat ze haar hadden verteld over de Reeperbahn. Vrouwen en alcohol. Maar dat kon ze aan. Een grote strijd vergt grote offers en zij kwam uit een wereld met een stammencultuur. Ze was ervan overtuigd dat ze wel ergere dingen had gezien.

Reacher belde Griezman terug en vroeg of de mooie vrouw was gezien bij de bar. Het antwoord was nee. Wiley evenmin. Geen enkel teken. 'Oké,' zei Reacher. 'Ze ontmoeten elkaar ergens anders. Zet de andere auto's ook aan het werk.'

Dit keer knikte Sinclair alleen maar.

'Maar die mannen hebben de vrouw niet gezien,' zei Griezman.

'Dat maakt niet uit,' zei Reacher. 'Ze hebben de tekening van het gezicht van Wiley. Als we de een vinden, hebben we de ander ook.'

De nieuwe boodschapper sloeg links af de Reeperbahn op en werd geconfronteerd met al het licht en al het lawaai waarop ze was voorbereid. Flitsend en knipperend en fel gloeiend, bonkend en bulderend en vervormd. Niet langer bleekjes. Nu raakte het haar harder dan ze had verwacht. Ze haalde diep adem en liep door. Ze wist de naam van de club die ze zocht. In zekere zin. Ze kende de vorm van de letters waaruit de naam bestond. Ze wist dat er achter het raam een foto hing met een naakte vrouw en een Duitse herder. Dat was een soort hond. Binnen zou het naar bier stinken. Ze hadden haar verteld dat er dingen waren waar ze liever niet naar zou willen kijken.

Ze hoorde huilende en loeiende politiesirenes in de verte. Ze ging langzamer lopen. Ze voelde zich plotseling onzeker. Veel zaken hadden namen waarin dezelfde letters voorkwamen. Dezelfde vormen. Meestal aan wat westerlingen het einde van het woord noemden. Een soort achtervoegsel, steeds maar weer herhaald. Toen begreep ze het plotseling. Bij al die zaken waren trappen omlaag naar ruimten onder de grond. Als grotten. *Keller*. Deel van een woord. Het betekende *ondergrondse grot*.

Ze liep verder. Ze vond het adres waar ze moest zijn. De gevel baadde in een rood schijnsel. Er was een smalle deur met een smal raam ernaast, ingeklemd tussen twee andere zaken. Een halletje met een trap naar beneden. Achter het glas van het raam hing de voorspelde foto. Hij was verbleekt door talloze dagen daglicht. Op de foto lag een naakte vrouw op haar rug, terwijl een grote hond boven haar hurkte, zijn achterwerk boven haar gezicht. Ze hield de penis van de hond in haar mond. Nou ja, wat dan nog. Zij kwam uit een stammencultuur. De boodschapper had het wel vaker gezien. Meestal jongens op mannen, op bevel, soms een geit.

Ze duwde de deur open en ging naar binnen. Er hing een bijtende chemische lucht. Bitter. Diezelfde lucht had ze ook geroken in de toiletruimte op de luchthaven. Er zat een forsgebouwde man op een kruk. Mannen moesten hem betalen, vrouwen niet. Dat noemden ze entreegeld. Ze hadden haar geïnstrueerd. Ze glimlachte verlegen naar hem en liep de trap af. Een smal trapje. Onder aan de trap scheen blauw licht. Er was een enorm lawaai. Muziek, gepraat, het klappen van zware glazen pullen op houten tafels.

Ze stapte de kelder in. Achterin was een verlicht podium. Een naakte vrouw stond voorovergebogen, ze had seks met een ezel. De ezel hing in een soort hangmat om de vrouw niet met zijn gewicht te belasten. Het vertrek zat vol mannen, allemaal rechtop en reikhalzend. Ze schreeuwden en kreunden op het ritme van de onhandig stotende ezel. Ze zag Wiley iets achter het midden van de ruimte alleen aan een tafel zitten. Ze had zijn gezicht in haar geheugen geprent. Er stond een groot glas met een goudkleurige vloeistof voor hem. Bier, dacht ze.

Ze bleef stilstaan. Mannen keken naar haar. Ze droeg een zwarte broek en haar reisshirt, de bovenste twee knoopjes open. Ze negeerde de blikken en zigzagde tussen de tafels door. Er klonk geratel van hoeven toen de ezel klaarkwam en zich losworstelde uit de hangmat. Rondom haar klapten en juichten mannen. De naakte vrouw ging rechtop staan en zwaaide bevallig naar de mannen.

In Reachers kamer hoorden ze dwars door de muur heen de telefoon rinkelen in de kamer ernaast, die van Sinclair. Toen het rinkelen ophield begon de telefoon in Reachers kamer te rinkelen. Het was Bishop, van het consulaat. Het hoofd van de CIA in Hamburg. Hij wilde Sinclair spreken. Ze schakelde over naar handsfree. 'De Iraniër heeft zich zojuist gemeld. Over de lamp op de vensterbank. De boodschapper is een vrouw en ze heeft het safehouse verlaten,' zei Bishop.

'We zitten er al bovenop,' zei Sinclair.

'Maar niet echt,' zei Reacher. 'Het is een hopeloze zaak. Het werkt niet. De mannen van Griezman hebben hooguit een uur. Twaalf auto's in een grote stad. Dat is veel te willekeurig. Ik stel voor dat we onmiddellijk overschakelen op plan B.'

'En dat is?' vroeg Bishop.

'De mannen van Griezman terugtrekken naar het safehouse en de boodschapper oppakken als ze weer naar binnen gaat. Snel en hard. Zodra ze zeker weten dat zij het is. Misschien vertelt ze ons waar ze is geweest. Misschien is Wiley een tijdje blijven hangen. Dat heeft hij de vorige keer ook gedaan. Een halfuur volgens Klopp. Misschien denkt hij dat dat een soort veiligheidsmaatregel is.'

'Ze zal niets zeggen.'

'We kunnen het haar vriendelijk vragen.'

'Maar dat kost de Iraniër de kop.'

'Kun je die eruit halen?'

'Vanavond nog?'

'Nu meteen. Dat moeten jullie geoefend hebben.'

'Ik zou het aan Ratcliffe moeten voorleggen bij de NSC.'

'Nou en of,' zei Sinclair. 'Het hele plan.'

'We hebben een besluit nodig,' zei Reacher.

'Dat krijgen we niet binnen een halfuur, maar we hebben nog steeds één auto bij het huis. We horen het als ze terugkomt om te blijven slapen. Dan hebben we uren de tijd.'

'Dat is maar de helft van het verhaal. Daarmee pakken we Wiley niet.'

'Deze keer niet, maar ze hebben vast een derde afspraak gemaakt. Dit zijn onderhandelingen die heen en weer gaan. Misschien vertelt ze ons waar en wanneer.'

'Het is beter om haar nu te pakken. Ze denkt dat ze de klus geklaard heeft. Ze ontspant weer, minder adrenaline. Morgenvroeg is ze weerbaarder.'

'Ik zal Ratcliffe bellen,' zei Bishop. Hij verbrak de verbinding. De lijn kraakte en ruiste.

De nieuwe boodschapper werd op haar been getikt door een man en op haar achterste door een andere man, maar ze negeerde hen en zocht haar weg door het publiek. Ze vroeg zich af of ze dachten dat ze ook in de club werkte. Het gedrag van westerlingen was haar uitgelegd. Ze zag hoe Wiley verderop naar haar keek met een open, nieuwsgierige blik. Misschien dacht hij ook dat ze daar werkte. Ze liep naar hem toe, boog voorover naar zijn oor, zodat hij haar boven het lawaai kon verstaan en zei in haar zorgvuldig geoefende Engels: 'Ik breng u groeten van uw vrienden in het oosten. Sugar Land Regional Airport ligt vijfentwintig meter boven de zeespiegel.'

'Goddomme, als je denkt dat je alles gehad hebt, krijg je dit,' zei Wiley.

'Ja?' vroeg ze onzeker.

'Ze hebben een vrouw gestuurd.'

'Ja meneer, dat hebben ze gedaan.'

'En je spreekt Engels.'

'Ja meneer, ik spreek Engels.'

'Waarom?' zei Wiley plotseling. 'Waarom hebben ze een vrouw gestuurd? Zeggen ze nee?'

'Nee meneer, dat is niet de boodschap.'

'Wat dan wel?'

'De boodschap is: we accepteren de prijs.'

'Zeg dat nog eens.'

'We accepteren de prijs.'

'Wat, alles?'

'Meneer, het enige wat ik mag weten is: we accepteren de prijs.'

Wiley deed zijn ogen dicht. *Groter dan Rhode Island. Te zien vanuit de ruimte.* Zijn nieuwe Zwitserse vrienden zouden ook opgetogen zijn. Het was het dubbele van wat hij hun had verteld. Er zou nog genoeg overblijven. Een gigantisch fortuin. Hij zou een beleggingsportefeuille aanschaffen. Mannen in pakken zouden hem bellen.

Hij deed zijn ogen weer open.

'Wanneer?' vroeg hij.

'Ik geloof dat u een dag voor levering had afgesproken. Uw vrienden in het oosten verwachten dat u zich daaraan houdt.'

'Geen probleem,' zei Wiley. 'Die afspraak is prima.'

'Dan zal ik dat als antwoord overbrengen.'

'Zeg tegen ze dat het een genoegen is om zaken met ze te doen. En bedank ze voor het extra cadeautje. Dat stel ik heel erg op prijs.'

'Ik heb niets meegebracht, meneer,' zei ze, ineens weer onzeker.

'Je hebt jezelf meegebracht,' zei Wiley. 'Jij bent toch het cadeautje? Ik bedoel, even nadenken. Waarom zouden ze anders een vrouw sturen met het goede nieuws? Jij bent de kers op de taart. Zoiets als een fles whisky die je krijgt als je een auto koopt.'

'Ik begrijp het niet.'

'Vind je het hier leuk?'

Op het podium lag een naakte vrouw op een vel plastic. Drie mannen urineerden op haar gezicht.

'Het is geloof ik een populaire club,' zei de boodschapper.

'We zouden naar een hotel kunnen gaan.'

Ze was geïnstrueerd.

'Meneer,' zei ze. 'Dit is een zakelijke aangelegenheid. De volgende stap kan pas worden gezet als ik veilig en wel terug ben.'

'Oké,' zei Wiley. 'Ik snap het. Maar je moet me wel iets gunnen. We zijn vrienden. We vieren hier iets feestelijks. Ik geef jullie iets wat jullie nog nooit hebben gehad. Nog één knoopje.'

'Wat?'

'Van je blouse. Daar. Als een soort teken. Een bezegeling van de afspraak.'

Een grote strijd vergt grote offers. En dit leek haar een gering offer. Het was duister in de ruimte. Niemand keek. Ze keken allemaal naar het podium. Ze maakte het derde knoopje los. Ze trok haar shirt een beetje open. Wiley keek en glimlachte.

'Ik wist wel dat ik je zover kon krijgen,' zei hij.

Ze liep weg, zigzaggend door het publiek, de graaiende handen negerend, de trap op, langs de portier op zijn kruk, naar buiten, naar de straat, waar ze twintig meter verderop een taxi aanhield. Ze liet zich op de achterbank zakken en zei in zorgvuldig geoefend Duits: 'Naar de luchthaven, alstublieft. Vertrekhal voor internationale vluchten.'

23

In een andere club, daar drie kilometer vandaan, zaten twee mannen te dineren. Het was een kleine club met een eikenhouten lambrisering. De tafeltjes stonden dicht op elkaar, maar het tafellinnen was schoon. Er werd meer wijn geschonken dan bier. Op het menu stonden lamskoteletjes. Een van de beide mannen importeerde schoenen uit Brazilië. Hij was stevig gebouwd, een jaar of vijfenveertig. Hij had blond, maar grijzend haar en een rood gezicht dat een grauwe teint kreeg. Hij heette Dremmler. Hij droeg een pak met brede revers.

De andere man verschilde niet veel van hem. Halverwege de veertig, iets roder, iets minder grijs. Hij droeg ook een pak, afkomstig uit een modezaak van een winkelketen, maar niet goedkoop. Hij heette Muller. Hij werkte bij de politie.

'Een van onze leden is een man die Helmut Klopp heet,' zei Dremmler. 'Hij heeft een Arabier zien praten met een Amerikaan en dat gerapporteerd. Wat denk je dat er gebeurde?'

'Waarschijnlijk niets,' zei Muller.

'Er kwamen twee rechercheurs in het geheim hiernaartoe vliegen vanuit Amerika. In alle haast. Jouw hoofd recherche kruipt in hun reet.'

'Griezman?'

'Dus wat Klopp heeft gezien, was kennelijk een belangrijke ontmoeting. Ze hebben hem uren ondervraagd. Hij zei dat ze hem tweehonderd foto's hebben laten zien, maar dat hij niemand had herkend. Dus hebben ze een tekening laten maken naar zijn beschrijving.'

'Dat is een heleboel werk.'

'Precies,' zei Dremmler. 'Dus is er iets aan de hand. Iets wat voor de Amerikanen heel belangrijk is. Wij zouden graag weten waar het om gaat. Verkoopt de een iets wat de ander koopt? Je moet voor ons uitzoeken of Griezman iets heeft opgeschreven.'

'Waarom?' vroeg Muller. 'Waarom zouden we Griezman of die Amerikanen helpen?'

'We helpen onszelf,' zei Dremmler. 'Snap je dat niet? We kunnen ertussenin gaan staan. Geld gaat de ene kant op en iets anders de andere kant, en misschien kunnen we het een of het ander wel goed gebruiken. Of allebei. En wij zouden het beter gebruiken dan zij. Zelfs met een deel ervan zouden we een statement kunnen maken. Zij streven hun doel na, wij het onze. Dat de beste moge winnen.'

'Gaan we proberen de zaak te kapen?'

'Dat zouden we op zijn minst moeten overwegen.'

'Oké,' zei Muller. 'Ik zal zien wat ik kan vinden.'

Een ober in een kort jasje haalde hun lege borden weg.

'Nog iets,' zei Dremmler.

'Ja?' zei Muller.

'Vier van onze jeugdleden hebben een pak slaag gekregen op straat, voor een bar. Ze waren er niet best aan toe. Ze zeggen dat ze werden aangevallen door een grote kerel. Een Amerikaan die zich als bezetter gedroeg. Hij was samen met een vrouw met donker haar.'

'En?'

'Volgens Helmut Klopp waren het die beide rechercheurs uit Amerika. De beschrijving klopt precies.'

'Oké.'

'Ik kan zoiets niet ongestraft voorbij laten gaan. Klopp zegt dat de man Reacher heet en de vrouw Neagley. Ik zou graag willen weten waar ze zitten. Jouw hoofd recherche weet dat vast. Je moet voor me uitzoeken of hij dat ergens heeft opgeschreven.'

'Oké,' zei Muller opnieuw. 'Ik zal mijn best doen.'

Om tien uur 's avonds Duitse tijd gaf Ratcliffe zijn goedkeuring aan plan B. Om elf uur besloot Reacher dat plan B niet zou werken. De boodschapper was niet teruggekeerd naar het safehouse. Dat was nooit haar bedoeling geweest. Tegen die tijd was dat duidelijk. Griezman zei dat er in de afgelopen uren wel twintig verschillende internationale vluchten waren geweest waarmee ze vertrokken zou kunnen zijn. Of ze was naar Berlijn vertrokken, vanwaar de hele wereld in een vloek en een zucht bereikbaar was. Of ze had met een auto naar Amsterdam kunnen rijden, of met de trein naar Parijs. Ze kon zich ook schuilhouden in een ander safehouse in Hamburg, een nachtmerrie op zich.

Reacher en Sinclair waren in de kamer van Sinclair, en hadden zich al uren geleden gedoucht en weer aangekleed. Neagley was terug. Ze hadden haar bijgepraat over de treurig stemmende ontwikkelingen. De gemiste signalen, de verkeerde aannames, het veel te laat begrijpen hoe de vork in de steel zat. Dat leidde onvermijdelijk tot een discussie over de volgende stappen. En dat leidde onvermijdelijk tot een discussie over de vingerafdruk. 'Wiley heeft volgens het Zesde Amendement recht op een snelle berechting voor de moord,' zei Sinclair. 'Maar die zou hij niet krijgen, want we zouden jaren met hem bezig zijn vanwege die andere zaak. En we kunnen hem ook niet laten oppakken door de Duitsers, want dan zouden we hem misschien nooit meer terugkrijgen.'

'Daarover zouden we van tevoren met de Duitsers kunnen onderhandelen,' zei Neagley.

'We kunnen ons geen positie veroorloven waarin we de Duitsers toestemming moeten vragen om ons nationaleveiligheidsbeleid uit te voeren zoals we dat zelf willen.'

'Op die manier zouden we het onszelf onmogelijk maken om adequaat te functioneren.'

'Reacher?' vroeg Sinclair.

'Ik denk dat het fiftyfifty is. De hele stad afzoeken zou tijdsverspilling zijn. Zelfs als ze duizend mensen per dag zouden doen, zou het nog vijf jaar kosten om alle inwoners te verwerken. Maar hun administratie zou handig kunnen zijn. Wiley is nog geen vier maanden geleden naar Hamburg gekomen. Dat is iets wat we zeker weten. We hebben een keiharde begindatum. Hij heeft natuurlijk ergens iets gehuurd, omdat hij de prostituee in haar appartement heeft vermoord, niet in een hotelkamer. Er moet dus ergens een huurcontract zijn, en een nieuwe naam, waarschijnlijk Duits, bij zijn nieuwe paspoort, waarschijnlijk ook Duits. Er zullen vast ook rekeningen zijn van nutsbedrijven. Misschien een telefoonrekening. Wij hebben geen toegang tot dergelijke databases. Daarbij zou Griezman ons kunnen helpen.'

'Ja of nee?'

'Ik ben bevooroordeeld,' zei Reacher. 'Ik ben deze man nog iets schuldig.'

'Hij heeft niets voor je gedaan. Hij heeft Wiley niet gevonden en hij heeft de boodschapper niet gevonden.'

'Hij heeft het geprobeerd.'

'Wat vond je van Bishop? De man van het consulaat?'

'Het hoofd van de CIA?'

'De veteraan.'

'Voor een ouwe vent is hij niet verkeerd.'

'Natuurlijk zijn al onze oudere agenten die Duits spreken opgeleid onder het oude regime. Om te kunnen werken in de DDR, niet in het beschaafde Westen. Ze willen alles weten over iedereen. Destijds voor rekruteringsdoeleinden, en voor chantage en om de plaatselijke verhalen van insiders beter te kunnen begrijpen. Ze hebben uitgebreide dossiers en die staan niet allemaal in de officiële kasten.'

'En wat wil je daarmee zeggen?'

'Het hoofd van de recherche Griezman was ongeveer een jaar geleden een klant van die prostituee. Vier keer. Dat weten we zeker. Hij heeft het spaargeld voor de studie van zijn kinderen erdoor gejaagd. Daarom denk ik dat hij de zaak zo snel mogelijk wil afsluiten, zodat niemand te diep in het verleden zal duiken. Volgens mij is die nobele kruistocht om de dader te vinden toch niet zo heel nobel.'

Reacher dacht na.

'Oké,' zei hij.

'Dus ja of nee?'

'Wiley komt nog steeds weg met de moord.'

'We kunnen hem niet twee keer ophangen.'

Reacher dacht opnieuw na.

'Griezman is stom geweest,' zei hij toen.

'Verblind door lustgevoelens,' zei Sinclair. 'Komt vaker voor.'

'De reden dat hij zo stom is geweest zal zich over ongeveer vijf seconden aan jou openbaren. En dat komt omdat jij een beter karakter hebt dan ik.'

Sinclair gaf geen antwoord.

'O,' zei ze toen.

Reacher knikte. 'We kunnen die vingerafdruk helemaal links laten liggen. We hoeven niet te onderhandelen. We kunnen gedaan krijgen wat we willen door de man te chanteren.'

'Dat hoop ik,' zei Sinclair.

'Maar dat wil ik niet. Dus nu nog niet, oké? Wiley is een deserteur en hij bevindt zich in dezelfde stad als ik. Kat in 't bakkie.'

'Hoe vaak zou Griezman jouw huid redden?'

'Hij is in alle opzichten een laatste reddingsboei. Ik heb geen zin om tot mijn oren begraven te zitten in databases. Er zijn andere manieren. Ik ben ook onder het vorige regime opgeleid. Dus Griezmans problemen met de rits van zijn gulp zijn nu nog even niet belangrijk. Op dit moment kan hij niets voor ons doen.'

'Zeg je dat nu omdat je hem iets schuldig bent?'

'Dat zeg ik omdat het waar is.'

'Wat zijn die andere manieren?'

'We gaan Wiley leren kennen. We sporen hem op van binnenuit.'

Tegen die tijd had Neagley de afschriften van het oorspronkelijke desertiedossier, dus lieten zij en Reacher Sinclair achter in haar kamer en begaven ze zich naar de kamer van Neagley om het dossier door te nemen. De loop van de gebeurtenissen sprak voor zich. Wiley was niet teruggekeerd van een vier dagen durend verlof. Zo simpel was het. Niemand had hem daarna nog gezien. Hij had van tevoren niets tegen zijn maten bij de eenheid gezegd over wat hij tijdens zijn verlof ging doen. Die kwamen niet verder dan de veronderstelling dat hij naar Frankfurt was gegaan, waar het wemelde van de inventieve prostituees, omdat het een stad was waar het ene na het andere congres werd gehouden. Hield Wiley van prostituees? Niet meer en niet minder dan anderen, was het antwoord.

Daarna werden vragen gesteld over Wileys achtergrond, om een beeld van hem te kunnen vormen. Over hobby's, interesses, zaken die hem enthousiast maakten, dingen waarover hij praatte. Hij kwam uit Texas, soms had hij het over slachtvee. Hij was trots op zijn geboortestad. Soms zei hij in zijn enthousiasme dingen waar hij later spijt van had. Op andere momenten was hij erg zwijgzaam. Hij had één keer verteld dat hij alleen in het leger was gegaan omdat hij een oom had die hem verhalen had verteld over Davy Crockett. Hij hield meer van bier dan van sterkedrank en hij rookte niet. Hij was nooit getrouwd en had het nooit gehad over een vriendin thuis. Hij was zonder meer gelukkig waar hij was. Hij hield van zijn post en wekte de indruk dat dit altijd zijn doel was geweest.

'Dat is vreemd,' zei Neagley. 'De meeste deserteurs zijn niet zonder meer gelukkig op de plek waar ze zitten. Daar gaat het vaak om.'

'En wie zou aansturen op een post bij een Chaparral-eenheid aan een in de steek gelaten front? Deze man is nog steeds soldaat. En dat zal hij altijd blijven. Dat moet hij geweten hebben.'

'Zat Davy Crockett eigenlijk in het leger?'

'Niet in dit leger. Hij maakte deel uit van de militie van Lawrence County in Tennessee. En daarna heeft hij natuurlijk gevochten bij de Alamo. Een heldhaftig verhaal, dat zeker, maar sneuvelen als je wordt belegerd door een vijand met een overweldigende meerderheid, is niet precies het soort glorierijke verhalen waarop we rekruten bij voorkeur selecteren.'

'We moeten die oom opsporen. Misschien hadden ze goed contact met elkaar.'

'Denk je dat Wiley hem ansichtkaarten stuurt?'

'Misschien heeft hij hem iets verteld. Kennelijk zegt Wiley heel makkelijk van alles waar hij later spijt van heeft. Misschien heeft hij daarom ook die prostituee vermoord. Ik heb wel eens gehoord dat zulke dingen gebeuren. Dat een kerel begint op te scheppen over wat hij aan het doen is, omdat hij zich op dat moment goed voelt.'

'Oké,' zei Reacher. 'Spoor die oom maar op. En doe navraag bij zijn meerderen van drie jaar geleden. Basiskamp en dan Fort Sill. Heeft hij echt aangestuurd op een post in Duitsland? Bewust zijn best gedaan om hier terecht te komen? Want dan zou ik er anders over gaan denken. Dan zou het lijken alsof dit allemaal gepland is, en niet ingegeven door opportunisme.'

'Drie jaar is een lange tijd voor een spelletje.'

'Een spelletje met een inzet van honderd miljoen dollar.'

'We hebben niets wat honderd miljoen dollar waard is.'

'Bel ze maar,' zei Reacher. 'Ik spreek je later.'

'Waar ga je heen?'

'Een stukje wandelen.'

'Het viel me op dat Sinclair vanavond minder gespannen was.'

'O ja?'

'Ze straalde.'
'Misschien doet ze aan yoga.'
'Of middenrifademhaling.'
Reacher zei niets.

De man die Muller heette liep het hoofdbureau van politie binnen. Daar werkte hij. Hij was plaatsvervangend hoofd verkeerspolitie. Geen ideale positie voor toegang tot het kantoor van Griezman, maar 's avonds was het rustig in het gebouw. Op de verdieping van Griezman waren ruime kantoren achter een aparte ruimte met een secretaresse, en om deze tijd was er niemand meer. Alle bazen waren in principe heersers over een papieren koninkrijk. Ze schreven dingen op en de respectievelijke secretaresses stopten die papieren in dossiers, een keer rond lunchtijd en de rest meteen de volgende ochtend.

Het bakje op het bureau van Griezmans secretaresse zat boordevol.

Muller was geen dapper iemand, maar hij was wel een loyale strijdmakker. Hij maakte een afspraak met zichzelf. Hij zou de stapel in het bakje doornemen, maar niet gaan zoeken in het kantoor van Griezman zelf. Een verstandig compromis. Hij had het idee dat iedereen in de beweging het met hem eens zou zijn. Inlichtingen waren belangrijk, maar het was ook belangrijk iemand in de beweging te hebben met een functie op het hoogste niveau. Of daar dichtbij.

Hij klemde de stapel papieren tussen beide handen en liep ermee weg, de gang door, naar de brandtrap, de brandtrap af naar de verdieping waar hij zelf werkte, naar de gang waaraan zijn eigen kantoor lag.

Neagley belde Landry in McLean en vroeg hem naar de naaste verwanten van Wiley. Met name of hij ooms had. Eén oom in het bijzonder misschien, die dichtbij woonde en invloed had gehad op de opgroeiende jongen.

'Wiley heeft geen ooms,' zei Landry.

'Weet je dat zeker?'

'Zijn beide ouders waren enig kind.'

'Oudooms?'

'Ik zal eens kijken.'

'Hoe stond het huwelijk van zijn ouders ervoor?'

'Zijn vader is al snel met de noorderzon vertrokken en heeft nooit meer iets van zich laten horen. Zijn moeder heeft Wiley in haar eentje grootgebracht. Geen broers en zussen. Alleen zij, met z'n tweeën.'

'Heeft die moeder later nog weer een vriend gehad? Misschien dat ze die aan de jongen voorstelde als een oom.'

'Dat kan wel de een na de ander zijn geweest. Heel veel verschillende ooms.'

'Kun je dat uitzoeken?'

'Dan zouden we de moeder moeten opsporen en er een paar agenten naartoe moeten sturen. Dat soort dingen moet je altijd rechtstreeks doen. Dat kost tijd. Ex-vriendjes zitten niet in de databases. En de herinneringen aan ex-vriendjes zijn niet altijd even prettig.'

'Misschien levert het iets op. Als dat met die oudooms niets wordt.'

'Kan wel dagen kosten. Jullie hadden hem al bijna te pakken.'

'Hij is hier nog steeds in Hamburg.'

Neagley verbrak de verbinding en zocht in het desertiedossier op welke soldaat de oom ter sprake had gebracht. Ze belde het bureau van de MP in Frankfurt en gaf hun opdracht die man op te halen voor nader verhoor. Daarna zocht ze in Wileys personeelsdossier wie de meerderen waren geweest die in eerste instantie hadden gerapporteerd dat Wiley geschikt was om onder de wapenen te dienen. Fort Benning en daarna Fort Sill. Ze belde een vriend bij Personeelszaken. De officier van Fort Benning was overgeplaatst naar Fort Bragg. Die in Fort Sill zat nu, drie jaar later, nog steeds in Oklahoma. Ze noteerde de telefoonnummers en begon te bellen.

Muller las het ene na het andere vel papier vluchtig door. Griezman produceerde overvloedig. Het meeste was standaardspul om zich in te dekken. Onbeduidende voorvalletjes die moesten worden doorgeschoven naar boven. Standaardpraktijk. Iedereen deed het. Niemand wilde dat het rad van avontuur zou stilstaan met de pijl op zichzelf gericht. Niemand wilde ooit bij een officiële hoorzitting gedwongen zijn om te zeggen: ‘Inderdaad, ik vond het niet nodig om dat door te geven, dus is het allemaal mijn schuld.’

Er waren processen-verbaal bij over van alles en nog wat. Niets van belang. Tot hij stuitte op de vijf aan elkaar geniete pagina’s met de transcriptie van het verhoor van Helmut Klopp. Het ging over foto’s. Er was gedoe met een tolk. Hij wist niet wat er in die bar was gezegd. Hij had het eigenlijke gesprek niet opgevangen. De Amerikaanse rechercheurs werden Reacher en Neagley genoemd. Maar dat was dan ook alles. Er stond niet bij waar ze verbleven. Misschien op het consulaat, dacht Muller. Maar misschien ook niet. Ze waren van het leger, niet van de CIA. Een hotel? Er werd niets over vermeld.

Hij ploegde voort. Veilig genoeg, zolang hij maar niet te veel licht aandeed en zijn deur gesloten hield. Je mocht ervan uitgaan dat een onverwachte bezoeker zou aankloppen. Of zich in ieder geval luidkeels zou aankondigen. Niet dat een onverwachte bezoeker zich zou aandienen. Het was al laat en het was stil in het gebouw. Na verloop van tijd kreeg hij een tussenrapportage van de surveillance onder ogen. Een recent rapport. Van diezelfde avond in feite. Hij had de stapel papieren ondersteboven voor zich gelegd en las de rapporten in chronologische volgorde. De surveillance had niets opgeleverd. Het negatieve resultaat was doorgegeven aan Reacher in zijn hotelkamer. Dat betekende dat de politie van Hamburg werk had verricht voor het Amerikaanse leger.

Interessant.

De naam van Reachers hotel werd niet genoemd, maar het centrale nummer dat Griezman had gebeld stond wel vermeld. De verkeerspolitie had toegang tot standaardtelefoongidsen om omgekeerd te zoeken. Muller zette zijn pc aan en zocht het nummer op.

Het was gekoppeld aan een hotel.

Hij kende het hotel heel goed. Een boetiekhotel in een zijstraat in een goede, maar niet de allerduurste buurt. De manager belde soms om te klagen over mensen die pal voor het hotel parkeerden. Dat deed afbreuk aan de uitstraling van het hotel. Ze hadden een man met een hoge hoed bij de deur staan. Waar moest die dan gaan staan? Muller was er zelf twee keer geweest. Hij kon niets uitrichten zonder een procedure van twee jaar om de status van het trottoir ter plaatse te wijzigen. En dat zouden de juristen van de gemeente nooit toestaan. Want stel je voor dat alle kleine hotels eenzelfde behandeling zouden eisen? Chaos. Het was al erg genoeg met de grote hotelketens.

Muller pakte de hoorn van de telefoon op zijn bureau en belde het privénummer van Dremmler.

24

Reacher liep om de man met de hoge hoed heen en begon aan zijn wandeling. Het was middernacht. De straten werden verlicht door lantaarnpalen, het licht uit de etalages van winkels, gedimd tot een zachte gloed, en het blauwe flikkeren van tv-schermen achter de ramen van appartementen waarvoor de gordijnen niet waren dichtgetrokken. Hij liep een achtje om twee huizenblokken en constateerde dat niemand hem volgde. Of voor hem uit liep. Of hem vanuit de schaduwen in het oog hield. Een standaardvoorzorgsmaatregel. Een gewoonte. Hij was vijfendertig en hij leefde nog steeds. Dat wilde toch wel iets zeggen.

Hij zocht en vond de straat met de bar waar Klopp Wiley voor het eerst had gezien. Waar Billy Bob en Jimmy Lee hun afgekeurde Beretta's hadden verkocht. Waar je een Duits legitimatiebewijs kon kopen. Hij bleef veertig meter voor de bar staan en keek er schuins naar. De begane grond van een stenen gebouw, de deur in het midden, de met planken betimmerde gevel, glanzend gelakt. De kleine ramen met de zijden vitrage en de papieren vlaggetjes. Er brandde licht binnen. Zo 's nachts zag het er warm en gastvrij uit.

Reacher stak de straat over en ging naar binnen. Binnen was het rokerig en lawaaierig. Het was weliswaar laat, maar er waren toch nog minstens zestig mensen, vooral mannen, in kleine groepjes van drie of vier. Sommigen zaten aan een tafeltje, anderen stonden, op elkaar geperst en met de rug tegen weer anderen. Onder de ramen stonden gestoffeerde banken. Alle plaatsen waren bezet, als de stoelen in de ondergrondse tijdens het spitsuur. Reacher zocht behoedzaam zijn weg door de menigte, omzichtig maar vastberaden, zoals een politiepaard tijdens een opstootje. De meeste mensen deden snel genoeg een stap opzij. Ze zagen eruit als zakenlui of ambtenaren. Sommigen duidelijk met een hogere functie, sommigen in goeden doen. Reacher zag Wiley niet. Dat had hij ook niet verwacht. Reacher had vaak geluk, maar ook weer niet zo vaak. Hij voelde dat mensen achter hem naar hem keken. Een vertraagde reactie. *Hadden ze ons niet voor zo iemand gewaarschuwd?*

Na een omweg belandde hij bij de bar. Hij wrong zich tussen de mensen door en wachtte tot hij zou worden bediend. Beide barkeepers waren mannen. Allebei hadden een zwaar canvas schort omgeknoopt. Een van hen wierp een blik in zijn richting. Reacher bestelde een kop zwarte koffie. De man zette een espressoapparaat in werking en liep naar de kassa voor het wisselgeld. Reacher stelde hem geen vragen. In het echte leven ging het niet zoals op tv. Barkeepers klapten nooit uit de school. Waarom zouden ze? Wie waren er belangrijker, de zestig man die ze iedere avond moesten bedienen of die ene kerel die ze nog nooit eerder hadden gezien?

Reacher nam zijn kop koffie mee door het gewoel en ging op de lege plek bij drie andere mannen aan een tafeltje voor vier zitten. Ze keken hem aan alsof hij een onvergeeflijke misstap beging en draaiden toen hun hoofd weg. Veel gekuch en half afgemaakte zinnetjes maakten duidelijk dat ze overgingen op een ander gespreksonderwerp. En commentaar leverden. Reacher ving het woord *Arschloch* op, wat zoveel als *klootzak* betekende, wist hij van de vele ruzies waarvan hij in Duitsland getuige was geweest. Maar hij reageerde niet. Hij dronk zijn koffie op en liep naar de telefoon die aan de muur tegenover zijn tafeltje hing. Hij had een munt bij de hand en belde Orozco.

'Problemen?' vroeg Orozco.

'Nee,' zei Reacher. 'Alles is oké. Als we die kerel pakken.'

'Ik dacht dat je hem bijna te pakken had.'

'Ik heb een blunder gemaakt. Ik had niet verwacht dat ze een vrouw zouden sturen als boodschapper. Je bent nooit te oud om te leren.'

'En wat nu?'

'Hebben Billy Bob en Jimmy Lee je verteld wie hun die ID-kaarten had verkocht?'

'Dat willen ze niet. Ze zijn bang. Het is een of andere maffia-achtige toestand. Maar niet Italiaans. Nostalgische Duitsers. Ze hebben leden en afdelingen en regeltjes en van alles en nog wat. Billy Bob en Jimmy Lee zijn banger voor hen dan voor mij.'

'En die lui komen samen in de bar?'

'Het is hun officieuze hoofdkwartier.'

'En waar staan ze precies voor?'

'Het is de grootste extreemrechtse groepering. Tot dusverre

wordt er alleen gepraat, maar dat zal vast niet eeuwig duren.'

'Oké, zeg maar tegen Billy Bob en Jimmy Lee dat het ons niet interesseert van wie ze die ID-kaarten hebben gekocht. Zeg maar dat we er niet meer naar zullen vragen in ruil voor het antwoord op een andere eenvoudige vraag. Ze wekten de indruk dat ze hun nieuwe naam zelf hadden uitgekozen. De een zei dat hij de naam wel mooi vond klinken. Vraag maar of dat waar is. Of ze echt elke naam konden kiezen die ze maar wilden.'

'Oké,' zei Orozco. 'Ik zal het vragen. Nog meer?'

'Op het moment niet.'

'Hebben we problemen?'

'Maak je geen zorgen. Het zonnetje schijnt.'

'Als je die kerel te pakken krijgt.'

'Hoe moeilijk kan dat zijn?'

Reacher hing de hoorn weer op de haak en keerde zich om. Zo langzamerhand stonden veel mensen naar hem te kijken. Het gerucht had zich verspreid. Bij de ingang had zich een groepje mannen verzameld. Bij de achteruitgang ook. Beide groepen hielden hem in de gaten. Wachtten hem op. Dat betekende dat er buiten gevochten zou worden. Hij zou naar buiten lopen en ze zouden achter hem aan lopen. Als er tenminste gevochten zou worden, want dat was niet zeker. Dit waren vooral bovengemiddelde mensen. Boven de gemiddelde leeftijd en van meer dan gemiddeld gewicht. Hartaanvallen in het vooruitzicht. Voor de meesten van hen zou het verstandig zijn rustig aan te doen. Om de uitzonderingen hoefde Reacher zich niet echt zorgen te maken. Iets jonger en fitter, maar stuk voor stuk bureautijgers. Niets om bang voor te zijn. Reacher was een goede straatvechter. Vooral omdat hij er plezier in had.

Hij maakte zich los van de muur en liep kaarsrecht en traag als het hoofd van een begrafenisstoet met opgestoken borst door de menigte, die voor hem uiteenweek. Niemand versperde hem de weg. Hij bereikte de deur naar de straat. Een groepje van zes mannen stond er dicht op elkaar voor. Zo te zien allemaal in de dertig en niet al te slank. Maar wel bureautijgers. Ze droegen pakken met glimmende plekken op hun achterste en ellebogen. Hij las hun lichaamstaal. Ze hadden zich erop ingesteld om hem te laten passeren en zich dan snel om te draaien en achter hem aan naar buiten te gaan, de vochtige, glanzende kinderkopjes van de straat op.

'Spreken jullie Engels?' vroeg Reacher.

'Ja,' zei een van hen.

'Heb je je wel eens afgevraagd waarom? Waarom jullie mijn taal spreken en ik niet die van jullie?'

'Wat?'

'Laat maar. Wat zijn jullie orders?'

'Orders?'

'Als ik een papegaai zocht, zou ik wel naar een dierenwinkel gaan. Iemand heeft jullie net verteld wat er moest gebeuren. Zeg maar wat dat is.'

'Nee.'

'Dan moet ik een hele reeks theoretische mogelijkheden tegen elkaar afwegen. Eén van die mogelijkheden is dat jullie een partijtje willen knokken op de stoep, maar misschien is dat helemaal niet zo. Misschien heb ik jullie helemaal verkeerd ingeschat, al moet ik natuurlijk wel met het ergste rekening houden. Dat begrijpen jullie wel, hoop ik? Voor mij is dat de enige verstandige manier van handelen. Dus volg me niet naar buiten. Misschien willen jullie gewoon een luchtje scheppen, maar als ik met het ergste rekening moet houden, moet ik het als een vijandige actie inschatten als jullie achter mij aan naar buiten komen. De huidige doctrine van de NAVO gebiedt een onmiddellijke reactie met een overweldigende stootkracht. Ik weet dat jullie in een verzorgingsstaat leven, maar een ziekenhuis blijft een ziekenhuis, wie er ook voor betaalt. Geen pretje. Dus mijn advies is om deze ronde aan je voorbij te laten gaan.'

'Je bent bang voor ons.'

'Helaas, nee. Ik probeer alleen open kaart te spelen, meer niet. Jullie hoeven niet gewond te raken. Als een van jullie bazen een appeltje met mij te schillen heeft, mag je hem in zijn eentje naar buiten sturen. Dan loop ik een blokje met hem om en dan kunnen we van gedachten wisselen. Dat is een win-winsituatie voor iedereen.'

Geen reactie.

Reacher perste zich tussen de eerste en de tweede man door en trok de deur open. Hij glipte erdoorheen, deed twee snelle stappen naar de rand van het trottoir en draaide zich om.

Niemand volgde hem.

Hij wachtte een volle minuut in de goot, maar er kwam niemand naar buiten. Hij zette zijn kraag omhoog als bescherming tegen de nachtelijke nevel en liep terug naar het hotel. Vanaf de hoek zag hij dat de man met de hoge hoed was verdwenen. De avonddienst was afgelopen, de nachtdienst was begonnen. Hij ging langzamer lopen en verkende de straat. Gewoonte.

Aan de overkant stond een man in een portiek. Amper zichtbaar. Hij werd van opzij zacht groen verlicht door de neonreclame van een apotheek twee huizen verderop. Hij droeg een donker gekleurde parka en een klein Beiers hoedje. Waarschijnlijk stak er een veer achter de band. Hij observeerde het hotel. Dat was duidelijk. Hij stond er recht tegenover, weggedrukt in de portiek. Een blanke man, een beetje gezet. Misschien een meter negentig, vijfennegentig kilo. Moeilijk te zeggen hoe oud hij was.

Reacher liep verder. Misschien maakte hij deel uit van een diplomatieke bewakingseenheid. Met dank aan de Duitse regering. Misschien waren ze erachter gekomen dat Sinclair in de stad was. Het zou ook kunnen dat Bishop een mannetje van het consulaat had gestuurd. Een plaatsvervangend cultureel attaché derde rang met een boksbeugel in zijn zak. Opgeleid onder het oude regime.

Reacher liep verder en keek naar niets in het bijzonder, maar hield vanuit een ooghoek de man in de gaten. Toen draaide van een hoofdverkeersader verderop een auto de straat in en kwamen twee felle koplampen recht op hem af, snel en verblindend. Een grote wagen met banden die over de kinderkopjes kletterden.

De auto stopte naast hem. Een Mercedes. Een dienst-Mercedes. Griezman. Hij zoemde het raam aan de passagierskant omlaag en zei: 'Stap in. Ik heb geprobeerd u te bellen. Ik dacht dat u sliep en de stekker van de telefoon eruit had getrokken. Ik kwam u wakker maken.'

'Waarom?' vroeg Reacher.

'We hebben Wiley gezien.'

Reacher keek even op.

De man in de portiek was verdwenen.

'Stap in,' zei Griezman.

Reacher stapte in.

25

Griezman trok snel op. De rugleuning van zijn stoel veerde mee en protesteerde onder de plotselinge versnelling. Hij vertelde dat een van de in een auto surveillerende politieagenten bij de bar eigenlijk iemand van de nachtdienst was geweest, die ze vóór zijn dienst hadden opgetrommeld om extra betaalde overuren te maken, en die nu dus nog steeds zijn reguliere uren draaide. Nog steeds met de tekening van Wiley op de passagiersstoel. Hij patrouilleerde door het westelijke deel van Sankt Pauli en bezwoer dat hij iemand had gezien die op de tekening leek. Iemand met een papieren tasje in de vorm van een wijnfles uit een slijterij die 's nachts open was. De man liep naar het zuiden, in de richting van het water.

'Wanneer was dat?' vroeg Reacher.

'Twintig minuten geleden.'

'Hoe zeker is hij van zijn zaak?'

'Ik geloof hem. Het is een goede agent.'

Er was weinig verkeer, maar het wegdek was glibberig en de meeste andere automobilisten waren op weg uit een kroeg naar huis, dus Griezman kon niet zo snel opschieten als hij zou willen. Desondanks bereikten ze hun bestemming binnen tien minuten. Ze stopten tussen twee hoge gebouwen, twintig meter van een kruispunt. Griezman zei dat de vermeende Wiley was gezien terwijl hij de straat overstak, verderop, van rechts naar links, gezien vanuit het standpunt van de politieagent. Nu dertig minuten geleden. In die richting lagen enorme nieuwe appartementencomplexen. Een nieuwbouwwijk. Immens. Op ingepolderd land waar oude havens waren geweest die nu verder naar de monding van de rivier lagen, waar meer ruimte was. Duizenden en nog eens duizenden afzonderlijke adressen.

'Huurappartementen?' vroeg Reacher.

'Denkt u dat hij daar woont?' vroeg Griezman.

'Hij had een fles wijn bij zich. Misschien was hij op weg naar een feestje, maar het is waarschijnlijker dat hij de fles mee naar huis nam, gezien het late tijdstip.' Reacher keek de andere kant op, naar rechts. Hij zei: 'Ik wil wedden dat ik weet wat hij heeft gekocht. Laten we maar op zoek gaan naar die winkel.'

De winkel was een schone, helder verlichte zaak, met zo op het oog een uitgelezen selectie wijnen: rood, wit, rosé en mousserend. Bovendien een plank met minder duur geprijsde flessen voor mensen die niet in gloednieuwe appartementencomplexen woonden. De winkelier was een vriendelijke oude vent, een eindje in de zestig. Reacher haalde zijn exemplaar van de tekening van Wiley uit zijn zak en de oude baas bevestigde het onmiddellijk. De man van de tekening was zo'n drie kwartier geleden in zijn winkel geweest. Hij had een fles gekoelde champagne gekocht.

'Hij is feest aan het vieren,' zei Reacher.

'Creditcard?' vroeg Griezman.

'Hij heeft contant betaald,' zei de winkelier.

Reacher keek naar een transparant plastic koepeltje boven het hoofd van de winkelier. 'Is dat een beveiligingscamera?' vroeg hij.

De winkelier beaamde het. De opnamen werden opgeslagen op een VHS-recorder in het kantoortje. Griezman kon ermee omgaan. Het leverde een alleszins redelijk zwart-witbeeld op, met een groothoeklens geschoten van boven de schouder van de winkelier. Het was een installatie met een tweeledig doel. De klanten werden duidelijk in beeld gebracht, maar de kassa ook, om te voorkomen dat de winkelbediende zijn loon zou aanvullen.

Griezman spoelde de tape drie kwartier terug en Wiley stapte keurig op tijd de winkel binnen. Er was geen twijfel mogelijk. Het haar, de wenkbrauwen, de jukbeenderen. De diepliggende ogen. Hij was van een doorsneelengte, maar pezig, iemand van de arme grond. Hij bewoog zich energiek en doelbewust. Vol zelfvertrouwen. Bijna zwierig. Fysiek oogde hij atletisch, niet springerig, zoals jonge jongens, maar getraind en volwassen. Hij was vijfendertig, even oud als Reacher. Volwassen.

Op de tape stapte Wiley naar een koelvitrine. Hij trok de glazen deur open en pakte een donkere fles met een dunne hals.

'Dom Pérignon,' zei Griezman. 'Niet goedkoop.'

Wiley nam de fles mee naar de toonbank en haalde een aantal verfrommelde bankbiljetten uit zijn zak. Hij telde het bedrag uit en de winkelier gaf hem zijn wisselgeld terug in muntgeld. Vervolgens deed de winkelier de fles in een papieren tas en liep Wiley met de tas de winkel uit. Zevenendertig seconden, van begin tot eind.

Ze bekeken het fragment nog een keer.

Dezelfde gebeurtenissen voltrokken zich.

'Laat me nu de buurt hier eens zien,' zei Reacher.

Ze stapten weer in de auto. Griezman reed naar het zuiden, langzaam, met kletterende banden over de kinderkopjes, langs de route die Wiley eerder moest hebben genomen, voorbij de plek waar de politieagent hem had gespot, tussen gehavende bakstenen pakhuizen door, tot ze uiteindelijk bij een gloednieuwe rotonde kwamen met drie toevoerwegen naar de nieuwe wijk met appartementencomplexen, links, rechts en rechtdoor.

Griezman zette de auto stil. De motor liep stationair en de ruitenwissers veegden om de minuut een keer heen en weer. Reacher keek door de voorruit. Hij zag honderdduizend ramen. De meeste waren donker, maar sommige waren verlicht.

'Zijn dat dure appartementen?' vroeg hij.

'Heel Hamburg is duur,' zei Griezman.

'Ik vraag me af hoe Wiley de huur betaalt.'

'Dat doet hij niet. Er staat hier niemand geregistreerd die Wiley heet. Dat hebben we al nagetrokken.'

'We denken dat hij een Duitse naam gebruikt.'

'Dat verandert de zaak.'

'Waarschijnlijk een naam die hij zelf heeft gekozen.'

'Voelt u zich door hem geschoffeerd?'

'Hij pleegt landverraad. Mijn land.'

'Houdt u van uw land, meneer Reacher?'

'Majoor Reacher.'

'Misschien is dat een antwoord op mijn vraag.'

'Ik noem het liever een gezond soort sceptisch respect.'

'Dat is niet erg vaderlandslievend.'

'Dat is juist wel vaderlandslievend. Het is en blijft mijn land, ondanks alle gebreken. Vaderlandsliefde betekent helemaal niets, tenzij je kunt toegeven dat je land er soms helemaal naast zit. Van een land houden dat altijd alles precies goed doet, duidt op gezond verstand, niet op vaderlandsliefde.'

'Het spijt me dat uw land met deze problemen worstelt,' zei Griezman.

'Houdt u van uw land?' vroeg Reacher.

'Het is nog te vroeg om daar een oordeel over uit te spreken. Het is nog maar vijftig jaar geleden. We zijn meer veranderd dan welk ander land ook. Ik denk dat we de goede kant opgaan, maar de ontwikkeling is vertraagd door de mensen uit het oosten. Economisch, bedoel ik. En politiek. We maken dingen mee die we nog niet eerder hebben meegemaakt.'

'Zoals die bar van waaruit Helmut Klopp de politie belde.'

'We moeten afwachten. We kunnen ze niet arresteren vanwege haatzaaien. Ze zullen eerst echte misdrijven moeten begaan.'

'Iemand stond bij mijn hotel te posten,' zei Reacher. 'Hij verdween toen u eraan kwam.'

'Niet iemand van mij,' zei Griezman.

'Bundespolizei?'

'Daar zou geen enkele reden voor zijn. Ik heb het bezoek van mevrouw Sinclair niet gemeld. Nog niet. Niemand weet dat ze hier is. Ze staat geregistreerd onder een andere naam.'

Reacher zei niets.

'Hebt u naar die vingerafdruk gezocht?' vroeg Griezman.

'Ja,' zei Reacher.

'En?'

'Archiveer het maar als een cold case. De zaak zal nooit worden opgelost.'

'Wat wilt u daarmee zeggen?'

'Dat wil zeggen dat ik weet wie het heeft gedaan, maar dat ik het niemand zal vertellen.' Reacher keek hem aan.

'Maar ik heb u geholpen.'

'Dat weet ik en daar ben ik dankbaar voor.'

'Krijg ik er niets voor terug?'

'Ze was een erg dure prostituee. Dat betekent dat haar klantenlijst de aandacht trok, maar daarover zal ik ook met niemand praten.'

Griezman bleef even stil.

'De CIA? Waren die in mij geïnteresseerd?' vroeg hij toen.

Reacher knikte. 'Medewerkers die nog onder het oude regime zijn opgeleid.'

'U gaat mij chanteren.'

'Dat is niet mijn stijl. Ik heb al gezegd dat ik niemand iets zal vertellen. Zonder wederdienst. Of u besluit mij verder te helpen is helemaal aan u. Als u dat zou doen, vat ik het op als twee eenvoudige rechercheurs die elkaar bijstaan, meer niet.'

Griezman bleef opnieuw even stil.

'Ik bied mijn verontschuldigingen aan,' zei hij. 'Ik ben niet de man die u dacht dat ik was.'

'Dat maakt mij niet uit,' zei Reacher.

'Ik weet niet waarom ik het heb gedaan.'

'Ik ben uw psychiater niet.'

'Maar ik zou zelf graag willen weten waarom.'

'Was ze lief?'

'Ongelooflijk.'

'Daar heb je het al.'

'Denkt u dat het zo simpel is?'

'Ik ben MP.'

'Ik zal u helpen als ik dat kan,' zei Griezman.

'Dank u.'

'Wat hebt u nodig?'

'U zou uw man in de nachtdienst opdracht kunnen geven om de rest van de nacht hier te surveilleren. Dit is een bottleneck. Misschien komt Wiley er opnieuw langs. Laat hem in dat geval oppakken voor iets als landloperij. Houd hem in de auto tot ik er ben.'

'Je kunt het complex op een heleboel andere manieren verlaten. Er zijn fietspaden en voetbruggen achter in de wijk. En er is een grote brug naar de bushalte aan de hoofdweg.'

'Misschien hebben we geluk. Misschien heeft hij meer champagne nodig.'

'U moet me nog één ding vertellen over de man wiens naam u niet wilt noemen. Zal hij worden gestraft?'

'Ja,' zei Reacher. 'Die wordt gestraft.'

'Dat is goed.'

'U was op haar gesteld, is het niet?'

'Ik zal u terugbrengen naar het hotel,' zei Griezman.

Wiley gunde de champagne nog een extra halfuur in de koelkast, pelde er toen het lood vanaf en wrikte de kurk langzaam uit de fles, met zijn duimen, zachtjes en voorzichtig tot de kurk het verzet met een klein plopje opgaf en op de vloer viel.

Hij schonk zich een glas in, dat ook een halfuur in de koelkast had gelegen, en nam het mee naar de tafel waarop hij zijn kaart van Argentinië had uitgespreid. De omtrek van zijn ranch was een vettige veeg geworden door zijn vingertoppen. Nu was het echt zijn ranch. Of heel binnenkort, als het geld in Zürich aankwam en meteen weer uit Zürich vertrok. Of om precies te zijn, als een deel meteen weer uit Zürich vertrok, niet alles. Hij had de jonge vrouw die ze als boodschapper hadden gestuurd wel gemogen. *Meneer, het enige wat ik mag weten is: we accepteren de prijs.* Ze was beleefd geweest. Respectvol op de een of andere manier. Zoals toen ze dat derde knoopje losmaakte. Zulke vrouwen zouden er ook in Argentinië zijn. Donker, net als zij. Verlegen, maar zonder keuze in het leven.

Hij stond op en schonk zijn glas nog een keer vol. Hij hield het glas hoog, alsof hij een toost uitbracht voor een juichende menigte van duizenden. Horace Wiley uit Sugar Land, Texas. Koning van de wereld.

Reacher luisterde aan de deur van de kamer van Sinclair en hoorde mensen praten, dus klopte hij aan. Sinclair riep: 'Kom binnen.' Neagley was er, en Bishop, van het consulaat. Het hoofd van de CIA in Hamburg. Sinclair zat op het bed, Bishop en Neagley zaten in de groene, met velours beklede fauteuils. Neagley had een stapeltje met de hand geschreven aantekeningen op schoot.

'Nog nieuws?' vroeg Reacher.

'Jij?'

'Ik denk dat hij in een appartementencomplex aan de waterkant woont. Een van Griezmans mannen heeft een glimp van hem opgevangen. Hij kocht champagne.'

'Hij viert een feestje,' zei Bishop.

Reacher knikte. 'We moeten ervan uitgaan dat de onderhandelingen afgelopen zijn. We moeten ervan uitgaan dat ze een prijs overeengekomen zijn. De boel loopt.'

'Hoe groot is dat appartementencomplex?'
'Enorm.'
'Sporen op papier?'
'Niets op naam van Wiley.'
'Is hij daar nu?'
'Bijna zeker.'
'We moeten het gebied afgrendelen.'
'Er staat een auto bij de belangrijkste ingang van de wijk. Meer kan Griezman niet doen. Hij heeft eerder op de dag al overuren uitbetaald.'
'Het blijkt dat Wiley geen ooms heeft. De getuige die het over een oom had, heeft orders zich hier te melden voor nadere ondervraging. Landry zoekt naar eventuele oudooms en mogelijke vrienden van de moeder. Dat laatste kan wel even duren.'
'Oké,' zei Reacher.
'Ik heb met zijn officieren in Fort Benning en Fort Sill gesproken. De man in Fort Benning kan zich hem helemaal niet meer herinneren. Die in Fort Sill wel. Hij zei dat het duidelijk was dat Wiley in Duitsland gelegerd wilde worden. Het was een obsessie voor hem. Hij stuurde eropaan. Bij elke test die hij aflegde, verkleinde hij de kansen om ergens anders heen te gaan.'
'Dat herinnert die man zich allemaal nog na drie jaar?'
'Ja, omdat ze er destijds uitgebreid over hebben gesproken. De officier wees hem op de consequenties van zijn handelen. Een doodlopende straat, een zwart gat, enzovoort. Wiley had gezegd dat hij weg wilde. Hij wilde in Duitsland gestationeerd worden.'
'Dus het is een spel van lange adem,' zei Sinclair. 'Nu moeten we nog uitzoeken waar het om gaat.'
'Een uur geleden stond iemand dit hotel in de gaten te houden. Hij verdween toen Griezman kwam opdagen.'
'Niet iemand van mij,' zei Bishop.

Muller belde Dremmler opnieuw thuis op en maakte hem wakker. Het was erg laat. Of erg vroeg, dat hing ervan af van welke kant je het bekeek. Dremmler vermande zich. Muller zei: 'Reacher kwam net voor één uur weer terug in het hotel. Maar Griezman pikte hem op voordat hij naar binnen ging. Ik ben er als een haas vandoor gegaan, voordat Griezman me kon herkennen.'

'Wat wilde Griezman?'

'Een van mijn patrouillewagens ving het op via de radio. De Amerikaan die ze zoeken, is gezien in Sankt Pauli. Hij heet Wiley. De mensen van Griezman hebben de schets van Klopp bij zich in de auto.'

'Weet je nog meer?'

'Een van mijn mensen heeft zojuist een auto gecontroleerd in een zone bij het water waar parkeren verboden is. In de buurt van de nieuwbouw. Het was een rechercheur van de afdeling van Griezman, op de uitkijk naar Wiley. Mijn man vroeg hem waarom en ze hebben even gepraat. Gewoon twee mannen in een blauw uniform onder elkaar. De man van Griezman kende geen details, maar hij zei dat het duidelijk een belangrijke zaak was. Zijn orders gingen vergezeld van een rood vlaggetje.'

'Wat betekent dat?'

'Vroeger had dat betrekking op georganiseerde misdaad, maar tegenwoordig op terrorisme. De man wist niet of het nu om een oud of om een nieuw rood vlaggetje ging. Er schijnt enige verwarring te heersen op het moment. Ik denk dat het om een nieuwe rode vlag gaat, omdat ze ook surveilleerden bij een appartement in de buurt van het hotel van Reacher. Eerder op de dag. Het ging om een Saoedi die daar naar buiten zou komen. Alleen gebeurde dat niet. Ik heb in de basisadministratie van de gemeente gekeken en er is daar een appartement met drie Saoedi's en een Iraniër. Alle vier jonge mannen. Ik denk dat het allemaal iets met het Midden-Oosten te maken heeft.'

'Staat die Wiley geregistreerd?'

'Nee, er is geen spoor van hem te vinden.'

'Klopp beweert dat hij hem meerdere keren in die bar heeft gezien. Misschien is daar iemand die hem kent?'

'Misschien,' zei Muller.

'Je moet ons een kopie bezorgen van die politietekening van Klopp,' zei Dremmler.

Neagley vertrok en daarna ook Bishop. Reacher ging in een van de fauteuils zitten. Sinclair bleef op het bed zitten. Ze zei: 'Waterman en White komen morgen hierheen. Met Landry en Vanderbilt. Ik heb de hele operatie hiernaartoe verplaatst. Hier gebeurt het allemaal. We gaan vanuit het consulaat werken.'

'Oké,' zei Reacher.

'Waar denk je aan?'

'Op dit moment?'

'Ja.'

'Werk of privé?' vroeg Reacher.

'Kun jij aan allebei tegelijkertijd denken?'

'Meestal wel.'

'Oké, eerst werk.'

'Aan het haar van Wiley.'

'Wat is daarmee?' vroeg Sinclair.

'Het is een aanwijzing. Hij heeft het niet laten knippen. Hij heeft het laten groeien.'

'Misschien was hij bang dat een kapper zich hem zou herinneren.'

'Hij had het zelf kunnen doen. Hij schoor de zijkanten iedere dag bij. Hij had zijn hele hoofd kunnen scheren om opnieuw te beginnen, maar dat heeft hij niet gedaan.'

'Waarom niet?'

'Ik denk hij iets ijdels heeft. Hij wil graag bekeken worden. Hij heeft iets met Davy Crockett. Misschien laat hij zijn haar groeien, zodat hij een suède jas met franjes kan kopen om voor Davy Crockett te spelen. De manier waarop hij zich bewoog op die tape was interessant. Hij is een klein mannetje, maar hij liep heel zwierig. Hij gelooft in zichzelf. En hij kocht dure champagne. Ik denk dat hij van grote gebaren houdt. En dat geeft me in combinatie met honderd miljoen dollar een akelig gevoel. Het geeft me het gevoel dat er iets gigantisch te gebeuren staat.'

Sinclair zei even niets.

Toen vroeg ze: 'En privé?'

'Dat ligt voor de hand.'

'Hè?'

'Hetzelfde antwoord,' zei hij. 'Ik heb het gevoel dat er iets gigantisch te gebeuren staat.'

'Daar reken ik op,' zei ze.

26

Toen ze wakker werden, ging Reacher terug naar zijn eigen kamer om te douchen en zich weer aan te kleden. Hij liep in zijn eentje de trap af om te ontbijten. De vier mannen uit McLean waren al gearriveerd na hun nachtvlucht. Waterman, White, Landry en Vanderbilt. Neagley zat bij hen. Ze zagen er vermoeid uit. Neagley niet. Landry zei dat hij de oudooms had opgespoord, maar dat hij slecht nieuws had. De meesten waren al heel lang dood en niet een van hen had in de buurt van de jongen gewoond toen die opgroeide. Er was niets wat op contact wees. Zelfs geen indirecte aanwijzingen. Het waren geen types die bij elkaar op bezoek gingen. Twee van hen hadden gezeten. Het was onwaarschijnlijk dat dat invloed op Wiley had gehad.

Waterman had beter nieuws. Ze hadden Wileys moeder opgespoord en die had ingestemd met een gesprek over haar vroegere vrienden, dat later die dag zou plaatsvinden. Ze woonde in New Orleans en leefde van een uitkering. De FBI in New Orleans was ingeschakeld. Er zouden agenten naar haar worden gestuurd. Over een uur of zeven, acht mochten ze de eerste resultaten verwachten. Dan pas, vanwege het tijdsverschil.

White straalde niet uit dat hij hier erg gelukkig was als CIA-man. Zijn haar leek nog langer dan daarvoor. Zo te zien was hij afgevallen. Hij zat zenuwachtig heen en weer te wiebelen en te wriemelen. Hij wrong zijn handen en knipperde voortdurend met zijn ogen.

'Wat is er?' vroeg Reacher.

'Ze moeten echt die Iraniër uit dat huis halen,' zei White.

'Niets van de informatie die we hebben is van de boodschapper afkomstig. We hebben haar compleet gemist.'

'Ratcliffe denkt niet breed genoeg. Als er in Hamburg iets echt fout voor ze gaat, gaat het onderzoek alle kanten op. Dan is iedereen verdacht. Ze zijn niet dom. Ze zullen de feiten op een rijtje zetten. Zoveel variabelen zijn er niet. Twee verschillende boodschappers, maar niet meer dan één huis. Dan heeft de Iraniër geen vijf minuten meer.'

'Je moet met Bishop gaan praten.'

'Bishop stuurt die jongen aan, maar heeft niet het gezag om hem daar weg te halen.'

'Natuurlijk wel.'

'Niet als het om de grote lijn gaat, alleen bij acuut gevaar.'

'En dat speelt nu volgens jou.'

'Dat begint op het moment dat jij Wiley in handen krijgt. Op het moment dat hun deal stukloopt. En wanneer gebeurt dat?'

'Al heel snel, hoop ik.'

'Precies.'

'Je moet met Bishop gaan praten,' zei Reacher opnieuw.

Op dat moment kwam Sinclair binnen. Zwarte jurk, parels, nylons, schoenen. Haar haar was nat. Landry en Vanderbilt maakten ruimte en ze ging zitten. Ze zei: 'Ik heb overlegd met Ratcliffe. We nemen aan dat de onderhandelingsfase is afgesloten en dat ze nu overgaan op de levering. Dus moeten we weten wat, waar en wanneer.'

'Misschien is de boodschapper alweer thuis,' zei Neagley. 'Ze kan rechtstreeks teruggevlogen zijn, of bijna rechtstreeks. Omdat ze telefoons niet vertrouwen, sturen ze vervolgens een boodschapper naar Zwitserland met de details van de rekening en de wachtwoorden. Die transactie duurt misschien een uur of twee. Misschien gebeurt dat morgen al.'

'Of pas over een jaar,' zei Vanderbilt. 'Zijn ze klaar om in actie te komen? Hebben ze het geld?'

'Wiley kan niet nog een jaar wachten,' zei Waterman. 'Die is al vier maanden op de vlucht. Dat valt niet mee. Veel stress en veel risico. Die wil zich ergens settelen. Ik denk dat het nu allemaal snel verder wordt afgewerkt. Morgen, of overmorgen, of de dag daarna. Ik wil wedden dat het geld keurig klaarligt en zo kan worden overgemaakt. Waarschijnlijk van de ene rekening naar de andere bij dezelfde bank. Een en dezelfde computer die twee keer een piepgeluidje produceert.'

'Oké,' zei Sinclair. 'Dus het is een kwestie van wat, waar en binnenkort.'

'Het waar hangt van het wanneer af,' zei Reacher. 'Als het om inlichtingen gaat, of een document, kan de levering wel ergens op het kantoor van de bankier plaatsvinden. Als het om iets groots gaat, moet het op dit moment ergens in Duitsland zijn opgeslagen. Dan moeten ze er een ploeg naartoe sturen om het op te halen.'

'We zouden moeten surveilleren bij de bank,' zei Waterman.

'We weten niet welke bank het is. Er zijn honderden banken in Zürich.'

'Het zou het gemakkelijkste zijn als we zouden weten wat hij verkoopt,' zei Landry.

'Je meent het,' zei Neagley.

'Het moet íéts zijn.'

'Maar wat? Hij kan het nu niet ophalen. Hij zou meteen worden gearresteerd. Dus hij moet het al meer dan vier maanden geleden gestolen hebben, of op een andere manier in handen hebben gekregen. Het punt is echter dat er niets is gerapporteerd als gestolen.'

'We moeten de Iraniër daar weghalen,' zei White.

'Nu nog niet,' zei Sinclair.

'Wanneer dan wel?'

'Ga maar met Bishop praten. We zijn nu op weg naar het consulaat. Hij heeft een kantoor voor ons ingericht. Zorg maar dat je over tien minuten in de hal bent.'

Muller liep via de brandtrap naar de verdieping van Griezman. Het was nog vroeg. Voor achten. Er was nog niemand. De bureaus van de secretaresses stonden er verlaten bij. Het bakje van de secretaresse van Griezman zag er net zo uit als eerder. Muller had het pak papier zorgvuldig teruggelegd. Er was niets wat argwaan zou wekken. Maar waar was de politietekening? Je mocht ervan uitgaan dat die Amerikaanse rechercheurs net zoveel exemplaren hadden gekregen als ze maar wilden hebben. Griezman zelf had er misschien ook nog een paar ergens opgeborgen om een dossier aan te leggen waarmee hij zich kon indekken als de nood aan de man kwam. Het origineel zou wel ergens in een kluis liggen. Misschien wel in een speciaal laatje. Daar lagen misschien wel tientallen tekeningen. Een heel eigen categorie bij het archiveren. Per slot van rekening was het wel de recherche.

Maar waar? Achter de ergonomische bureaustoel van de secretaresse was een lange, lage kast met laden, het onderste deel van een systeem met planken. Muller liep om het bureau heen en bukte zich om de boel te inspecteren. Op geen enkele lade zat een etiket. Hij liep weer terug en keek door de glazen ruit in de deur van Griezmans kantoor. Het heilige der heiligen. Daar stond net zo'n ladekast, maar dan zonder het systeem met planken. Een soort dressoir waar ingelijste foto's op stonden. Een vrouw en twee kinderen, ongetwijfeld de vrouw en de kinderen van Griezman. En een klein beeldje, een prijs die hij met het een of ander had gewonnen. Geen prijs voor een sportieve prestatie waarschijnlijk, gezien de lichaamsomvang van de man. Tegen de muur ertegenover stond een rij dossierkasten. In totaal twintig laden in het kantoor en nog eens vier bij de secretaresse.

Een onhandig groot aantal.

Muller maakte een afspraak met zichzelf. Een kans van één op vijf op succes was beter dan een kans van vier op vijf om zijn baan te verliezen. Op de lange termijn zou zijn functie goed van pas komen. Binnen het grote geheel. Dat moest je bij je overwegingen meenemen. Daarom zou hij alleen in het kantoor van de secretaresse zoeken, niet in het kantoor van Griezman zelf. Een verstandig compromis. Hij gleed opnieuw achter het bureau van de secretaresse. Hij zou van links naar rechts zoeken, bedacht hij. Snel even kijken. Zo'n tekening zou gemakkelijk te vinden moeten zijn. Waarschijnlijk gemaakt op dik papier uit een winkel met kunstenaarsmaterialen. Misschien een afwijkend formaat. Waarschijnlijk weggeborgen in een plastic hoes om beschadiging te voorkomen.

Hij bukte zich.

'Hallo?' zei een vrouwenstem achter hem.

Verrast en een beetje verwonderd.

Muller ging rechtop staan en draaide zich om.

De secretaresse van Griezman.

Hij zei niets.

De vrouw liet haar tas op haar bureau vallen en schudde haar jas van haar schouders. Ze hing hem aan een haak en liep gehaast terug naar haar bureau.

'Kan ik u helpen, inspecteur Muller?'

Inspecteur Muller gaf geen antwoord.

'Zoekt u iets?' vroeg de vrouw.

'Een tekening,' zei Muller.

'Een tekening? Waarvan?'

Muller aarzelde even.

Hij dacht na.

Toen zei hij: 'Er is gisteravond een ongeluk gebeurd. Dat handelt mijn afdeling natuurlijk af. Er is een fietser aangereden. De automobilist is doorgereden. De metgezel van de fietser heeft ons een vrij goede beschrijving gegeven. Een opvallend gezicht en een ongebruikelijk kapsel.'

'En hoe kunnen wij u daarbij helpen?'

'Heel toevallig had mijn agent net een uurtje daarvoor gesproken met een van Griezmans mannen. Mijn agent dacht dat het om fout parkeren ging, maar het bleek een surveillance te zijn. De man van Griezman had een tekening in zijn auto. Van een Amerikaan die Wiley heet. Later herinnerde mijn agent zich dat en hij realiseerde zich dat het gezicht van die tekening eigenlijk precies overeenkwam met de beschrijving die de getuige van de automobilist had gegeven.'

'Juist,' zei de secretaresse van Griezman.

'Daarom wil ik die tekening graag laten zien aan de getuige. Ter bevestiging.'

'Ik geef u met alle plezier een kopie.'

'Als het niet te veel moeite is,' zei Muller.

'Nee hoor.'

'Hartelijk dank.'

De vrouw liep het heilige der heiligen binnen en Muller hoorde een la openschuiven. Ze kwam weer terug met een vel dik papier in een plastic hoes. Ze zette de kopieermachine aan. Muller hoorde het klikken en tikken en rook hete toner. Hij hoorde liftdeuren opengaan. Er stapten nog twee secretaresses uit de lift. Tassen, jassen, energieke bewegingen vroeg op de dag. Beiden liep langs, glimlachend en beleefd, klaar om aan het werk te gaan.

De secretaresse van Griezman tilde de klep van de kopieermachine op en legde de tekening omgekeerd op de glasplaat. Ze drukte op een knop. De machine begon te zoemen. Er gleed een kopie uit.

De liftdeuren schoven opnieuw open. Het was Griezman niet. Gewoon iemand die een pak droeg. Muller kende hem vaag. De man knikte als groet en liep langs.

De secretaresse van Griezman gaf Muller de kopie. De tekening was gemaakt met kleurpotloden. Een tanige man met zware wenkbrauwen, geprononceerde jukbeenderen, diepliggende ogen en lang geelblond haar.

'Dank je,' zei Muller. Hij liep weg, door de gang, naar de brandtrap, de brandtrap af naar de verdieping waar hij zelf werkte, naar de gang waaraan zijn eigen kantoor lag, waar hij onmiddellijk aan het werk toog om een proces-verbaal in elkaar te flansen over een gewonde fietser en een automobilist die was doorgereden. Voor het geval Griezman het verhaal wilde controleren.

Reacher en Neagley gingen rechtstreeks naar de lobby. 'We hebben Wileys militaire instructies nodig. Allemaal. Dat is de sleutel in deze hele zaak. Hij is iets meer dan twee jaar in Duitsland geweest, waarvan de laatste vier maanden als deserteur. Dat betekent dat er een kritieke periode is van iets minder dan twee jaar actieve dienst. In die tijd heeft hij iets gezien, iets gepland en iets gestolen. We moeten dus precies weten waar hij is geweest. Van dag tot dag, van de eerste tot en met de laatste dag. Omdat hij er op zijn minst één dag vlak naast moet hebben gestaan. Wat het dan ook mag zijn. Misschien heeft hij het zelfs wel aangeraakt.'

'Minimaal één dag,' zei Reacher. 'De dag dat hij het heeft gestolen.'

'Ik denk minimaal twee dagen,' zei Neagley. 'De eerste keer toen hij het zag. Daarna is hij gaan nadenken en toen heeft hij het gestolen.'

'Behalve dat hij het niet toevallig onder ogen heeft gekregen. Hij heeft het opgespoord. Gelokaliseerd. Dit spel duurt al heel lang. Hij is ervoor naar Duitsland gekomen. Hij wist van tevoren dat hij hier moest zijn.'

'Hoe dan ook. Hij moet ermee in aanraking zijn gekomen.'

'Ik wil weten waarvan hij zijn huur betaalt,' zei Reacher. 'Hij is maar een gewone soldaat. Hij heeft geen spaarrekeningen. Ga maar na of er een overeenkomst is tussen zijn instructies en cold cases van vermogensdelicten. Hij moet ergens zijn startkapitaal vandaan hebben.'

Op dat moment pakte de receptioniste de hoorn van een rinkelend telefoontoestel op de balie. Ze drukte de hoorn tegen haar boezem en riep: 'Majoor Reacher, het is voor u.'

Het was Orozco, die ergens vanuit een kelder belde, te oordelen naar het holle geluid.

'Problemen?' vroeg Orozco.

'Alles oké,' zei Reacher. 'Op dit moment zijn we bezig de wereld te redden.'

'Tot blijkt dat het niet lukt.'

'En in dat geval maakt het ook niet meer uit.'

'Ik heb net met Billy Bob en Jimmy Lee gepraat. Ze hebben bevestigd dat ze een willekeurige naam konden kiezen voor hun identiteitskaart. Als het maar Duits was. Voor het geval er op de afdeling een steekproef zou worden gehouden. Ze waren bang dat buitenlandse namen zouden opvallen. Iedere Duitse naam voldeed. Welke ze maar wilden. Alles wat mooi klonk of iets bijzonders voor ze betekende.'

'Oké, bedankt,' zei Reacher. 'Ik moet weg.'

Hij stond met zijn rug tegen de balie en kon door de glazen deur naar buiten kijken.

Er stond een man in een portiek.

Aan de overkant.

Reacher legde de hoorn op de haak. Hij trok de aandacht van Neagley en wees. Ze ging zo staan dat ze net naar buiten kon kijken. 'Ik zie hem,' zei ze. 'Moeilijk over het hoofd te zien.'

'Laten we even een luchtje scheppen.'

Neagley liep als eerste naar buiten. Reacher liep achter haar aan. De man in de portiek aan de overkant schrok op en begon toen heel opvallend te geeuwen en zich uit te rekken. Vervolgens slenterde hij langzaam weg, alsof hij alle tijd van de wereld had.

'Zullen we eens kijken waar hij heen gaat?' vroeg Neagley.

Ze liepen met de man op in hetzelfde tempo, drie meter achter hem, twee rijbanen met verkeer van hem gescheiden. De man droeg een wollen jas, geen hoed. Hij was stevig gebouwd, groter dan Neagley maar kleiner dan Reacher. Bij het kruispunt met de hoofdstraat sloeg hij rechts af. Reacher en Neagley staken bij het stoplicht over en sloten weer aan, drie meter achter de man.

De man sloeg opnieuw rechts af, een overdekt steegje in tussen twee gebouwen.

'Een valstrik, dat is duidelijk,' zei Neagley. 'Waarschijnlijk een binnenplaats. Geen wonder dat de man zo gemakkelijk te zien was. Hij moest jou hiernaartoe lokken.'

'Mij?'

'Hij is niet van Griezman en hij is ook niet van Bishop. Van wie dan wel? Orozco zei dat het tuig hier georganiseerd is. Ik wil wedden dat Helmut Klopp een van de oprichters is. Hij weet hoe we eruitzien. Hij weet hoe we heten. Toen we hier de eerste keer waren heb je vier man voetvolk van die lui aan het huilen gemaakt. Nu willen ze het even rechtzetten.'

'Denk je dat ze daar nog steeds kwaad over zijn?' vroeg Reacher.

'Waarschijnlijk wel.'

'Hoe groot is die binnenplaats, denk je?'

'Ik ben geen architect, maar misschien tien bij tien. Een grote kamer.'

'Hoeveel man hebben ze meegenomen, denk je?'

'Op zijn minst zes. Dat is zeven met de man erbij die jou heeft meegelokt.'

'Die ons heeft meegelokt.'

'Totdat ik de opmars heb gestaakt. De eerste plicht van een sergeant is de veiligheid garanderen van haar officier.'

'Is dat wat ze je leren?'

'Tussen de regels.'

'Ik vind het prima,' zei Reacher.

'We zouden terug moeten gaan.'

'Misschien zit je ernaast.'

'Ik denk niet dat ik ernaast zit.'

'Misschien is het gewoon een binnenplaats met de ingang van een aantal woningen. Socialewoningbouw. Iets wat je alleen in de binnenstad van steden hebt. Kamers zonder ramen. Het soort huis waar je woont als je werkloos bent, zodat je tenminste genoeg tijd hebt om de hele ochtend in een portiek tegenover een hotel rond te hangen.'

'Denk je dat hij op weg was naar huis?'

'Ik denk dat ik dat even moet uitzoeken.'

'Het is een valstrik, Reacher.'

'Ik weet het, maar ze moeten onrustig van ons worden. We moeten druk op de ketel zetten. Misschien moeten we ze wel dwingen ons de naam van de paspoortenmaker te geven. Ik ben ervan overtuigd dat hij bij die club zit. We hebben de nieuwe naam van Wiley nodig. Dat is misschien wel de enige manier om deze zaak op te lossen. Geef me precies twee minuten. Als ik dan nog niet terug ben, mag je me komen helpen.'

27

Reacher liep door en ging de steeg in. Die was ongeveer een meter breed. Zo breed als de smalle gang van een goedkoop appartement. Recht voor zich zag hij een rechthoek van licht. Ochtendschaduw en de kleuren van zandsteen. Geen mensen. Die zouden met de rug tegen de muur gedrukt staan, aan weerszijden op de plek waar de steeg op de binnenplaats uitkwam.

Reacher liep door in het donker, liet zijn vingertoppen langs de muur aan beide zijden glijden om het midden van de steeg aan te houden. Zijn voetstappen klonken luid en veroorzaakten een vreemde metalige echo, eerst van de muren en dan van het gewelf boven zijn hoofd. Voor hem bleef alles hetzelfde. Ochtendlicht en geverfd beton. Bleke kleuren, helder en schoon. Klinkers onder zijn schoenen, net als op sommige trottoirs. Geen fysieke obstakels. Geen putranden of pompen. Een en al moderne wereld anno 1950.

Reacher liep verder.

Toen, op het laatste moment, drie stappen voor het einde van het steegje begon hij te rennen en stoof de binnenplaats op, naar het midden, waar hij abrupt bleef stilstaan en om zijn as wentelde.

Acht man.

Allemaal nog steeds met de rug tegen de muur gedrukt. Allemaal hadden ze ongetwijfeld verwacht dat Reacher voorzichtiger te werk zou gaan. Onder hen bevonden zich dezelfde vier mannen die kort daarvoor buiten voor de bar hadden gestaan. Duitsland is voor de Duitsers. Ze leken gedeeltelijk hersteld. Drie van de anderen zagen er net zo uit, maar nog ongeschonden. Misschien waren ze gemiddeld ook iets ouder. Waarschijnlijk uitverkoren op grond van bewezen diensten. Een van hen had niets in zijn handen. Een ander een honkbalknuppel. Een derde een kapotte fles. Bruin glas, een gekartelde rand, een soort miniatuurkroon. Die zou hij als eerste aanpakken, besloot Reacher. De man met de honkbalknuppel kon wel even wachten. Aan een honkbalknuppel had je niets in een kluwen vechtende mensen. De vier van de eerste keer zouden afwachten, een ezel stoot zich in het gemeen maar één keer aan dezelfde steen. De man die hem hierheen had gelokt, zou helemaal niet meedoen.

Dat was niet zijn taak. Dus aanvankelijk drie tegen één. Niet echt problematisch. En daarna, wie zou het zeggen?

De man met de knuppel kwam als eerste in beweging. Dat was dom, maar voorspelbaar. Het was het grootste wapen. Daarmee zette hij de toon. Maar als je hard liep kon je niets uitrichten met een knuppel. Iemand die een sprintje trok, kon niet tegelijkertijd iets raken. Babe Ruth niet, Joe DiMaggio niet en Mickey Mantle ook niet. Zelfs Ted Williams niet in zijn beste dagen. Verspilde energie, maar het maakte veel duidelijk over de geplande tactiek. Het leek de bedoeling dat de slagman Reacher tegen de grond zou slaan, en dan zou de man met de fles in actie komen, zich over hem heen buigen en hem toetakelen. Dat betekende dat de man met de fles ook snel in actie kwam, slechts twee passen achter de slagman, helemaal klaar voor zijn glorieuze moment, van plan om gebruik te maken van zijn momentum.

Momentum heeft echter een keerzijde.

Reacher deed een stap opzij, ontweek de man met de knuppel en stevende recht op de man met de fles af, twee massa's die elkaar onafwendbaar tegemoet snelden, als een frontale botsing op een snelweg. Reacher keek alleen maar naar de fles, die de man in zijn rechterhand voor zich hield, maar in paniek omhoogbracht, naar Reachers gezicht. Dat maakte het louter en alleen een kwestie van timing. Gemakkelijker dan een honkbal raken. Reacher zwaaide zijn linkeronderarm omhoog, de handpalm naar buiten gekeerd, als iemand die bij een picknick een wesp verjaagt, en raakte de rechteronderarm van de man met de fles ergens halverwege, zodat het tracé van de fles afboog, omhoog en naar buiten, ongevaarlijk over Reachers linkerschouder. Dat bood Reacher de gelegenheid om zijn rechterarm te buigen en de man vol in het gezicht te raken met zijn elleboog, wat vanwege alle kinetische energie waarmee dit gepaard ging ongeveer hetzelfde effect had als een staaf dynamiet die tussen de tanden van de man ontplofte. Hij ging sneller onderuit dan met alleen zwaartekracht mogelijk was. Reacher draaide zich om, trapte met zijn hak hard op de fles zodat niemand anders hem zou kunnen gebruiken, en keerde zich toen weer om naar de man met de knuppel, die achter hem met knuppel en al om zijn as tolde.

Reacher besloot dat hij de knuppel wilde hebben.

De man zette zijn voeten iets uit elkaar, zakte een beetje door de knieën en trok de knuppel achteruit, laag, meer als de backswing van een tennisracket dan de backswing van een honkbalknuppel, alsof hij zich opmaakte voor een voorzichtige, tweehandige backhandreturn op de service, of een lange drive vanaf de tee op de golfbaan, zijn hele beweging rugwaarts gericht, en verder, en nog verder, in afwachting van het moment dat Reacher binnen bereik zou komen en hij de trekker zou kunnen overhalen. Dat maakte ook dit tot een kwestie van timing. De enige manier om je te verdedigen tegen de zwaai van een honkbalknuppel, was om eerder binnen die cirkel te komen, bij voorkeur nog voordat de zwaai van de knuppel was begonnen, of in het slechtste geval als de zwaai net was begonnen en nog weinig momentum had en zwak en laag was, niet meer dan een zwakke zijdelingse klap zou opleveren, alsof je in het donker tegen een houten tuinhek botste. Binnen die cirkel geraken vereiste een plotselinge versnelling, niet zo eenvoudig met Reachers bouw, maar het ging vanzelf. Hij was gemotiveerd. Vanwege het verschil tussen een zachte zijdelingse klap en een gebroken dijbeen of arm, of gebroken ribben. Reacher schoot als een projectiel op de man af en bereikte hem toen de zwaai van de knuppel net de eerste centimeters had afgelegd. Dat gaf hem tijd om de knuppel met zijn hand op te vangen en weg te rukken, er zijn andere hand omheen te slaan en de knop van de knuppel tegen het voorhoofd van de man te stoten als de kolf van een geweer, één enkele klap, als een woeste tik met een knokkel.

De man ging zijdelings onderuit. Reacher draaide om zijn as, gereed voor de volgende belager, die zich onmiddellijk aandiende. Het was de derde man, die ongewapend op hem afstormde, zijn handen hoog en open alsof het zijn bedoeling was Reacher als een worstelaar te omhelzen. Reacher zwaaide de knuppel verkeerd om, als een slechte *switch hitter* die een poging deed een hoge *fastball* te raken, zonder meer een *swinging strike*, zij het dat de derde man veel groter was dan een honkbal, zodat een perfecte slag niet cruciaal was. Alles tussen borst- en hoofdhoogte was in de roos. De elleboog, de bovenarm, de hals, de schedel. Of alle vier tegelijkertijd. Dat was wat er gebeurde. De man tilde zijn arm op om zijn hoofd te beschermen. De knuppel raakte zijn elleboog en zijn triceps. Door die klap sloeg zijn bovenarm tegen de punt van zijn kaak, waar zijn hals aan zijn schedel zat. Hij zakte op zijn knieën, maar het licht ging nog niet uit. Dus zwaaide Reacher opnieuw, dit keer keurig rechtshandig zoals het hoort, waarschijnlijk net effectief genoeg voor een *flyball* bij een picknick op Onafhankelijkheidsdag, maar zeker effectief genoeg ten opzichte van het menselijk lichaam. De man sloeg opzij en viel toen voorover op zijn gezicht.

Tegen die tijd gaf de klok in Reachers hoofd aan dat het gevecht iets meer dan vier seconden had geduurd. De man die hem had meegelokt stond nog steeds tegen de muur gedrukt. Het was niet zijn klus. De vier vleesklompen die eerder met Reacher hadden kennisgemaakt bij de bar, kwamen moeizaam in beweging. Ze hadden ongeorganiseerd hun plek bij de muur verlaten en stonden in een ongeorganiseerde slagorde, op willekeurige plekken. Er zat geen enkele structuur in. Dat leverde een probleem op. Met de eerste twee kon hij gemakkelijk afrekenen. De derde zou niet echt moeilijk zijn, maar de vierde vormde een probleem. Dat was duidelijk. Tijd en ruimte en beweging. Astronomie in feite. Planeten op ramkoers. Omloopbanen en hoeken en relatieve snelheden. De vierde man zou bij hem zijn voordat Reacher had afgerekend met de derde. Het kon niet anders. Dat zou het eindpunt zijn van het traject waarlangs hun zwaartepunt zich verplaatste. Er was geen logische voortzetting na één, twee, drie. Waar hij ook begon.

Dat alles zorgde ervoor dat Reacher er spijt van had dat hij Neagley opdracht had gegeven twee minuten te wachten. Daarvan resteerden nog één minuut en vijfenvijftig seconden. Terwijl het met deze wraakzuchtige tegenstander niet voor de hand lag dat hij dit zou overleven. Hij had het aan haarzelf moeten overlaten. Ze zou het steegje in zijn gegaan op het moment dat ze er zeker van was dat al zijn aandacht op de binnenplaats gericht was. Dan zou ze nu al op de plek waar het steegje uitkwam op de binnenplaats in de schaduw staan kijken en dezelfde berekeningen maken die hij maakte, en dus klaarstaan om in te springen en de vierde man uit te schakelen.

De eerste plicht van een sergeant is de veiligheid garanderen van haar officier.

Misschien had ze zijn bevel in de wind geslagen.

Natuurlijk had ze dat. Hij viel uit naar de eerste twee en gebruikte de knuppel als een vuist, *één*, *twee*, forehand, backhand. Hij anticipeerde, stelde zich in op de komst van de derde man, wentelde om zijn as, snel, gracieus en zonder energie te verspillen, maar ondanks dat doemde de vierde man veel te vroeg op, zoals verwacht, niet meer dan een halve stap achter de derde man, met alle geluk van de wereld net voordat Reacher de knuppel opnieuw in stelling kon brengen.

Maar toen verdween de vierde man. Alsof hij op volle snelheid tegen een waslijn was gelopen. Als een special effect in een film. Het ene filmbeeldje was hij er nog, en het volgende was hij er niet meer. De derde man stortte neer en achter hem zag Reacher Neagley, die de beweging afrondde van wat een enorme schop geweest moest zijn, een mokerslag op de keel van de vierde man.

De man die hen had meegelokt stak zijn handen in de lucht.

'Bedankt, sergeant,' zei Reacher.

'Je had die fles moeten oprapen,' zei Neagley. 'Daar had je meer aan gehad dan aan die knuppel.'

Reacher liep naar de man die hen had meegelokt en zei: 'Zeg tegen je baas dat hij moet ophouden mijn tijd te verknoeien en zelf naar me toe moet komen. Eén tegen één. Dan loop ik een blokje met hem om en dan kunnen we van gedachten wisselen.'

Ze lieten hem daar achter en liepen door het steegje terug naar de straat, Neagley voorop, Reacher achter haar aan. Ze bleven in de zon stilstaan, schudden hun schouders los, rechtten hun rug en haastten zich terug naar het hotel.

28

Ze waren laat terug in het hotel. De anderen zaten al op hen te wachten. Bishop had een bestelbusje gestuurd. Een soort vliegveldshuttle. Waterman, Landry, White, Vanderbilt en Sinclair zaten al in het busje en keken uit het raam. Reacher en Neagley stapten in, de deur ging sissend achter hen dicht en de bus vertrok. Geen lange rit, alleen rond het Aussenalster-meer, naar een groot, imposant, maar een beetje vreemd gebouw. Het zag eruit als een kopie van het Witte Huis, gebouwd door iemand die daar ooit als kind was geweest en zijn herinnering daaraan als uitgangspunt had genomen. Binnen werden ze begroet door Bishop, die hen meenam naar hun werkkamer. Voornamelijk bureaus en telefoons en faxapparaten en kopieermachines en telexmachines en printers en logge computers met vuile grijze toetsenborden. Bishop vertelde dat de telefoons waren aangesloten op dezelfde manier als die in McLean. In Hamburg had alleen Griezman de nummers gekregen, zonder dat hem was verteld waar de toestellen zich bevonden.

Griezman was de eerste die belde.

Met een probleem.

Reacher nam het gesprek aan.

'Schakel de luidspreker niet in,' zei Griezman.

'Waarom niet?'

'Ik heb geblunderd. Of liever gezegd, mijn afdeling. Dat komt op hetzelfde neer.'

'Wat is er gebeurd?'

'Ik denk dat we Wiley kwijt zijn. Op de een of andere manier was hij betrokken bij een ongeluk en is hij doorgereden, ongeveer twee uur nadat u en ik waren vertrokken. Hij heeft een fietser aangereden. Hij zat natuurlijk vol champagne. Een getuige heeft een perfecte beschrijving van hem gegeven. Ze hebben hem de tekening van Helmut Klopp laten zien en hij heeft hem geïdentificeerd. Er is proces-verbaal van opgemaakt door de verkeerspolitie.'

'Dus uw man heeft niet gezien dat hij de wijk uit reed.'

'Hij heeft op een gegeven ogenblik zitten praten met een verkeersagent. Misschien is het op dat moment gebeurd.'

'Maar hoe dan ook, u weet niet waar Wiley is.'
'Niet met een acceptabele mate van zekerheid.'
'Hebt u geleerd om dat zo uit te drukken?'
'Het klinkt nuchter en volwassen en impliceert allerlei technische aspecten.'
'Shit happens,' zei Reacher. 'Lig er maar niet wakker van.'
'Het spijt me dat we hem gemist hebben,' zei Griezman.
'Maak u geen zorgen.'
'Ik zal de surveillance zo lang mogelijk volhouden.'
'Dank u.'
Reacher verbrak de verbinding en vertelde het verhaal. Sinclair stelde de vraag die iedereen op de lippen lag: 'Had dit met de levering te maken? Hebben we die gemist? Was hij zo gespannen dat hij een fietser omver heeft gereden?'
'Het is nog te vroeg, toch?' zei Vanderbilt. 'Midden in de eerste nacht. Ze kunnen hem nog niet hebben betaald. Dus heeft hij ook nog niet geleverd. Tenzij hij oerdom is.'
'In het ergste geval was hij onderweg naar de luchthaven,' zei Landry. 'Om een vroege vlucht naar Zürich te nemen. Misschien wacht hij liever daar een dag of twee dan hier. In dat geval zal hij datgene wat hij moet leveren, hebben meegenomen. Als het tenminste iets kleins is. Om het over te dragen op het kantoor van de bank, zoals Reacher zei.'
'We moeten bij de luchthavens surveilleren,' zei Waterman.
'Dat doen we al,' zei Sinclair. 'De beide luchthavens hebben een gesloten televisiecircuit. De CIA heeft een tijdelijke aansluiting gemaakt. Niet officieel, dus dat zal niet lang standhouden, maar tot nu toe is Wiley niet in beeld geweest.'
'En hij is ook niet teruggekeerd naar huis,' zei Reacher. 'Tenzij de man van Griezman hem twee keer heeft gemist, dus waar is hij nu?'
'Onderweg,' zei Neagley. 'Ergens in Duitsland, in de fase vóór de levering. Zoiets als de keuring van een nieuwe auto voor de verkoop wordt gesloten. Voorafgaand aan het grote moment van de overdracht.'

Wiley werd wakker in zijn slaapkamer, op dezelfde plek waar hij de afgelopen drie maanden wakker was geworden: in zijn gehuurde appartement aan de waterkant. De nieuwe wijk. Een dorp in de grote stad. Maar niet echt. Het was eigenlijk één grote slaapstad, vol mensen die volstrekt niet nieuwsgierig waren en in het donker vertrokken en weer thuiskwamen, en tussendoor een paar uur sliepen. Hij had zijn buren nog nooit gezien, en voor zover hij wist, hadden ze hem ook nog nooit gezien. Perfect.

Hij stond op en zette het koffieapparaat aan. Hij spoelde de champagnefles van Dom Pérignon om en dumpte hem in de afvalbak. Zijn glas zette hij in de vaatwasser.

Hij pakte zijn telefoon en belde het filiaal van het verhuurbedrijf waar hij eerder een auto had gehuurd. De oproep werd onmiddellijk beantwoord door een man met een jonge, efficiënte stem.

'Spreekt u Engels?' vroeg Wiley.

'Zeker, meneer,' zei de jongeman.

'Ik heb een bus nodig.'

'Welk formaat, meneer?'

'Een lange wielbasis en hoog, met veel laadruimte.'

'We hebben Mercedes-Benz en Volkswagen. De Mercedes-Benz is langer, met een laadruimte van meer dan vier meter.'

Wiley rekende het in gedachten uit. Vier meter was dertien voet. Hij had twaalf voet nodig. 'Hoe hoog is de laadvloer van de grond?' vroeg hij.

'Normaal, denk ik. Ik weet het niet precies.'

'Heeft die bus een roldeur?'

'Nee, meneer. Deuren met scharnieren. Is dat een probleem?'

'Ik moet hem achteruit tegen een vrachtwagen zetten en spul overladen. Met openslaande deuren kan ik er niet dicht genoeg bij komen.'

'Ik ben bang dat u voor iets met een roldeur in een andere categorie voertuigen terechtkomt. Het is een kwestie van bruto voertuiggewicht, technisch gezien. In Duitsland hebt u voor een zwaarder voertuig een vrachtwagenrijbewijs nodig. Hebt u dat?'

'Ik denk dat mijn rijbewijs wel geldig is voor alles wat u me zou willen verhuren. Daar kunt u van opaan. Geen probleem.'

'Heel goed, meneer,' zei de jongeman. 'Wanneer hebt u de vrachtwagen nodig?'

'Nu meteen,' zei Wiley.

In de kamer in het consulaat rinkelde de telefoon opnieuw. Landry gaf het toestel aan Reacher. Het was Bishop, een kantoor verderop. 'Er staat een soldaat bij de balie met orders dat hij zich bij jou moet melden.'

'Oké,' zei Reacher. 'Stuur hem maar naar boven. Of moet ik beneden komen?'

'Ik stuur iemand met hem mee,' zei Bishop.

Het escorte bleek een vrouw van een jaar of drieëntwintig, misschien net afgestudeerd, aan het begin van een carrière, maar al open-top diplomatieke dienst. De soldaat bleek iemand met een hanenkam te zijn. Een van de mannen van de eenheid van Wiley, een maat, de getuige die werd vermeld in het desertiedossier van vier maanden geleden. Een E-4, een specialist, geen echte korporaal. Een rang hoger dan soldaat eerste klas, maar nog geen onderofficier. Hij droeg het gevechtstenue met camouflagepatroon. Een hoekige kerel. Hij oogde als een prima soldaat. Volgens het naamplaatje op zijn uniform heette hij Coleman.

Neagley zette drie stoelen in een rustig hoekje en ze gingen zitten. 'Bedankt voor je komst, soldaat,' zei Reacher. 'Dat stellen we op prijs. Hebben ze je verteld waar het om gaat?'

'Ik heb gehoord dat u me vragen zou stellen over soldaat Wiley, sir,' zei Coleman.

Hij had een zuidelijk accent. Misschien afkomstig uit het heuvelland in Georgia. Hij zat op het randje van zijn stoel, een soort variant op strak in de houding staan.

'Uit de rapporten van vier maanden geleden valt op te maken dat Wiley zich op zijn gemak voelde bij jullie eenheid. Waren die rapporten correct?' vroeg Reacher.

'Dat geloof ik wel,' zei Coleman.

'Hij werd niet gepest of op de een of andere manier tegengewerkt?'

'Niet dat ik weet.'

'Dat maakt een heel bijzondere deserteur van hem. En dat maakt het ook volstrekt onmogelijk om jou of je eenheid voor zijn desertie verantwoordelijk te stellen. Het is niet jullie schuld. Er is geen enkele concrete aanwijzing dat het aan jullie lag. Honderd bureaumedewerkers zouden honderd jaar op honderd typemachines kunnen typen en dan nog zouden ze niet genoeg bij elkaar hebben getypt om jullie als schuldige aan te kunnen wijzen. Begrijp je dat? We weten dat Wiley om andere redenen is vertrokken.'

'Ja, dat hadden wij ook bedacht.'

'Dus je kunt ontspannen, oké? Je wordt nergens van beschuldigd. Je kunt geen foute antwoorden geven. Ook geen domme trouwens. We willen alleen alles weten wat je ons kunt vertellen. Elke kleine indruk. Maakt me niet uit hoe stom het klinkt. Dus hou je niet in. Leg het allemaal maar op tafel. Dan heb je daarna de rest van de dag vrij en mag je Hamburg verkennen. Kun je een kijkje nemen in de clubs.'

Coleman knikte.

'Hoelang heb je Wiley gekend?'

'Hij heeft twee jaar bij onze eenheid gezeten.'

'Een ouwe kerel, toch?'

'Een stuk ouder dan mijn oudste broer.'

'Vond je dat gek?'

'Een beetje.'

'Heb je erover nagedacht waarom hij zo lang heeft gewacht?'

'Ik geloof dat hij eerst andere dingen heeft geprobeerd.'

'Praatte hij daarover?'

'Nee, nooit,' zei Coleman. 'Hij hield zijn lippen stijf op elkaar. Hij liet zich niet in de kaart kijken. We wisten allemaal dat hij dingen geheimhield. Hij had altijd zo'n lachje om zijn mond en zei verder weinig. Maar hij was oud, dus we dachten dat er niets aan de hand was. We vonden dat hij het recht had om zo te doen. En niemand mocht hem er minder om, want hij was best populair.'

'Werkte hij hard?'

Coleman begon aan een antwoord en zweeg toen abrupt.

'Wat is er?' vroeg Reacher.

'U vroeg naar domme indrukken.'

'Ik hou wel van dom,' zei Reacher. 'Soms is dommigheid het enige wat we hebben.'

'Nou, het leken mij niet alleen zomaar geheimen. Het leek meer op een heel geheim plan. Voor de toekomst. Van dag tot dag. Ja, hij werkte hard. Hij deed alles wat hij moest doen en klaagde nooit. Zelfs niet over vervelende klussen. En tegenwoordig is het meeste werk vervelend. Hij vond het prima, want iedere dag was een dag dichterbij.'

'Dichter bij wat?'

'Dat weet ik niet.'

'Vier maanden geleden had je het over de oom van Wiley.'

'Ze vroegen ons of Wiley een gezellige kletser was. Ze wilden weten waar hij het zoal over had gehad. Maar dat was niet zoveel. Hij zei dat hij uit Sugar Land kwam, in Texas. Hij had verstand van slachtvee. Hij zei een keer dat hij veeboer wilde worden. Verder praatte hij niet veel. Maar op een dag hadden we een oefening achter de rug en hadden we een paar oefenschoten afgevuurd en vrij goed gescoord tegen de helikopters, dus namen we het ervan en trokken we een paar blikjes bier open. We werden behoorlijk teut. Iedereen vertelde waarom hij in het leger was gegaan. Maar op een speciale manier. Sommige van de jongens bij de eenheid kunnen heel goed overweg met woorden. Je moest het allemaal in één slim zinnetje samenvatten. Ik ben niet zo goed in zulke dingen. Toen ik aan de beurt was, zei ik dat ik in het leger was gegaan om iets met mijn handen te leren. Ik dacht dat dat dubbelzinnig zou klinken. Iets met je handen leren, zoals automonteur worden, maar je kon het ook opvatten als leren je handen te gebruiken om mensen te doden. Dat zou dan een alternatief kunnen zijn als je later geen werk kon vinden als automonteur.'

'Een goed antwoord,' zei Reacher.

'Zij snapten het niet.'

'Wat zei Wiley?'

'Hij zei dat hij in het leger was gegaan omdat zijn oom hem verhalen over Davy Crockett had verteld. Dat was kort en raadselachtig, precies zoals het moest. Net een cryptogram. En toen glimlachte hij op zijn geheimzinnige manier. Het kostte hem geen moeite om geheimzinnig te doen. Dat deed hij altijd.'

'Wat denk je dat hij bedoelde?'

'Ik kan me Davy Crockett herinneren van de tv-serie. Daar keek ik iedere week naar. Hij had een muts die was gemaakt van de vacht van een wasbeer. Dat was voor mij geen aanleiding om in het leger te gaan, dus ik begrijp niet wat hij bedoelde. Ik denk dat ik die keer degene was die het niet snapte.'

‘Zei hij alleen maar oom, of noemde hij ook een naam?’

‘Toen niet. Maar later zaten ze hem te dollen omdat hij het altijd maar over een ranch had, terwijl er in Sugar Land niets anders was dan een grote oude suikerfabriek en toen zei hij dat zijn oom Arnold op een ranch had gewerkt voordat hij in dienst moest.’

‘Klonk dat als dezelfde oom? Of was het een andere?’

Coleman viel stil, alsof hij in gedachten zijn eigen familie doornam om uit te maken hoe dat klonk als je iemand oom noemde. Oom zus, oom zo. Was er een verschil?

Uiteindelijk zei hij: ‘Ik weet het niet. Wiley was zo iemand die altijd de voornaam van iemand vermeldde. Een ouderwetse Texaanse gewoonte. Maar dat kon niet in die cryptische zin, want die moest kort zijn. Het kan dus best dat hij beide keren oom Arnold bedoelde, maar dat hoeft niet.’

‘Vertel eens iets meer over dat idee dat iedere dag een dag dichterbij was. Dat geheime plan. Hoe was zijn stemming? Had je het idee dat het stapje voor stapje ging, langzaam maar doelgericht, of ging het met ups en downs?’

‘Geen van beide, denk ik,’ zei Coleman. ‘Of een beetje van allebei. Hij was altijd al opgewekt, maar later werd hij steeds blijer. Zoiets van twee stapjes. Het was up en toen nog meer up.’

‘Wanneer gebeurde dat?’

‘Ongeveer halverwege zijn tijd, een jaar geleden.’

‘Wat gebeurde er?’

‘Niet iets wat ik zou kunnen benoemen.’

‘Heb je wel een idee?’

‘Dat klinkt misschien stom.’

‘Ik hou wel van stom.’

‘Hij was net iemand die op nieuws wacht en er de hele tijd van uitgaat dat het goed nieuws zal zijn, en toen het zover was, was het inderdaad goed nieuws.’

‘Zoiets als iemand die op zoek is naar iets en het dan uiteindelijk vindt?’

‘Precies.’

In Jalalabad was het veel later in de ochtend. Het ontbijt was allang achter de rug, het werd langzamerhand tijd voor de lunch. De boodschapper werd in de kleine hete kamer ontboden. Haar tweede bezoek die dag. Die ochtend toen ze was aangekomen, had ze Wileys antwoord al overgebracht. De dikke man had geglimlacht en heen en weer zitten wiegen en de lange man had zijn handen tot vuisten gebald en gehuild als een wolf. Nu zat alleen de dikke man er. In het kussen van de lange man zat een deuk, maar de man zelf was elders. Heel druk. Opgewonden. Veel drukker en opgewondener dan hij hoorde te zijn, dacht ze, want volgens hem ging het om een onbelangrijke zaak.

Vliegen kwamen geruisloos dichtbij, bleven even hangen en vlogen weer weg.

'Ga zitten,' zei de dikke man.

De boodschapper keek naar het kussen van de lange man.

'Mag ik blijven staan?' vroeg ze.

'Zoals je wilt. Ik ben heel trots op je. Je hebt je opdracht foutloos uitgevoerd. Dat was natuurlijk ook te verwachten na je gedegen training.'

'Dank u,' zei ze. 'Ik voelde me goed voorbereid.'

'Was je Duits goed genoeg?'

'Ik heb heel weinig gepraat. Alleen tegen de taxichauffeur.'

'Zou het goed genoeg zijn geweest als je meer had moeten zeggen?'

'Ik geloof het wel, omdat ik zo uitstekend ben getraind.'

'Zou je wel weer terug willen naar Hamburg?'

Ze dacht aan foto's en vingerafdrukken en registratie in computers.

'Ik zal overal gaan waar uw wijsheid mij gebiedt te gaan,' zei ze.

'De levering is gepland, zoals je weet, maar we moeten iemand ter plaatse hebben om toe te zien op de ontvangst.'

'Ik zou het als een eer beschouwen.'

'Zijn talen je sterkste kant?' vroeg de dikke man.

'Het is niet aan mij om daarover te oordelen,' zei ze.

'Degenen die je getraind hebben, zeggen dat je een uitstekend geheugen hebt en dat je goed kunt omgaan met cijfers.'

Ze gaf geen antwoord.

Ze wilde niet over cijfers praten.

Niet op dat moment.

'Spraken degenen die je getraind hebben niet de waarheid?' vroeg de dikke man.

'Ze waren erg vriendelijk, maar te complimenteus. Mijn kennis van cijfers is gering.'

'Waarom zeg je dat?'

Ze gaf geen antwoord.

'Vertel het me.'

'U wilt dat ik vóór Hamburg naar Zürich ga. Daar spreken ze ook Duits. Naar een bank. Om geld over te maken op de rekening van Wiley. Met cijfers. Rekeningnummers en wachtwoorden. Op die manier houd ik toezicht op de ontvangst.'

'Ben je van plan te weigeren?'

'Ik zou de prijs moeten weten.'

'Natuurlijk. Het is één van vier belangrijke elementen. Ons rekeningnummer, ons wachtwoord, de prijs en het rekeningnummer van de ontvanger van het geld. Dat is veel om uit het hoofd te leren, ik weet het, maar het is alles bij elkaar een eenvoudige, overzichtelijke transactie.'

'U vindt het vervelend als mensen de prijs weten.'

De dikke man zei niets.

'Ik zal worden opgeofferd,' zei de boodschapper.

'Niet als we krijgen wat we willen. Dit keer is het anders. Als de transactie slaagt, zul je er altijd deel van blijven uitmaken. Wij allemaal. We zullen mythen worden en legenden. De verhalen zullen van vader op zoon worden overgeleverd. De prijs zal worden beschouwd als een koopje. Er zal feest worden gevierd. Kleine meisjes zullen spelen dat ze jou zijn. Ze spelen het spel van het overmaken van het geld. Meisjes zullen geloven dat zij dit ook kunnen doen.'

De boodschapper zei niets.

'Maar als de transactie mislukt,' zei de dikke man, 'zul je inderdaad worden gedood, of je naar Zürich gaat of niet. Je maakt er al deel van uit. Je bent al een getuige. Alle getuigen zullen worden gedood. De vernedering zou voor ons anders te groot zijn om te dragen. Honderd miljoen dollar voor niets? We zouden het natuurlijk uit ons geheugen moeten wissen. Anders zou het voor ons het einde als leiders betekenen. Ze zouden onze beenderen voor de honden gooien.'

'Honderd miljoen dollar,' zei de boodschapper. 'Is dat de prijs?'

'Ga de cijfers uit je hoofd leren,' zei de dikke man. 'Zorg ervoor dat je vanavond kunt vertrekken. Bid dat het succesvol mag verlopen.'

In Hamburg nam Wiley de lift naar beneden. Hij liep naar buiten, weg van de rotonde, langs een andere flat, tussen weer twee andere door, tot achter in de wijk, waar het nieuwe plaveisel plaatsmaakte voor oud graniet, een bestrating van kinderkopjes en niet gesloopte scheepskranen. Er waren nieuwe voetgangersbruggen aangelegd over het donkere water, bevallige constructies van teak en staal over de gapende leegte eronder. Wiley stak een brug over naar een tweede, die breder was en helemaal naar de hoofdweg leidde, waar de bushalte was. Hij ging in het bushokje zitten en wachtte. Eerst kwam er een verkeerde bus, daarna de goede bus die twee straten van het filiaal van het autoverhuurbedrijf stopte. Wiley stapte in. Hij was kalm. Het gevoel van vallen was verdwenen. Nu was het niet meer dan een kwestie van mechanische handelingen. Afleveren, incasseren, vliegen. En daarna wachtten vijfentwintighonderd vierkante kilometer op hem. Te zien vanuit de ruimte.

Hij glimlachte in zichzelf, alleen in de menigte mensen in de bus.

Kleine Horace Wiley.

Verdomd als het niet waar was.

Anderhalve kilometer van de busroute had Muller met Dremmler in een Konditorei afgesproken. Er stonden vier kleine tafeltjes. Aan alle vier de tafeltjes zaten twee mannen net als zij, vrienden, maar niet echt, alleen met elkaar verbonden door een plan. Er moest iets gekocht of verkocht worden, ingedekt of verzekerd, geïnvesteerd of geleased, gehuurd of geflipt.

Of er moest iets gedaan worden tegen een afbrokkelende nationale identiteit.

'Nogmaals heel erg bedankt voor je hulp bij het opsporen van Reachers verblijfplaats,' zei Dremmler. 'We hebben nu een plan.'

'Graag gedaan,' zei Muller.

'Hij kan niet de hele dag in het hotel blijven. Hij komt vast op een gegeven moment naar buiten. Ik verwacht elk moment een positief rapport.'

'Goed,' zei Muller.

'Is dat andere ook gelukt?'

Muller haalde de schets van Wiley tevoorschijn en streek hem glad op het tafeltje.

'Was het moeilijk om die schets te pakken te krijgen?' vroeg Dremmler.

'Ik heb er wel sporen voor moeten achterlaten op papier, maar die leiden nergens naartoe.'

'Ik heb deze man nooit eerder gezien. Hij is geen lid van de beweging.'

'Maar Klopp heeft hem meerdere malen gezien.'

'Dan komt hij in de bar om te kopen of te verkopen. Of allebei. Ik zal de tekening laten zien aan mensen die ik ken. Misschien kunnen we een naam en een adres achterhalen.'

'We hebben al een naam. Hij heet Wiley. Hij heeft geen adres. Dat heb ik immers al uitgezocht?'

'Ik wil wedden dat hij een nieuwe identiteit heeft gekocht. Of meerdere. Dat is meestal het eerste wat dit soort mannen doet. Maar maak je geen zorgen. Ik weet precies aan wie ik dat moet vragen.'

Neagley zei tegen Landry dat hij de FBI in New Orleans moest bellen en hun moest doorgeven welke vragen aan Wileys moeder moesten worden gesteld, over mogelijke vrienden van vroeger die Arnold heetten en over mogelijke vrienden van vroeger die op een ranch hadden gewerkt en over mogelijke vrienden van vroeger die het wel eens over Davy Crockett hadden gehad. Neagley liep naar een ratelende telex omdat Vanderbilt haar had geroepen, waar ze een armvol kettingpapier verzamelde. Het ging over haar verzoek, via Sinclair en de gezamenlijke stafchefs, om informatie over cold case vermogensdelicten in Duitsland. In de buurt van militaire bases en locaties met militaire activiteiten. In de periode dat Wiley in Duitsland had gediend.

Meer dan genoeg misdrijven waren in die periode gepleegd.

'Wanneer krijgen we Wileys instructies?' vroeg Reacher.

'Snel,' zei Neagley. 'Er wordt aan gewerkt.'

Allerlei soorten misdrijven. Stuk voor stuk onopgelost. Geruisloze inbraken in het holst van de nacht, gewapende roofovervallen en ontvoeringen, allemaal met als doelwit plaatselijke bedrijven waar veel contant geld in omging: bars, goklokalen en stripclubs. De locaties op de kaart kwamen keurig overeen met de locaties van militaire bases. Omdat daar het geld was. Vandaar ook de bedrijven waarin veel contant geld omging. De criminelen die zulke misdrijven pleegden kwamen er van heinde en verre op af, zoals meeuwen op een stortplaats. Je kon ervan uitgaan dat de meeste daders geen soldaten waren. Maar sommigen natuurlijk wel.

'Kijk eens naar de geldbedragen,' zei Neagley.

'Die zijn niet echt,' zei Reacher. 'Opgeklopt voor de verzekering. Daar moet je de helft van aftrekken.'

'Maar dan nog. Daarmee zou Wiley in één of twee keer genoeg beginkapitaal hebben. Drie of vier van die overvallen en we praten ineens over een heel andere categorie. Dan moeten we gaan denken aan nieuwe uitgangspunten. Misschien heeft hij wel meerdere verblijfplaatsen en van alles en nog wat achter de hand.'

'Wanneer heeft hij dat ding gestolen dat hij verkoopt?'

'Ergens tussen de dag dat hij het heeft gevonden en het einde van zijn verlof van zesennegentig uur. Ergens in die periode van tien maanden.'

'Waarom is het nooit als vermist gerapporteerd?'

'Omdat dat afhankelijk is van wat het is. Van de auditcyclus, denk ik. Misschien zijn ze op dit moment wel aan het tellen. Misschien wordt het vanavond wel bekend.'

'Hoe grondig zijn die inspecties?'

'Meestal niet heel erg grondig,' zei Neagley. 'Een beetje uit de losse pols. Als er drie containers op de inventarislijst staan, tellen ze één, twee, drie, en zetten ze een vinkje.'

'Maar die containers zouden best leeg kunnen zijn.'

'Het is het een of het ander. Of er is nog niet geteld of hij heeft ze op de een of andere manier voor de gek gehouden. Dat zijn de enige twee mogelijkheden.'

'Nee, ik denk dat er een derde mogelijkheid is,' zei Reacher. 'Misschien heeft hij iets gestolen wat nooit op een inventarislijst heeft gestaan. Misschien wist niemand dat het bestond, dus weet ook niemand dat het verdwenen is.'

'Maar wat dan?'

'Zoiets als mijn broek.'

'Wat is er met jouw broek?'

'Vind je hem leuk?'

'Het is een broek.'

'Het is een broek van het Korps Mariniers uit 1962 die in 1965 is verscheept. Onderweg is het transport per ongeluk afgeleverd bij een opslagdepot van de landmacht in Maryland. Daar hebben die broeken dertig jaar gelegen. Nooit geteld, nooit geïnspecteerd, nooit opgevoerd op welke lijst dan ook.'

'Denk je dat iemand net voor honderd miljoen dollar aan broeken heeft gekocht?'

'Niet per se broeken.'

'Shirts?'

'Iets wat is weggeraakt in een opslagdepot. Een derde mogelijkheid.'

'Maar wat dan?' vroeg Neagley opnieuw.

'We zouden hier in Duitsland tegen het Rode Leger gaan vechten. Daar hadden we allerlei spullen voor. En fouten maken is menselijk. Als ze een baal mariniersbroeken naar een basis van de landmacht kunnen sturen, moet je ze tot alles in staat achten.'

'Oké,' zei Neagley. 'Een derde mogelijkheid.'

De telefoon rinkelde.

Griezman.

'Er is iets geks gebeurd,' zei hij.

29

Met z'n zevenen verzamelden ze zich om de luidspreker die Reacher inschakelde. Griezman zei: 'Een wijkbureau van de politie is zojuist gebeld door de manager van een filiaal van een autoverhuurbedrijf. In de buurt van jullie hotel eigenlijk. Een man die Engels sprak met een Amerikaans accent heeft er zojuist een vrachtwagen gehuurd. Ook al sprak hij alleen Engels, zijn legitimatie was Duits. De man achter de balie handelde de zaak af, maar de manager zat in het kantoor en hoorde het gesprek. Hij herkende de stem van de klant, want de man had er al eerder een auto gehuurd, niet zo lang geleden. Toen de man weer weg was, keek de manager om de een of andere reden in de computer om te zien hoe het de vorige keer was gegaan en zag hij dat de man toen een heel andere naam had gebruikt.'

'Wanneer is dit gebeurd?' vroeg Reacher.

'Twintig minuten geleden.'

'Beschrijving?'

'Vaag, maar het zou Wiley kunnen zijn. Daarom bel ik u. Ik heb er al een auto naartoe gestuurd met een tekening. Over een paar minuten weten we het.'

'Gebruikte hij de vorige keer een Duitse naam?'

'Ja, maar een andere. De vorige keer was het Ernst en deze keer Gebhardt.'

'Oké, dank u,' zei Reacher. 'We horen het graag als de mensen van het verhuurbedrijf naar de tekening hebben gekeken.'

Hij verbrak de verbinding.

'Dit is het begin van de finale,' zei Sinclair. 'Hij heeft die vrachtwagen nodig om te leveren.'

'En daarna gaat hij er als een haas vandoor,' zei Waterman. 'Hij verbruikt zijn reserve-identiteiten. Zijn zondagse identiteit bewaart hij nog even voor de luchthaven.'

'Twintig minuten,' zei Landry. 'Dan kan hij nu al vijftien kilometer de stad uit zijn. Daar heeft Griezman niets meer te vertellen. We moeten de Bundespolizei inschakelen.'

De telefoon rinkelde.

Griezman.

'We hebben nu een bevestiging aan de hand van de tekening. Wiley heeft die vrachtwagen gehuurd. Honderd procent zeker. Ik heb al een aanhoudingsbevel uitgevaardigd voor het kenteken. Dat wordt afgehandeld door de verkeerspolitie. Die werken samen met de politie buiten Hamburg. Dat doen ze regelmatig. We denken nu aan een straal van vijftien kilometer. Het is bijna vijfentwintig minuten geleden. Hij rijdt vrijwel zeker naar het zuiden of zuidoosten, tenzij hij op weg is naar Denemarken of Nederland. We hebben auto's op alle hoofdwegen en op de Autobahn. U kunt ervan op aan dat we met man en macht op zoek zijn. Het is een grote vrachtwagen. Traag bovendien.'

'Wat heeft hij als adres opgegeven?' vroeg Reacher.

'Een vals adres. Niet meer dan een diep gat in de grond aan de andere kant van de stad waar een nieuw appartementencomplex moet komen.'

'Nog meer nieuws?' vroeg Reacher.

'Alleen dat de man achter de balie van het verhuurbedrijf vertelde dat Wiley de hoogte van de laadvloer heel belangrijk vond en dat het per se een vrachtwagen met een roldeur moest zijn, geen achterdeuren met scharnieren, omdat hij de vrachtwagen met de achterkant tegen een andere vrachtwagen moest zetten om de vracht over te hevelen.'

'Dank u,' zei Reacher.

Hij verbrak de verbinding.

'We weten nu tenminste wat voor ding het is,' zei Sinclair. 'Het is geen document. Het is geen geheime informatie. Je hebt er een vrachtwagen voor nodig met een roldeur.'

'Die je met de achterkant tegen een andere vrachtwagen moet zetten,' zei Neagley. 'Maar waarom? Waarom heb je een nieuwe vrachtwagen nodig als de lading al in een vrachtwagen zit?'

'Misschien is die eerste vrachtwagen gestolen,' zei Reacher. 'Misschien is hij bang dat hij wordt aangehouden.'

Neagley keerde zich om en bladerde in het kettingformulier van de telex. Cold case vermogensdelicten in Duitsland, in de buurt van militaire bases, in de periode dat Wiley in Duitsland had gediend. Ze gleed met een vingertop over de lijst met amper leesbare grijze tekst.

Haar vingertop hield stil.

'Zeven maanden geleden is in een buitenwijk van Frankfurt een vrachtwagen met een roldeur van de bezorgdienst van een meubelzaak gestolen,' zei ze. 'Het kentekennummer is doorgegeven aan de lokale politie en de Bundespolizei, maar de vrachtwagen is nooit boven water gekomen.'

Haar vingertop gleed verder. Ze likte aan haar duim en sloeg bladzijden om.

'Verder niets. Genoeg auto's, maar geen vrachtwagens met een roldeur.'

'Dat was drie maanden voordat hij deserteerde,' zei Reacher.

'Het was een kwestie van lange adem.'

'Heeft hij het ding en de vrachtauto in dezelfde nacht gestolen?'

'Vrijwel zeker. Dus beginnen zich ook de contouren van een locatie af te tekenen. Als hij bang was om te worden aangehouden, zou hij die vrachtwagen in de buurt stelen en er een minimale afstand mee afleggen, datgene stelen waar het nu om gaat, opnieuw een minimale afstand afleggen met dezelfde vrachtwagen en hem zo snel mogelijk ergens verbergen. In een schuur of zo, met het ding er nog in. Een route in de vorm van een driehoek, snel en gericht. Een minimum aan kilometers. Misschien gaat het om maar een heel beperkt gebied in de buurt van Frankfurt.'

'Maar waarom is hij daarna teruggekeerd naar zijn eenheid en er nog drie maanden gebleven?'

'Hij hield zich gedeisd. Hij wachtte op een reactie. Hij verstopte zich waar iedereen hem kon zien. Dat was slim. We zouden op zoek zijn gegaan naar deserteurs en boeven buiten het leger. We zouden niet naar soldaten hebben gekeken die braaf op hun post zaten. Maar het ding is nooit vermist. Er is nooit alarm geslagen. Er kwam geen reactie. En zodra hij daar zeker van was, is hij bij de eerstvolgende gelegenheid vertrokken. Hij hield zich schuil in Hamburg. Hij heeft vier maanden nodig gehad om het ding te verkopen en nu gaat hij het ding ophalen.'

'Dat zijn behoorlijk voorbarige conclusies,' zei Sinclair. 'Toch? Iedereen kan die vrachtwagen van die meubelzaak wel hebben gestolen.'

'We moeten weten waar Wiley zeven maanden geleden was. We hebben zijn militaire instructies nodig.'

'Die komen,' zei Neagley op hetzelfde moment dat de telex begon te ratelen.

Wiley had de vrachtwagen terug naar het centrum van de stad gereden, rustig, behoedzaam, met een slakkengang door het stadsverkeer. Hij was keurig blijven wachten voor de stoplichten en had in zijn spiegels gekeken zoals het hoorde. Hij reed om de Aussenalster en kroop door Sankt Georg, boog af naar het westen, naar de plek waar hij woonde, maar ruim voor die tijd sloeg hij links af en reed hij over een rammelende, vierkante ijzeren brug het oude havengebied in waar de kaden te klein waren voor de moderne vrachtschepen, wat betekende dat de pakhuizen ook te klein waren, zodat ze te huur waren voor weinig geld.

Hij parkeerde voor een donkergroene dubbele deur en gleed omlaag van zijn hoge stoel. De dubbele deur was vergrendeld met hangsloten op schuifgrendels boven en onder en een hangslot op een klink in het midden. Hij had de sleutels van alle drie de hangsloten. Hij zwaaide de rechterdeur open en zette die vast. Hij liep terug naar het midden en zette ook de linkerdeur open en vast.

De ruimte binnen mat ongeveer negen bij twaalf meter en was bijna vijf meter hoog. Vergelijkbaar met een dubbele garage bij een aantrekkelijke woning in een buitenwijk van Sugar Land, maar dan in alle opzichten uitvergroot. De plek rechts was leeg. Links stond een oude vrachtwagen voor het vervoer van meubels. Hij had hem zeven maanden geleden vanaf Frankfurt hierheen gereden, in dezelfde nacht waarin hij hem had gestolen. Dezelfde nacht waarin hij er zijn kostbare lading in had geladen. Die belachelijke haast was niet per se noodzakelijk geweest omdat hij voor de veiligheid de kentekenplaten had verwisseld, hij had best kalm aan kunnen doen, maar hij wilde naar zijn bestemming. Hij wilde onder de radar verdwijnen. Hij had het amper gehaald. Het was een oude vrachtwagen. Rijp voor de sloop eigenlijk. Het olielampje brandde onderweg van begin tot einde. De motor maakte rare geluiden. Het vehikel stond op het punt er voorgoed de brui aan te geven toen hij de vrachtwagen vooruit naar binnen reed, dankbaar dat hij het had gered. Dankbaar dat hij het inhuren van een sleepwagen had kunnen vermijden. Sommige dingen zouden maar moeilijk uit te leggen zijn geweest. Hij zette de motor af, die daarna niet meer wilde starten. Volledig vastgelopen. Vandaar de gehuurde vrachtwagen. Hij parkeerde hem naast zijn voorganger, sloot de beide donkergroene deuren weer, hing de hangsloten aan de grendels en de klink en stopte de sleutels in zijn zak. Hij stak een oude ijzeren voetbrug over naar een andere kade, waar hij uitkwam bij de nieuwe voetbruggen, bogen van staal en teak, die hem van de ene kade naar de andere brachten, tot hij uitkwam achter in de wijk met appartementencomplexen, waar hij tussen twee flats door liep, langs een derde flat, tot hij in de hal stond van zijn eigen flat, waar hij de lift nam naar zijn appartement.

Muller sloot de deur van zijn kantoor, pakte de hoorn van de telefoon op zijn bureau en belde Dremmler. 'De man van de tekening heeft de stad verlaten in een vrachtwagen,' zei hij. 'We hebben net een verzoek om assistentie gekregen van de afdeling van Griezman. We vaardigen een opsporingsbevel uit voor het kenteken. We beginnen in een straal van vijftien kilometer, maar breiden het uit tot het hele land als het moet.'

'Hij is spullen aan het afleveren,' zei Dremmler. 'Dat hebben we gemist.'

'Nee, de vrachtwagen is leeg. Hij heeft hem net opgehaald bij een verhuurbedrijf.'

'Dan haalt hij ergens anders iets op. Dat is veel interessanter. Houd me op de hoogte. Ik wil het als eerste weten.'

'Daar zorg ik voor.'

'Ik ben bang dat die andere zaak niet goed is afgelopen.'

'Reacher?'

'Hij was erop verdacht. Hij had mensen meegenomen. Hij heeft degenen die hem in de val wilden laten lopen zelf in de val laten lopen. Een groep van twaalf man, zeiden mijn jongens. Gewapend met militair wapentuig. Plus hijzelf. Mijn jongens hadden geen schijn van kans.'

Wiley was in het bezit geweest van een pasje voor zesennegentig uur verlof op het moment dat de vrachtwagen was gestolen. Het was niet bekend waar hij was geweest. Dat was het eerste wat bleek uit Wileys instructies. Pal daarvoor was hij op zijn post geweest, een paar kilometer ten noordoosten van de meubelzaak. Een paar kilometer maar, dacht Reacher, niet tientallen of honderden. Wiley kende de streek. Hij was er vaak genoeg geweest. Allemaal redelijk lokaal. Zoiets als een tochtje met de bus van Sugar Land naar downtown Houston.

De instructies lieten een beeld zien van Wiley die in Duitsland aankwam, en van de verplaatsingen daarna tussen wat ooit een vooruitgeschoven post was geweest op het slagveld en een post verder naar achteren in een onderhoudsdepot. Die laatste post was de locatie ten noordoosten van Frankfurt. Hij was ook regelmatig vrijwillig gedetacheerd naar een opslagdepot vijfenveertig kilometer verder naar het westen. Het was ooit een bevoorradingsdepot geweest, maar nu alleen nog een dump voor spullen die niemand meer nodig had. De mannen van de eenheid waarbij Wiley diende konden zich beschikbaar stellen voor het slopen van afgedankte machines. De officier die de orders had uitgeschreven noemde het een praktische training in onderhoud in het veld. Reacher moest toegeven dat dat beter klonk dan ervoor uitkomen dat hij zijn eenheid met sloopmateriaal aan de praat moest houden. Ondanks alles was het geen populaire klus. Het was vier keer voorgekomen. Niemand had zich vaker dan één keer als vrijwilliger gemeld.

Behalve Wiley.

Wiley had zich drie keer vrijwillig gemeld.

De eerste drie keer.

De vierde keer niet.

'Daar in die dump heeft hij het ongetwijfeld gezien,' zei Neagley. 'Wat het dan ook mag zijn. Dat moet wel. Misschien heeft hij er de eerste keer naar gezocht. Misschien heeft hij het de tweede keer gevonden. De derde keer heeft hij alles gepland. En toen heeft hij het zeven maanden geleden gestolen. Daarom hoefde hij er de vierde keer niet meer naartoe. Toen was het ding al weg. Toen had hij het al in zijn bezit.'

'En volgens jou heeft hij het daar in de buurt verborgen. Dat moeten we zeker weten. We hebben mensen nodig die de weg in de gaten houden. Vier man met verrekijkers. Op de Autobahn ten zuiden van Hannover misschien. Zover is hij nog niet gekomen.'

Reacher belde Griezman, die zei dat hij ervoor zou zorgen.

'Hij is wel heel behulpzaam,' zei Sinclair.

'Tot nu toe,' zei Reacher.

'Chanteer je hem?'

'Ik heb hem verteld dat ik dat niet zou doen, maar ik ben er niet van overtuigd dat hij me gelooft. Dus in zekere zin zou je kunnen zeggen dat ik hem toch chanteer. Het resultaat is hetzelfde.'

'Dat het maar lang zo moge blijven.'

'Nee,' zei Reacher. 'Dat zal niet lang duren. Griezman laat ons vallen zodra zich iets belangrijkers aandient.'

'Is er iets belangrijkers dan dit?'

'Hij weet niet hoe serieus dit is.'

'Moeten we hem dat vertellen?' vroeg Sinclair. 'Moeten we een officieel verzoek om assistentie indienen?'

'Dat zou een politieke ramp zijn,' zei White. 'Een teken van zwakte. Rusland ligt om de hoek. We kunnen de vuile was niet buiten hangen.'

'Bovendien is het toch te laat,' zei Waterman. 'Het zou de Duitsers een halve dag kosten om alleen maar te reageren. We zouden een hele dag nodig hebben om hen goed op de hoogte te brengen. Misschien wel langer, omdat ze nog van niets weten. Dan zou Wiley al een voorsprong van zesendertig uur hebben. Tegen die tijd kan hij overal en nergens zijn. Dit is tegenwoordig een groot land.'

Het kantoor van Dremmler lag op de vierde verdieping van een gebouw dat zijn eigendom was. Hij nam de lift naar beneden, een origineel exemplaar uit de jaren vijftig. Betrouwbaar, maar langzaam. Hij deed er twintig seconden over om de hal beneden te bereiken. In diezelfde tijdsspanne importeerde en verkocht Dremmler drieëndertig paar Braziliaanse schoenen. Een geruststellend aantal. Een miljoen paar schoenen per week. Meer dan vijftig miljoen paar schoenen per jaar.

Hij verliet het gebouw en liep in de middagzon naar de bar met de gelakte houten gevelbekleding, drie straten verderop. Ooit zou het tijdstip zijn bestempeld als erg vroeg voor een lunchpauze, maar het was er nu al druk. Omdat de nieuwe, gestaffelde kantoortijden betekenden dat de lunchpauze zich uitstrekte over een groot deel van de dag, een constante wisseling van de wacht.

Dremmler drong zich door de menigte, knikte en groette, tot hij Wolfgang Schlupp op een kruk aan de bar zag. Geen indrukwekkende verschijning. Donker haar, donkere ogen, een mager, donker gezicht, gebouwd als een bibberende hond. Maar bruikbaar. En op korte termijn nog bruikbaarder. Dremmler wist met het gebruik van zijn ellebogen een plek naast Schlupp te veroveren, zijn schouder vooruitgestoken, de rug naar de ruimte gekeerd. 'Hoe staan de zaken, Herr Schlupp?' vroeg hij.

'Wat heb je nodig?' vroeg Schlupp.

'Informatie,' zei Dremmler. 'Voor de zaak. Het nieuwe Duitsland is ervan afhankelijk.'

Een barkeeper met een zwaar canvas schort voor kwam zijn kant op en Dremmler bestelde een liter bier.

'Wat voor soort informatie?' vroeg Schlupp.

'Jij hebt een rijbewijs en misschien ook wel een paspoort gemaakt voor een Amerikaan.'

'Hou maar op. Ik heb niets gemaakt.'

'Oké, jij hebt de opdracht van een klant doorgegeven aan je partners in Berlijn. Die hebben die dingen gemaakt. Het enige wat jij hebt gedaan, is de helft van het geld houden.'

'Nou, en?'

Dremmler schoof opzij om een beetje extra ruimte te krijgen en haalde de tekening tevoorschijn. Hij streek haar glad op de bar.

'Deze kerel,' zei hij.

Het haar, de wenkbrauwen, de jukbeenderen en de diepliggende ogen.

'Ik kan me hem niet herinneren,' zei Schlupp.

'Ik denk van wel.'

'En wat dan nog?'

'Het is belangrijk voor de zaak.'

'Wat is belangrijk?'

'Wat is de nieuwe naam die de man heeft aangenomen?'

'Waarom wil je dat weten?'

'We zoeken hem.'

'Je weet dat ik je dat niet kan vertellen,' zei Schlupp. 'Hoe zou ik dan nog zaken moeten doen? Niemand zou me meer vertrouwen.'

'Dit is eenmalig. Niemand komt het te weten. De man zit al in de problemen, maar wij willen hem als eerste te pakken krijgen. Op dit moment is hij onderweg met een lege vrachtwagen. Om iets op te halen. Waarschijnlijk een zware lading, omdat hij in een vrachtwagen rijdt. Misschien wel wapens. Misschien wel goud van de nazi's uit een oude zoutmijn.'

'En dat wil jij hebben.'

'Voor ons allemaal. Voor de zaak. Het zou een enorm verschil maken.'

Schlupp gaf geen antwoord.

'Je zou natuurlijk vindersloon krijgen,' zei Dremmler. 'Of een consultvergoeding. Of commissieloon, als je dat wilt.'

'Ik zou een risico lopen,' zei Schlupp. 'Het is net als met priesters. Iedereen vertrouwt erop dat ik niet praat.'

'De omvang van de vergoeding zou uiteraard in overeenstemming zijn met de omvang van het risico.'

Schlupp keek naar de tekening.

'Ik denk dat ik me hem kan herinneren. Ik heb veel Amerikanen gedaan. Ik geloof dat deze man drie verschillende namen heeft gekozen. De eerste twee waren alleen voor ID-kaarten en rijbewijzen. Maar de derde was volgens mij ook voor een paspoort.'

'Wat waren die namen?'

'Het is maanden geleden. Dat zou ik moeten opzoeken.'

'Dat kun je je niet herinneren?'

'Ik hoor honderden namen.'

'Wanneer kun je dat doen?'

'Als ik weer thuis ben.'

'Wil je me dan meteen bellen? Het is enorm belangrijk. Voor de zaak.'

'Oké,' zei Schlupp.

Dremmler knikte tevreden en vertrok zoals hij was gekomen, wrikte zich met één schouder vooruit door de menigte. Hij knikte en groette terwijl hij terugliep naar de zwakke middagzon achter de open buitendeur.

De barkeeper die hem zijn liter bier had getapt, pakte de telefoon.

In de kamer in het consulaat rinkelde de telefoon. Vanderbilt nam op en gaf de hoorn toen aan Reacher. Het was Orozco. 'Problemen?' vroeg hij.

'Nog niet,' zei Reacher. 'We denken dat Wiley onderweg is naar Frankfurt en dat hij iets heeft gestolen uit een opslagdepot in de buurt van de basis waar hij was gelegerd, zeven maanden geleden. En dat hij het daarna heeft verborgen. We denken dat hij nu onderweg is om het op te halen.'

'We hebben mensen zat in Frankfurt.'

'Dat weet ik,' zei Reacher. 'Ik zal ze bellen als ik ze nodig heb.'

'Ik ben net klaar met Billy Bob en Jimmy Lee. Ze hebben het lekkerste voor het laatst bewaard. Het blijkt dat ze Wiley een M9 hebben verkocht. Dus houd daar rekening mee. Hij is gewapend.'

Wileys telefoon ging. Hij nam het gesprek aan in de keuken. Hij hoorde aan het lawaai op de achtergrond meteen met wie hij sprak. De vriendelijke barkeeper, die nog vriendelijker was geworden na de ontvangst van ruime hoeveelheden papiergeld, hoeveelheden die het midden hielden tussen fooien en smeergeld. En bovendien nog eens een pak bankbiljetten voor noodgevallen. Of waarschuwingen. Of voor alles wat volgens de man die het geld ontving de oren moest bereiken van de man die het geld had gegeven. Het was overal op de wereld hetzelfde. Er werd niets gezegd, maar het werd uitstekend begrepen.

'Wolfgang Schlupp gaat je verraden aan Dremmler.'

'Voor hoeveel?' vroeg Wiley.

'Een percentage. Dremmler zegt dat je onderweg bent om goud van de nazi's op te halen.'

'Ik was onderweg naar het toilet.'

'Je hebt de tijd tot Schlupp thuiskomt.'

In de kamer van het consulaat rinkelde de telefoon opnieuw. Landry nam op, gaf de hoorn aan Neagley, die hem op haar beurt doorgaf aan Reacher. Het was Griezman. 'Het lijkt erop dat onze verkeerspolitie uitzonderlijk gedetailleerd geïnformeerd moet zijn voor een operatie op zo'n afstand als Hannover. We besparen veel tijd als we ze direct de bijzonderheden geven. Dat werkt ook beter. Ik heb het plaatsvervangend hoofd ingelicht. Hij verwacht dat u hem belt. Ik zal u zijn nummer geven. Hij heet Muller.'

'Oké,' zei Reacher. 'Verder nog iets?'

'Nee. Succes.'

'Dank u.'

Reacher verbrak de verbinding en koos het nummer.

De telefoon op Mullers bureau rinkelde. Hij sloot de deur van zijn kantoor, ging zitten en nam op. 'Spreek ik met plaatsvervangend hoofd Muller?' zei een Amerikaans klinkende stem.

'Ja,' zei Muller.

'Mijn naam is Reacher. Ik geloof dat het hoofd van de recherche, de heer Griezman, u heeft verteld dat ik zou bellen.'

Muller schoof een dossier opzij en trok een schrijfblok naar zich toe. Hij pakte een potlood en noteerde datum, tijd en naam van de beller. 'Ik heb begrepen dat u wilt dat het verkeer op de Autobahn ten zuiden van Hannover in het oog wordt gehouden.'

'U hebt het kenteken. Ik wil graag weten of de vrachtwagen vanaf hier in de richting van Frankfurt rijdt.'

'Wat verwacht u precies van ons?'

'Auto's in de berm. Of op viaducten. Vier paar ogen. Als een reguliere snelheidscontrole, maar dan met verrekijkers, niet met laserguns.'

'Wij hebben geen ervaring met dergelijke acties, meneer Reacher. Er geldt geen maximumsnelheid op de Autobahn.'

'Maar u begrijpt de essentie van wat ik bedoel.'

'Ik heb Amerikaanse tv-series gezien.' Muller schreef *essentie* op het schrijfblok.

'Ik wil onmiddellijk op de hoogte worden gebracht. Ik heb tijd nodig om aan de andere kant dingen te regelen.'

'Weet u waar hij naartoe gaat?' vroeg Muller.

'Niet precies. Nog niet.'

'Laat het me weten als u daarachter bent gekomen. Dan kan ik mensen inzetten.'

'Dank u. Dat zal ik doen.'

Muller verbrak de verbinding. Hij trok het bovenste vel van het schrijfblok. Hij scheurde het doormidden, en nog een keer, en nog een keer, tot hij op zijn bureau snippers overhield zo groot als confetti, die hij in de prullenbak schoof. Reacher zou kunnen beweren dat het gesprek had plaatsgevonden, maar Muller kon altijd beweren dat het was geëindigd met een laatste 'laat maar zitten', waarmee alle net daarvoor gemaakte afspraken weer teniet waren gedaan. Onmogelijk het een of het ander te bewijzen. Een klassiek geval van het woord van de een tegen het woord van de ander, en dat won de politie altijd.

Hij belde Dremmler.

'Je kunt het geloven of niet, maar ik heb zojuist Reacher aan de lijn gehad. Een probleem dat Griezman mij in de schoenen schoof. Reacher denkt dat Wiley onderweg is naar Frankfurt. Hij heeft beloofd me de precieze bestemming te melden zodra hij daarachter is gekomen.'

'Uitstekend.'

'Weet je zijn nieuwe naam al?'

'Daar wordt aan gewerkt.'

Wolfgang Schlupp verliet de bar toen hij daaraan toe was. Hij wandelde door twee steegjes en nam een bus die hem afzette bij een derde steegje, zodat hij na nog twee keer links afslaan thuiskwam in zijn flat op de bovenste verdieping van een vooroorlogs flatgebouw. Een gebouw zo oud dat het nog geen lift had. Maar wel veel woonruimte. Lange tijd deed het gerucht de ronde dat de hele rij flats ondeugdelijk waren gerenoveerd na de bombardementen tijdens de oorlog. Maar een door een ingenieursbureau opgesteld inspectierapport had precies het tegenovergestelde aangetoond. De huren waren plotseling verdubbeld. Schlupp was er snel bij geweest. Hij had een gesprek opgevangen tussen twee ambtenaren van de gemeente die met de rug naar hem toe stonden.

Hij liep de trap op, naar de hal op de eerste verdieping, en nog een trap naar de hal van de tweede verdieping, en verder.

Wiley hoorde hem aankomen. Hij leunde tegen de muur, in de schaduw van een brandkast en een boiler. Hij had een pistool in zijn hand. Zijn Beretta M9, afkomstig uit, zeg maar, de legerdump, gekocht van twee stommelingen die spullen jatten uit een depot, in dezelfde bar waar de spraakzame meneer Schlupp zijn naar nu bleek toch niet zo heel geheime zaakjes afhandelde.

Boven aan de trap gekomen liep Schlupp de gang in op de bovenste verdieping, ging naar rechts en maakte de deur van zijn flat open. Wiley stapte naar voren uit de schaduw en duwde Schlupp naar binnen, het pistool tegen zijn rug gedrukt, en trapte de deur achter zich dicht. Hij duwde Schlupp de gang door naar een ruime woonkamer, heel grootsteeds van sfeer met grijstinten en kale baksteen. Schlupp struikelde en viel op een zwarte leren bank, waar hij hulpeloos bleef liggen.

Wiley stond boven hem en richtte zijn pistool op het gezicht van Schlupp.

'Ik hoor dat je van plan bent mij te verraden, Wolfgang,' zei hij.

'Dat is niet waar,' zei Schlupp. 'Dat zou ik nooit doen. Hoe zou ik dan nog zaken moeten doen?'

'Je hebt het Dremmler beloofd.'

'Ik was van plan een naam te verzinnen om hem om de tuin te leiden.'

'Heb je hier dossiers?'

'Allemaal gecodeerd.'

'Waarom heb je niet meteen een naam verzonnen in de bar? Waarom moest je eerst naar huis en je dossiers?'

'Heeft Dremmler je gebeld?'

'Maakt niet uit van wie ik dit weet. Je was van plan me te verraden. Je was van plan me op te zoeken in je dossiers. Dremmler heeft je gezegd dat je hem meteen moest bellen omdat het belangrijk is voor de zaak.'

'Ben je gek, man. Dat is gelul. Hoe zou ik dat kunnen doen? Niemand zou me nog vertrouwen.'

'Waarom heb je geen naam verzonnen in de bar?'

Schlupp gaf geen antwoord.

'Laat die dossiers eens zien,' zei Wiley.

Schlupp krabbelde overeind. Ze liepen opnieuw door de gang, maar nu minder snel, de loop van het pistool voortdurend in de rug van Schlupp, naar een kleine slaapkamer die Schlupp gebruikte als kantoor.

Schlupp wees naar een plank hoog aan de muur.

'Die rode map,' zei hij.

Een ringband met vier ringen. Op voorgestanste pagina's stonden regels met de hand geschreven codes, in de vorm van niet-bestaande onzinwoorden in afzonderlijke kolommen, misschien betekende dit wel oude naam, nieuwe naam, paspoort, rijbewijs, ID-kaart.

'Waar sta ik?' vroeg Wiley.

'Ik zou je nooit verraden.'

'Waarom heb je geen naam verzonnen in de bar?'

'Dremmler is er helemaal vol van, man. Hij denkt nu dat je ergens in het land in een vrachtwagen op zoek bent naar goud van de nazi's. Kennelijk dus niet. Dus hij heeft het wat dat betreft bij het verkeerde eind en dat betekent dat hij van de hele zaak geen snars begrijpt. Dat is toch logisch? Waarom zou je naar hem luisteren?'

'Dat heb ik ook niet gedaan,' zei Wiley. 'Ik heb naar de barkeeper geluisterd. Dremmler stelde vragen en jij gaf antwoord. Je was van plan mij te verraden. Als je dat niet van plan was geweest, had je daar wel meteen een valse naam genoemd. Oké, misschien dat je in eerste instantie in een kramp schoot, maar daarna zou je je hebben hersteld en hebben gezegd: o ja, ik weet het weer, hij noemt zichzelf nu Schmidt. Of zoiets. Maar dat heb je niet gedaan.'

'Ik ben bang voor hem, man. Hij kan voor problemen zorgen. Oké, ik zou het hem vertellen. Maar ik ben van gedachten veranderd.'

'Toen je mij zag?'

'Nee, eerder al.'

'Ik geloof je niet.'

'Hoe zou ik nog zaken moeten doen?'

'Dremmler zei dat hij de risico's zou afdekken.'

'Ik zweer je, man. Je zit ernaast. Ik ben van gedachten veranderd. Ik zou het nooit doen.'

Wie a zegt, moet b zeggen.

Alles of niets.

'Ik neem maar het zekere voor het onzekere, vriend,' zei Wiley.

Hij verplaatste het pistool van de ene hand naar de andere, snel en soepel, en sloeg Schlupp hard tegen zijn slaap, een backhand, met de vlakke kant van de kolf. Hij wilde niet schieten. Niet hier. Te veel lawaai. Hij sloeg hem nog een keer, een forehand, tegen zijn andere slaap. Schlupps hoofd sloeg heen en weer als dat van een lappenpop. Toen het hoofd weer tot rust kwam, sloeg Wiley hem een derde keer, een gemene klap omlaag, midden op zijn schedel, alsof hij met een hamer of een bijl sloeg. Schlupp viel op zijn knieën. Wiley sloeg opnieuw. Met een schok schoot Schlupp voorover en viel languit op zijn gezicht. Wiley bukte zich en sloeg opnieuw, en nog een keer, en opnieuw, en nog een keer.

Bot kraakte en bloed welde uit de wonden op en spatte weg.

Wiley stopte en haalde diep adem.

Hij voelde aan Schlupps hals.

Geen hartslag.

Hij wachtte een volle minuut, om zeker van zijn zaak te zijn. Nog steeds niets. Dus veegde hij het pistool schoon aan het shirt van Schlupp, pakte de rode map en vertrok.

30

Reacher zat rustig in een hoek van de kamer in het consulaat te wachten tot de telefoon zou rinkelen. Hij vroeg zich af wie het eerst zou bellen; de FBI in New Orleans of plaatsvervangend hoofd Muller van de verkeerspolitie. Het was alsof hij in afwachting was van de winnaar van een race in slow motion. Hij stelde zich voor hoe de dag aanbrak in de Mississippi-delta, zwoel, en hoe lokale FBI-agenten wakker werden, traag het ontbijt naar binnen werkten en op weg gingen. Vanaf dat moment zouden de gebeurtenissen misschien iets versnellen. Je mocht ervan uitgaan dat de afspraak met de moeder van Wiley de eerste afspraak van de dag was, gezien de druk die Waterman en Landry hadden uitgeoefend. Misschien al om acht uur 's ochtends, zo vroeg omdat je mocht aannemen dat iemand die van een uitkering afhankelijk was, de autoriteiten niet tegen de haren in zou willen strijken. En tegen die min of meer ontspannen tijdlijn in Louisiana-stijl reed de vrachtwagen van Wiley, achtduizend kilometer verderop in Duitsland, met een snelheid van zo'n negentig kilometer per uur, op weg naar Hannover, en langs Hannover, en met Hannover in de rug verder naar het zuiden in de richting van de auto's met vier paar ogen en verrekijkers. Wie zou het eerst op zijn bestemming zijn?

De telefoon rinkelde.

Het was New Orleans noch plaatsvervangend hoofd Muller.

Het was Griezman.

'Ik heb een serieus probleem,' zei hij.

'Wat voor probleem?' vroeg Reacher.

'Er is iemand vermoord in de oude stad. Ze hebben een kleine man zijn hoofd ingeslagen. Het is net gebeurd. Een buurman hoorde lawaai. Ik voel me verplicht al mijn mensen ernaartoe te sturen, in ieder geval vandaag. Dus het spijt me heel erg, vriend, maar ik ben gedwongen om onze tijdelijke ondersteuning voorlopig te staken.'

'En u vraagt zich af hoe dat bij mij overkomt?'

Griezman aarzelde even.

'Nee,' zei hij. 'Ik heb u op uw woord geloofd.'

'Succes met het oplossen van de moord,' zei Reacher.

'Dank u.'

Reacher verbrak de verbinding. Sinclair keek hem vragend aan. 'We zijn op onszelf aangewezen,' zei Reacher.

'Omdat jij zo'n gentleman bent.'

'Er is nog genoeg tijd.'

'De boodschapper kan ondertussen wel in Zürich zijn.'

'Maakt niet uit. Het gaat om wat er hier gebeurt. Iets in een vrachtwagen. Iets wat je niet op dezelfde manier kunt verplaatsen als geld. Niet stiekem en in een oogwenk. Het is traag, zwaar, lawaaierig en zichtbaar, omdat het echt is.'

'Alleen heeft Muller het niet gezien.'

'Nog niet.'

'Hoelang geef je ze nog?'

'Misschien een uur of twee.'

'En wat dan?'

'Dan trekken we de conclusie dat Wiley niet op weg was naar Frankfurt.'

De telefoon rinkelde opnieuw.

Dit keer was het de FBI in New Orleans, direct doorverbonden vanuit de auto die voor het huisje met één kamer stond waar Wileys moeder woonde. Twee agenten, een man en een vrouw. Directe rapportage, zoals gevraagd. Ze waren het gesprek begonnen met de opgegeven vragen, over de naam Arnold, en de rancher die was opgeroepen voor militaire dienst, en de fan van Davy Crockett. Het bleek in alle drie de gevallen om dezelfde man te gaan. Zijn volledige naam was Arnold Peter Mason. Geboren en opgegroeid in Amarillo in Texas. Als jongen werkte hij op een ranch, daarna zat hij twintig jaar in het leger en vervolgens woonde hij zes jaar samen met Wileys moeder in Sugar Land in Texas, zo ongeveer vanaf het moment dat de kleine Horace tien was tot zijn zestiende. En ja, de kleine Horace had oom gezegd tegen Arnold. De man was ouder geweest dan de eerdere vriendjes van Wileys moeder, en hij was een stille, zwijgzame man geweest, maar aanvankelijk had hij goed voor hen gezorgd. Nadere informatie zou nog komen.

Landry, Vanderbilt en Neagley voerden alle drie de naam in op hun computer. Arnold Peter Mason. Bij Landry leverde de naam niets van wezenlijk belang op. Bij Vanderbilt evenmin. Neagley duikelde een onderofficier op met twintig jaar bij de luchtlandingstroepen. Geen gouden sterren, geen rode vlaggen. Lang in Duitsland gelegerd geweest, in de tijd dat er nog van alles kon gebeuren.

Hij leefde nog volgens de Social Security-database. Vijfenzestig jaar. Nog steeds actief op de arbeidsmarkt, volgens de belastingdienst. Een bescheiden inkomen dat ieder jaar iets minder werd. Misschien klusjesman, of stukloon voor werk dat steeds iets trager werd uitgevoerd in de aanloop naar het pensioen.

Eigenaar van een paspoort, volgens Buitenlandse Zaken.

Geen adres in de Verenigde Staten.

De belastingdienst had geregistreerd dat zijn aangiften werden gedaan vanuit het buitenland.

De CIA had hem geregistreerd als wonende in Duitsland.

Op de ambassade in Berlijn stond hij geregistreerd als gepensioneerd militair, woonachtig in een klein dorp in de buurt van Bremen. Een uur van Hamburg.

'Is het een coproductie?' vroeg Reacher zich hardop af. 'Doen ze het met z'n tweeën?'

'Misschien is daar die eerste vrachtwagen verborgen,' zei Neagley. 'Bij oom Arnold, niet in Frankfurt.'

'Waar hebben ze dan nu een tweede vrachtwagen voor nodig?'

'Misschien heeft oom Arnold er niet goed voor gezorgd en staat die kar daar met lege banden.'

'Of misschien splitsen ze de lading in tweeën. Als ze het tenminste met z'n tweeën doen. Misschien is die honderd miljoen dollar nog alleen maar het aandeel van Wiley.'

'Wacht,' zei White. 'Kijk hier eens naar. Oom Arnold is al bijna twintig jaar in Duitsland. Vanaf Wileys zestiende. Als ze het samen doen maakt dat het wel een spelletje van verdomd lange adem.'

'En kijk hier eens naar,' zei Vanderbilt.

Bij de vermelding van Mason in het register van de ambassade stonden de namen van twee niet-Amerikaanse staatsburgers.

'Ik wil wedden dat dat een vrouw en een kind zijn,' zei Landry.

Toen rinkelde de telefoon. De FBI in New Orleans, rechtstreeks vanuit de auto, met een belangrijke aanvulling. Na een betrekkelijk gelukkig samenzijn van zes jaar had mevrouw Wiley Arnold Mason de deur uit geschopt omdat ze er bij toeval achter was gekomen dat hij een vrouw had in Duitsland. En een zoon. De zoon was gehandicapt. Mevrouw Wiley had niet veel, maar ze had wel haar principes.

Wiley was een praktisch iemand, dus maakte hij zijn pistool schoon in de vaatwasser. Waarom niet? De M9 was met militaire precisie geconstrueerd. Het ontwerp was berekend op constante onderdompeling in zout water. Hij stelde de vaatwasser in op het volledige programma voor potten en pannen, gevolgd door de volledige droogfase. Daarna zou hij de onderdelen in de olie zetten en het pistool weer in elkaar zetten, smetteloos en zo goed als nieuw.

Hij had zijn met bloed bespatte kleren tot een bal opgerold en samen met de rode map bij het keukenafval gedumpt. Een overdacht besluit. Zijn eerste opwelling was geweest om de deur uit te gaan en alles in een afvalbak ergens op straat te dumpen. Niet te dichtbij, maar ook niet te ver weg. Niemand is er happig op om een heel eind te lopen met belastende materialen in zijn handen. Maar het was mogelijk dat alle registers opengetrokken zouden worden, en het was mogelijk dat de afvalbakken op straat doorzocht zouden worden, dus waarom zou je ze een cirkel op een plattegrond laten trekken waarbinnen ze je konden opsporen? Hij kon de spullen beter hier achterlaten. De huisbaas zou ze over een maand vinden. Tegen die tijd deed het er allemaal niet meer toe.

Wiley pakte de telefoon en belde zijn reisagent. Hij sprak met hetzelfde meisje dat zijn vlucht naar Zürich had geboekt. Ze sprak goed Engels. Ze wist dat hij van een stoel bij het raam hield en ze had alle details van zijn glanzende nieuwe paspoort.

Muller belde niet. Dat verbaasde niemand. De werkhypothese was verlegd van Frankfurt naar Bremen. Naar oom Arnold. Bishop haalde ergens een CIA-plattegrond vandaan en spreidde die uit op tafel. De eerste adresregel in het register van de ambassade was Gelb Bauernhof. Een naam, geen straat en huisnummer, dus waarschijnlijk ergens op het platteland. Misschien was het een boerderij. Reacher zag schuren, stallen en bijgebouwen voor zich, en bergen versleten autobanden.

Plekken waar je dingen kon verbergen.

'We hebben een auto nodig,' zei hij.

'Je hebt een plan nodig,' zei Bishop.

De telex begon te ratelen.

'Het dossier van oom Arnold in het leger,' zei Neagley.

'Het plan is dat sergeant Neagley en ik poolshoogte gaan nemen en inlichtingen verzamelen,' zei Reacher.

'Nee,' zei Bishop. 'De CIA en de NSC moeten vertegenwoordigd zijn. Dr. Sinclair en ik gaan met je mee. En de geweldsinstructies zijn: geen enkele vorm van geweld. Louter en alleen observatie is toegestaan. Dat is een spijkerharde opdracht. Juridisch is dit een gecompliceerde situatie.'

'Neem een pistool mee,' zei Reacher. 'Wiley heeft er een. En als het een boerderij is, hebben ze daar vast ook een jachtgeweer.'

'Ik zei: alleen observatie.'

'Neem toch maar een pistool mee.'

'Jullie moeten de Iraniër eruit halen,' zei White. 'Zoals jij praat, kan er over een uur wel een enorme schietpartij losbarsten. En op dat moment is de hele transactie verleden tijd en gaat de Iraniër eraan. Als je hem daar laat zitten, teken je zijn doodsvonnis.'

Bishop zei niets.

De telefoon rinkelde.

Griezman.

'Gelooft u in toeval?' vroeg hij.

'Soms,' zei Reacher.

'Het slachtoffer van de moord die we onderzoeken was een stamgast van de bar waar Helmut Klopp ook stamgast is. Daar oefende hij zijn bedrijf uit. Iedereen liegt natuurlijk, maar ik denk dat hij degene was die het valse legitimatiebewijs heeft verkocht.'

'Waarom?'

'Geruchten, van andere mensen die weer iets anders te verbergen hebben.'

'Heb je een verdachte?'

'Iemand die verraad wilde voorkomen of wreken.'

'Is er net iemand verraden?'

'Nee.'

'Dus gaat het om voorkomen.'

'In het appartement van het slachtoffer is niets op papier te vinden. Er is echter wel een leemte tussen twee dossiermappen op een voor het overige keurig geordende boekenplank.'

'Missie volbracht,' zei Reacher.

'Maar dat zou ironisch zijn,' vervolgde hij.

'Wat?' vroeg Griezman.

'Het is een kwestie van timing. Je koopt een nieuwe identiteit en besluit dan de leverancier te vermoorden en zijn dossier te verdonkeremanen om verraad in de toekomst onmogelijk te maken. Maar wanneer doe je dat? Dat is de vraag. Zou een nieuwe klant dat onmiddellijk doen na ontvangst? Of een oude klant op een moment dat hij geweldig onder druk staat, terwijl zijn plan wordt uitgevoerd en er hier en daar al een rafelrandje zichtbaar wordt?'

'Ik weet het niet.'

'Ik ook niet. Het lijkt me fiftyfifty.'

'U denkt dat Wiley het heeft gedaan.'

'Nee, dat denk ik niet. Er zijn zoveel oude klanten die onder druk kunnen staan. En ik denk dat Wiley op het moment van de moord achter het stuur van een vrachtwagen zat. Maar u bent een politieman met verantwoordelijkheidsgevoel. U plaatst hem op uw lijst. U moet wel. Dat betekent dat de tijdelijke ondersteuning zojuist weer is hervat.'

'Ik dacht dat u daar niet langer in geloofde?'

'Waarin?'

'Dat er een vrachtwagen onderweg is. Muller zei dat u uw verzoek had ingetrokken.'

'Wanneer?'

'Ik heb hem een uur geleden gesproken.'

'Nee, ik bedoel, wanneer heb ik dat verzoek ingetrokken?'

'Hij zei dat u samen met hem een tijdje over details heeft overlegd en dat u toen plotseling van gedachten veranderde.'

'Het laatste wat ik tegen hem heb gezegd, was dat ik niet precies wist waarnaartoe Wiley onderweg was. Hij vroeg me het aan hem door te geven zodra ik daarachter was gekomen. Misschien heb ik dat verkeerd begrepen en wachtte hij op een telefoontje van mij. Misschien heeft hij de actie helemaal nooit opgezet.'

'Hij zei dat u het verzoek had ingetrokken.'

'Dan heeft hij het verkeerd begrepen, niet ik.'
'Dat kan, zijn Engels is niet perfect.'
'De auto is er,' riep Bishop door de kamer.

31

De CIA-auto van Bishop leek als twee druppels water op de MP-auto van Orozco. Een grote blauwe Opel. Het enige verschil was dat er in deze auto geen zwaar plastic tussenschot was aangebracht. Bishop reed, Sinclair zat naast hem voorin. Reacher en Neagley zaten achterin. Neagley maakte het zich gemakkelijk, Reacher zat er oncomfortabel bij. Er zat schot in het verkeer. De lucht was grijs.

Neagley las de getelexte samenvatting van de carrière van Arnold Mason in het leger voor. Hij was in 1951 opgeroepen voor militaire dienst, toen hij twintig was, maar ze hadden hem niet naar Korea maar naar Duitsland gestuurd, waar hij twintig jaar woonde en alleen terugkeerde naar de Verenigde Staten voor trainingen en oefeningen. Hij was ingedeeld bij de luchtlandingstroepen, opgeleid voor het conflict met de sovjets, bij goede eenheden, al waren het geen elitetroepen. Hij werd eervol ontslagen toen hij veertig was, in 1971, in de rang van stafsergeant.

'Maar daarvoor was hij al met een Duitse vrouw getrouwd en had een kind gekregen,' zei Sinclair. 'Naar wie hij twintig jaar geleden terugkeerde, nadat hij amper zes jaar was weggeweest. Toch voelt Wiley een band met hem. Merkwaardige relatie.'

Inmiddels reden ze door boerenland, vlak, netjes afgeperkt zoals dat vlak bij de stad het geval is. Akkers zo keurig als moestuintjes en niet veel groter. Elke weg en elke straat had een naam, keurig in het zwart met gotische letters aangebracht op crèmekleurige bordjes. De dorpen waar ze doorheen reden, waren klein. Niet veel meer dan een groepje huizen om een kruispunt. Hier en daar stonden schuren en bijgebouwen, maar minder en kleiner dan Reacher had verwacht. Het was niet zoals hij het zich had voorgesteld. Het was allemaal veel minder afgelegen en veel geordender. Het was schoon en opgeruimd. Niet dichtbevolkt, maar gelijkmatig verspreid. Alles lag min of meer dicht bij elkaar.

'Niet de volgende stip op de kaart, maar die daarna, dan zijn we er,' zei Bishop.

Niet de volgende stip op de kaart, maar die daarna, was iets groter dan de eerdere stippen. Er woonden iets meer mensen. Ze vonden de straat waar Arnold Mason woonde, op een vijfsprong midden in het dorp. De weg boog terug naar het noordwesten, weg van Bremen, dat in de verte zichtbaar was. Links en rechts stonden kleine boerderijtjes, eigenlijk niet meer dan keurig nette huizen met een paar aangeharkte hectaren grond. Er waren wel kleine, maar geen grote schuren.

Elke boerderij had een naam. Allemaal even bescheiden. Allemaal ongetwijfeld bedacht door de eigenaar zelf, met een zekere mate van trots. Reacher keek uit naar Gelb Bauernhof en begreep plotseling wat het betekende. Het was Duits voor Gele boerderij. Geel was in het Spaans Amarillo. Daar was Arnold Mason geboren, Amarillo in Texas. De man had zijn boerderij vernoemd naar zijn geboortestad.

Het was de vijfde boerderij aan de rechterkant. Ze reden langzaam, zodat ze de namen konden lezen. Op die manier kregen ze ook meteen een goede indruk van het geheel. Er viel niet veel te zien. Zo'n anderhalve hectare met gewassen in kaarsrechte rijen, iets donkergroens, misschien kool, en een keurig klein huis en een keurige kleine garage en een keurige kleine schuur, een beetje achteraf. Dat was het. In de garage zou wel een Mercedes-stationwagen staan. In de schuur misschien een kleine tractor of zelfs alleen maar een zitmaaier. Een vrachtwagen paste zeker niet in de schuur, en evenmin in de garage.

Bishop zette de auto een kilometer verder langs de kant van de weg stil.

'Ik zou terug moeten gaan en aankloppen,' zei Reacher.

'Dat is riskant,' zei Sinclair.

'Wiley is er niet. Geen nieuwe vrachtwagen en ook geen oude.'

'Dat betekent nog niet dat oom Arnold er niet op de een of andere manier bij betrokken is,' zei Sinclair.

'Hij zal niet meteen beginnen te schieten. Hij zal de vermoorde onschuld spelen en proberen zich eruit te lullen. Als het nodig is, laat ik hem gewoon zijn gang gaan. Ik ben het met je eens dat het anders zou zijn als de vrachtwagens hier stonden.'

'Wiley zou kunnen aankomen als jij daar binnen bent.'

'Zou kunnen, maar het is onwaarschijnlijk. En als dat gebeurt, bedenkt sergeant Neagley wel iets. Daarvan ben ik overtuigd.'

'We zouden met z'n allen moeten gaan.'

'Vind ik best,' zei Reacher.

Bishop zei niets.

'Arnold Mason is Amerikaans staatsburger,' zei Sinclair. 'Jij werkt op het consulaat. Jij hebt het recht om contact te leggen.'

'We kunnen ons niet veroorloven om dit in het honderd te laten lopen,' zei Bishop.

'Bij het eerste teken van onheil trekken we ons terug.'

'Ga niet te dicht bij elkaar staan,' zei Reacher. 'In ieder geval niet in het begin. Niet tot we zeker zijn van onze zaak.'

Bishop keerde de auto op de smalle weg.

Het erf van Gelb Bauernhof was zo'n honderd meter breed en tweehonderd meter lang. Zo groot als een perceel in het betere segment in de voorsteden in Amerika. Maar het was niettemin een boerenerf. In miniatuur. Niets was geel. De lucht was grijs, de grond bruin en de kool legergroen. Bishop draaide de oprit op. Aangestampte grond. De blauwe Opel reed er suizend over. De garage lag recht voor hen. Het huis stond links. Een meter of tachtig van de weg.

Bishop reed verder. Er kwam geen reactie. Bishop bleef stilstaan op de plek waar een voetpad van de oprit naar het huis liep. Nog twintig meter. Nog steeds geen reactie.

Toen kwam er een man het huis uit.

Hij liet de voordeur openstaan, deed twee stappen naar buiten en bleef op het pad staan kijken. Hij was ongeveer van dezelfde leeftijd als Reacher. Een jaar of vijfendertig. Hij stond rechtop. Blond haar, een vormeloze grijze trui en een vormeloze grijze broek. Blote voeten.

'Ik ga eerst,' zei Reacher.

Hij stapte behoedzaam uit de auto en deed een stap. De man op het pad stond alleen maar te kijken. Nog een stap. Niets aan de hand. Dus liep Reacher door, stap voor stap, tot hij tegenover de man stond. Alsof hij iets kwam verkopen. Of als een buurman die iets wilde vragen.

'Ik wil graag Arnold Peter Mason spreken,' zei Reacher.

De man gaf geen antwoord. Hij reageerde in het geheel niet, alsof hij het niet had gehoord. Hij keek over Reachers schouder naar een punt iets verder weg. Naar een punt waar alleen kool te zien was.

'Herr Mason?' vroeg Reacher.

De man keek hem aan. Blauwe ogen. Leeg. Er gebeurde helemaal niets achter die ogen. Het licht was aan, maar er was niemand thuis. De gehandicapte zoon, even oud als Wiley, van dezelfde generatie als de zogenaamde neef. Vijfendertig jaar oud, maar nog steeds afhankelijk.

Reacher wees met zijn ene hand naar het huis en kromde zijn andere arm alsof hij die om iemands schouders legde. 'Laten we met z'n tweeën naar binnen gaan,' zei hij.

Even deed de man niets. Toen draaide hij zich abrupt om en liep met grote stappen terug naar het huis. Zijn blote voeten kletsten op het pad. Hij leunde in de deuropening naar binnen, sloeg op de muur en riep: 'Mutti!'

Toen deed hij een stap achteruit en wachtte af.

Een vrouw kwam naar buiten. Een kleine, keurige vrouw van een jaar of vijfenzestig met blond, maar grijzend kortgeknipt haar. Ze had een vriendelijk gezicht, gerimpeld, maar nog altijd mooi. Ze glimlachte welwillend naar Reacher, alsof ze wilde zeggen dat hij het vast wel begreep. Toen draaide ze zich om naar haar zoon en bedankte hem omdat hij het goed had gedaan. Ze kneep in zijn handen, klopte hem op de schouder, legde haar hand op zijn wang en stuurde hem terug naar binnen.

Vervolgens liep ze naar Reacher toe. Ze keek hem even aan en vroeg: 'Bent u van het leger?'

Ze sprak Engels, met een accent, maar zonder hapering.

'Hoe weet u dat?' vroeg Reacher.

'Arnold zei dat u zou komen.'

'O ja?'

'Hij dacht dat u al eerder zou komen, maar toch.'

'Ik ben majoor Reacher.'

'Ik ben Frau Mason.'

'Is Arnold thuis?'

'Natuurlijk.'

De anderen stapten uit de auto en liepen achter Reacher en de vrouw aan naar binnen. Vanbinnen was het huis klein, maar licht en opgeruimd, met wit geverfd houtwerk en bloemetjesbehang. De vrouw nam Reacher mee naar een achterkamer. Ze ging de kamer in, Reacher liep met haar mee. Ze liep door de kamer, bukte zich en omhelsde een man in een rolstoel. Ze kuste hem wakker en zei: 'Schat, dit is majoor Reacher van het leger.'

Arnold Mason. In zijn tienerjaren knecht op een ranch, daarna infanterist, vervolgens huisvader met twee gezinnen. En nu zat hij in elkaar gedoken in een rolstoel, eenzijdig verlamd. Eén oog open, het andere gesloten.

'Goedemiddag, meneer Mason,' zei Reacher.

De man gaf geen antwoord. Hij was vijfenzestig, maar hij leek eerder vijfennegentig. Hij had geen kracht, geen focus. Reacher keek de vrouw aan. 'Kunnen we ergens praten?' vroeg hij.

Ze liepen terug naar de gang. Bishop en Sinclair stelden zich voor als ambtenaren, in dienst van de overheid. 'Wat is er met hem gebeurd?' vroeg Reacher.

'Weet u dat niet?' vroeg de vrouw.

'Nee, dat weten we niet.'

'Er groeit iets in zijn hoofd.'

'Een tumor?'

'Het is een lang woord, dat ik niet begrijp. Het verbrijzelt zijn hersens. Het ene deel na het andere. Dag na dag.'

'Wat erg voor hem.'

'Hij wist dat u dat zou vinden.'

'Wanneer is het begonnen?' vroeg Reacher.

'Anderhalf jaar geleden.'

'Kan hij praten?'

'Een beetje. Hij is eenzijdig verlamd, dus het klinkt vreemd. Maar dat deert hem niet echt. Hij is nooit een echte prater geweest. En bovendien kan hij zich nu niets meer herinneren.'

'Dat kan een probleem worden. Wij zijn gekomen om hem vragen te stellen.'

'Ik dacht u hier was om hem te helpen.'

'Waarom?'

'Hij zei dat er vast iemand van het leger zou komen als hij ziek werd.'

'Is hij ooit eerder door het leger behandeld?'

'Nee, nooit.'

'Hoe slecht is zijn geheugen?'

'Fragmentarisch, maar eigenlijk vooral erg slecht.'

'Wordt hij snel moe?'

'Na een paar vragen raakt hij de draad kwijt.'

'Zou u buiten willen wachten?' vroeg Reacher.

'Heeft hij iets verkeerds gedaan?'

'De vragen gaan over de periode meteen nadat hij afzwaaide. De zes jaar dat hij niet hier is geweest. Misschien wil hij liever niet dat u de antwoorden hoort. Ik moet rekening houden met zijn privacy.'

'Ik weet alles over mevrouw Wiley in Sugar Land in Texas. Gaat het daarover?'

'Over haar zoon,' zei Reacher.

Ze liepen de achterkamer weer in. Mason was nog steeds wakker. Hij leek iets helderder. Hij bevestigde de kennismaking met een vage blik met één oog en een beweging met één hand. Zijn vrouw hurkte achter de rolstoel en legde haar handen op zijn schouders alsof ze hem op zijn gemak wilde stellen. Reacher ging op zijn hurken voor de man in de rolstoel zitten, zodat ze elkaar konden aankijken.

'Meneer Mason, herinnert u zich Horace Wiley?'

Mason sloot zijn goede oog, hield het even gesloten en deed het toen weer open. Hij staarde met een vochtig glanzend oog in de verte. De spieren in de niet-verlamde helft van zijn gezicht bewogen heftig toen hij zei: 'Zeg maar Arnold.'

'Arnold,' zei Reacher. 'Kun je me wat vertellen over Horace Wiley?'

Masons oog ging opnieuw dicht, nu langer, alsof hij een innerlijke bron van informatie raadpleegde. Toen deed hij zijn oog weer open. 'Ik noemde hem Horse. In Texas klinkt dat ongeveer net zo.'

'Wanneer heb je voor het laatst iets van hem gehoord?'

Het bleef even stil.

'Ik denk dat ik nooit iets van hem heb gehoord. Niet sinds ik ben vertrokken.'

'Vertelde je hem verhalen over Davy Crockett?'

Het bleef langer stil.

Nog langer.

'Daar kan ik me niets van herinneren,' zei Mason.

'Hij zei dat hij in dienst was gegaan omdat jij hem verhalen vertelde over Davy Crockett.'

'Is Horse in het leger gegaan? Goddomme.'

'En die verhalen?'

'Daar herinner ik me niets van.'

'Weet je dat zeker?'

'Misschien was dat een serie op tv waar hij naar keek.'

'Verder niets?'

'Ik denk niet dat ik hem verhalen heb verteld. Toen niet. Iedereen beweerde dat ik niet zoveel zei.'

Toen ging zijn oog weer dicht. Zijn kin zakte op zijn borst. Zijn vrouw legde zijn hoofd in een gemakkelijkere houding en stond op. 'Nu gaat hij slapen,' zei ze. 'Hij heeft al langer gepraat dan hij gewend is.'

Achter elkaar liepen ze door de gang met het bloemetjesbehang. 'Kunt u hem helpen?' vroeg de vrouw.

'We zullen overleggen met de instantie voor veteranen,' zei Bishop.

'Heeft hij u ooit verhalen verteld over Davy Crockett?' vroeg Reacher.

'Nee, nooit,' zei de vrouw.

'Hoe gaat het met uw zoon?' vroeg Sinclair.

'Het gaat goed, dank u. Hij is een beetje traag. Hij functioneert nu op het niveau van een zevenjarige. Maar hij is rustig, niet wild. We mogen hoopvol naar de toekomst kijken. Alleen voelt Arnold zich schuldig. Daarom is hij na zijn ontslag uit het leger teruggegaan naar Texas. Al die jaren geleden. Hij is gevlucht. Hij kon het niet dag in dag uit aanzien. Omdat hij dacht dat het zijn fout was.'

'Waarom?'

'Het is genetisch. Het komt van hem of van mij. Hij zegt dat het van hem komt, maar de waarheid is dat het van ons allebei kan komen. Toch houdt hij vol dat het zijn fout is. Maar uiteindelijk is hij teruggekomen en alles is rustig geworden. Hij heeft zijn best gedaan, maar blijft zich schuldig voelen. En nu maakt hij zich zorgen wat er van ons moet worden.'

Ze stapten weer in de auto, keerden en reden weg. 'Geloofde jij hem?' vroeg Reacher.

'Wat valt er te geloven?' zei Sinclair. 'Hij kon zich niets herinneren.'

'Geloofde je dat hij zich niets kon herinneren?'

'Jij niet?'

'Ik weet het niet. Oké, hij heeft een hersentumor. Maar ik vond dat gelul met "Zeg maar Arnold" maar niks. Hij probeerde tijd te winnen. Twintig jaar geleden zat hij bij de infanterie, dus hij ruikt een MP op een kilometer afstand. Hij wilde kunnen nadenken over zijn antwoorden.'

'En wat waren die antwoorden dan uiteindelijk?'

'Nee, Wiley had geen contact met hem opgenomen, en nee, hij kon zich niet herinneren dat hij verhalen had verteld over Davy Crockett.'

'Denk je dat hij loog?'

'Het is moeilijk om iemand in die conditie te doorgronden. Ik denk dat het eerste wel waar zou kunnen zijn. Hij klonk bedroefd, niet defensief. Maar hij bleef wel erg lang stil na die vraag over Davy Crockett. Misschien kwam dat door die hersentumor. Maar misschien was hij ook wel bezig om dingen bij elkaar op te tellen. De hoeveelheid tijd die verstreken is, het karakter van Horace Wiley, dat hij uit ervaring kent, plus wat er in die verhalen over Davy Crockett zat, en dan jaren later ineens bezoek van een MP die een stuk meer verdient dan een eenvoudige infanterist. Dat zou alles bij elkaar zomaar verkeerd kunnen uitpakken en dus moest het ontkend worden. Wat wij met onze aangeboren sympathie zouden accepteren als geheugenverlies. Wat het nog zou kunnen zijn ook, dat zullen we nooit zeker weten, omdat we er niet achter kunnen komen. We kunnen hem niet een paar optaters geven, zogezegd.'

'Hij kan er niet actief bij betrokken zijn,' zei Bishop. 'Hij is al anderhalf jaar ziek.'

'Dat denk ik ook,' zei Reacher.

'Dus draait het allemaal om die verhalen over Davy Crockett. Zo op het eerste gezicht lijkt dat helemaal niets. Gewoon domme verhaaltjes voor kinderen. Maar die verhalen stonden wel boven aan Wileys lijst met geheimen. Dus moeten ze op de een of andere manier een speciale betekenis voor hem hebben.'

'Een speciale betekenis? Hoe dan?' vroeg Sinclair.

'Hij heeft er niets over gezegd tegen zijn vrouw,' zei Neagley. 'Dus waren het verhalen die met het werk te maken hadden, niet met thuis. Het waren legerverhalen. Daarvan zijn er duizenden. Allerlei legenden bij elke eenheid. Misschien heeft Mason Wiley de legende van zijn eenheid verteld, van man tot man, in de hoop een band met de jongen te krijgen. Net zoals in de film. De nieuwe vriend van de moeder doet dat altijd. Het kan best zijn dat Wiley die verhalen altijd heeft onthouden. Misschien waren het zulke indrukwekkende verhalen dat hij daarom na al die jaren hierheen is gekomen om te kijken wat ervan waar is.'

'Wat zijn dat voor soort legenden?'

'We zouden wel iets kunnen proberen,' zei Neagley. 'Een slag in de lucht.' Ze las het dossier van Arnold Mason alsof het bladmuziek was. Ze schoof haar vinger van maat tot maat over het papier, haar hoofd een beetje schuin, alsof ze naar de melodie luisterde. 'Het is maar de vraag of het iets oplevert, maar als je helemaal teruggaat naar het begin, is er misschien een eerste luitenant geweest van die infanteristen, die later weer terugkwam als kapitein. Misschien wel als majoor of luitenant-kolonel. In die tijd kon je bij de luchtlandingstroepen nog carrière maken. Als zo iemand het goed heeft gedaan, zit hij nu misschien nog in het leger. Dan is het allemaal al heel lang geleden, maar hij zal zich vast nog herinneren hoe het was, omdat iedereen zich de eerste eenheid herinnert waarbij hij heeft gediend.'

'Het is veertig jaar geleden.'

'Als hij op zijn tweeëntwintigste van West Point kwam, is hij nog niet met pensioen.'

'Dan moet hij ondertussen generaal zijn.'

'Waarschijnlijk wel.'

'Hoe zoek je zo iemand op?'

'Ik kan een vriend bellen bij Personeelszaken en iemand daar zou het kunnen uitzoeken.'

'Doe het maar,' zei Sinclair. 'Meteen als we terug zijn.'

Ze reden verder. De lucht buiten de auto kleurde donkerder. Het was ofwel het einde van de middag, of er kwam regen. Of beide.

In Jalalabad begon het al te schemeren. De boodschapper verliet het witte lemen huis. Ze klom in de Toyota pick-up. Een herhaling van de vorige keer. Ze zouden de hele nacht doorrijden en ze zou met de eerste ochtendvlucht vertrekken. Ze was er klaar voor. Ze was nog steeds onbesmet, min of meer. Al interesseerde dat de Zwitsers helemaal niets. Al het geld was voor hen hetzelfde. Ze was gecoacht.

Ze wist het adres in Zürich. Ze wist dat Zürich anders zou zijn dan Hamburg. Ze kende alle cijfers uit haar hoofd. Hun eigen rekeningnummer, hun eigen wachtwoord, honderd miljoen dollar en nul centen, het rekeningnummer van Wiley. Ze had Zwitsers geld in haar zak, voor taxi's.

Bid dat het succesvol mag verlopen, had de dikke man gezegd. Maar dat sloeg niet op haar succes. Haar taak was eenvoudig. Het gebed zou succes moeten afsmeken voor Wiley. Ze mocht Wiley niet. Niet vanwege de aanslag op haar eer, maar omdat hij zwak was, stiekem en snel afgeleid. Dat baarde haar zorgen. Zijn taak was niet eenvoudig. Haar succes was afhankelijk van zijn succes. *Als de transactie mislukt, zul je inderdaad worden gedood.*

Zij zou ervoor zorgen dat het niet aan haar zou liggen. Bokkend en stuiterend hobbelde de Toyota voort over de slechte weg, het laatste licht van de ondergaande zon in de rug.

In de kamer van het consulaat pakte Neagley de telefoon en belde haar vriend bij Personeelszaken. Ze legde uit wat de bedoeling was. Haar vriend zei dat het in theorie niet zo moeilijk was. Gewoon officieren opzoeken die in 1955 nog een lage rang hadden gehad bij de luchtlandingstroepen in Duitsland, maar nu, veertig jaar later, nog steeds in het leger dienden. Neagley zette er vijf dollar op dat het er minder dan tien zouden zijn. Haar vriend zette vijf dollar op nul komma nul. Vanwege het natuurlijk verloop, zei hij, en drie ingrijpende gebeurtenissen: eerst Vietnam, toen het instorten van het sovjetregime en nu het ontstaan van een moderne, hightech militaire machine met vrijwilligers, afgeslankt en ontdaan van alle franje, met lichaamsbepantsering en vrouwen en nachtkijkers. Niemand kon dat allemaal zo lang bijbenen.

Toen rinkelde er een andere telefoon. Vanderbilt nam op en gaf de hoorn toen aan Reacher. Het was Griezman. 'Ik moet onder vier ogen met u praten,' zei hij.

'Ga uw gang,' zei Reacher.

'Nee, van man tot man. En alleen. Waar bent u?'

'Het is niet de bedoeling dat ik u dat vertel.'

'Ik kan u niet helpen als u zich niet laat helpen.'

'Ik ben in het Amerikaanse consulaat.'

'Zorg dat u over een minuut op de stoep staat.'

32

Reacher wachtte op de rand van de stoep, met zijn rug naar het bijna-Witte Huis en zag de Mercedes van Griezman door het verkeer honderd meter verderop van links aankomen. Hij stapte in zodra de wagen voor hem stopte. Griezman keerde de auto en reed terug in de richting waaruit hij gekomen was. Hij was nog even dik. En stil. Hij zat te piekeren.

'Waar gaan we heen?' vroeg Reacher.

'Naar het station,' zei Griezman.

'Waarom?'

'Omdat ik een politieman met verantwoordelijkheidsgevoel ben. Ik heb Wiley aangemerkt als verdachte. Dat betekent dat zijn foto is verspreid onder de geüniformeerde dienst. Het blauw op straat. Die hebben de foto hier en daar laten zien. Een geldwisselaar op het station herkende de man op de foto van een paar dagen geleden. Dus nu is het uw zaak, niet de mijne.'

'Dank u.'

'Maar,' zei Griezman.

'Dat klinkt onheilspellend.'

'U hebt onze faciliteiten gezien. We boeken ongelooflijke resultaten. We denken dat het slachtoffer zeven keer boven op zijn hoofd is geraakt. Het lijkt wel razernij. Steeds op dezelfde plek, dus de wond is een brij. Maar twee van de zeven slagen hadden een kleine afwijking, eentje iets meer links en de andere iets meer rechts. Door de tegenover elkaar liggende helften van beide duidelijke afdrukken te combineren zijn we erin geslaagd de vorm van het slagwapen vast te stellen.'

'Goed gedaan.'

'We hebben een uitgebreide database van dergelijke dingen, voor vergelijking en naslag.'

'Vast.'

'Hij is doodgeslagen met een Beretta M9.'

'Juist,' zei Reacher.

'Het standaardwapen van het Amerikaanse leger.'

'Ik heb het niet gedaan.'

'Heeft Wiley het gedaan?'

'Dat weet ik niet.'

'Er is nog iets,' zei Griezman.

Maar hij kwam er niet aan toe om te vertellen wat het was, omdat het stoplicht op groen sprong en de Mercedes het plein voor het station op reed. Door de grijze lucht was het al snel donker aan het worden. De straatlantaarns waren aan. Een stroom van mensen snelde doelgericht over het stationsplein, om anderen heen zigzaggend die verdwaasd en stom in het niets stonden te kijken. Midden op het plein stond een verlichte kiosk. Een wisselkantoor. Eén man.

Griezman parkeerde en ze liepen naar hun bestemming. De man in de kiosk was klein van stuk en donker getint. Hij sprak snel, zelfs in het Engels. Reacher toonde hem de tekening en de man zei: 'Ja... twee dagen geleden, 's avonds. Argentijnse peso's voor Duitse marken en dollars.'

'Hoeveel?'

'Ongeveer honderd dollar.'

'Was hij nerveus of opgewonden?'

'Hij stond om zich heen te kijken. Alsof hij nadacht.'

'Waaraan?'

'Geen idee, man.'

Reacher deed een stap achteruit en keek om zich heen. Het werd met de minuut donkerder. Hij zag een menigte mensen en achter hen het station, helder verlicht en groot en sierlijk als een museum of een kathedraal. Hij zag de stadslichten en het gewoel van het verkeer.

'Oké,' zei Griezman. 'Terug naar de auto.'

Ze reden twee straten verder door het drukke verkeer en sloegen toen af, een stille zijstraat in, waar Griezman parkeerde. Ze zaten naast elkaar voor in de auto en staarden voor zich uit door de voorruit. Griezman leek daar de voorkeur aan te geven. Onder vier ogen, maar zonder oogcontact. 'Ik heb u verteld dat er op een voor het overige keurig geordende boekenplank een leemte was,' zei hij.

'Hebt u de ontbrekende map gevonden?'

'Nee, we hebben iets anders gevonden. Die mappen worden gemaakt van stijf karton tussen twee lagen dun plastic. In allerlei kleuren. Ze hebben vier ringen en je kunt ze naast elkaar op een plank zetten als boeken. Kent u dat soort mappen?'

'Die van ons hebben drie ringen.'

'Stel dat ik tien van die mappen netjes naast elkaar op een hoge plank zet. Genummerd van één tot tien. Stel dat ik u zou vragen nummer zes voor me te pakken. Hoe zou u dat dan doen?'

'Ik ben geneigd om te zeggen dat je daar geen hogere wiskunde bij nodig hebt, maar als ik naar al die faciliteiten van u kijk, moet ik misschien geloven van wel.'

'Ze hebben een experiment uitgevoerd. Ze hebben de hele handeling nagebootst met vierendertig willekeurig gekozen proefpersonen. Eigenlijk gewoon iedereen die door de gang langs de deur van hun kantoor liep. Stuk voor stuk pakten ze allemaal op dezelfde manier de map van de plank. Een score van honderd procent.'

'Hoe dan?'

'Je reikt omhoog en tikt met je wijsvinger tegen de rug van de map die je gaat pakken, in ons geval nummer zes, alsof je die hebt opgespoord en er nu heel discreet een claim op legt. Het is jouw map. Je hebt psychologisch het eigendom opgeëist. Maar de mappen staan keurig naast elkaar. Je kunt niets vastpakken. Maar je kunt die wijsvinger niet weghalen. Onbewust kun je je claim niet opgeven. Dus zet je de top van je duim op nummer vijf en de top van je middelvinger op nummer zeven. Die schuif je iets naar achteren, heel voorzichtig want het is een keurig geordend rijtje mappen, en dan pak je met je duim en middelvinger map zes vast die nu een beetje vrijgekomen is, en trek je die map ertussenuit, nog steeds met de top van je wijsvinger waar je hem op de rug van de map had gezet.'

'Goed gedaan,' zei Reacher opnieuw.

'Voor iemand die linkshandig is, moet je alles natuurlijk omdraaien.'

'Maar ik gok dat hij niet linkshandig was.'

'We hebben een perfecte vingerafdruk. Van de rug van de map ernaast. Een afdruk van de middelvinger van de rechterhand. Zacht op het plastic gedrukt.'

'Zit hij in uw systeem?'

'Een honderd procent match.'

'Dat is mooi.'

'Een honderd procent match met de vingerafdruk op de hendel van de sportauto van de dode prostituee. De onbekende verdachte. Het is dezelfde man. De afdrukken komen exact overeen. Zelfde vinger, zelfde hoek, zelfde behoedzame druk. Het is griezelig.'

Reacher zei niets.

'Eerst is er een vrouw op brute wijze vermoord, en nu een man,' zei Griezman. 'U weet wie het heeft gedaan.'

'Help me maar om Wiley te vinden, dan zal ik het u vertellen.'

'Zou ik daarmee mezelf ook helpen?'

'Dat kunnen we hem vragen als we hem vinden.'

'Maar u zou het me nu kunnen vertellen.'

'Wie zou ik dat nu vertellen? De eenvoudige rechercheur of de gedienstige bureaucraat die de informatie over ongeveer tien minuten zou doorgeven aan de inlichtingendienst in Berlijn? Zodat ik nog eens tien minuten later achter de tralies zou belanden.'

'Vertelt u uw meerderen niet wat ze behoren te weten?'

'Ik vertel ze zo weinig mogelijk. Weinig woorden, weinig rekensommetjes, geen mooie grafieken.'

'U gaat sowieso achter de tralies. In Duitsland is het strafbaar om dergelijke informatie achter te houden.'

'Arresteert u mij?'

'Ik zou u tot getuige kunnen verklaren, dan bent u verplicht te antwoorden op vragen. Een weigering antwoorden te geven zou worden beschouwd als een belediging van het hof.'

'Er zit vast ergens een wrange grap in dat geheel.'

'Dit is een doodernstige zaak.'

'Het valt heel goed te verdedigen dat onze zaak ernstiger is. Ik weet zeker dat onze president dat met alle plezier zou uitleggen aan uw kanselier, maar het hoeft niet op die manier. Als u mij helpt om Wiley op te sporen, kunnen we die andere zaak met z'n tweeën oplossen.'

'Heeft hij het gedaan?'

'Vergeet die vingerafdruk. Een advocaat zou er niet eens waarde aan hechten. Hij kan wel maanden oud zijn. U moet het langs een andere weg benaderen. Die Beretta was een goede vangst. Die zijn te koop in de favoriete bar van uw slachtoffer. Wist u dat? Wie zou er daar een kunnen hebben gekocht?'

'Wiley,' zei Griezman. 'Hij heeft zijn legitimatiebewijs daar gekocht.'

'Een prima theorie. Veelbelovend. Het bewijst nog niets, maar het is duidelijk dat de volgende stap moet zijn hem op te sporen, zodat u het hem kunt vragen.'

'Waar is hij?'

'Dat weet ik niet.'

Op dat moment stak Wiley honderd meter verderop de straat over op een zebrapad, twee straten van het station. Hij had een zwarte broek aan en een zwart sweatshirt met capuchon. Hij droeg een kleine zwarte plunjezak. Die was zwaar. De inhoud schommelde heen en weer en rammelde onder het lopen. Hij volgde eerst de vertrouwde route van de bushalte naar de bar met de gelakte houten gevelbekleding. Halverwege sloeg hij echter af, een losplaats voor auto's op, en liep tussen twee vuilcontainers door naar een deur met het opschrift ALLEEN UITGANG. Hij opende de deur en liep een trap op naar de parkeergarage van het hotel. De parkeergarage waar hij de prostituee had ontmoet. Hij herinnerde zich hoe ze zich had omgedraaid en hem met een theatraal gebaar had meegetroond naar haar auto, alsof ze haast had, niet kon wachten.

Hij herinnerde zich elk detail.

Geen camera's.

Hij liep naar de verste hoek van de garage. Hij rook koude benzine, koude diesel, koud rubber en koud betonstof. Hij koos een zilverkleurige BMW uit. Een zescilinder op benzine. Een ouder model. Zo te zien had de auto er al een behoorlijke tijd gestaan. De voorruit was groezelig. Op de lak zat een waas van achterstallig onderhoud. Hij hurkte neer voor de auto en pakte een kruiskopschroevendraaier uit de plunjezak. Hij draaide de schroeven van de kentekenplaat los en stopte de plaat in de zak. Hij liep om de auto heen, hurkte achter de auto neer, schroefde daar ook de kentekenplaat los en stopte die in zijn plunjezak.

Hij haalde het eenpits campingkooktoestel eruit. Speciaal voor deze gelegenheid gekocht. Een centimeter of twintig in het vierkant, gemaakt van geperst staal, met een rubberen slang en een geribbelde messing knop. Hij haalde een klein tankje met propaangas uit zijn plunjezak. Helder blauw, goedkoop, gemakkelijk, handig. Hij sloot de slang aan. Hij draaide de knop iets open en hoorde gas ontsnappen. Hij draaide de kraan weer dicht.

Hij ging op het koude beton liggen en schoof het kooktoestel een halve meter onder de auto. Hij pakte zes houten blokken uit de zak. Kinderspeelgoed. Uit Zweden, dacht hij. Allemaal zo'n vijftien centimeter lang en tweeënhalve centimeter in het vierkant. Elk blokje in een andere heldere kleur gespoten. Hij bouwde er een torentje mee op het kooktoestel, op de plek waar je een koffiepot of een ketel water voor thee zou zetten. Hij legde twee blokken in de ene richting, dan twee andere dwars erbovenop, en tot slot een derde laag in dezelfde richting als de eerste twee. Als een mooi gestapeld klein kampvuurtje. Hij haalde een kom van aluminiumfolie uit zijn plunjezak, zo groot en met dezelfde vorm als een gegrilde kip. Hij balanceerde de kom op de toren van houten blokken. Hij haalde een doos met negen millimeter Parabellums uit de zak. Honderd patronen. Een van de twee dozen die hij samen met de M9 had gekocht van die stommelingen in de bar. Hij manoeuvreerde zijn hand door de ruimte onder de ophanging van de BMW en legde de doos voorzichtig in de kom.

Klaar. Propaan, de slang, het kooktoestel, het houten torentje, de grillkom en de patronen.

En pal daarboven de benzinetank van de BMW.

Hij keek hoe hij lag, oefende een haastige terugtocht en haalde toen een Zippo-aansteker tevoorschijn. Hij draaide aan de geribbelde messing knop en zette het kooktoestel aan. Hij hoorde het gas sissen. Hij knipte de aansteker aan en hield het vlammetje bij de brander. Het gas ontbrandde met een plofje. Hij draaide de geribbelde messing knop naar een lagere stand, iets onder gemiddeld, een soort stevig pruttelen.

Toen schoof hij achteruit onder de auto weg, stond op, pakte zijn plunjezak en maakte dat hij wegkwam.

Anderhalve kilometer verderop verliet Dremmler zijn kantoor op de vierde verdieping. Hij bracht twintig seconden door in de lift – drieëndertig paar Braziliaanse schoenen. Op het trottoir voegde

Muller zich bij hem. 'Ik neem aan dat je het hebt gehoord?' zei hij.

'Over Wolfgang Schlupp?' vroeg Dremmler. 'Ik hoor niets anders. De politie heeft die bar binnenstebuiten gekeerd. Mijn aanhang daar is erg verontrust. Mijn telefoon staat roodgloeiend.'

'Heeft Wiley dat gedaan?'

'Ik dacht dat hij de stad uit was.'

'Dat dacht iedereen. Ze keken allemaal naar buiten. Niemand heeft ook maar één keer de andere kant op gekeken. Daarom heb ik dat wel gedaan, om het zeker te weten. Twee camera's bij stoplichten. Om de verkeersstroom in de gaten te houden, wordt beweerd, maar dat is geen beletsel om de zaak te registreren. En daar duikt hij op. Hij rijdt de andere kant op. De kant van Sankt Georg. Hij is helemaal nooit de stad uit geweest. Hij is op dit moment in de stad.'

'Waar?'

'Hij rijdt in een grote witte vrachtwagen. Elke verkeersagent die dienst heeft kijkt ernaar uit.'

Dremmler liep zwijgend een paar meter door.

Toen zei hij: 'Herr Muller, ik wil graag van jou als professional horen hoe serieus ze volgens jou de moord op Schlupp zullen onderzoeken.'

'Uiterst serieus, zijn hoofd was ingeslagen.'

'Dan zullen ze een lijst maken met mensen die hem vandaag nog hebben gesproken. Daar kom ik ook op te staan.'

'Natuurlijk. Hoofd van de recherche Griezman houdt van lijsten. Hij houdt eigenlijk van alles wat op papier staat.'

'Ik kan het me niet veroorloven om daarbij betrokken te raken. Dat zou politiek gezien erg slecht uitkomen.'

'Verzin een verhaal. Jij bent een zakenman, hij was een zakenman. Jullie hadden het over de aandelenkoersen. Hij kan je moeilijk tegenspreken.'

'Zou dat afdoende zijn?'

'Het was niet meer dan een toevallige samenloop van omstandigheden. Misschien heb je hem ontmoet bij een zakendiner. Zo'n kennis die je met een hoofdknik begroet als je hem tegenkomt. Je zei alleen maar even goedendag. Uit beleefdheid. Je kende de man amper.'

Griezman reed Reacher terug naar het consulaat en zette hem af op de plek waar Reacher eerder was ingestapt. Griezman reed weg en Reacher ging naar binnen, waar hij erachter kwam dat Neagley haar weddenschap om vijf dollar had gewonnen. Ze had een uitdraai van de telex om het te bewijzen. Minder dan tien, had ze voorspeld, en ze had gescoord met het laagst mogelijke aantal hoger dan nul komma nul.

In 1955 telde het Amerikaanse leger ruim boven de miljoen manschappen. Eén radertje in die geweldige vechtmachine was een jonge eerste luitenant die Wilson T. Helmsworth heette. Destijds pas afgestudeerd aan West Point en met een paar specialistische opleidingen achter de rug. Hij was op jacht naar het ene na het andere commando bij de luchtlandingstroepen en meerdere keren de bevelvoerende officier over de eenheid waarbij Arnold Mason diende. Theoretisch was het zelfs mogelijk dat de twee elkaar hadden ontmoet. Binnen een of ander formeel kader. Een parade of zo. Niet om samen een pilsje te pakken. Later klom Helmsworth verder op de carrièreladder, waarbij hij zich kwalificeerde voor alles wat maar met parachutes te maken had. Op een bepaald moment had hij alle records in handen. Inclusief vrije val. Hij schreef het ene na het andere boek over tactische oorlogvoering met paratroepers.

Daarna overleefde hij een lange oorlog in de rimboe onder een dicht bladerdak, waar het nevelig was en de infanterie tactische oorlogvoering met paratroepers volstrekt niet interessant vond. Hij kwam eruit tevoorschijn met een promotie. Hij was een van de eersten die een theorie ontwikkelden over gespecialiseerde troepen en zo'n twintig generaties later zat hij daar nog steeds middenin, nu als commandant opleidingen in Fort Benning in Georgia. Daar waar ze het zware werk bedachten. Generaal-majoor Wilson T. Helmsworth. De enige lagere officier van de luchtlandingstroepen uit de dagen van de Koude Oorlog die nog een groen uniform droeg. Van het leger dat op bruine kistjes liep naar het leger dat op zwarte kistjes liep, naar het leger dat op New Balance liep. Standvastig. Een kans van één op een miljoen, letterlijk.

'Hij is nu in Fort Benning gelegerd,' zei Neagley.

'Je moet hem een halfuur geven om een telefoongesprek te organiseren,' zei Sinclair. 'Deze man is een drukbezet iemand.'

'Dit werkt niet via de telefoon,' zei Reacher. 'Het moet van man tot man. Hij heeft veertig jaar in het leger gezeten, hij kent het klappen van de zweep. We moeten samen met hem in dezelfde ruimte zijn. We moeten zijn lichaamstaal kunnen lezen.'

'We? We kunnen niet allemaal terugvliegen. Niet op dit moment. Niemand van ons mag nu terug.'

'Er gaat ook niemand van ons terug. Helmsworth komt naar ons toe. Als hij in Fort Benning is, kan hij naar Atlanta voor de nachtvlucht. Dan kan hij hier morgenvroeg zijn. Ik denk dat de gezamenlijke stafchefs hem zouden moeten opdragen zich onmiddellijk te melden op het consulaat in Hamburg.'

'Alleen maar omdat iemand zich vaag een cryptische legende uit zijn jeugd herinnert?'

'Ratcliffe zei dat we konden krijgen wat we nodig hadden.'

'Hij is een tweesterrengeneraal.'

'Dat betekent dat hij niets te maken zal willen hebben met soft of speculatief gedoe en al helemaal niet met controversiële zaken. Dat kan allemaal niet via de telefoon. Helmsworth moet het gezicht van de NSC tegenover zich zien.'

'Ik vind het nogal wat voor een slag in de lucht.'

'Hier is hij in het buitenland. Dus misschien krijgt hij te maken met een vijandelijke mogendheid. In dat geval krijgt hij nog een medaille. In theorie kan hij zelfs wel een Silver Star krijgen.'

'Omdat hij hiernaartoe vliegt?'

'Hij is een tweesterrengeneraal. Die krijgen net zo makkelijk onderscheidingen als een ander airmiles.'

'Weet je zeker dat we hem nodig hebben?'

'Geen middel onbeproefd.'

Sinclair belde.

Op dat moment klonk er buiten in de verte een zwak en dof *plop, plop*, en gesuis van lucht die werd verplaatst. Daarna nog meer *plop, plop, plop*. Reachers reptielenbrein zei: *pistool, waarschijnlijk negen millimeter, ergens in de stad, minder dan een kilometer van hier*. Hij liep naar het raam en deed het open. In de verte hoorde hij sirenes. Daarna nog meer pistoolschoten. Vier, en dan nog eens vijf, zwak, maar duidelijker omdat het raam nu open was. Nog meer sirenes. Twee verschillende tonen, waarschijnlijk ambulances en politiewagens. Dan ineens een furieus salvo, onvoorstelbaar snel, als één langgerekte explosie, alsof honderd machinegeweren tegelijkertijd werden afgevuurd, het beste vuurwerk dat ooit in de stad was afgestoken. Daarna de gedempte dreun van exploderende brandstof, nog eens twee pistoolschoten, en tot slot alleen maar sirenes, de gillende sirene van politiewagens, de jankende sirene van ambulances en de oorverdovende bazuinstoten van brandweerwagens, geluiden die samenvloeiden tot een gehuil dat eerder klonk als een smeekbede om geholpen te worden dan als de aankondiging dat hulp in aantocht was.

Reacher keek naar buiten en zag beneden op straat de politie voorbij stormen. Allemaal dezelfde kant op, de meeste agenten in auto's, sommige op een motor, één te voet, op een drafje. Hij zag twee ambulances en een brandweerwagen. Het was één groot feest van blauwe en rode zwaailichten.

'Wat was dat?' vroeg Sinclair.

'Het klonk als brand in een woning waar iemand een doos munitie op het aanrecht had laten staan,' zei Neagley. 'Daarna explodeerde de propaantank. Maar eigenlijk hadden we eerder sirenes moeten horen. Misschien was het een stenen gebouw. En was het vuur van buitenaf niet te zien. Daarom werd er pas laat alarm geslagen.'

'Brandstichting?'

'Het zou kunnen, maar het hoeft niet. In ieder geval klinkt het hetzelfde.'

'Heeft het iets met ons te maken?'

'Dat valt niet te zeggen,' zei White. 'Dit is een grote stad, waarin veel gebeurt.'

Er klonk een tweede brandstofexplosie. Zwak en ver weg, maar onmiskenbaar. Een plof, een stil vacuüm, lucht die werd weggezogen en dan de suggestie van toenemende hitte, hoe onmogelijk ook. Reacher keek naar de straat. Elke politieman in de stad ging dezelfde kant op.

33

Wiley haalde het hangslot van de klink midden op de deuren, en daarna het hangslot van de bovenste grendel en dat van de onderste grendel. Hij trok de deur open en glipte naar binnen. Hij was kalm. Hij moest alleen een paar eenvoudige klusjes doen. Allereerst het verwisselen van de nummerborden. Hij haalde de nieuw uitziende nummerborden van de vrachtwagen en verving ze door die van de oude BMW. Toen haalde hij de spuitbussen tevoorschijn die hij in de doe-het-zelfzaak had gekocht, felgroen en felgeel, en oranje, rood en zilver. Hij spoot vette initialen op de zijkant van de vrachtwagen, zijn eigen initialen, voor de lol, maar dan omgekeerd, WH, opgeblazen als ballonnen, net zoals de graffiti op treinwagons. Hij gaf de letters een zilverkleurige schaduw en spoot er wat willekeurige slierten achter. Hij voegde nog een s en een l toe, als de tag van een tweede graffiti-artiest, al was het dat niet. Het stond voor Sugar Land. Gewoon op die vrachtwagen. Waarom ook niet? Daar kwam hij vandaan en daar ging hij weer naartoe.

Toen spoot hij een grijs waas over alles, om het minder schreeuwerig te maken en het oud te laten lijken. Hij deed een paar stappen achteruit. Hij was licht in zijn hoofd van alle drijfgassen. Maar hij was tevreden. Het was niet langer een nieuwe witte vrachtwagen. Het was een prototype geworden van alle rommel die er in een stad rondrijdt. Niemand zou de vrachtwagen nog een blik waardig keuren in het voorbijgaan. Ook al zou er geen sprake zijn van voorbijgaan. Iedereen was bij het hotel. Massa's gezagshandhavers en afzettingen in allerlei vormen. Brandweerlieden en SWAT-teams in het centrum vanwege de kogelregen en exploderende benzine. Dan daaromheen allerlei beveiligingsbeambten en ramptoeristen en mensen die wilden kunnen zeggen: 'Ik was erbij! De kogels vlogen over mijn hoofd.'

Hij zette allebei de deuren wijd open, klom in de cabine van de gehuurde vrachtwagen en startte de motor. Hij reed hem achteruit naar buiten, manoeuvreerde net zo lang vooruit en achteruit tot hij hem had omgekeerd en de vrachtwagen precies goed uitgelijnd stond. Hij keek in zijn spiegels en reed langzaam, heel langzaam achteruit tot zijn achterbumper tegen die van de oude vrachtwagen tikte. Hij trok de handrem aan en klom door de cabine naar de laadruimte. Hij schoof de roldeur van binnenuit omhoog. De roldeur van de oude vrachtwagen werd zichtbaar, slechts een paar centimeter van hem verwijderd. Hij deed hem van het slot en schoof hem omhoog.

Een houten kist.

Een meter tachtig hoog, een meter tachtig breed en drie meter zestig lang. Een solide kist van zachthout, waarschijnlijk grenen, strak en recht, ooit blank, maar nu verkleurd tot een geelbruine tabakskleur. Het prototype van een standaardcontainer waarmee het Pentagon experimenteerde in de jaren vijftig. Een mastodont. Een stuk geschiedenis. Hier en daar waren er met witkalk letters op gesjabloneerd.

De kist woog bijna driehonderd kilo. Onmogelijk te verplaatsen zonder vorkheftruck, maar die had hij niet tot zijn beschikking. Hij haalde een standaardschroevendraaier uit zijn plunjezak. Ouderwets, net als de kist. In de kist zaten schroeven met een kop zo groot als een knoop. Ze zaten op een afstand van vijftien centimeter op de hele rand van het kopse paneel, in totaal achtenveertig schroeven. Waarschijnlijk het resultaat van een diepgaand onderzoek, verricht door een bedrijf gespecialiseerd in research en development. Iemand in een mooi pak had een dikke cheque ontvangen voor de mededeling dat meer beter was en dat maakte iedereen gelukkig. Het Pentagon omdat ze op die manier gedekt waren. De fabrikant van de schroeven omdat op die manier het geld met bakken binnenstroomde. Waarschijnlijk bracht hij een dollar per schroef in rekening. Militaire specificaties.

Wiley ging aan het werk.

In de kamer in het consulaat rinkelde de telefoon. Griezman. 'Er is iets aan de hand in de garage van het hotel,' zei hij. 'Die garage waar die prostituee verdween. Er zijn pistoolschoten gehoord en vervolgens explodeerde er een personenauto. Daarna nog twee. Het vuur heeft zich niet verspreid, want het plafond is afgeschuimd en er is een sprinklerinstallatie. Maar we kunnen er niet dichtbij komen. Niet zolang we geen zekerheid hebben over het wapen.'

'Denkt u dat de dader daar nog steeds binnen is?' vroeg Reacher.

'U niet?'

'Het geluid beviel ons niet. Het kan munitie zijn geweest die langzamerhand tot ontploffing werd gebracht met een of ander vertragingsmechanisme. Het zou een timer kunnen zijn geweest. In dat geval is de dader allang weg. Dan is hij waar u niet bent.'

'Wie?'

'Misschien Horace Wiley. Hij werkt op het moment volgens een strak schema. Misschien had hij een afleidingsmanoeuvre nodig. U zou de helft van uw mensen weer de straat op moeten sturen.'

'Denkt u dat hij weer terug in de stad is?'

'Zo langzamerhand denk ik dat hij nooit weg is geweest. Misschien is hij nu wel onderweg met zijn vrachtwagen. Stuur uw mensen de straat op.'

'Dat gaat niet. We werken volgens een door de overheid opgesteld protocol. Er zijn pistoolschoten en explosies gehoord midden in de stad. Het is niet meer mijn verantwoordelijkheid. Ze hebben een jaar gedaan over de planning. Het bureau van de burgemeester heeft nu de touwtjes in handen. Alles gaat volgens de regels.'

'Hoelang willen ze wachten voordat ze naar binnen gaan?'

'Er is een eenheid met kogelvrije vesten onderweg. Een halfuur misschien.'

'Oké,' zei Reacher. 'Succes.'

Hij verbrak de verbinding. Niemand zei iets.

'Ik ga een eindje wandelen,' zei Reacher.

Het losdraaien van achtenveertig schroeven kostte hem iets minder dan twintig minuten en veroorzaakte pijnlijke spieren in zijn onderarmen. Maar toen kwam het paneel vrij. Hij legde het over de kloof tussen de beide laadvloeren. Een vlakke vloer tussen beide vrachtwagens. Zo had hij dat van tevoren bedacht. Hij had aan alles gedacht.

De inhoud van de kist rook muf en bedompt. Oud hout, oud canvas en oud stof. De oude wereld. De inhoud klopte precies met wat oom Arnold hem had verteld, al die jaren geleden. Tien identieke items. Allemaal hetzelfde. Per stuk wogen ze bijna vijfentwintig kilo. Per stuk verpakt in een transportcontainer. Een H-912 had oom Arnold die genoemd. Wiley kon zich alle details nog herinneren. Om de containers zaten draagbanden met handgrepen. Makkelijk vast te pakken. Een koud kunstje om eraan te trekken en te duwen en ze te verslepen en te verschuiven. Stuk voor stuk. Van de oude vrachtwagen naar de nieuwe vrachtwagen. Helemaal naar voren. Strak tegen elkaar, te beginnen in de verste hoek.

Even pauzeren en op adem komen, en weer terug voor de volgende.

Reacher liep naar het zuiden, naar de Aussenalster. Het was stil in de stad. Een aangeleerde reactie. Europa was een en al explosies. Facties en splintergroepen en volkslegers. Een dag of twee een heleboel opwinding, tot de volgende gebeurtenis. Bij het water liep hij in oostelijke richting om de Aussenalster. Hij was drie kilometer van Wileys huis verwijderd. Daar kon je nergens onopvallend een vrachtwagen parkeren. Maar het was logisch dat Wiley die in de buurt zou houden. In de buurt was natuurlijk een relatief begrip. Een cirkel op een plattegrond trekken en die redelijk groot houden. Een deel daarvan zou water zijn, maar het grootste deel land. En van al dat land kon Reacher niet meer dan een onbeduidend fragment verkennen. Maar iets doen was beter dan niets doen. Dus liep hij door.

Vijfentwintig kilo was een heel gewicht om te verslepen, vooral als het steeds weer opnieuw moest. Wiley pauzeerde na zeven containers, hijgend, zijn handen steunend op zijn knieën. Dat had natuurlijk voor een deel met zenuwen te maken. Qua handeling een simpele klus, maar toch de climax van het hele gebeuren. Het moment waarop hij het kwetsbaarst was. Veel langer dan een moment. Al bijna een halfuur terwijl overal in het oude havengebied de natriumlampen brandden. Twee vrachtwagens die met de achterkant pal tegen elkaar stonden als twee bronstige voertuigen, compleet met heen en weer wiebelen en bonkende geluiden en gegrom daarbinnen, de hele tijd half binnen en half buiten een vervallen loods die al dertig jaar door niemand meer was gebruikt.

Kwetsbaar.

Niet goed.

Hij haalde diep adem, rolde met zijn pijnlijk kloppende schouders en ging weer aan het werk. Hij sleepte nummer acht de kist uit, over de opstaande rand van de kist en over de laatste meter van de laadvloer van de oude vrachtwagen, over het paneel, langzaam, langzaam, tot die in het midden als een wip omklapte, en dan verder, de nieuwe vrachtwagen in, waar hij hem rechtop tegen nummer zeven zette.

Hij liep terug naar de kist en boog zich naar de achterkant en pakte nummer negen vast. Hij sleepte hem uit de kist, over de geïmproviseerde brug, de andere vrachtwagen in. Het hele eind tot voorin. Hij haalde opnieuw diep adem en liep terug om nummer tien te halen. De laatste. Hij trok hem weg van het kopse paneel aan die kant van de kist. Het boek werd zichtbaar. Precies op de plek die oom Arnold had beschreven. Een geelbruine dossiermap met rode strepen, in een keurig vakje van multiplex met een halvemaanvormige uitsparing voor de vingers. Misschien het werk van een leerling-timmerman, jaren geleden in de fabriek waar de kisten werden gemaakt. In de map zaten gestencilde pagina's vol getypte instructies, die bij elkaar werden gehouden met messing klemmetjes die dof van ouderdom waren.

Hij hield de map in zijn ene hand terwijl hij de container met de andere hand meesleepte. Nummer tien zette hij rechtop naast nummer negen en klemde er het boek tussen. Vervolgens sleepte hij de geïmproviseerde brug terug in de oude vrachtwagen en trok de roldeur van de nieuwe vrachtwagen aan de buitenkant omlaag. Hij perste zich langs de lege kist en klom door de cabine uit de oude vrachtwagen. Snel liep hij om de vrachtwagen heen, klom in de nieuwe vrachtwagen en startte de motor. Hij reed naar buiten en manoeuvreerde net zo lang tot hij hem opnieuw had gekeerd, toen reed hij hem met de neus vooruit weer naar binnen en parkeerde hem rechts van de oude vrachtwagen. Hij zette de motor uit en sloot de vrachtwagen af. Hij pakte zijn plunjezak weer in, sloot de deuren, schoof de grendels ervoor en klikte de hangsloten weer vast.

Bijna veertig minuten. Dat had lang geduurd. Hij liep naar de hoek van de straat en wierp voorzichtig een blik door de met kinderkopjes geplaveide straat. Het hele eind tot de ijzeren brug. Aan de andere kant stroomde het verkeer door over de hoofdstraat. Van links naar rechts en van rechts naar links, met een normale snelheid. Geen sirenes. Geen gierende banden. Geen zwaailichten.

Logisch.

Hij hing zijn plunjezak over zijn schouder en liep over de ene voetbrug na de andere van kade tot kade, het hele eind terug naar huis.

Reacher volgde de bocht van de weg om het water tot halverwege de wijk Sankt Georg. Hij zag niets bijzonders. Auto's, maar geen enkele auto met Wiley. Voetgangers, alleen en in groepjes, maar Wiley was er niet bij. Uiteindelijk bleef hij stilstaan bij een zebrapad. De hoofdstraat liep rechtdoor naar Sankt Pauli. Er was een pad naar links over een vierkante ijzeren brug. Hij zag maanlicht op het water en aan de andere kant kinderkopjes. Alles in diepe rust. Geen enkele beweging.

Hij gaf het op, draaide om en liep terug. De mensen keken in hun huizen naar de tv. Honderden kamers gloeiden blauw op. Ongetwijfeld live reportages. Dat met die kogels was een slimme zet geweest. Explosies konden altijd als ongelukken worden geïnterpreteerd. Pistoolschoten niet. Een goede manier om aandacht te trekken. Helemaal volgens het boekje. Ze hadden een jaar de tijd gehad om zich voor te bereiden.

Terug bij het consulaat liet de nachtwaker hem binnen. Neagley vertelde hem dat de gezamenlijke stafchefs opdracht hadden gegeven aan generaal Helmsworth. Er was een vlucht voor hem geboekt met Delta, een nachtvlucht, non-stop, vanuit Atlanta. Een auto van het consulaat zou hem morgenochtend ophalen van het vliegveld.

'Zonder meer een Silver Star,' zei Neagley. 'Explosies en schoten. Hij zal zeggen dat het oorlogsgebied is.'

De telefoon rinkelde. Opnieuw Griezman. 'Er was niemand in de parkeergarage. Alleen drie uitgebrande auto's die nog nasmeulen. En overal kogelgaten. Het is krankzinnig.'

'Het was een geplande actie,' zei Reacher.

'Maar door wie?'

'Het zou wel heel toevallig zijn als iemand anders dit heeft bedacht.'

'Het bureau van de burgemeester heeft de leiding. Zij kennen de voorgeschiedenis niet.'

'Kunt u mij een paar burgerauto's bezorgen?'

'Ik ben bang dat dat niet gaat lukken, helaas. Ik moet stand-by zijn om te worden bijgepraat. Zoals het nu gaat, kan dat ook wel morgen worden. Iemand heeft al gezegd dat het deel van de garage waar het gebeurde in de buurt van de hotelkeuken lag, zodat we moeten denken aan dierenactivisten die zich zorgen maken over foie gras en kistkalveren.'

'Ik denk niet dat die verantwoordelijk zijn.'

'Dat denk ik ook niet, maar u begrijpt waar ik naartoe wil. Dit wordt een lange nacht. Op het bureau van de burgemeester weten ze nu eenmaal niet beter.'

Nog twaalf uur tot de banken zouden opengaan in Zwitserland.

Reacher zei niets.

Griezman verbrak de verbinding zonder verder iets te zeggen.

Later die avond bracht de luchthavenshuttle van Bishop hen terug naar het hotel. Ze gingen allemaal naar hun kamer. Reacher hoorde de deur van Neagley in het slot vallen, en daarna die van Sinclair. Een minuut later belde Sinclair hem via de huislijn. 'Wanneer moeten we hulp inroepen?' vroeg ze.

'Niet eerder dan morgen.'

'Dat zeg je elke dag.'

'Ik blijf hopen.'

'Zal het morgen gebeuren?' vroeg ze.

'Misschien.'

'Kom je naar mijn kamer, dan kunnen we even praten.'

Ze stond op hem te wachten, midden in de kamer, in haar zwarte jurk, met het parelsnoer, haar nylons en haar schoenen en haar ongekamde haar.

'Waar denk je aan?' vroeg ze.

Hij kuste haar, lang en traag en ging toen achter haar staan. Ze leunde tegen hem aan.

'Werk of privé?'

'Eerst werk,' zei ze.

Hij boog haar iets voorover en zocht het lipje van de rits in haar nek. De metalen druppel. Klein, maar perfect vormgegeven. Een kwaliteitsitem. Hij trok hem langzaam omlaag, over de sluiting van haar beha, naar haar middel.

'Waar willen ze dat wat ze gekocht hebben gaan gebruiken?'

'Ik weet het niet,' zei ze.

'In Duitsland?'

'Dat zou politiek gezien niet logisch zijn.'

Hij schoof de jurk van haar schouders. Hij zakte omlaag, bleef even haken en viel toen tot een hoopje om haar voeten.

Ze leunde naar achteren.

Ze was warm.

'Washington D.C. of New York ligt meer voor de hand, of misschien Londen.'

'Dan zullen ze het per schip transporteren. We hebben een dag verspild. Verkeerde aannames. Wiley is nooit de stad uitgegaan. Het is een groot, zwaar ding waar je een vrachtwagen voor nodig hebt. Vervoer over de weg is niet de beste manier om het Duitsland uit te krijgen. Ze kunnen het hoe dan ook niet over de weg naar D.C. of New York of Londen vervoeren. Uiteindelijk zal het toch verscheept moeten worden.'

Hij boog haar opnieuw iets voorover, een paar centimeter, en haakte haar beha los. Hij bewoog zijn handen strelend over haar schouders, haakte zijn vingers onder de bandjes en schoof ze omlaag.

De beha voegde zich bij de jurk.

Hij nam haar borsten in zijn handen.

Ze leunde achterover en keerde haar hoofd naar hem toe en kuste hem op zijn borst.

'Wiley heeft die vrachtwagen voor meubeltransport hier zeven maanden geleden meteen naartoe gereden. Ook al is hij hier nooit gestationeerd geweest. Hij koos Hamburg uit omdat het een havenstad is. De op een na grootste van Europa. Ze noemen het de poort naar de wereld.'

Hij haakte zijn duimen achter de rand van haar panty.

'Hij zet het op een schip,' zei ze.

'Dat denk ik ook.'

'Wanneer?'

Hij schoof haar panty langzaam omlaag.

En haar slipje.

Onhandige duimen.
'Als hij betaald wordt.'
'Dat kan best morgen al zijn.'
Hij zei niets.
Ze stapte uit haar schoenen en keerde zich naar hem om. Naakt, afgezien van het parelsnoer. Beeldschoon.
'Wanneer moeten we hulp inroepen?' vroeg ze.
'Nu even niet,' zei hij.
Hij trok zijn T-shirt uit.
'En nu je broek,' zei ze.
'Ja, mevrouw,' zei hij.
Ze bereed hem opnieuw als een cowgirl, dit keer andersom, met haar rug naar hem toe. Dat betekende visueel gezien een gecompliceerd evenwicht tussen plussen en minnen. In grote lijnen was het geen zwaar lot om te ondergaan. Hij voelde zich de toeschouwer bij een privépleziertje. Ze was uit op iets sensationeels. Dat was duidelijk. Hij vond het prima. Alles voldeed. Alles wat nodig was om de nacht door te komen.

34

Vanwege de komst van Helmsworth stuurde Bishop al vroeg de shuttle om hem op te halen. De chauffeur zei dat de Delta-vlucht al bij het aanbreken van de dag in Hamburg was geland. De generaal werd op de luchthaven opgevangen en zou rechtstreeks naar het consulaat worden gebracht, waar hij zich kon opfrissen in het gastenverblijf. Daarna zou hij naar een vergaderzaal gaan die door Bishop was aangewezen. Kennelijk volgde Helmsworth zijn orders nauwgezet op. Hij zou alleen spreken met Sinclair, Reacher en Neagley, die deel uitmaakten van dezelfde bevelsstructuur als hij, in brede zin. De anderen maakten daar geen deel van uit. In praktische zin was dat geen enkel probleem. Ze hadden zelf al besloten dat ze er een beperkte operatie van zouden maken. Ze vermoedden dat de cryptische, halfvergeten legende uit iemands kinderjaren een formeel zeven-tegen-één-kruisverhoor niet zou overleven. Ze hadden het idee dat een gemoedelijke sfeer meer zou opleveren. Een kleiner gezelschap. Sinclair, Reacher en Neagley waren daarvoor van tevoren al aangewezen.

De rest toog dus naar het reguliere kantoor, terwijl Bishop voorging naar de vergaderzaal die hij had uitgekozen. De ruimte vertoonde veel overeenkomst met de zaal in Fort Belvoir waar Reacher zijn medaille had ontvangen. Dezelfde vergulde stoelen, dezelfde vlaggenparade. Misschien was hier het plafond iets hoger en het gebouw was ouder. Neagley zette vier stoelen met armleuningen in een vierkant bij elkaar, een nonchalant groepje. Allemaal gelijkwaardig. Gewoon mensen die een tijdje in elkaars gezelschap doorbrachten.

Bishop vertrok en een minuut later kwam Helmsworth binnen. Een gedrongen man, halverwege de zestig. Hij had zilverkleurig, kortgeschoren haar en een heldere oogopslag. Hij droeg het gevechtstenue, gesteven en gestreken, met twee zwarte sterren op de kraag. Hij had de hele nacht in het vliegtuig gezeten, maar zag er niet al te vermoeid uit. Iedereen werd voorgesteld, iedereen schudde hem de hand, met uitzondering van Neagley, die beleefd knikte. Daarna gingen ze zitten in de stoelen die Neagley had klaargezet.

'Generaal, hoe geïrriteerd bent u op het moment, op een schaal van één tot tien?' vroeg Reacher.

'Alles bij elkaar genomen, majoor, ongeveer een acht of een negen,' zei Helmsworth.

Hij klonk als iemand die een veroordeling tot de doodstraf voorlas.

'Het kan alleen maar erger worden,' zei Reacher.

'Daar twijfel ik niet aan, majoor.'

'Maar we hebben geen tijd voor flauwekul. Dus kop op, generaal. We zitten hier bij elkaar om over de goeie ouwe tijd te praten.'

'Die van jou of die van mij, majoor?'

'Het gaat om een sergeant die Arnold P. Mason heet. Hij diende in een eenheid van de 82e Luchtlandingsdivisie. Zijn pad kruiste het uwe in 1955 en nog een paar keer daarna. Maar alleen bij wijze van spreken. In die tijd maakte u carrière, u zult zich hem niet herinneren.'

'Inderdaad. Dat was veertig jaar geleden.'

'Wij willen graag weten wat u zich kunt herinneren over zijn eenheid.'

'Wat is dit? Een folkloreproject? De maand van de Geschiedenis?'

'Wij zoeken een man die Wiley heet. In zijn jeugd heeft zijn moeder zes jaar lang, van Wileys tiende tot zijn zestiende, een vriend gehad die twintig jaar had gediend bij de 82e Luchtlandingsdivisie in Europa. Wij denken dat die vriend de jongen verhalen heeft verteld. We denken dat die jongen die verhalen heeft onthouden en jaren later zelf in het leger is gegaan vanwege die verhalen.'

'Zo hoort dat ook te gaan. Het doet me goed dat te horen.'

'Zo is het niet met Wiley gegaan. Die verhalen lijken voor hem niet meer dan een soort schatkaart te zijn geweest. Hij is alleen in het leger gegaan om die schat op te graven.'

'Dat is absurd,' zei Helmsworth.

'Nu heeft hij die gevonden en is hij gedeserteerd.'

'Nu heeft hij wat gevonden?'

'Dat weten we niet, maar het is veel geld waard.'

'Waar is hij gedeserteerd?'

'Luchtverdedigingstroepen van de pantserdivisies bij Fulda.'

'Majoor, waarom ben ik hier? Ik raad je aan me een goede reden voor mijn komst naar Europa te geven.'

'Wij willen de verhalen over verborgen schatten van het oude 82e horen. We zijn ervan overtuigd dat u zich die kunt herinneren. Iedere officier herinnert zich de details van zijn eerste commando.'

'Er waren geen verhalen over verborgen schatten.'

'Wiley deed mee aan een wedstrijdje wie de mooiste slimme oneliner kon verzinnen over de reden waarom hij in het leger was gegaan. Toen hij aan de beurt was, zei hij dat zijn oom hem verhalen had verteld over Davy Crockett.'

Helmsworth reageerde niet.

Het viel Reacher op.

'De oom was eigenlijk de vriend van Wileys moeder,' zei Reacher. 'De man die twintig jaar in het leger had gezeten. Oom Arnold. Een beleefde aanspreekvorm. Waarschijnlijk op zijn plaats toen de jongen tien was, maar misschien een beetje raar toen hij zestien was.'

'Wat voor verhalen waren dat over Davy Crockett?' vroeg Helmsworth achteloos.

'Dat weten we niet,' zei Reacher. 'Daarom vragen we ernaar.'

'Wanneer zat die vriend van de moeder in het leger?'

'Van 1951 tot en met 1971.'

Helmsworth zweeg een tijdlang.

'Generaal?' zei Reacher.

'Ik kan je niet verder helpen,' zei Helmsworth. 'Het spijt me.'

'Hoe kwaad bent u nu?' vroeg Reacher.

Helmsworth gaf bijna antwoord, maar hield zich nog net in.

'Precies,' zei Reacher. 'Een één of een twee op een schaal tot tien. U bent niet langer kwaad, want u hebt nu belangrijker zaken om u druk over te maken.'

Helmsworth zei niets.

'Generaal?' zei Reacher.

'Ik kan het niet bespreken,' zei Helmsworth.

'Dat zult u toch moeten, ben ik bang.'

'Ik bedoel dat het me niet is toegestaan het te bespreken.'

'Generaal, met alle respect, u praat met vertegenwoordigers van de NSC. Er is geen hogere autoriteit.'

'Is deze kamer veilig?'

'Het is een kamer in een consulaat van de Verenigde Staten die is uitgezocht door het hoofd van de CIA ter plaatse.'

'Ik moet overleggen met het bureau van de gezamenlijke stafchefs.'

'In deze zaak zullen ze het standpunt innemen dat ze van ons moeten innemen. U kunt net zo goed een stap overslaan en het ons meteen vertellen.'

'Dit is jaren geleden onder embargo geplaatst.'

'Wat?'

'Het is een gesloten dossier.'

'Vertel ons wat u weet, generaal. Horace Wiley is een deserteur met gestolen materiaal. We moeten weten wat hij heeft gestolen. We blijven hier zitten tot u het ons hebt verteld. Ik zou graag zeggen dat we alle tijd hebben, maar daar ben ik niet zo zeker van. Misschien dringt de tijd wel.'

Helmsworth zweeg opnieuw een tijdlang.

Toen knikte hij. Hij trok zijn stoel iets bij en schoof naar het randje van de zitting. 'Ik zal vertellen hoe het mij is vergaan en daarna zal ik je vertellen wat er verder speelde. We hebben het over het Europa van begin jaren vijftig. We kenden het strijdplan. Het Rode Leger zou met een grote strijdmacht optrekken door de Fulda-vallei. Onze eerste taak was de voorhoede van het leger tot staan te brengen en daarna te voorkomen dat ze versterkingen zouden aanvoeren. Daarbij richtten we ons op wegen en bruggen achter hun linie om de pantsertroepen tegen te houden. Misschien zouden we ook proberen energiecentrales en andere voor de infrastructuur belangrijke objecten uit te schakelen om hun slagkracht te reduceren. Maar we konden niet vertrouwen op de luchtmacht. In die tijd hadden we geen slimme bommen, en een brug is een heel klein doelwit. We moesten kunnen rekenen op honderd procent resultaat. We stelden een paar geniecompagnieën samen met van oorsprong reguliere paratroepers die waren getraind als demolitie-experts. De bedoeling was dat ze gedropt zouden worden met een bepakking van explosieven en zich dan, al dan niet vechtend, naar hun doel zouden begeven waar ze de explosieven uiterst nauwkeurig zouden bevestigen aan een brugpijler of de muur van een energiecentrale of wat dan ook. Dat was het plan. In die tijd was een paratroeper met een lading explosieven op zijn rug de slimste bom die we hadden.'

'Knap werk,' zei Reacher.

'Niet echt. Hoeveel zouden ze maximaal mee kunnen torsen?'

'Van een landingszone naar het doelwit? Misschien vijftig kilo.'

'En dat was het probleem. Met vijftig kilo TNT maak je nog geen krasje op een brugpijler. Dat is onschuldig vuurwerk. En een energiecentrale is nog veel groter. Dus stopten we het project van de menselijk slimme bom voorlopig in de ijskast, in afwachting van beter draagbaar materieel. Innovaties op dat terrein lieten in die tijd lang op zich wachten. Er viel meer eer te behalen aan de andere kant van het spectrum met spul waar ik in die tijd niets van wist. Het was drukker dan ooit in Los Alamos. Ze werkten aan de waterstofbom. Die hebben ze net voordat ik van West Point kwam in maart 1954 getest op het atol Bikini, een explosie van vijftig megaton. Verreweg de krachtigste explosie in de geschiedenis van de mensheid, vijf keer krachtiger dan alle bommen bij elkaar die ze in de Tweede Wereldoorlog op Duitsland en Japan hebben gegooid, inclusief de atoombommen op Hiroshima en Nagasaki. Waarschijnlijk krachtiger dan alle bommen bij elkaar die ooit in de geschiedenis op de hele wereld zijn ontploft. In één enkele fractie van een seconde. Dat was een joekel van een explosie, zo immens dat niemand er ook maar serieus aan dacht om het nog groter aan te pakken. Ze dachten dat de hele atmosfeer zou ontbranden. Al wist ik daar op dat moment niets van.'

'Wanneer bent u erachter gekomen?' vroeg Reacher.

'Later in de jaren vijftig. Tegen die tijd gingen de ontwikkelingen razendsnel. Toen ontdekten we ook andere dingen, bijvoorbeeld dat er twee geheime nucleaire laboratoria waren, niet alleen het laboratorium in Los Alamos. Er was nog een laboratorium, want ze werkten in die tijd bij Defensie volgens een bepaalde theorie die ze overal toepasten. Ze waren van mening dat rivaliteit tot uitzonderlijke prestaties leidt en dat het onontbeerlijk is voor suprematie. Het was een wet van Meden en Perzen. Dus kreeg Los Alamos een rivaal, Livermore, in de buurt van Berkeley in Californië. Vanaf het begin werkten daar heel slimme mensen die inzagen dat het geen zin had om een nog grotere bom te ontwikkelen en die dus de andere kant op keken. Ze ontwikkelden kleinere bommen en daar werden ze steeds beter in. Uiteindelijk bouwden ze een heel nieuw wapensysteem rondom een mooie kleine kernkop, die de W-54 werd genoemd.'

'Interessant,' zei Reacher.

'En nu terug naar mijn oorspronkelijke probleem. Ik had niets aan een kerel die vijftig kilo op zijn rug kon meetorsen. Maar ik was een commandant die een tactisch probleem moest oplossen. Op mijn lijst met doelwitten stonden belangrijke civieltechnische projecten. Wegen, bruggen, viaducten, energiecentrales, infrastructuur. Zou iemand honderd kilo op zijn rug kunnen dragen?'

'Misschien,' zei Reacher. 'Maar niet over een lange afstand.'

'Nog steeds niet goed genoeg. Nog steeds niet meer dan vuurwerk. En tweehonderd kilo?'

'Nee.'

'Een ton? Zou iemand een ton TNT op zijn rug kunnen dragen?'

'Natuurlijk niet.'

'Of tien ton? Honderd ton? Duizend ton? Vijftienduizend ton? Zou er één mens zijn die vijftienduizend ton TNT op zijn rug zou kunnen dragen?'

Reacher zweeg.

'Uiteindelijk boden ze ons dat aan,' zei Helmsworth.

'Wie?'

'Livermore. Het nieuwe laboratorium in Californië. De waarheid is dat hun nieuwe wapensysteem een mislukking was. Ze konden heel kleine bommen maken, maar niet klein genoeg. Ze stopten alle explosiekracht van de bom op Hiroshima in een cilinder met een doorsnee van dertig centimeter en een lengte van veertig centimeter. Hij woog bijna vijfentwintig kilo. Hij was even krachtig als Little Boy, vergelijkbaar met vijftienduizend ton TNT, maar Little Boy was drie meter lang en woog vijf ton. Dus die cilinder van Livermore was een triomf op het gebied van miniaturisering, maar helaas was de triomf nog net te bescheiden. De cilinder was nog steeds te groot om hem als artilleriegranaat te gebruiken, of als mortiergranaat. Er was geen betrouwbare draagbare lanceerinrichting voor. Het was een curiositeit, meer niet eigenlijk. Het was een oplossing waar nog een probleem bij gezocht moest worden. Maar ze waren vindingrijk. Ze gaven de cilinder een nieuwe naam, SADM, Special Atomic Demolition Munition. En daarna gaven ze de cilinder aan de 82e Luchtlandingsdivisie. Ineens konden mijn mannen gedropt worden met vijfentwintig kilo op hun rug en elke weg, brug of viaduct opblazen die ze maar wilden opblazen.'

'Met atoombommen?'

'Met de kracht van die op Hiroshima.'

Niemand zei iets.

'Wat was de oorspronkelijke naam van de SADM?' vroeg Reacher.

'Raad eens.'

'Davy Crockett.'

Helmsworth knikte. 'Zo noemden ze de kernkop W-54. Ik weet niet waarom. Maar het bleef hangen. Niemand had het over de SADM. Iedereen noemde die dingen Davy Crocketts. Ze werden aangeleverd in een verpakking van canvas in de vorm van een rugzak. Je hoefde die alleen maar op je rug te hijsen, dan was je klaar om in actie te komen. Maar niemand ging er graag mee om. De cilinders lekten straling. Tenminste, dat zei men. Er werden mensen ziek. Ze maakten zich zorgen over kanker, maar vooral over de filmbeelden die ze van Hiroshima hadden gezien. Die gigantische explosie. Ze hadden precies dezelfde bom op hun rug. Hun orders waren om die bom vast te maken aan een brugpijler, de timer in te stellen en weg te rennen zo hard als ze konden. Dat is wel iets anders dan de bom uit een vliegtuig gooien dat op dertien kilometer hoogte vliegt.'

'Hoeveel tijd kon je instellen op die timer?' vroeg Neagley.

'Maximaal vijftien minuten. Min of meer. De timer was niet heel precies.'

'Dat is waanzin. Bij Hiroshima werd iedereen in een straal van anderhalve kilometer direct gedood. De vuurbal had een straal van drie kilometer. Dat is op een renbaan twaalf minuten voor iemand die redelijk hard kan lopen. Op open terrein is het ondoenlijk om te ontsnappen. Helemaal als ze al vechtend hun weg hadden gezocht naar het doelwit, want dan zouden ze zich er ook weer uit moeten vechten, terwijl ze elk moment door het vuur getroffen zouden kunnen worden. Dat was een zelfmoordmissie.'

Helmsworth knikte opnieuw. 'In die tijd werden er andere afwegingen gemaakt. We zouden zonder met de ogen te knipperen twee hele compagnieën opofferen om te voorkomen dat een legermacht van een miljoen man en tienduizend voertuigen zou doorbreken. Het werd als een koopje beschouwd.'

'Twee compagnieën?' vroeg Reacher.

'We hadden honderd Davy Crocketts.'

'Elk met een eigen doelwit?'

'Zorgvuldig gepland.'

'Wijd verspreid?'

'Als op een kaart die de mazelen heeft.'

'Maar er zijn helemaal geen honderd bruggen of energiecentrales, of wegen of viaducten. De Fulda-vallei is een nauwe trechter.'

'Er was rekening gehouden met afvallers. Ongeveer de helft moest stand-by blijven.'

'In de ruimte tussen de doelen, om alles aan elkaar te koppelen.'

'Als een keten.'

'U creëerde een stralingsbarrière. Net zoiets als een mijnenveld. Met honderd bommen zou zoiets wel vijftien kilometer breed en vijftien kilometer diep kunnen zijn. U wilde de sovjets dwingen linksom of rechtsom te gaan, waar u ze zou opwachten.'

'Het dossier is gesloten.'

'Omdat in de loop der jaren allerlei verdragen werden getekend. Het was op een gegeven moment niet langer uitvoerbaar. Zelfs toegeven dat het ooit was gepland, was niet mogelijk.'

'Precies,' zei Helmsworth. 'De SADM's werden teruggetrokken, en niet alleen om militaire redenen. Ze werden allemaal terug getransporteerd naar de Verenigde Staten en niet vervangen. Uiteindelijk werden alle nucleaire wapens onder een bepaald formaat afgeschaft.'

'Arnold Mason is ziek,' zei Sinclair. 'Zijn vrouw zei dat het leger interesse zou tonen. Hij had haar verteld dat er iemand zou komen.'

'Ziek? Wat heeft hij?'

'Een hersentumor.'

'Het is lang geleden. De meeste ziektegevallen hebben zich eerder voorgedaan.'

'Zijn er meer mensen ziek geworden?'

'Een paar,' zei Helmsworth.

'Dergelijke verhalen zouden mij niet echt overhalen om in het leger te gaan.'

Helmsworth zweeg.

'Generaal?' zei Reacher.

'Iedere rekruut heeft z'n eigen redenen om in het leger te gaan.'

'Horace Wiley was een tweeëndertigjarige dief. Ik denk niet dat hij er zin in had te worden opgeleid voor een zelfmoordmissie en kanker, om vervolgens mee te moeten maken dat de wapens worden teruggehaald.'

Helmsworth zweeg.

'Generaal?' zei Reacher.

'Dit is vertrouwelijk op presidentieel niveau.'

'Dat geldt in deze zaak voor alles en iedereen in dit vertrek,' zei Sinclair.

'Het is mogelijk dat er een fout in de inventarislijsten is geslopen,' zei Helmsworth.

35

'Op de oorspronkelijke vrachtbrieven staat dat er vanuit Livermore tien kisten zijn verscheept. In elke kist zaten tien Davy Crocketts. Tien keer tien is honderd, dat is het aantal waarmee we hebben geoefend. Op vrachtbrieven van later datum staat dat dezelfde tien kisten weer zijn verscheept naar de Verenigde Staten en dat er in elk van die tien kisten tien bommen zaten. Tien keer tien is honderd. Alles in orde. Alle bommen keurig afgeleverd en opgeslagen in de Verenigde Staten. Alle bommen vervolgens gecontroleerd en geïnspecteerd en geteld in het bijzijn van getuigen. We hebben exact honderd bommen in ons bezit.'

'Maar wat is er dan fout gegaan?' vroeg Reacher.

'Dat kwam door de vrachtbrieven. Honderd de deur uit en honderd weer terug. Alles in overeenstemming met de hele papierwinkel in het leger. Maar jaren later vond iemand in Livermore een nietverzonden factuur voor een elfde kist. Nog tien Davy Crocketts. Er waren geen papieren voor verscheping. De productiecijfers waren niet eenduidig. Het kon niet worden uitgesloten dat er een elfde opdracht was uitgevoerd.'

'Maar nooit betaald. Dat is onwaarschijnlijk. Dat moet betekenen dat die factuur een vergissing was en daarom ook nooit was verzonden.'

'Dat was aanvankelijk de conclusie,' zei Helmsworth. 'Helaas beschikte de fabrikant van de kisten uit onverwachte hoek over bewijs voor het tegendeel. Uit de werkbriefjes van een leerling-timmerman bleek dat er wel degelijk elf kisten waren gemaakt. De voorman van de werkplaats had ze afgetekend. De elfde kist stond niet in de fabriek. Hij stond niet in Livermore. En als er nog tien bommen waren gemaakt, waren die ook niet in Livermore. Dus waar waren die in godsnaam? Bestonden ze überhaupt? Het was een schimmig probleem, maar ze namen het zekere voor het onzekere en begonnen te zoeken. Ze vonden niets. Niet in de Verenigde Staten en niet in Duitsland. Misschien klopten de werkbriefjes van de leerling-timmerman niet, maar dan had de voorman ook een fout gemaakt. Ze kwamen er niet uit.'

‘Totdat?’ vroeg Reacher.

‘De commissie was verdeeld. Het merendeel van de leden beweerde dat je de onduidelijke productiecijfers zo moest interpreteren dat die elfde opdracht voor een kist nooit was uitgevoerd en dat er onterecht een factuur was uitgeschreven. Of misschien zelfs wel met de bedoeling de zaak op te lichten.’

‘Dat klinkt als een poging om het probleem onder het vloerkleed te schuiven.’

‘Misschien was dat wel zo.’

‘Wat dachten de andere leden van de commissie?’

‘Ze dachten dat Livermore nooit een elfde kist besteld zou hebben als ze geen bommen hadden om erin te stoppen. Die kisten waren prototypen van een gestandaardiseerd systeem. Ze waren vanbinnen aangepast voor de lading, maar zagen er vanbuiten allemaal hetzelfde uit. Er kon een fout zijn geslopen in de leveringspapieren. Misschien was de kist wel vanuit Livermore verscheept, maar naar de verkeerde bestemming. Of naar de juiste bestemming, maar met een verkeerde productbeschrijving. De inventariscodes waren erg gecompliceerd. Eén verkeerd cijfertje kon al fataal zijn.’

‘Dat is wel heel speculatief,’ zei Reacher. ‘Een opeenstapeling van afzonderlijke fouten. Fouten in de leveringspapieren, fouten in de inventariscode, een factuur die nooit is verzonden.’

‘We gaven per jaar miljarden dollars uit aan miljoenen tonnen materieel. Het waren indrukwekkende hoeveelheden, het was gekkenwerk. Een voedingsbodem voor de meest vreemde fouten. Hoelang dien jij al, majoor?’

‘Twaalf jaar.’

‘Heb je ooit wel eens gemerkt dat er iets fout ging?’

Reacher wierp een blik op zijn broek. Een broek van het Korps Mariniers, gemaakt in 1962, verscheept in 1965 naar het verkeerde onderdeel van het leger, dertig jaar onopgemerkt gebleven.

‘We hebben het over atoomwapens,’ zei hij.

‘In het verleden is een aantal van tweeëndertig atoomwapens per ongeluk gelanceerd, afgevuurd, geëxplodeerd, gestolen of verdwenen. In zesentwintig gevallen is het dossier gesloten. De resterende zes zijn nooit opgespoord of teruggevonden. Die zijn nog steeds zoek. Die cijfers zijn keihard. Het is niet onaannemelijk dat er nog tien zijn. Zeker gezien het soort wapens. Davy Crocketts waren klein en werden in serie vervaardigd. Het waren geen wapens waarmee eer werd ingelegd. Ze werden behandeld als conventionele munitie.'

'Hoe goed hebben ze gezocht?'

'We hebben over de hele wereld gezocht, maar we konden ze niet vinden. Dus bleef het standpunt van de meerderheid in de commissie overeind, dat ze nooit hadden bestaan. De factuur werd afgedaan als een bewuste poging tot fraude. Hij was alleen nooit verstuurd omdat iemand last had gekregen van koudwatervrees.'

'Wat was uw mening?'

'We bereidden ons voor op een grondoorlog met het Rode Leger in Europa. We hadden honderden opslagdepots, verspreid over heel Duitsland. De grootste waren groter dan sommige Duitse steden. De kleinste waren nog steeds groter dan een voetbalstadion. Ik was van mening dat de meerderheid in de commissie de ogen sloot voor de werkelijkheid.'

'Zou Arnold Mason betrokken zijn geweest bij de zoekactie?'

'Vrijwel zeker. Vergeet niet dat dit allemaal jaren later gebeurde. Hij hoorde bij de mannen die wisten waarnaar ze op zoek waren.'

'Dus dat zijn de verhalen die Horace Wiley als kind te horen kreeg. De ontbrekende kist. Tien zoekgeraakte bommen zo groot als die op Hiroshima. Een begraven schat.'

'Waarom zou hij denken dat hij die kist wel zou kunnen vinden terwijl al die anderen hem niet hadden gevonden?' vroeg Sinclair.

'Iedereen heeft weer andere talenten,' zei Reacher. 'Misschien heeft oom Arnold hem een of andere aanwijzing gegeven, al dan niet bewust. Misschien ontdekte hij iets wat iedereen over het hoofd had gezien. Misschien dacht hij precies op de goede manier.'

'Het klinkt allemaal volstrekt onmogelijk.'

'Dat ben ik met je eens.'

'Niets was onmogelijk,' zei Helmsworth. 'Het was de tijd van de Koude Oorlog. Er gebeurden de krankzinnigste dingen. Ze hebben een keer een microfoon en een zender onder de huid in de nek van een kat genaaid, met een minuscule antenne door zijn ruggengraat tot in zijn staart. Ze zouden het beest trainen om het terrein op te gaan van de Russische ambassade om willekeurige gesprekken op te vangen. De eerste dag dat de kat aan het werk ging, werd hij overreden door een auto. Niets was onmogelijk en alles ging vroeg of laat fout.'

'Maakt het wel iets uit?' vroeg Neagley. 'Want wie kent de codes waarmee die bommen op scherp worden gezet? Zijn die ooit beschikbaar gesteld? En zelfs als dat het geval was, dan toch zeker verdeeld over twee personen? Dat was een standaardveiligheidsmaatregel als het om nucleaire wapens ging. Voor tien bommen zijn dat twintig veteranen. Wie waren dat?'

Helmsworth zweeg.

'Generaal?' zei Reacher.

'Het wordt nog erger,' zei Helmsworth.

'Kan dat dan?'

'Jullie hebben de films over D-day gezien. Luchtafweergeschut, fouten bij het kaartlezen, weer en wind, moerassen en rivieren, onmiddellijk contact met de vijand. De kans dat je twee personen met een parachute op hetzelfde moment op dezelfde plek kon laten landen was nul komma nul. We zouden midden in vijandelijk gebied terechtkomen met honderd waardeloze brokken metaal, terwijl het essentieel was dat de missie zou slagen. Dus beschouwde men de voorzorgsmaatregel van een over twee personen gesplitste code als een tactische hindernis.'

'Wie vond dat?'

'Bevelhebbers met het commando over de missie.'

'Zoals u?'

'Ik gaf mijn kwartiermeester opdracht de hele code met geel krijt op de bom zelf te schrijven. Op die manier kon iemand anders nog steeds de missie uitvoeren als de man die de bom droeg zou sneuvelen. Het was de tijd van de Koude Oorlog. Erop terugkijkend weten we dat het geen echte oorlog is geworden. Maar toen had je het gevoel dat het elk moment kon losbarsten.'

'Maar die elfde kist is nooit bij u aangekomen.'

'Dat betekent dat de codes in een uiterst geheime map staan die is opgeborgen in een apart vak op de achterwand van de kist. Dat vakje was het onderdeel dat de leerling-timmerman maakte. Elf keer.'

Lange tijd zweeg iedereen.

'Oké,' zei Sinclair uiteindelijk. 'Ik moet zo de president bellen om hem te vertellen dat er misschien ergens tien atoombommen klaarliggen met de codes die nodig zijn om ze op scherp te zetten. Tien bommen die stuk voor stuk net zo krachtig zijn als de bom op Hiroshima, wat betekent dat binnenkort misschien tien steden op de wereld compleet zullen worden weggevaagd. Kan iemand me een reden geven waarom ik de president niet zou moeten bellen?'

Iedereen zweeg.

Hoofd van de recherche Griezman nam de lift naar het kantoor van Herr Dremmler. De lift was traag. Ongetwijfeld de oorspronkelijke lift, gehandhaafd bij de renovatie, maar uiteindelijk bereikte hij zijn bestemming. Een minuut later zat Griezman ongemakkelijk op een te kleine stoel voor bezoekers tegenover het bureau van Dremmler, die eerst koffie bestelde bij een secretaresse met Zuid-Amerikaanse trekken en toen Griezman vroeg waarmee hij hem van dienst kon zijn.

'Het gaat over Wolfgang Schlupp,' zei Griezman.

'Die heb ik vandaag nog gesproken,' zei Dremmler. 'Heel toevallig.'

'Daarom ben ik hier.'

'Hij zei niets bijzonders. Zeker niets wat enig licht zou werpen op wat er daarna met hem is gebeurd.'

'Waar ging het gesprek over?'

'Koetjes en kalfjes. Ik heb hem een keer ontmoet bij een zakendiner. Hij was een kennis die je vriendelijk gedag zegt, meer niet. Ik heb hem alleen maar begroet uit voorkomendheid. Ik kende de man amper.'

'Hebt u geprobeerd hem schoenen te verkopen?'

'Nee, nee, helemaal niet. Het was pure beleefdheid, een kwestie van netwerken.'

'Gaat u vaak naar die bar?'

'Niet erg vaak.'

'Waarom toen wel?'

'Om mensen te ontmoeten en mezelf te laten zien. Op die manier kom ik op veel plaatsen. Nu eens hier, dan weer daar. Zo doen we dat.'

'We?'

'Ondernemers, vooraanstaande burgers, zakenlui, mensen die dingen voor elkaar krijgen.'

'Is het u opgevallen wie er achter u stond?' vroeg Griezman.

Dremmler dacht na. Hij herinnerde zich dat hij met gebruik van zijn ellebogen een plek naast Schlupp had veroverd, schouder vooruit, zijn rug naar de ruimte. Wie had er achter hem gestaan? Hij kon het zich niet herinneren.

'Het was iemand die problemen verwacht met de belastingdienst. Hij heeft het hele gesprek opgevangen, tot in detail.'

Dremmler dacht opnieuw na. Hij had een goed geheugen. Een betrouwbaar inschattingsvermogen. Hij was ook ad rem en creatief. Onmisbare vaardigheden voor een man in zijn positie. Hij haalde zich het gesprek van een dag eerder voor de geest, vanaf het begin. Vanaf het moment dat hij Schlupp had gevraagd hoe de zaken ervoor stonden, en dat Schlupp had gevraagd wat hij nodig had. Hij liet het versneld door zijn gedachten gaan en pikte er de belangrijke woorden uit. Dat waren de woorden informatie en zaak en het nieuwe Duitsland. En rijbewijs, de vraag naar de nieuwe naam van de Amerikaan, het smeergeld en het woord belangrijk en voor de vierde keer het woord zaak.

Hij was de klos.

'Ik ken mensen op plaatsen waarover u zich zou verbazen,' zei hij. 'Het zou ondoenlijk zijn om deze stad draaiende te houden zonder die mensen. En niemand van die mensen heeft de wet overtreden. Ik evenmin.'

'Tot nu toe.'

'Dat is hetzelfde als zeggen dat niemand van hen de wet heeft overtreden.'

'Als dat gebeurt, zijn we er klaar voor.'

'Vervolging levert ons alleen maar meer aanhangers op.'

'Een gerechtelijke vervolging is iets anders dan vervolging.'

'Denk na, Herr Griezman. U neemt het op tegen een krachtige tegenstander, die binnenkort nog veel sterker zal worden. Misschien wordt het tijd uw trouw aan uw broodheren op te zeggen. U zou zich aan onze zijde moeten scharen. Onze belangen lopen parallel. U hebt niets te vrezen. Uw baan is veilig. Zelfs in het nieuwe Duitsland zullen er kruimeldieven zijn.'

'Heeft Schlupp je nog teruggebeld met de nieuwe naam van de Amerikaan voordat hij stierf?'

'Nee,' zei Dremmler.

Griezman geloofde hem. Hij had niet anders verwacht.

Sinclair belde het Witte Huis vanuit hun eigen kantoor. Helmsworth was vertrokken. Bishop was gearriveerd. Waterman herhaalde zijn sombere voorspellingen, dat het nu toch al te laat was, dat het de Duitsers een halve dag zou kosten om te reageren, en dat ze een hele dag nodig zouden hebben om de Duitsers van alle ins en outs op de hoogte te stellen. Misschien nog wel langer, omdat ze nog van niets wisten. Toen kregen ze te horen dat de NAVO, in spoedberaad bijeen, had besloten dat het principe waarop de verdragsorganisatie was gebaseerd ineens heel erg van toepassing was. Eén van de lidstaten werd aangevallen, zo werd de situatie geïnterpreteerd, en dat betekende dat alle landen zich aangevallen voelden en dat maakte de zaak alleen maar ingewikkelder. Sinclair voorspelde dat ze een aanzienlijke vertraging zouden oplopen. Reacher belde Griezman en kreeg te horen dat die niet achter zijn bureau zat, maar in de auto ergens naartoe onderweg was. Zijn secretaresse zei dat ze ervoor zou zorgen dat hij zou terugbellen zodra dat kon. Ze klonk erg vriendelijk.

Reacher verbrak de verbinding.

'Wiley is een deserteur en hij bevindt zich in dezelfde stad als jij,' zei Sinclair.

'Ik heb die nieuwe naam nodig.'

'Ik wens je veel succes.'

'We zouden een gok kunnen wagen.'

'Waarop wil je die baseren?'

'We weten dat de klanten zelf een willekeurige naam mochten kiezen. We weten dat Wiley bij het autoverhuurbedrijf de namen Ernst en Gebhardt heeft gebruikt. Waarom die twee namen? En als die namen nummer twee en drie op zijn lijst waren, wat was dan nummer één?'

'Dat is allemaal wel heel erg speculatief.'

'Het is wat we bij de MP's zomaar een gok noemen.'

'Is dat beter of slechter dan een slag in de lucht?'

'Een slag in de lucht komt er niet eens bij in de buurt. Het is een onderbuikgevoel. Je doet je ogen dicht en zwaait met de knuppel naar de honkbal, in de hoop dat je hem raakt.'

'En wat is dan volgens jou zijn nieuwe naam?'

'Dat weet ik nog niet precies. Het zit ergens in mijn achterhoofd, maar ik kan er niet opkomen. Misschien moet ik eerst eens in een boek kijken of iemand opbellen.'

'Wie zou je dan moeten bellen?'

'Iemand die is opgegroeid in Zuidoost-Texas.'

De telefoon rinkelde.

Griezman.

'Waarmee kan ik helpen?' vroeg hij.

'Dat weet ik niet precies,' zei Reacher.

'Waarom hebt u me dan gebeld?'

'Omdat ik hoopte dat ik het ondertussen wel zou weten.'

'Doe een gok, Reacher,' zei Sinclair.

Hij herinnerde zich dat hij zijn hand omhoog had gedaan en met zijn vingertoppen over haar voorhoofd had gestreeld, en zijn vingers door haar haar had gehaald en de lokken naar achteren had gestreken. Dikke, zachte lokken. Hij herinnerde zich dat hij een deel van het haar achter haar oor had gehaakt en een deel los had laten hangen.

Het had er mooi uitgezien.

Toen had hij ook gegokt.

'Ik wil dat u in de administratie van de gemeente gaat zoeken in de wijk waar Wiley woont.'

'Op welke naam moet ik zoeken?' vroeg Griezman.

'Kempner.'

'Dat is een naam die vrij veel voorkomt.'

'Ongetrouwde mannen van halverwege de dertig, die alleen wonen en voor het overige weinig sporen achterlaten op papier.'

'Dat is uren werk. Hebt u haast?'

'Het ontwikkelt zich allemaal sneller dan we zouden willen.'

'Dan hoop ik dat u gelijk hebt. Dit is misschien wel de enige kans die u krijgt. Er zal geen tijd meer zijn voor een tweede gok.'

'Probeert u het maar.'

'Kempner?'

'Neem zo snel mogelijk weer contact met me op,' zei Reacher. Hij verbrak de verbinding.

'Waarom Kempner?' vroeg Sinclair.

'Waarom Ernst en Gebhardt? Wiley is opgegroeid in Sugar Land, in Texas, en jaren later moest hij ineens een paar Duitse namen ophoesten. Wat kwam er bovendrijven? Texas zit vol met oude Duitse tradities. Een gemeenschap met een lange geschiedenis. Heel succesvol en veel verhalen. Volgens de verhalen heette de eerste Duitser die in Texas aankwam Ernst. Hij heeft de kolonie gesticht. Ik wil wedden dat Wiley daar alles van wist. Tien jaar later was er een andere Duitser, die een pittig sausje brouwde. Tegenwoordig kun je dat in plastic flessen in de winkel op de basis en in supermarkten kopen. Overal in Texas. Ik wil wedden dat Wiley dat al zijn hele leven over zijn eten gooit. Dat merk heet Gebhardt.'

'Toeval,' zei Sinclair. 'Allebei.'

'Maar als het nu eens wel klopt? Als Ernst en Gebhardt onbewust kwamen bovendrijven uit zijn verleden in Zuidoost-Texas, wat zou dan de volgende naam zijn?'

'Ik weet het niet. Ik heb geen idee.'

'Wiley was trots op zijn geboortestad. Dat stond in het desertiedossier. En Wileys maat Coleman bij de Chaparral-eenheid bevestigde dat. Die stad had alles te maken met Imperial Sugar, een bedrijf opgericht in 1906. Sugar Land en Imperial Sugar waren één pot nat, Sugar Land was een *company town.*'

'Hoe weet jij dat soort dingen?'

'Er is een film over gemaakt. En ik heb er een keer over gelezen in een *Houston Chronicle* toen ik in de bus zat. Imperial Sugar is opgericht door Isaac H. Kempner. Hij was zoveel als een aartsvader voor de stad. In wezen heeft hij de stad gebouwd. Ik wil wedden dat hij daar op handen wordt gedragen. Waarschijnlijk hebben ze een straat naar hem genoemd.'

'Dat is een krankzinnige gok.'

'Jij zei dat ik moest gokken.'

'Ze zouden de haven moeten sluiten,' zei White.

'Dat gaan ze vast doen,' zei Sinclair. 'Ik ben ervan overtuigd dat daar nu al over wordt gesproken. Het Witte Huis zal ons terugroepen en ons inlichten.'

Ze keek op de klok aan de wand.
De banken in Zürich waren open.
De telefoon rinkelde niet.

36

De telefoon bleef een heel uur stil. En nog een uur. 'Ik wil Orozco erbij halen,' zei Reacher.

'Waarom?' vroeg Bishop.

'We hebben extra mankracht nodig. We komen in tijdnood.'

'Wat kan hij voor ons betekenen?'

'Hij is goed in ondervragingen. Als we Wiley eerder vinden dan de kist, zal hij ons moeten vertellen waar die kist is. Dat kun je aan Orozco overlaten. Mensen geven hem antwoord.'

'Hoeveel weet hij al?'

'Een deel.'

'Bel hem op,' zei Sinclair.

Reacher belde Orozco. Hij deelde hem mee dat hij per tien uur Zulu en elf uur Lima tijdelijk was gedetacheerd bij de NSC en dat per omgaande een 10-16 was vereist naar het centrale nummer van het consulaat.

Daarna verbrak hij de verbinding.

Neagley keek hem aan.

'Ik ben zo terug,' zei Reacher.

Hij liep het kantoor uit, de trap af naar de hal. Hij wachtte bij de balie. De telefoon rinkelde. De bewaker nam op. Hij keek even verbaasd en gaf toen de hoorn aan Reacher. Het was Orozco. Een 10-16 was MP-code voor een rapportage over een vaste lijn. Een 10-16 per omgaande wilde zeggen dat hij meteen moest bellen, en dan wel naar het andere nummer om de privacy van het gesprek te garanderen. Dat zou Orozco zonder meer begrijpen.

'Problemen?' vroeg Orozco.

'Nog niet,' zei Reacher.

'Dat klinkt als die man die net van het dak is gesprongen. Hoe voelt u zich nu? Voorlopig heel goed. Alsof ik vlieg.'

'Het enige wat we nog moeten doen is de man pakken.'

'En gaat dat lukken?'

'Hoe moeilijk kan dat zijn?'

'Waar heb je mij voor nodig?'

'Ik heb ze verteld dat we je erbij halen voor verhoren. Maar dat is niet zo. Jij moet de Iraniër uit het safehouse halen. Ze zijn hem helemaal vergeten, en als dat niet zo is, nemen ze geweldige risico's. Hoe dan ook, dat mag niet gebeuren. De Saoedi's zouden de Iraniër vermoorden, dus jij moet hem uit dat huis halen zodra wij in actie komen.'

'Komen jullie in actie?'

'Ik blijf optimistisch.'

'Hoe weet ik wie de Saoedi's zijn en wie de Iraniër is?'

'Ik ben ervan overtuigd dat iemand met jouw hoogstaande culturele normen ze zonder meer uit elkaar kan houden.'

'Wat moet ik met de Saoedi's doen.'

'Als je wilt, mag je die als bijkomende schade beschouwen.'

'Dat is heftig,' zei Orozco.

'We zijn tien bommen kwijt.'

'Gaat het daar allemaal om?'

'Dat hebben we net ontdekt.'

'Wat voor soort bommen?'

'Atoombommen,' zei Reacher. 'Atoombommen zo krachtig als de bom op Hiroshima.'

'Meen je dat?'

'Dat meen ik.'

'Tien stuks?'

'In een kist.'

Orozco zweeg een poosje.

Toen zei hij: 'Ik wil mijn sergeant meenemen.'

'Ik had niet anders verwacht,' zei Reacher.

'Ik kom eraan,' zei Orozco.

Reacher verbrak de verbinding en liep de trap weer op naar het kantoor. De telefoon rinkelde op het moment dat hij de deur in kwam. Sinclair schakelde de luidspreker in. Het was niet het Witte Huis. Geen nieuwe orders van de NAVO. Het was Griezman. 'In de wijk waar Wiley woont, wonen vijf mannen die Kempner heten. Afgaande op hun leeftijd lijken vier van hen af te vallen. De vijfde is een goede mogelijkheid. Zijn huurcontract loopt over minder dan een maand af. Hij heeft geen arbeidsverleden. Zijn bron van inkomsten is onduidelijk en hij staat geregistreerd als Isaac Herbert Kempner.'

'Dat is hem,' zei Reacher. 'Dat is de man die Imperial Sugar heeft opgericht. Precies dezelfde naam. We hebben Wiley gevonden.'

'Ik haal u over vijf minuten op,' zei Griezman. 'Maar alstublieft, alleen u en sergeant Neagley en dr. Sinclair. Geen CIA. Ik heb nog niets doorgegeven aan Berlijn. Ik steek mijn nek uit.'

Sinclair verbrak de verbinding.

Ze keek Reacher aan en zei: 'Gefeliciteerd, majoor. Je krijgt er een medaille bij.'

'Nog niet,' zei Reacher.

Muller sloot de deur van zijn kantoor en belde Dremmler met de telefoon op zijn bureau. 'Griezman is in de databases van de stad op zoek naar een man die Kempner heet en in die nieuwe wijk moet wonen waar Wiley woont en waar ze een burgerauto hadden staan.'

'Kempner is een naam die veel voorkomt,' zei Dremmler.

'Ik heb zelf gekeken. Er zijn er vijf in die wijk. Drie van hen zijn oude mannen, één is een student. De vijfde is vijfendertig. Hij heeft een rijbewijs, zodoende kan ik bij zijn dossier. Maar daar staat helemaal niets in. Geen boetes voor te hard rijden, geen boetes voor foutparkeren, geen waarschuwingen, geen aanmaningen, geen claims bij verzekeringsmaatschappijen, geen getuigenverklaringen, helemaal niets. Hij is op geen enkele manier met de bureaucratie in aanraking gekomen. Dat is abnormaal voor iemand van vijfendertig. Ik denk dat hij niet bestaat. Ik denk dat Kempner de nieuwe naam van Wiley is.'

'Heb je het adres?'

'We moeten verder vooruitdenken. Griezman gaat naar dat appartement. Daar kunnen wij niet bij komen. Maar je moet denken als een verkeersagent. Wiley heeft een vrachtwagen met een lange wielbasis. Waar parkeert hij die? Niet op straat, want mijn mensen hebben ernaar uitgekeken en ze hebben hem niet gevonden. Ook niet in een garage, want daarvoor is hij te hoog en te lang. Hij moet dus in een grote loods staan, of misschien in een klein pakhuis. In de buurt van waar hij woont, want dat is handig. Daar staat wat wij zoeken. Het staat gewoon op ons te wachten. Dat willen we, niet Wiley zelf.'

'Waar dan?'

'Dat moet je de mensen vragen die jij kent. Heeft iemand een oude loods of een pakhuis verhuurd? Misschien wel contant, maar in ieder geval aan iemand die hij nog nooit eerder had gezien en die een of ander flauwekulverhaal ophing over de reden waarom hij de ruimte nodig had. Over dat soort dingen praten jullie toch met elkaar? Iemand die iemand kent, die op zijn beurt iemand anders kent?'

'Ik benoem jou later tot hoofdcommissaris,' zei Dremmler.

Bishop ging de anderen voor naar zijn kantoor. In de hoek stond een ouderwetse kluis met een cijferslot, zo groot als een industriële wasmachine. Hij draaide aan de knoppen en de hendel en trok de deur van de kluis open. Er lag van alles in de kluis, ook vier pistolen, met de kolf omhoog in een lange kartonnen doos. Hij haalde er drie uit en deelde ze uit. Eén voor Sinclair, één voor Reacher en één voor Neagley. Colt Government Model .380. Zeven kogels, chemisch gezwart staal, plastic greep. Een korte loop, maar nauwkeurig. Ze waren geladen.

'Probeer ze niet te gebruiken,' zei Bishop. 'En als je ze moet gebruiken, schiet dan alsjeblieft niemand anders dood dan Wiley. De juridische nasleep zou een nachtmerrie worden.'

'Zodra Orozco komt zeg je tegen hem waar we zijn en wat we doen. Zeg hem dat hij stand-by moet blijven.'

'Oké,' zei Bishop.

Sinclair stopte haar pistool in haar tas. Reacher en Neagley stopten hun pistool in hun zak.

Klaar om in actie te komen.

Griezman bleef op dezelfde plek als de vorige dag langs het trottoir stilstaan. Sinclair stapte voorin, Reacher en Neagley achterin. Griezman trapte op het gaspedaal en zigzagde door het centrum van de stad via een weg die Reacher zich kon herinneren. Uiteindelijk kwamen ze bij het kruispunt met de twee hoge bakstenen gebouwen. De slijter was rechtsaf, de nieuwe wijk linksaf.

Ze sloegen links af.

Ze reden over de nieuwe rotonde en namen de tweede afslag,

die hen rechtdoor de wijk in voerde. Zo van dichtbij wekten de gebouwen de indruk van wolkenkrabbers, ook al was er niet één bij met meer dan vijftien verdiepingen. Panelen in de gevels die in Amerika van glas of spiegelglas zouden zijn, waren hier soms in heldere primaire kleuren geschilderde platen metaal. Alsof een blokkendoos de inspiratiebron voor de architect was geweest. Of misschien was het wel de bedoeling dat kinderen zich er thuis zouden voelen, al kon Reacher niet bedenken hoe dat zou moeten. Hij was zelf een serieuze jongen geweest. Hij zou gek zijn geworden van die oneindige opgewektheid.

Griezman nam gas terug.

'Het volgende pand aan de linkerkant,' zei hij.

Een flatgebouw net als alle andere. Een gigantische schoenendoos op zijn kant met een patroon van gekleurde panelen, overal ramen, die kleiner waren dan je zou verwachten, met dikke, efficiënte kozijnen. De hal was een hap uit de begane grond en de eerste verdieping, die deed denken aan een grootse zuilengang met waarschijnlijk aan weerszijden een ingang. Links en rechts liften.

'Moeten we hier parkeren en te voet verder?' vroeg Griezman. 'Of rijden we er helemaal naartoe?'

'Rij er maar naartoe,' zei Reacher. 'Het wordt tijd om een punt achter de zaak te zetten.'

Dus trok Griezman weer op en stopte toen voor de hal van het complex waarin Wiley woonde. In de berm waren jonge bomen geplant. Recht vooruit was nog een flatgebouw en verder weg weer twee, waartussendoor een breed voetpad liep in de richting van het gerenoveerde deel van de oude stad, achter een voetbrug van teak en staal die met een boog over het water naar een onzichtbare overkant voerde.

Ze openden gelijktijdig de vier deuren van de auto en stapten uit. Gezien Wileys huisnummer moesten ze aan de linkerkant zijn. Er waren twee liften voor die helft van het gebouw. Beide liften stonden te wachten op de begane grond. De ochtendspits met mensen die op tijd op hun werk moesten zijn, was voorbij. Het appartement van Wiley lag op de negende verdieping. Als je het volgens het boekje deed, stuurde je tegelijkertijd in alle liften mensen omhoog, en liet je nog weer anderen de trap beklimmen. Een soort omsingeling om een toevallige ontsnapping te voorkomen. Reacher wist dat dat gebeurde. Hij had de beelden van bewakingscamera's gezien waarop de man de deur achter zich dichttrok, naar de lift kuierde en daarin verdween, net een halve seconde voordat de politie de lift ernaast uit stormde. Ongelukkige timing. Reacher vermoedde dat Griezman een hartaanval zou krijgen als hij de trap zou moeten nemen naar de negende verdieping, dus stelde hij voor dat Griezman de ene lift zou nemen en Sinclair de andere. Neagley zou de trap doen en hijzelf ging met Sinclair mee in de lift. Ze had haar pistool nog steeds in haar tas. Dat was niet goed. Het zou tijd kosten om het ding tevoorschijn te halen, terwijl het enige zwakke punt van het Government Model een erg ver uitstekende ontgrendeling voor het magazijn was. Een beetje onhandig gepruts in een tas, en het magazijn schoot eruit. Bepaald niet ideaal.

De deuren van de liften schoven dicht. De lift ging omhoog. 'Hoe voel je je?' vroeg Sinclair.

'Werk of privé?'

'Over Wiley.'

'Ik heb hem op de beelden van de bewakingscamera van die slijter gezien. De snelheid van een rioolrat. En hij heeft een pistool. Bovendien staat hij op het punt de deal van de eeuw te sluiten. Maar dat geeft niet. Ik hou wel van een uitdaging.'

'We arresteren hem zodra hij de deur opendoet. We geven hem de tijd niet om iets uit te halen.'

'Maar wat als hij de deur niet opendoet? Stel dat hij door het spionnetje kijkt en zich verstopt in de slaapkamer?'

Sinclair reageerde niet.

De lift stopte.

De deuren schoven open.

Griezman was al uit de lift. Hij stond alleen in de gang. Om de tien meter was een deur. Het huisnummer stond op een smal verticaal paneeltje naast de deur. In het bovenste deel van het paneeltje was verlichting geïntegreerd, het onderste deel was gereserveerd voor het nummer. Allerlei verschillende felle kleuren. De nummers waren vormgegeven als in een lesboek voor de basisschool. Wiley woonde op 9b. Zijn paneel was groen, zijn deur was geel. Een soort speelgoedhuis. Mijn Eerste Appartement.

Er zat geen spionnetje in de gele deur. In plaats daarvan zat er op het groene paneel op hoofdhoogte een plastic oog, zo groot als een ei, uitpuilend, melkachtig wit. Een camera. Waarschijnlijk aangesloten op een scherm aan de andere kant van de muur. Een fisheyelens. Onder de camera, op elleboogshoogte, zat de bel. Iemand die dicht genoeg bij kwam om op de bel te drukken, stond met zijn gezicht pal voor die camera. Volstrekt logisch.

Neagley tikte met een vinger op haar borst. *Ik ga eerst.* Ze bleef dicht bij de muur en naderde de camera onder een hoek van negentig graden. Toen ze op armlengte afstand was, dekte ze de lens af met haar linkerhand. Ze trok haar Colt en drukte met de loop op de bel.

37

Er kwam geen reactie. Neagley belde nog een keer. Reacher hoorde de bel klingelen in het appartement. Zacht en melodieus, niet dringend.

Geen reactie.

Helemaal niets.

Stilte.

Neagley deed een stap achteruit.

'We hebben een huiszoekingsbevel nodig,' zei Griezman.

'Weet u dat zeker?' vroeg Reacher.

'Dat is vereist in Duitsland.'

'Maar hij is een Amerikaan. En wij zijn Amerikanen. Ik vind dat we het op de Amerikaanse manier moeten doen.'

'In Amerika heb je ook een huiszoekingsbevel nodig. Dat heb ik in de film gezien. U hebt een of andere wettelijke regeling.'

'En creditcards.'

'Creditcards? Waarvoor? Om iets te kopen? Om iemand om te kopen?'

'Voor vindingrijkheid en zelfredzaamheid. Dat is de Amerikaanse manier.'

Neagley vroeg Sinclair een creditcard. Ze kreeg een van overheidswege verstrekte American Express Card. Ze liep ermee naar de deur van Wiley en ging ernaast staan met haar rug naar de scharnieren en haar binnenste hand om de deurkruk. Met de vingertoppen van haar buitenste hand hield ze de creditcard vast. Ze duwde tegen de deur met haar schouder, gaf een rukje aan de deurkruk, als tegendruk tegen de scharnieren, en schoof de creditcard tussen het kozijn en de deur. Ze tikte ermee tegen de schoot. Ze wrikte en tikte voorzichtig, bewoog de deur een beetje de ene kant op door er met haar schouder tegen te duwen, een beetje de andere kant op door even aan de deurkruk te trekken, probeerde allerlei willekeurige combinaties uit, totdat het slot het met een klikje opgaf en de schoot in de deur gleed en de deur openzwaaide. Op dat moment dook Neagley in elkaar, omdat ze wist dat Reacher pal achter haar stond en zijn pistool richtte op borsthoogte van degene die achter de deur stond, als er iemand zou staan.

Er stond niemand.

Nergens was iemand.

Ze doorzochten het appartement kamer na kamer, in eerste instantie met haastige blikken links en rechts over het vizier, daarna nog eens rustiger en geduldiger.

Er was niemand.

Ze kwamen bij elkaar in de keuken. Op het aanrecht lag een opengevouwen kaart. Een schaal met veel details. Het centrale deel van een land, links een oceaan, rechts een oceaan. Er was een perfect vierkant op getekend met een vettige vinger. De stad Buenos Aires lag in de rechterbovenhoek.

'Argentinië,' zei Reacher. 'Hij koopt een ranch van meer dan tweeduizend vierkante kilometer. Hij heeft bij het station geld gewisseld voor peso's. Hij gaat naar Zuid-Amerika.'

Neagley trok kastjes en laden open en keek in de vaatwasser. Ze reikte in de afvalbak en haalde er een donkergekleurde fles met een slanke hals uit. Omgespoeld en leeg. Een dof goudkleurig etiket. Dom Pérignon. Ze doorzocht het huisvuil. Korsten en schillen en koffiedik. Een bebloed shirt, een broek met bloedvlekken en een rode map, gemaakt van stijf, met plastic overtrokken karton. Binnenin vier ringen en vellen papier met geperforeerde gaten waarop met de hand allerlei codes waren geschreven in vijf kolommen.

'Dat is de map van Schlupp,' zei Griezman. 'Meer bewijs heb ik niet nodig.'

Sinclair kwam terug uit de slaapkamer.

'Hij heeft een tas ingepakt,' zei ze. 'Maar die staat nog steeds in de slaapkamerkast. Hij is nog in de stad.'

Op dat moment stond Wiley beneden in de hal van het flatgebouw. Hij was niet onderweg naar de lift, maar stond midden in de hal stil, half omgekeerd, en keek naar de auto die langs het trottoir geparkeerd stond. Hij had verstand van auto's. Hij was heler geweest. Anderen stalen auto's, hij verkocht ze. Meestal naar Mexico, soms naar de Caraïben. Hij had een goed oog voor de waarde van auto's. Het was een markt met smalle marges, net als bij alles. De auto die langs het trottoir stond, was een Mercedes van een jaar of drie, vier oud. Hij zag er goed onderhouden en schoon uit. Maar onder de was kon je slijtage en krassen zien. De auto had heel wat stadse kilometers op de teller. Van het deksel van de kofferbak stak een antenne omhoog. Net als bij een taxi of een limousine met chauffeur. Maar het was geen taxi en ook geen limousine. Geen taxischild, geen meter. Als limousine zou hij te oud zijn voor de luxe markt. En als hij was doorverkocht voor een minder luxe markt, zou hij nu onder de stickers en telefoonnummers zitten.

Bovendien was het geen limousine omdat de stoel van de chauffeur wel met geweld tegen de achterbank gedrukt leek en een groot deel van de ruimte achterin in beslag nam. Geen enkel paartje dat een limousine huurde zou dat tolereren.

Het was een politiewagen. Geen gewone auto zonder toeters en bellen van een rechercheur, maar die van een inspecteur of een commissaris. Waarom stond hij daar? Toch zeker niet voor hem. Hij was onzichtbaar, daarvan was hij overtuigd. Voor wie dan wel? De flat telde bijna tweehonderd appartementen. In één daarvan moest een schurk zitten. Statistisch gezien zeker, in het nieuwe Duitsland.

Hij moest natuurlijk zijn tas halen en hij wilde zijn kaart. Hij was van plan hem in te lijsten. Hij was van plan hem op de van zwerfkeien gemetselde schoorsteen boven de haard te hangen in een grootse kamer met een hoog, gewelfd plafond. Precies de plek waar de kaart hoorde te hangen. De kaart had een grote emotionele waarde voor hem. De kaart had hem veel lange slapeloze nachten door geholpen. Het was zijn inspiratiebron. Hij kon hem niet zomaar achterlaten. De spullen in de tas zou hij opnieuw kunnen kopen, als het moest. Een fluitje van een cent. Al zou hij dan wel weer peso's moeten wisselen voor marken, en dat was vervelend. Maar hij kon de kaart niet achterlaten. Nog helemaal los van de emotionele waarde was het een aanwijzing. Een met potlood getekend vierkant dat hij met zijn vingertop weer had uitgepoetst. Hij had de prostituee om minder vermoord. Dus hij moest de kaart ophalen.

Maar dat kon later, bedacht hij, het hoefde niet nu. Misschien was de politie op zijn verdieping. Een kans van één op vijftien. Hij wilde niet betrokken raken bij getuigenverklaringen. Wat zou hij moeten zeggen? Hij kende zijn buren niet en dat zouden ze vreemd vinden. Dus draaide hij zich om en liep de hal weer uit, het voetpad op in de richting van het water, voorbij de volgende flat, tussen de laatste twee door, naar een bank bij een gerenoveerde havenkraan. Hij ging zitten en schoof over de bank tot hij een vrije zichtlijn had in de richting van waaruit hij was gekomen. Bijna driehonderd meter. De auto was nog maar een stip. Dat betekende dat hij, van de andere kant gezien, ook niet meer was dan een stip.

Dremmler belde vanuit zijn kantoor op de vierde verdieping, en de mensen die hij belde, belden zelf weer andere mensen, als een telefoonpiramide in een bepaalde sector van de gemeenschap, waar de deals werden gesloten, waar iedereen wel iemand kende die het goedkoper kon doen, waar iedereen wist wie in goeden doen was en wie niet. Toen kwamen er telefoontjes retour, als het zachte tingelen van een sonar. Langzamerhand ontstond er een beeld rond één man die dat zelf nooit zou bevestigen. Want het ging om een mislukking. De man had havengebied gekocht aan de zuidkant van Sankt Georg. Hij wilde het verkopen zodat er appartementen op gebouwd konden worden. Maar in plaats daarvan ontwikkelden de vroede vaderen van Hamburg Sankt Pauli. De man bleef zitten met een stel vervallen loodsen waarvoor hij de hoofdprijs had betaald. Hij schaamde zich.

Maar Dremmler was een leider en net als alle leiders een man met charisma, dus belde hij de man en vroeg naar het verhaal. En dat kreeg hij na vijf minuten vertragingstactieken en ontwijkend gedrag, omdat er contant was betaald. De man van de loods had het geld weggestopt, want zijn schuldeisers en de bank zaten hem op de hielen, terwijl hij toch ook geld nodig had om de dag door te komen. Dus had hij geen vragen gesteld. Wiley had hem zeven maanden geleden opgezocht. Ze hadden elkaar in levenden lijve ontmoet. Wiley had een rode honkbalpet op en hield zijn hoofd naar beneden. En hij had een pak bankbiljetten. Hij was ongeduldig, alsof hij bezig was met een belangrijk plan en het vijf voor twaalf was. Hij betaalde veel meer dan de marktprijs. Hij dacht er geen seconde over na.

De man vertelde Dremmler waar hij de loods kon vinden. Dremmler kende die plek. Hij kende die vierkante ijzeren brug. Hij dacht: *Geloofde je nu echt dat ze daar appartementen zouden gaan bouwen? Geen wonder dat je bankroet bent.*

'Heel erg bedankt voor je hulp,' zei hij. 'Als het allemaal zover is, zullen we je niet vergeten.'

Ze overlegden of ze in het appartement op de terugkeer van Wiley zouden wachten, maar Sinclair zei dat de verklaring van Helmsworth alles had veranderd en dat de vrachtwagen met verlengde wielbasis en verhoogd dak nu prioriteit nummer één was. Niet langer Wiley zelf, die was op het tweede plan beland. Daarom belde Griezman met de vaste telefoon van Wiley en kaapte hij een surveillance-eenheid van het bureau van de burgemeester, waar ondertussen de paniek iets was bedaard. De eenheid gaf aan dat ze in vijf minuten een post konden innemen voor de flat van Wiley. Ze lieten het appartement van Wiley zo goed en zo kwaad als dat ging in de oorspronkelijke staat achter en verlieten het gebouw op dezelfde manier als ze naar binnen waren gegaan, tegelijkertijd via beide liften en het trappenhuis.

Ze stapten de deur uit, het trottoir op. Links van hen voerde een voetpad in de richting van het water. In de verte zag Reacher een oude havenkraan, zwart en goudkleurig geverfd, voorovergebogen als een oude carnivoor. Aan de voet van de kraan stond een bankje. Het leek of er iemand op zat. Te ver weg om het goed te kunnen zien. Niet meer dan een stip. Achter de kraan lag een voetbrug naar de volgende kade, vanwaar opnieuw twee voetbruggen vertrokken, uitwaaierend als de takken van een boom.

'Wat is dat daar?' vroeg hij.

'Het eerste stuk is een soort stadspark,' zei Griezman. 'En verderop is braakliggend terrein.'

Reacher keek om zich heen, zocht het noorden, zuiden, oosten en westen. Hij keek voor zich uit, voorbij de kraan een waaiervormig gebied in, waarvan het eerste deel een keurig onderhouden stadspark was en het tweede deel een groot aantal verwaarloosde percelen. Als de plattegrond in zijn hoofd klopte, moest het dezelfde waaiervorm zijn die hij gisteravond van opzij had gezien. Voorbij die vierkante brug waar hij was omgekeerd. Hij herinnerde zich het maanlicht op het water.

Verwaarloosde percelen.

Vervallen panden.

Plaatsen waar je een vrachtwagen met een lange wielbasis kon verbergen.

'We zouden daar moeten gaan kijken,' zei hij.

Ze liepen met z'n vieren naast elkaar in het tempo van Griezman. Een traag tempo. Ze passeerden het volgende flatgebouw. In de verte stond de stip die op de bank zat op en slenterde weg. Pauze voorbij, terug aan het werk. Ze liepen verder, tussen de beide laatste flats door in de richting van de oude havenkraan. Voorbij de kraan lag een voetbrug naar de volgende kade, daarna moest je kiezen tussen twee voetbruggen, half naar links en half naar rechts, naar nog twee andere kades, beide op een verschillende manier gerenoveerd, met verschillende beeldhouwwerken, alsof het twee verschillende zalen in hetzelfde museum waren. Van die kades verdubbelde het aantal voetbruggen opnieuw, twee mogelijkheden naar links en twee mogelijkheden naar rechts. Uitwaaierende bruggen als de gespreide vingers van een hand. De kades waren kolossale granieten constructies, zwart en glibberig afgesleten. De voetbruggen waren licht en nieuw en ijl, als een spinrag van één draad naar twee draden naar vier. Grillig. Een soort doolhof, maar toch ook weer niet. De stad had er een niet onaanzienlijke hoeveelheid geld tegenaan gesmeten.

Maar niet genoeg. Voorbij de laatste beeldhouwwerken in de verte was onkruid te zien, en ruïnes en groepjes vervallen oude gebouwen. Daar waren de voetbruggen oude ijzeren gevallen. Het geheel bood een treurige aanblik, hectares groot.

Een groot gebied om te doorzoeken.

Maar wel logisch.

'Hij gaat vast niet aan de andere kant van de stad parkeren,' zei Reacher. 'Hij wil het allemaal in de buurt houden. Die voetbruggen zijn handig. Daarmee komen honderden vervallen pakhuizen binnen handbereik. Misschien wel duizend. Ik wil wedden dat de helft niet eens een eigenaar heeft, dat hij daar zo in zou kunnen trekken. Even de sloten vervangen en klaar is Kees.'

'Denk je dat we daar de vrachtwagen aantreffen?' vroeg Sinclair.

'Dat zou wel logisch zijn. Het is dichtbij en het is maar een klein eindje rijden naar de haven als de tijd daar is.'

Ze liepen terug naar de auto. De surveillance-eenheid was gearriveerd in een auto die niet opviel in de omgeving. Ze stapten in de Mercedes en reden de wijk uit, om de nieuwe rotonde heen en terug naar het kruispunt met de hoge bakstenen gebouwen. Ze sloegen rechts af, de straat in die Reacher zich kon herinneren, voorbij water, een soort diepwaterdok, en toen opnieuw rechts af, de smalle met kinderkopjes geplaveide weg op die naar de vierkante ijzeren brug leidde die Reacher in het maanlicht had gezien.

Voorbij die brug lagen de ruïnes van een verloren beschaving. Het havenbedrijf in de stijl van de negentiende eeuw. Er waren straten met kinderkopjes, net breed genoeg voor platte wagens met ijzeren banden om de wielen, getrokken door een span paarden. Er stonden loodsen en pakhuizen in alle groottes en bouwstijlen van vroeger. Sommige waren ingestort en andere stonden op het punt om in te storten. Muren bezweken bijna en kleine bomen groeiden in dakgoten. Links en rechts waren zijstraten. Het was bijna een stad in de stad. Een groot gebied om te doorzoeken.

'Ik zou in de databases kunnen zoeken of er hier iets is gehuurd op naam van Kempner,' zei Griezman.

'Waarschijnlijk heeft hij contant betaald,' zei Reacher. 'Dan staat het niet in de boeken. Of misschien heeft hij iets gekraakt.'

'Toch ga ik het uitzoeken. Misschien is er ongebruikelijke activiteit gerapporteerd. We kunnen niet zomaar lukraak gaan zoeken. Het gebied is te groot.'

Griezman keerde in de ruimte tussen een touwslager en een zeilmakerij en reed terug over de vierkante ijzeren brug.

'We moeten een auto bij die brug hebben,' zei Reacher. 'Dat is essentieel. Die brug is de enige manier om het gebied in en uit te komen. Hij kan zijn vrachtwagen op geen enkele andere manier naar de haven rijden.'

'Het bureau van de burgemeester heeft mijn mensen nog niet vrijgegeven,' zei Griezman.

'Je hebt er één weggehaald.'

'Een tweede lukt me niet.'

Reacher zei niets.

'Misschien kan ik de verkeerspolitie vragen. Die zijn niet betrokken bij de zaak van de hotelgarage. Ik weet zeker dat plaatsvervangend hoofd Muller ons ter wille zal zijn.'

'Vraag het hem maar in het Duits,' zei Reacher. 'Zijn Engels is waardeloos.'

Inmiddels was Wiley meer dan drie kilometer uit de buurt. Een wandeling in een stevig tempo, de andere kant op, en dan een kort ritje met de bus. Er had zich een eigenaardig gevoel van hem meester gemaakt. Niet echt angst, ondefinieerbaar, maar wel duidelijk aanwezig. Hij had gezien dat er vier kleine stippen uit het flatgebouw waren gekomen en bij de auto bleven staan. En hij had gezien dat ze in zijn richting waren gelopen, langzaam en dreigend. Voorbij dat andere flatgebouw en nog verder. Langzamerhand had hij meer details waargenomen. Twee mannen en twee vrouwen, die op de een of andere manier naar hem staarden, alsof ze het wisten. De vrouwen waren erg klein of de mannen waren gigantisch. De een droeg grijze kleren, de ander geelbruine. Nog steeds ver weg, niet veel meer dan een beetje kleur, maar de vorm was een beetje vierkant, zoals de vorm van een Levi's spijkerjack. Net zoals dat van hemzelf. Zo'n jack als hij nog niet zo lang geleden vanuit de bus had gezien in een plantsoentje. Toen, met die stommelingen uit de bar.

Onmogelijk.

Hij was onzichtbaar.

Toch?

Hij stond op en slenterde weg. In alle rust, niets aan de hand. Tot hij uit het zicht was, toen haastte hij zich.

Nu stak hij de straat over naar een Turks koffiehuis. Binnen liep hij naar de telefoon die aan de muur hing. Hij had munten zat. Waarschijnlijk was het zinloos, want het was nog te vroeg, maar hij was plotseling nerveus geworden. Die man met dat spijkerjack had hem van zijn stuk gebracht. Zoals hij keek, alsof hij het wist.

Hij belde naar Zürich en somde de cijfers op die zijn wachtwoord vormden.

'Is er vandaag geld gestort op mijn rekening?' vroeg hij.

Hij hoorde de toetsen van een computer rammelen.

Even bleef het stil.

'Nog niet, meneer,' was het antwoord.

38

Muller belde Dremmler vanuit zijn kantoor. 'De afdeling van Griezman heeft die van mij om een gunst gevraagd. Al zijn mensen zijn bezig bij het hotel. Ze willen dat een van mijn agenten de brug in de gaten houdt vlak bij het pakhuis. Daar weten ze al van.'

'Nee,' zei Dremmler. 'Dat weten ze niet. Ze weten alleen dat de vrachtwagen daar ergens is. Als ze precies wisten waar hij was, hadden ze hem al in handen gehad. Het enige wat ze kunnen doen, is de bottleneck in de gaten houden.'

'Hoelang duurt het voordat je paraat bent?'

'Ik weet het niet. Een halfuur moet genoeg zijn, denk ik.'

'Een halfuur is veel te lang, dan heb je kans dat Griezman het gaat controleren. Ik heb die surveillance bij Hannover ook al niet gedaan.'

'Hoeveel tijd heb ik dan?'

'Nul tijd,' zei Muller. 'Het is de bedoeling dat ik er meteen een auto naartoe stuur.'

'Heb je een betrouwbare agent?' vroeg Dremmler.

'Betrouwbaar in welk opzicht?'

'Ik bedoel, iemand van ons. Iemand die overgehaald zou kunnen worden om selectief te zijn in zijn rapportage. Voor de zaak.'

'Dat moet kunnen, denk ik,' zei Muller.

'Zeg maar tegen hem dat ik hem later zal benoemen tot plaatsvervangend hoofd,' zei Dremmler.

Reacher ontmoette de secretaresse van Griezman voor de deur van diens kantoor. Ze was inderdaad een vriendelijke vrouw. Griezman zei iets tegen haar in rap Duits. Ze haastte zich weg en kwam terug met mannen in pakken van de afdeling Ruimtelijke Ordening, die stapels kaarten en plattegronden en historische overzichten bij zich hadden. Griezman spreidde de beste, meest relevante uit op zijn vergadertafel. Op één kaart stonden de nieuwe voetbruggen. Op een andere kaart, een broos vel papier uit de archieven, was hetzelfde gebied te zien zoals het vroeger was geweest. Op een derde kaart was te zien hoe de verdergaande verfraaiing van het gebied in de vorm van een pizzapunt was gepland. Ongetwijfeld zou het op een dag allemaal klaar zijn. Maar voorlopig nog niet. Voorlopig was de punt al redelijk bebouwd, maar was het grootste deel al vijftig jaar onaangeroerd gebleven, was er niemand meer aan het werk geweest sinds hongerige vrouwen in haveloze jurken er meteen na de oorlog bakstenen hadden weggehaald om huizen te repareren.

Er waren acht nieuwe voetbruggen die uitwaaierden vanuit het stadspark, duidelijk gebouwd om mensen te verleiden een brug over te steken, een frisse neus te halen, om te keren en terug te gaan. Maar het was wel degelijk mogelijk om via allerlei omwegen verder te gaan, over oude ijzeren bruggen, langs smalle paden met scherpe bochten. Allemaal geen onderdeel van het park, maar op die manier was de oude spookstad, het negentiende-eeuwse havengebied bereikbaar.

Acht voetbruggen. Acht mogelijkheden om een route te kiezen, nog aangevuld met een paar keuzes voor links of rechts, die vanzelfsprekend weer tot nieuwe keuzes leidden. Een stapeleffect. Uiteindelijk waren er bijna twintig mogelijke toegangswegen tot het havengebied. Bijna twintig mogelijke eindbestemmingen. Stuk voor stuk een wandeling van een minuut of vijf van het ene blok met loodsen, garages en pakhuizen naar het andere. Alles bij elkaar had het de omvang van een stad.

Wiley nam dezelfde bus de andere kant op en stapte uit waar hij was ingestapt. Hij liep de voetbrug over, maar koos een ander voetpad achterlangs een aangrenzend gebouw. Bij de hoek van dat gebouw kon hij zonder zelf gezien te worden de voorkant van het flatgebouw waar hij woonde en het trottoir ervoor zien.

De verdachte Mercedes stond er niet meer.

Dichterbij stond nu een andere Mercedes. Gloednieuw. Het topmodel. Een limousine. Eindeloos gepoetst tot de zwarte lak een diepe glans had gekregen. Achter het stuur zat een chauffeur met handschoenen en een pet met een klep. Absoluut een luxeservice. Wiley had verstand van auto's. Misschien was dit geregeld door een bank en gaven ze een veelbelovende jonge medewerker een voorproefje van het leven op niveau. Om hem lekker te maken. Om hem binnenboord te houden. Of misschien was het een stelletje dat iets te vieren had. In Parijs. Limousines hier en limousines daar. Misschien had de man een scheve schaats gereden en moest er iets goedgemaakt worden.

Wiley sloeg de hoek om bij het aangrenzende gebouw en liep naar de hal in de flat waar hij woonde. Beide liften bevonden zich op de begane grond. Midden op de dag was er niets te doen. Hij nam de lift naar de negende verdieping en haalde zijn sleutel tevoorschijn.

Langs het trottoir drukte de chauffeur van de limousine op een knop op zijn radio en zei: 'Wiley is teruggekeerd naar huis. Ik herhaal: Wiley is weer thuis.'

'Blijf aan de lijn,' zei de agent van dienst. 'Ik moet Griezman bellen.'

Even klonk alleen geruis, toen klonk opnieuw de stem van de agent van dienst: 'Griezman zegt dat je moet wachten. Hij komt zo snel mogelijk die kant op met de Amerikanen. Vier in totaal, in de auto van Griezman.'

'Begrepen,' zei de chauffeur van de limousine. Hij hing zijn microfoon op en ging verzitten, trok de pet diep over de ogen, stak zijn neus in de lucht en legde zijn handen op het stuur, tien voor twee, ook al draaide de motor niet en stond de auto roerloos langs het trottoir.

Wiley ontgrendelde zijn gele voordeur en stapte naar binnen. Zonder omhaal liep hij naar zijn slaapkamer, pakte zijn tas en nam die mee naar de keuken. Hij vouwde de kaart op langs de oorspronkelijke vouwen, streek het pakket plat en borg het op in zijn tas in een vak met een rits, bij de papieren map van de reisagent met zijn ticket. Hij pakte de hoorn van de telefoon en belde Zürich. Hij somde de cijfers van zijn wachtwoord op.

'Is er vandaag geld gestort op mijn rekening?' vroeg hij.

Hij hoorde de toetsen van een computer rammelen.

Even bleef het stil.

'Nog niet, meneer,' was het antwoord.

Hij aarzelde en keek om zich heen. Hij had een raar gevoel. Er hing iets vreemds in de lucht. Er was iets gebeurd.

Maar wat?

Ach, het maakte immers niets uit, hij kwam hier nooit meer terug. Hij trok de deur achter zich dicht en liep naar de lift. De liftdeuren schoven meteen open. De lift was op zijn verdieping blijven wachten. Zo bespaarden ze waarschijnlijk op energiekosten. Dat was zo ongeveer het enige waaraan de Duitsers nog dachten.

Hij drukte op de knop, de deuren schoven dicht en de lift zakte omlaag naar de begane grond. Hij verliet het gebouw en liep het pad op in de richting van het water. In de richting van de oude havenkraan en de voetbruggen verderop.

De chauffeur van de limousine drukte opnieuw op de knop op zijn radio en zei: 'Wiley is weer vertrokken. Ik herhaal: Wiley heeft zijn huis verlaten. Hij is nog geen vijf minuten binnen geweest. Nu loopt hij van me weg met een grote weekendtas.'

'Griezman en de Amerikanen zijn onderweg,' zei de agent van dienst. 'Kun je Wiley volgen?'

'Nee, Wiley loopt op een voetpad en ik zit in een auto van twee meter breed.'

'Kun je hem te voet volgen?'

'Ik heb alleen vervoersdienst vandaag. Ik ben beperkt inzetbaar want ik heb last van mijn rug.'

'Kun je zien wat hij doet?'

'Hij loopt in de richting van een oude havenkraan.'

'Hoe ver weg is hij nu?'

'Ongeveer tweehonderd meter.'

'Nog niets te zien van Griezman?'

'Nog niet.'

Griezman zat vast in het verkeer. Een aanrijding met blikschade op het kruispunt bij de hoge bakstenen gebouwen. Hij bonkte het trottoir op en perste de Mercedes door elke nauwe opening die zich maar voordeed. Sinclair zat naast hem voorin. Reacher en Neagley zaten achterin. Ze waren eerder ongeduldig dan verontrust op dat moment, tot ze eindelijk konden afslaan en de nieuwe rotonde konden nemen. Ze parkeerden achter de surveillance-eenheid en werden op de hoogte gebracht door de chauffeur.

'Hoelang is het geleden?' vroeg Griezman.

'Tien minuten.'

'Dan is hij weg.'

'Met zijn tas,' zei Sinclair. 'Dat betekent dat hij niet terugkomt.'

Reacher staarde naar de oude kraan en wat daarachter lag. Twintig routes, twintig eindbestemmingen. Blok na blok na blok met loodsen, garages en pakhuizen. Alles bij elkaar met de omvang van een stad.

'Niets aan te doen,' zei hij. 'We dachten vast allemaal dat hij naar huis was gekomen om lekker te lunchen. Dat had ons toch minstens een halfuur respijt moeten geven.'

'Je doet er nogal luchtig over,' zei Sinclair.

'Hij zit op een kunstmatig eiland waar hij maar op één manier vanaf kan. We hebben de situatie onder controle. We hoeven hem nu alleen maar op te sporen. Waarschijnlijk is hij bij de vrachtwagen. Dan vangen we twee vliegen in één klap. De zaken gaan de goede kant op.'

'Noem je dit de goede kant op?'

'Afhankelijk van wat er nu gaat gebeuren wel, denk ik.'

'Het is een groot gebied met twintig verschillende ingangen.'

'Twintig verschillende uitgangen,' zei Reacher. 'Maar één ingang. Omdat het zo'n groot gebied is, moet hij het met een auto hebben verkend. Ik wil wedden dat hij iedere keer dat hij zich als vrijwilliger liet detacheren naar dat opslagdepot vier dagen verlof kreeg. Tijd genoeg voor verkenningstochten, maar zelfs toen kwam hij iedere keer helemaal vanuit Frankfurt. Daar had hij een auto voor nodig, gehuurd of geleend. Of waarschijnlijk gestolen. Dus je moet het vanuit zijn perspectief bekijken. Op zekere dag moet hij een vrachtwagen verbergen. Hij rijdt die ijzeren brug over. En waar gaat hij dan naar op zoek?'

'Geen idee.'

'Niet het eerste wat hij ziet. Dit is een zaak van belang. Hij denkt hard na, maar hij luistert ook naar zijn onderbewuste. Hij verlangt naar heimelijkheid en afzondering. Hij is op zoek naar een donker, verborgen hoekje. Hij wil vooral niet opvallen. Hij wil niet het dichtstbijzijnde, niet het verst weg liggende, niet het grootste en ook niet het kleinste.'

'Hij wil er ergens middenin zitten.'

'Nu is het ineens niet meer zo'n groot gebied. We hebben de mogelijkheden beperkt.'

'Hij heeft iets met een stevige constructie gezocht,' zei Neagley. 'En een telefoon die het doet, om het autoverhuurbedrijf te kunnen bellen. Hij heeft geen ruimte gekraakt. Te riskant voor zo'n grote zaak. Er zou van alles kunnen gebeuren. Hij heeft de transactie in levenden lijve gedaan, met een dik pak bankbiljetten. Hij heeft zich een beetje laten afzetten, alsof hij een boerenkinkel was, om net te doen alsof hij de kip met de gouden eieren is. Dan laten ze hem namelijk met rust, omdat ze op meer hopen als de huurtermijn is verstreken. Wat we zoeken is dus iets met een stevige deur waarop met punaises een briefje met een telefoonnummer voor inlichtingen is vastgemaakt.'

'Nu hebben we de mogelijkheden nog verder beperkt,' zei Reacher.

'Het Witte Huis heeft nog geen besluit genomen,' zei Sinclair.

'Waarom niet?'

'Omdat dit het menselijk bevattingsvermogen te boven gaat. Ze krijgen geen greep op de situatie. Of misschien hebben ze nog niet openbaar gemaakt wat er is gebeurd. Te vernederend. Ondertussen hopen ze dat het probleem vanzelf verdwijnt, door ons toedoen.'

'En wat is het volgens jou?'

'Ik heb het gevoel dat ik het zou moeten weten, maar ik weet het niet.'

'Ik denk dat het het laatste is. Ze willen volgens mij dat wij doorgaan.'

'Stel jij voor dat we onmiddellijk in actie komen?'

'Laten we de auto maar bij de brug zetten,' zei Reacher. 'Dat is het minste wat we kunnen doen. En laten we dan maar weer eens kijken wat er gebeurt.'

39

Er waren nog steeds telefooncellen in het oude havenkwartier, en omdat het nu eenmaal Duitsland was, werkten ze ook nog. Wiley belde opnieuw naar Zürich en gooide geld in het toestel, een hele stroom buitenlandse munten. Hij somde de cijfers op van zijn wachtwoord en vroeg of er die dag geld op zijn rekening was gestort.

Hij hoorde het rammelen van een toetsenbord.

Het bleef even stil.

'Ja, meneer,' was het antwoord. 'Er is een bedrag gestort.'

Wiley zei niets.

'Wilt u dat ik het bedrag noem?'

Wiley zei ja.

'Eén honderd miljoen Amerikaanse dollars precies.'

'Er zijn voorzieningen getroffen voor een project dat moet worden uitgevoerd,' zei Wiley.

'Ik zie het, meneer. Het project in Argentinië. Zullen we dat nu in werking stellen?'

'Ja,' zei Wiley.

Hij sloot zijn ogen.

Zijn ranch.

Te zien vanuit de ruimte.

Kleine Horace Wiley.

Hij deed zijn ogen weer open, hing de hoorn op de haak en liep langs dezelfde weg terug.

In Zürich verliet de boodschapper de bank door een protserige, maar voor het overige niet van opschriften voorziene uitgang. Ze liep naar het einde van de straat en hield op de hoek een taxi aan. Ze ging op de achterbank zitten en zei in zorgvuldig uitgesproken Duits: 'Luchthaven, alstublieft, terminal internationale vluchten. Lufthansa naar Hamburg.'

De chauffeur zette de meter aan en voegde zich in het verkeer.

Dremmler had van Muller het kenteken van de gehuurde vrachtwagen doorgekregen. Met behulp van het kenteken en het chassisnummer kon een vriend die bij een Mercedes-dealer werkte, de beveiligingscode achterhalen, wat een andere vriend die bij een shop voor auto-onderdelen werkte, in staat stelde een kopie van de contactsleutel te maken. Die sleutel gaf Dremmler aan weer een derde vriend die met een maat het actieteam vormde dat bij deze gelegenheid zou worden ingezet. Het waren allebei grote mannen, competent en vindingrijk. Ze hadden allebei in het leger gezeten. De een was nu onderhoudsmonteur voor motorfietsen, de ander werkte als beveiliger voor Russen die op bezoek kwamen.

'De verkeersagent bij de brug is van ons,' zei Dremmler. 'Wat hem betreft zijn jullie onzichtbaar. Hij is stekeblind. Maar toch, blijf alert. Snel handelen en snel weer weg. Je weet waar je moet zijn, en je weet waar je naartoe moet. Vragen?'

'Wat zit erin?' vroeg de man met de sleutel.

'Er zit iets in wat ons geweldige macht zal bezorgen,' zei Dremmler. Hij was zich ervan bewust dat het vaag klonk, maar waarschijnlijk was het waar.

Pal voor de vierkante ijzeren brug troffen ze een zwart-witte auto van de verkeerspolitie aan. De agent die de auto bestuurde, draaide zijn raampje omlaag en vertelde dat er vanuit beide richtingen niets voorbij was gekomen. Geen vrachtwagens, geen bestelbussen, geen auto's, geen fietsen en niemand te voet. Reacher zei tegen Griezman dat hij de man opdracht moest geven zijn auto dwars op de weg te zetten als hij een vrachtwagen zou zien aankomen. Waarschijnlijk een witte vrachtwagen en waarschijnlijk met de oorspronkelijke kentekenplaten, maar geen van beide stond echt vast. Hij kon ook overgespoten zijn, of op een andere manier gecamoufleerd. De agent moest het zekere voor het onzekere nemen. Bij elke vrachtwagen die zou opdoemen, moest hij eerst de weg blokkeren en dan pas vragen stellen.

Griezman vroeg waarom.

Reacher zei dat ze de klus moesten klaren voordat de NAVO zich ermee zou gaan bemoeien. Griezman zou dat wel opvatten als een kans voor eigen eer en glorie en erkenning. Misschien wilde Griezman ooit nog wel burgemeester worden.

Griezman gaf de verkeersagent instructies.

'Laten we maar eens een kijkje nemen,' zei Reacher.

Griezman reed de straat door, de banden kletterden over de kinderkopjes. Ze staken de brug over, begeleid door het zoemen en rinkelen van de banden op het ijzer. Daarna nog meer kinderkopjes en toen moesten ze kiezen uit twee toegangswegen om het gebied verder te verkennen. Aan de ene kant lag de kade zelf, aan de andere kant, iets verder weg van het water, liep een brede straat.

'Welke kant op?' vroeg Griezman.

'Die kant,' zei Reacher. Hij wees naar de straat.

Hier en daar zagen ze tekenen van leven. In een garage waarvan de deuren openstonden was iemand aan het lassen aan een sportwagen. Er was nog iemand met een zaak in elektronica, maar verder was het een dooie boel. Van het begin tot het einde was exact drie kilometer en het aantal zaken waar iets gebeurde, kon je tellen op de vingers van twee handen.

'Moeten we nu teruggaan en het centrale deel doorzoeken?' vroeg Griezman.

Reacher knikte.

'Ik denk dat Wiley zo te werk is gegaan,' zei hij.

Griezman keerde op een losplaats en reed terug over de kade. Het centrale deel was misschien een kilometer lang en even breed. Zo groot als een winkelcentrum in een stad van redelijke omvang.

Daar moest Wiley ergens zitten.

'Waar wilt u beginnen?' vroeg Griezman.

'Probeer je in hem te verplaatsen. Hij moet een vrachtwagen verbergen. Wat ziet hij? Welke kant gaat hij op?'

Griezman nam gas terug en reed een smalle straat in tussen twee pakhuizen, die uitkwam op een binnenplaats waarlangs links en rechts pakhuizen stonden met smalle houten deuren.

'Hier niet,' zei Reacher. 'Om de een of andere reden heeft hij een tweede vrachtwagen gehuurd en dat betekent dat hij die ook ergens kwijt moest. Dus per ongeluk of met opzet heeft hij iets gehuurd waar twee vrachtwagens in passen. Wat we zoeken is dus niet iets met een stevige deur met een briefje, maar iets met twee stevige deuren en een briefje.'

Dat was een veelvoorkomend verschijnsel. Sommige briefjes waren oud en vervaagd. Die wekten weinig vertrouwen. Sommige waren nieuw en prima leesbaar, maar de enige manier om erachter te komen of al die telefoonnummers nog werkten, was teruggaan naar het bureau en bellen. Reacher keek om zich heen en vergeleek wat hij zag met wat hij zich herinnerde van de plattegrond op de vergadertafel van Griezman, op het broze vel papier uit het archief, vol zwarte, met inkt getekende lijntjes, een en al detail.

'Wiley is opgegroeid in Texas,' zei hij. 'Hoe vindt hij het om in Europa auto te rijden?'

'Dat vindt hij niet prettig,' zei Sinclair. 'De straten zijn smal en de bochten zijn te krap.'

'Dat gevoel moeten we aan de lijst met criteria toevoegen. Hij moest met een bedrijfswagen manoeuvreren. Hij zal niet iets hebben uitgezocht waarin hij zich benauwd of opgesloten voelt. Ik denk dat hij iets heeft gehuurd aan een van de bredere straten.'

Er was een aanzienlijk aantal bredere straten. In een zich herhalend patroon, alsof het zo bedacht was door een architect die verantwoordelijk was geweest voor de ruimtelijke ordening. Sommige zijstraten waren ook breed, voor zwaardere wagens en zwaardere lasten. Griezman stopte in een van die straten. 'We kunnen hier wel eindeloos blijven zoeken,' zei hij.

'Maar we hebben ook eindeloos veel tijd,' zei Reacher. 'Zolang uw verkeersagent maar wakker blijft.'

'Die blijft wel wakker.'

'We kunnen nog een laatste factor toevoegen. Ik denk dat hij de sloten zal hebben vervangen, of er nieuwe aan heeft toegevoegd. Het ging tenslotte om iets heel belangrijks.'

Griezman reed weer verder, langzaam, kriskras door de wijk. De vier mannen in de auto strekten allemaal hun nek, op zoek naar stevige deuren met nieuwe sloten, waar een veelbelovend telefoonnummer op zou zijn geprikt en waar je twee vrachtwagens in en uit zou kunnen rijden.

Op de luchthaven van Hamburg stond de boodschapper opnieuw in de rij voor de douane. Dezelfde vier loketten waren geopend, twee voor mensen met een Europees paspoort en twee voor de overige reizigers. Zij gebruikte hetzelfde Pakistaanse paspoort. Dit keer was ze echter in het zwart gekleed en liet ze haar haar los hangen.

Ze zag haar spiegelbeeld in het glas. Ze hadden haar verteld dat ze zich geen zorgen hoefde te maken als ze achter het loket dezelfde man zou aantreffen. Hij zou zich haar niet herinneren. Hij zag duizenden mensen per dag. Ze schoof door, van de derde naar de tweede plaats in de rij.

Vanwaar hij zat, achter in de auto, zag Reacher een telefooncel op een straathoek. 'Ik moet even bellen,' zei hij.

Griezman stopte langs de rand van het trottoir en Reacher stapte uit. Hij belde naar het consulaat, naar de kamer waar ze hun hoofdkwartier hadden. Vanderbilt nam op. Reacher vroeg of Orozco al was gearriveerd. Vanderbilt antwoordde bevestigend en gaf de telefoon aan Orozco. 'Ik ben stand-by, baas.'

'Je moet het nu doen. We hebben hier de weg afgesloten. Hoe je het ook wendt of keert, de deal gaat niet door en vroeg of laat komen ze daarachter.'

'Hebben jullie hem al gevonden?'

'We zijn dichtbij.'

'Heel goed, alsof je vliegt.'

'Zeker weten,' zei Reacher.

Hij hing de hoorn op de haak en bleef omringd door stilte staan. Hij kon de stationair draaiende motor van de langs de stoeprand geparkeerde Mercedes van Griezman horen. Hij kon vaag het lawaai vanuit de stad horen, meer dan een kilometer verderop, en hij hoorde een scheepshoorn ver weg op de Elbe. Dichterbij hoorde hij ergens een compressor ronken. Misschien was iemand een auto aan het spuiten. Op enige afstand hoorde hij ook motorgeluiden, alsof er iets heen en weer werd gesleept.

Het was niet volledig stil.

Wiley was daar ergens.

Reacher liep terug naar de auto en zei: 'Sergeant Neagley en ik gaan vanaf hier lopen.'

De boodschapper liep door de bagageafhaalruimte naar de ontmoetingszone. Ze ontweek elkaar omhelzende mensen en ballonnen. Ze liep naar buiten, naar de straat, die enigszins verdiept lag onder de vertrekhal. Ze hadden haar verteld dat ze de twee die ze zocht aan het linkeruiteinde van de overkapping zou vinden. Bij een afgebakend gedeelte voor bagagekarretjes met drie wielen.

Toen ze die kant op liep, zag ze hen, precies zoals ze waren beschreven. Kleine mannetjes, pezig, een zware baard, donker haar en een donkere huidskleur. Ze droegen een tot op het middel opengeknoopte overall met een wit hemd eronder. Om hun hals hingen oorbeschermers, om de ellebogen hadden ze elleboogbeschermers, om de knieën kniebeschermers, om de bovenarm een transparante houder voor een ID-kaart, alles stevig vastgesnoerd met dikke elastieken banden. De legitimatie was verstrekt door de luchthavenautoriteiten. De sjouwers werkten voor een expediteur waarvan bekend was dat hij uitstekende banden onderhield met de divisies voor vrachtvervoer van een groot aantal onafhankelijke luchtvaartmaatschappijen uit het Midden-Oosten.

'De Mercedes-Benz is genoemd naar de dochter van een klant,' zei de boodschapper.

'Jij bent een vrouw,' zei de man links.

'Dit zijn serieuze zaken. Hoe zou je je beter kunnen vermommen?'

'Weet je wat je moet doen?'

'Jij?'

'Het is de bedoeling dat jij ons dat vertelt.'

'Dan kunnen jullie me maar beter vertrouwen. We nemen een taxi naar het oude havengebied. Daar krijgen we van een man een vrachtwagen met een lange wielbasis. Jullie rijden die vrachtwagen terug naar de luchthaven en laden hem in het vliegtuig. Begrepen?'

De beide mannen knikten. Dat was zo ongeveer wat ze hadden verwacht. Ze waren vliegtuigbevrachters en hun ID zou hen moeiteloos langs elke controle loodsen. De juiste man op de juiste plek. Ze hadden niet verwacht dat ze naar een ziekenhuis zouden worden gestuurd om een hersenoperatie uit te voeren.

Reacher en Neagley namen elk een trottoir voor hun rekening. Ze bekeken deuren en gluurden om hoekjes. Ze probeerden wat ze zagen te zien als een versie in slow motion van wat Wiley had gezien toen hij vanuit zijn auto de straten verkende, bij ieder kruispunt even stilstond, zijn voelsprieten uitstak en een keuze maakte: links, rechts of rechtdoor. Wat maar het beste gevoel gaf, een gevoel van veiligheid en geborgenheid en onzichtbaarheid.

Tegen die tijd waren ze diep in het centrale deel doorgedrongen. En het toeval wilde dat de panden die in aanmerking kwamen allemaal hetzelfde telefoonnummer hadden. Duidelijke, gelamineerde briefjes, nog vrij nieuw. Dat zou Wiley niet vervelend hebben gevonden. Dat zou hem vertrouwen hebben gegeven. De panden wekten de indruk van een kleine vastgoedhandelaar te zijn. Betrouwbaar. Professioneel. Bovendien zou hij dan een van vele huurders zijn. Hij zou niet opvallen.

'Ik heb dat nummer nu al straten lang gezien,' zei Neagley. 'Die kerel heeft een groot stuk van dit gebied gekocht.'

'Misschien wil hij er een flatgebouw op zetten.'

Ze liepen verder, bleven bij ieder kruispunt even stilstaan, staken hun voelsprieten uit en maakten een keuze: links, rechts of rechtdoor. Reacher stopte op de hoek van een straat. Hij keek naar links en zag een paar dubbele deuren. Stevig, donkergroen. Verweerd maar niet verrot. Een telefoonnummer. De linkerdeur stond op een kier van dertig centimeter. Open hangsloten hingen scheef aan twee grendels en een klink. De rechterdeur stond wagenwijd open. Een kleine loods. Het was donker binnen, zo vanuit het felle zonlicht.

Reacher liep ernaartoe. Er klonk geluid binnen. Snel gierend ademhalen, borrelend en gorgelend. Elke ademtocht eindigde met een soort piepgeluid. Het geluid van iemand met gebroken ribben en een keel vol bloed die probeert lucht in zijn longen te krijgen. Reacher haalde de Colt uit zijn zak. Hij zette de veiligheidspal om en legde zijn vinger op de trekker. Hij bleef dicht bij de muur en probeerde naar binnen te kijken door de kier bij de scharnieren. Een grote donkere massa.

Hij schoof langs de iets openstaande linkerdeur en ging met zijn rug plat tegen het laatste deel staan. Neagley stond een meter achter hem. Op het moment dat hij in actie kwam, zou ze zijn plaats overnemen.

Hij luisterde naar het ademhalen.

Gieren, borrelen en piepen.

Hij maakte zich los van de deur en gluurde om de rand.

Hij zag een ruimte voor twee vrachtwagens. Op de ene helft

stond een vrachtwagen, de andere helft was leeg. De vrachtwagen was stoffig, hij stond op zachte banden. Op de zijkant stond *Möbel*, Duits voor meubels. De achterdeur was omhooggeschoven. In de laadruimte stond een houten kist, iets minder dan vier meter lang en iets minder dan twee meter hoog en breed. Het hout was oud en hard en had de kleur van brons.

In het lege deel van de garage lag een man op de grond.

Hij lag in een uitdijende plas bloed.

Het haar, de wenkbrauwen, de jukbeenderen en de diepliggende ogen.

Het was Horace Wiley.

40

De messcherpe rug van Wileys neus was gebroken, evenals een van zijn armen, dacht Reacher, te oordelen naar de vreemde stand waarin Wiley de arm hield. Zijn andere hand drukte hij hard op zijn buik. Helder rood bloed welde in golven tussen zijn vingers op. Wiley staarde met lege ogen naar een verre horizon, met een uitdrukking van oneindige tragiek op zijn gezicht. Reacher had nog nooit zoveel geschoktheid, verdriet, zoveel rampzalige, verpletterende teleurstelling gezien. Zoveel pijn, ongeloof en verbijstering over de onvoorstelbare manieren waarop de wereld iemand kan vermorzelen.

Reacher liep naar hem toe.

'Wat is er gebeurd?' vroeg hij.

Wiley rochelde, zijn stem haperde en klonk zacht.

'Ze hebben mijn vrachtwagen gestolen, ze hebben me gestoken en mijn arm gebroken.'

'Wie?'

'Duitsers.'

'Hoe?'

'Ik was hier aan het wachten. Er kwamen twee mannen. Ze hebben me neergestoken en mijn vrachtwagen gestolen.'

'Waar wachtte je op?'

'De mannen die voor de vrachtwagen zouden komen. Dat was afgesproken.'

'Wanneer?'

'Ik heb een dokter nodig, man. Ik ga dood.'

'Dat is verdomd zeker,' zei Reacher. 'Op hoogverraad staat de doodstraf.'

'Het doet pijn.'

'Goed zo,' zei Reacher.

Toen hoorde hij een auto. Hij keek om de open deur en zag Griezman en Sinclair aankomen in de dienst-Mercedes.

Sinclair knielde naast Wiley neer, praatte tegen hem, luisterde, beloofde hem dat er een dokter zou komen als hij zou meewerken en ontfutselde Wiley vanaf het moment dat ze zich met hem bemoeide in sneltreinvaart de informatie die ze nodig hadden. Neagley inspecteerde de lege kist in de meubelvrachtwagen. Ze gebaarde naar Reacher en wees toen naar het vakje voor de geheime map op het paneel aan de kopse kant. Dun multiplex, een uitsparing voor vingers. Het onderdeel dat de leerling-timmerman elf keer had gemaakt.

Reacher ging met Griezman terug naar de ijzeren brug om te horen wat de verkeersagent had gevangen. Als het goed was één vrachtwagen. Maar nee, de verkeersagent zwoer dat er niets voorbij was gekomen. Geen vrachtwagens, geen auto's, geen voetgangers, helemaal niets.

Reacher en Griezman reden terug naar het pakhuis. Ze stapten uit de auto en hoorden helemaal niets. Sinclair en Neagley stonden roerloos en zwijgend in het schemerduister. De plas bloed was groter, maar dijde niet meer uit.

Wiley was leeggebloed.

Hij was dood.

'Er is niets over de brug gereden,' zei Griezman.

Stilzwijgen.

Toen hoorde Reacher een andere auto.

Hij deed een stap naar buiten. Een taxi, drie passagiers. Een vrouw die met voorovergebogen hoofd geld uit haar portemonnee haalde om de taxi te betalen, en twee mannen die uitstapten, klein van stuk en pezig, donker, een zware baard, werkkleding en gewrichtsbeschermers. Ze keken om zich heen, zagen Reacher, keken hem aan en knikten hem voorzichtig groetend toe, alsof ze hem daar hadden verwacht. Dat was natuurlijk ook zo, in zekere zin. Ze wisten dat ze de vrachtwagen zouden krijgen van een man. Ze waren hier om de vrachtwagen op te halen. Zoals afgesproken.

Reacher legde zijn hand om het pistool in zijn broekzak en stapte helemaal naar buiten, het zonlicht in. De vrouw stopte haar portemonnee terug in haar tas. De taxi reed weg. De vrouw keek op. Ze zag Reacher en keek even verbaasd. Reacher was niet de man die ze verwacht had te zullen zien. Ze was begin twintig, had pikzwart haar en een olijfkleurige teint. Een mooie vrouw. Ze had best Italiaans of Turks kunnen zijn.

Ze was de boodschapper.

De twee mannen wachtten geduldig, stoïcijns en volstrekt niet opgewonden, als arbeiders die een routineklus moeten uitvoeren. Luchthavenpersoneel, dacht Reacher. Hij herinnerde zich dat hij tegen Sinclair had gezegd dat Wiley Hamburg had uitgekozen omdat Hamburg een havenstad was. De op een na grootste van Europa. De poort naar de wereld. Misschien klopte dat. Maar de plannen waren gewijzigd. Hij vermoedde dat ze nu van plan waren de vrachtwagen het ruim van een vrachtvliegtuig in te rijden, en misschien naar een stad als Aden te vliegen, een haven van een heel andere soort aan de kust van Jemen. Daar zouden tien vrachtschepen van de wilde vaart liggen te wachten om het laatste deel van het transport voor hun rekening te nemen en na weken op zee de vracht af te leveren in New York, of Washington D.C., of Londen, L.A. of San Francisco. Alle grote steden van de wereld lagen in de buurt van havens. Hij herinnerde zich dat Neagley had verteld dat iedereen binnen een straal van anderhalve kilometer onmiddellijk werd gedood en dat de vuurbal een straal had van drie kilometer. En dat tien keer. Tien miljoen doden en daarna de volledige ineenstorting. Honderd jaar lang terug naar de middeleeuwen.

'Hallo?' zei de boodschapper.

Niet Turks of Italiaans. Waarschijnlijk Pashtun, uit het grensgebied in het noordwesten. Een stam zo oud als de bergen zelf. Plichtsgetrouwe kaartenmakers trokken lijnen en schreven in de vakjes India of Pakistan of Afghanistan, maar de Pashtun glimlachten alleen maar beleefd en gingen over tot de orde van de dag zoals ze dat al sinds mensenheugenis hadden gedaan.

'Wie bent u?' vroeg de boodschapper.

Reacher knikte in de richting van de half openstaande deur en zei: 'Wiley is daar binnen.'

De mannen liepen achter de boodschapper aan. Reacher bestudeerde hun gezichten. Hij zag dat de waarheid tot hen doordrong. Een lege ruimte. Een dode man op de grond. Een plas stollend bloed. Drie onbekende personen die er op een rijtje bij stonden.

Fout.

Reacher trok zijn pistool.

De vrouw en de twee mannen keerden zich om.

'Ik arresteer jullie,' zei Reacher.

De reacties werden door het geslacht bepaald. Reacher zag een opeenstapeling van oeroude, hopeloze conclusies in de ogen van de beide mannen. Ze waren gastarbeiders in een vreemd land. Ze hadden geen enkele status, geen macht, geen invloed, geen rechten, geen verwachtingen. Ze stonden onder aan de ladder. Ze waren niet meer dan kanonnenvoer.

Ze hadden niets te verliezen.

Ze gingen op zoek naar hun broekzak. Ze krabbelden aan geplooid textiel, trokken eraan en verschoven het, ramden hun handen in de broekzak en haalden ze weer tevoorschijn. Reacher riep *No* in het Engels en *Nein* in het Duits, maar ze luisterden niet. Ze hadden merkwaardige, kleine revolvers met een afgezaagde loop. Bleek staal, een bleke kolf van grenenhout en een loop van misschien drie centimeter lang, een stompje. Washington D.C., New York en Londen zouden boven aan de lijst staan, dacht Reacher. Daarna misschien Tel Aviv en Amsterdam en Madrid. Dan Los Angeles en San Francisco. Misschien de Golden Gate Bridge zelf wel. Helmsworth had het immers gezegd. *Hun orders waren om die bom vast te maken aan een brugpijler, de timer in te stellen en weg te rennen zo hard als ze konden.*

Hij schoot beide mannen in de borst door snel twee keer achter elkaar de trekker over te halen, eerst links, daarna rechts, en toen ze op de grond lagen schoot hij hen beiden nog een keer door het hoofd, voor alle zekerheid. Na het oorverdovende lawaai bleef alleen het suizen van beschadigde oren over. Het woord Möbel op de zijkant van de vrachtwagen zat onder de bloedspatten.

Reacher richtte zijn pistool op het gezicht van de boodschapper.

De boodschapper stak haar handen omhoog.

'Ik geef me over,' zei ze.

Niemand reageerde.

'Ik heb solide informatie,' zei ze. 'Ik weet de bankrekeningnummers. Ik kan u hun geld bezorgen.'

Sinclair nam de leiding. Per slot van rekening was zij degene met de hoogste rang ter plaatse, vanuit een soort NAVO-perspectief gezien. Vanuit gemeentelijk perspectief bezien schikte Griezman zich onderdanig, waarschijnlijk een vorm van Realpolitik, een Duitse term waarmee wordt aangegeven dat je weet wanneer je hebt verloren. Ze zei tegen hem dat als de vrachtwagen de brug nog niet was gepasseerd, hij al zijn mensen uit het bureau van de burgemeester moest halen om een stevig kordon op te trekken. Ze stuurde Neagley naar de telefooncel om Bishop, White en Vanderbilt op te roepen. Waterman en Landry hoefden niet te komen, die konden blijven waar ze waren om op de zaak te passen.

In een paar minuten tijd had Griezman twee auto's op de brug. De verkeersagent werd voor zijn diensten bedankt en naar huis gestuurd. Daarna kwamen er nog twee auto's bij. Ze slalomden door de wegblokkade en zochten een plek bij de dichtstbijzijnde gebouwen. Gewoon een kwestie van aantallen. Een vrachtwagen was een substantieel gevaarte. Een rij mannen die schouder aan schouder liepen, kon hem gewoonweg niet missen.

Reacher keek naar Wiley en toen naar Sinclair. 'Heeft hij je verteld hoe hij die kist heeft gevonden?' vroeg hij.

'Het was iets wat zijn oom Arnold hem had verteld,' zei ze.

'Wat?'

'Het verhaal over de atoombommen. Zelfs oom Arnold vond het belachelijk. Ook al zat hij bij de luchtlandingstroepen en was zijn hele opleiding in feite één grote training voor een zelfmoordactie. Hij zou deel uitmaken van de eerste aanvalsgolf tijdens de grootste grondoorlog in de geschiedenis van de mensheid. Maar er was iets merkwaardigs met die atoombommen. Te veel macht voor één persoon. Toen vertelde hij hem het verhaal van de ontbrekende kist. Ze geloofden het allemaal zonder meer. Achter de schermen heerste paniek. Te veel paniek om het door te schuiven op het bordje van iemand anders. Oom Arnold had gedacht dat die kist uiteindelijk wel in een bepaald opslagdepot zou opduiken. Daarvan was hij overtuigd. Alleen was de kist daar niet. Blijkbaar had hij het opgevat als een lesje in nederigheid.'

'Hoe had Wiley het opgevat?'

'Als een lesje in verkeerd aangebrachte etiketten ontdekken.'

'Hoe is hij daarachter gekomen?'

'Dat was nog iets wat oom Arnold hem vertelde. Een heel ander verhaal. Arnold was al vlak na de oorlog in Duitsland, alles lag nog in puin en de mensen leden honger. Het Amerikaanse leger nam burgerpersoneel in dienst, vooral veel vrouwen, omdat er bijna geen mannen meer waren. Een soort werkverschaffing. En bovendien hoefden de dienstplichtige soldaten geen typewerk en steno meer te doen. Wiley combineerde deze informatie met iets anders wat oom Arnold hem had verteld. De vrouwen deden alles voor geld. Ze deden alles voor een reep chocola of een pakje Lucky Strike. Arnold genoot ervan met volle teugen. Op een keer gaf een meisje hem het adres van haar zus. Die was ook wel in voor een verzetje, maar Arnold kon het adres niet vinden. Het meisje had het huisnummer 11 zo opgeschreven dat hij dacht dat het 77 was. Dat kwam door haar handschrift. Europeanen zetten vaak een flinke haal aan het begin van hun cijfer 1. Zo ongeveer het tegenovergestelde van een staartje. Dan ziet een 1 eruit als een 7. Om de 1 van de 7 te onderscheiden zetten ze door de 7 een dwarsstreepje. Uiteindelijk vroeg Wiley zich af wat er gebeurd zou zijn als een Duitse met de hand een briefje zou schrijven dat door een Amerikaanse zou moeten worden uitgetypt. Of andersom. Het leek hem dat fouten heel goed denkbaar waren.'

'Was het zo eenvoudig?'

'Hij bedacht dat het leger toch zeker ook op dat idee gekomen moest zijn. Hij dacht dat ze kaarten en tabellen zouden hebben gemaakt waarin ze alle zevens door enen hadden vervangen, en alle enen door zevens. Maar blijkbaar werden de verhalen van oom Arnold als waanzin bestempeld. Er heerste een gigantische bureaucratie. Uiteindelijk vroeg Wiley zich af wat er gebeurd kon zijn als een nummer door drie paar handen was gegaan in plaats van twee, als bijvoorbeeld een Duitse met de hand een briefje had geschreven, dat was uitgetypt door een Amerikaanse, waarna een volgende Duitse het nummer weer met de hand had overgenomen. Of andersom. Met enen of zevens als uitgangspunt. Wiley maakte zelf kaarten en tabellen. Het leek hem een stap die het leger niet gezet zou hebben en dat het leger blind zou zijn voor de fouten die het zelf maakte. En hij had gelijk. De kist had er wel degelijk de hele tijd gestaan. Hij vond hem bij zijn derde zoekpoging.'

Reacher zei niets. Hij knikte alleen en liep weg. De boodschapper trok zijn aandacht. 'Ik kan helpen,' zei ze.

'Ik wil jullie geld niet,' zei hij.

'Het gaat om iets anders,' zei ze. 'Wat de dikke man zegt, klopt niet. Er reed een vrachtwagen over de brug de wijk uit toen wij de wijk in reden.'

41

Neagley droeg de tas van Wiley naar de Mercedes van Griezman, zette hem op de klep van de kofferbak en ritste hem open. Reacher haalde Griezman erbij en vroeg hem de tas te doorzoeken. 'Waarom ik?' vroeg Griezman.

'Omdat ik graag uw mening wil horen,' zei Reacher.

Griezman reageerde zoals Reacher dat had verwacht. Hij doorzocht de tas als een veteraan die een test ondergaat. Geroutineerd, maar plotseling op zijn hoede. Alsof hij wist dat er iets niet in orde was. Een val. Zou hij worden beoordeeld op hoe snel hij het kon vinden? Waar ging het om? Hij wist het niet.

Er kwamen uiteindelijk maar drie zaken tevoorschijn die vermeldenswaardig waren. In de eerste plaats het nieuwe paspoort van Wiley, op naam van Isaac Herbert Kempner. Het paspoort viel op omdat het een ware schoonheid was. Het was volstrekt en in alle opzichten volledig echt. Het tweede was de kaart die ze in zijn keuken hadden gezien, nu netjes opgevouwen omdat hij cartografisch van weinig betekenis was, maar kennelijk een emotionele waarde had en dus mee moest, wat misschien ook wel iets zei over de geestesgesteldheid van Wiley.

Het derde was een contactsleutel van een Mercedes-Benz.

Waarschijnlijk niet van een personenwagen. Daarvoor was hij iets te groot. Er zat te veel plastic aan. Hij was te alledaags. Het was het soort sleutel dat langzamerhand groezelig zou worden, het soort sleutel dat je bij een vrachtwagen verwachtte.

Daar was Griezman het mee eens.

'Kun je een gloednieuwe Mercedes-Benz starten zonder sleutel?' vroeg Reacher.

'Nee,' zei Griezman.

'Dat betekent dat ze voor het stelen van de vrachtwagen een kopie hebben gehad.'

'Ja,' zei Griezman.

'Daar is moeilijk aan te komen.'

'Ja.'

'Uw afdeling heeft uitstekend werk geleverd, vanaf het allereerste moment. Een indrukwekkende prestatie. Bent u dat met me eens?'

'Bescheidenheid belet me daarop te reageren.'

'Ik meen het echt,' zei Reacher.

'Nogmaals, daar kan ik niet op reageren.'

'Er was slechts één zwakke plek. De surveillance ten zuiden van Hannover is nooit uitgevoerd.'

'Dat was een zaak van de verkeerspolitie.'

'Die hebben ook een auto voor ons op de brug gezet.'

'Wat wilt u daarmee zeggen?'

'Ik denk dat een reeks opeenvolgende gebeurtenissen op veel verschillende manieren verklaard kan worden.'

'Doet u eens een poging.'

'Het is allemaal een merkwaardig toevallige samenloop van omstandigheden.'

'Doet u nog eens een poging.'

'Er zit een lek bij de verkeerspolitie.'

'Een lek naar wie?'

'Een lek naar een soort maffia-achtige club. Niet van Italianen, maar van nostalgische Duitsers. Een organisatie met leden, afdelingen, regeltjes en van alles en nog wat. En doelstellingen en ambities en een zaak. Dat hebben we gehoord.'

Griezman zei niets.

'Neem me niet kwalijk,' zei Reacher. 'Wij Amerikanen houden geheimen achter, maar bemoeien ons wel met de uwe.'

'Hebt u een theorie rondom dat alles?'

'Er zijn maar twee mogelijkheden. De eerste is dat ze de vrachtwagen hebben gestolen en meteen hebben verstopt in een loods drie straten verderop. Maar waarom? Om wat voor reden? Zijn ze van plan hier vannacht stilletjes terug te komen om hem op te halen? Proberen ze ons om de tuin te leiden? Afleidingsmanoeuvres? Allemaal heel raar en gecompliceerd. Ik geef de voorkeur aan de tweede mogelijkheid.'

'En die is?'

'De verkeersagent bij de brug loog.'

'Daarmee zegt u nogal wat.'

'Ze hebben de vrachtwagen gestolen en zijn ermee weggereden. De verkeersagent op de brug heeft de andere kant op gekeken. Dat soort dingen gebeurt. Wen er maar aan. Dat is wat er gebeurt als er een maffia-achtige club aan het werk is. Dit is een haven. Daar moet je je op instellen.'

Griezman reageerde niet.

'Het zou in ieder geval kloppen met wat de boodschapper me net vertelde,' zei Reacher.

'Niet echt een betrouwbare getuige.'

'Daar ben ik het mee eens.'

'Wat zat er in die vrachtwagen?'

'Wat zou voor u het ergste kunnen zijn?'

'Een aantal dingen.'

'Het is erger dan al die dingen. Gelooft u mij maar. Daarom moeten we overal vraagtekens bij zetten, om erachter te komen waar we moeten zoeken.'

'Ik denk dat een corrupte verkeersagent een mogelijkheid is,' zei Griezman.

'U kent deze mensen. U zei dat u uw kans afwacht. En dat u ze niet kunt arresteren vanwege haatzaaien. U zei dat ze eerst echte misdrijven moeten plegen.'

Griezman zweeg een tijdlang.

'Ik heb vanochtend met hun leider gepraat,' zei hij toen. 'Hij was toevallig of niet toevallig de laatste man die de paspoortvervalser heeft gesproken. Hij wilde weten wat Wileys nieuwe naam was. Hij had een kopie van de tekening. Zijn naam is Dremmler. Hij importeert schoenen uit Brazilië. Ik moest naar zijn kantoor gaan. Ik kon hem niet vragen naar mijn kantoor te komen. Hij zei dat hij mensen heeft op posities die mij zouden verbazen. Hij zei dat ik het opnam tegen een krachtige organisatie die op het punt stond nog sterker te worden.'

'We moeten Herr Dremmler met een bezoekje vereren.'

Griezman reed naar een straat met een mix van bedrijven en woonhuizen, zo'n vier straten verwijderd van de bar met de gelakte houten gevelbekleding. Kennelijk was neonreclame in dat deel van de stad toegestaan. Het bedrijf van Dremmler huisde in een smal pand met vier verdiepingen, bebouwing die in de jaren vijftig opnieuw was opgebouwd. Onder de goot, boven de ramen van de vierde verdieping, hing een reclamebord over de hele gevel. De tekst was in het rood, in een lopend schrift, alsof het om een beroemd merk ging. Zoiets als een ouderwets reclamebord in Amerika voor Coca-Cola. Er stond *Schuhe Dremmler*, wat ongetwijfeld zoiets betekende als Dremmler Schoenen.

De lift was traag en de man bleek er niet te zijn. Zijn secretaresse zei dat hij na een telefoontje was vertrokken. Ze had geen idee waarnaartoe en ze had geen idee wanneer hij weer terug zou komen.

Ze reden terug naar het consulaat. Griezman werd ook binnen genodigd. De anderen waren er al. Het stoffelijk overschot van Wiley was onderweg naar het mortuarium van het Amerikaanse militaire ziekenhuis in Landstuhl in een ambulance die door Orozco was geregeld. De boodschapper was opgesloten in een kamer in de kelder, in afwachting van een U.S. Marshal, handboeien en een vliegtuig richting Dulles. De Iraniër zat op een stoel bij het raam. Orozco en zijn sergeant hadden hem opgehaald. Soepel en moeiteloos. Geen nare bijkomstigheden. Gelukkig had de Iraniër zelf de deur opengedaan. Daarna hadden ze hem eenvoudigweg ontvoerd. Hij leek onzeker. Zijn oude leven was voorbij. Er wachtte hem een nieuw leven, op een plek waar hij nog nooit was geweest. Orozco zei dat niemand zich er druk om had gemaakt. Hij zei dat Bishop had beweerd dat hij op het punt had gestaan zelf de opdracht te geven. Het rapport over de actie zou ook op die manier worden vormgegeven. Maar, zei hij, Bishop had hem in ieder geval bedankt voor de uitgespaarde tijd. White was blij. Die gaf om agenten in het veld. Vanderbilt was somberder. Hij was van mening dat de CIA in Hamburg nu blind was.

Sinclair nam het woord. Ze had met Ratcliffe en de president gesproken. Op de achtergrond werden allerlei kanalen opengehouden. De NAVO en de Europese Unie waren stand-by voor vooralsnog niet-gespecificeerde taken. De volgende stap was het invullen van de hiaten. De Verenigde Staten zouden een keer diep ademhalen en vervolgens opbiechten dat ze veertig jaar geleden een kist met atoomwapens waren kwijtgeraakt. Duitsland zou een keer diep ademhalen en opbiechten dat er neonazi's in het land waren die goed genoeg georganiseerd waren om een dergelijke kist te stelen. Dat was een stap die zowel de Verenigde Staten als Duitsland eigenlijk niet wilden zetten, omdat men bang was dat de beide bekentenissen wereldwijd op weinig respect zouden kunnen rekenen. Er zou op korte termijn een besluit worden genomen.

'Ze willen dat wij het voor hen oplossen,' zei Sinclair. 'Voordat op korte termijn verandert in nu.'

'Hebben ze dat letterlijk gezegd?' vroeg Reacher.

'De hints waren niet mis te verstaan.'

'Ik zou het graag zeker weten.'

'Ik denk dat je sommige vragen het beste achteraf kunt beantwoorden.'

'Hoeveel tijd hebben we nog?'

'Ze kunnen niet eeuwig wachten.'

Achter het raam werd het buiten donker. Een redelijk noordelijk gelegen plek, laat in de middag.

'Hoe groot is die zaak van Dremmler?' vroeg Reacher.

'Hij pocht dat hij een miljoen paar schoenen per week importeert. Vijftig miljoen paar per jaar. Waarschijnlijk onzin, maar toch. Ik wil wedden dat het er heel wat zijn.'

'Dus dat pand waar wij zijn geweest, is er waarschijnlijk alleen voor de administratie. De verwerking van bestelorders en facturen en dergelijke. Het echte werk gebeurt vast ergens anders.'

'In de havens,' zei Griezman. 'Hij is eigenaar van een deel van een kade.'

'En hij heeft mensen op posities die jou zouden verbazen.'

'Is dit weer een slag in de lucht?' vroeg Sinclair.

'Nee, absoluut niet. Dit is zomaar een gok.'

'Betreffende de man van de schoenen?'

'Om te beginnen als theoretisch voorbeeld. Laten we zeggen dat hij de grootmeester is van het een of ander. Hij heeft overal aanhangers. Ook binnen het politiekorps. Hij is dus op de hoogte geweest van elke stap die wij hebben gezet. Hij heeft al helemaal in het begin te horen gekregen dat er iets belangrijks speelde. Toen heeft hij besloten om het te kapen ter meerdere eer en glorie van waarvan hij dan ook maar grootvizier mag zijn. Hij liftte mee op ons onderzoek en dat heeft zich uitbetaald, want hij heeft de vrachtwagen. Maar het is een dollemansrit geweest. Hij heeft de hele tijd in tijdnood gezeten. Hij moest steeds alle verloren tijd goedmaken. Hij kon niets plannen. Hij kon niet verder plannen dan die vrachtwagen hiervandaan halen en nu weet hij niet wat hij ermee aan moet. Hij weet niet eens wat erin zit, want die informatie is nooit uitgelekt. Ik denk dat hij hem ergens in de buurt heeft weggestopt. Voorlopig. Hij heeft even tijd nodig om diep adem te halen. Hij moet de zaken op een rijtje zetten.'

'Dat klinkt aannemelijk,' zei Sinclair. 'Maar er zijn minstens honderd andere mogelijkheden.'

'Geen honderd,' zei Reacher. 'Tien misschien, maar deze redenering past bij wat we weten. Dremmler heeft de paspoortvervalser naar Wileys nieuwe naam gevraagd. Dat kan geen toeval zijn. En hij bezit een deel van een kade. Een miljoen paar schoenen per week. Daar heb je veel vrachtwagens voor nodig. Eentje meer of minder zou niet opvallen.'

'We krijgen maar één kans.'

Reacher herinnerde zich dat hij met zijn andere hand haar voorhoofd streelde, het amper raakte, dat hij zijn vingers diep in de lokken begroef en ze erdoorheen schoof. Dat hij die keer zijn hand liet waar die terechtkwam, als een kom om haar achterhoofd, en dat haar nek slank was en warm.

Toen had hij ook gegokt.

'Jij mag het zeggen,' zei hij.

'Heb jij geen mening?'

'Ik ga er sowieso heen. Voor het geval dat, want als dit de man is, dan is het ook de man wiens ego een flinke deuk opliep toen zijn jongensploegje een pak rammel kreeg. Vanaf dat moment heeft hij mensen achter me aan gestuurd. Ik heb ze steeds de boodschap meegegeven dat hij me zelf maar eens moest opzoeken. Dan zouden we een blokje om kunnen lopen en van gedachten kunnen wisselen. Misschien moet ik dat verzoek maar eens een beetje kracht bijzetten.'

42

Ze wachtten tot het avond was en het spitsuur voorbij. En tot allerlei discussies op diplomatiek niveau waren afgerond. Bishop zei dat hij erbij moest zijn. Hij zou White en Vanderbilt meenemen in zijn auto. Sinclair zei dat ze zich bij hen zou voegen. Griezman had het gevoel dat hij de operatie moest observeren namens de stad. Hij vond het prima als Waterman en Landry met hem zouden meerijden. Per slot van rekening waren zij van de FBI, recherche, net als hijzelf. Hij zou het als een eer beschouwen.

Reacher en Neagley zouden met Orozco meerijden in diens auto, bestuurd door een sergeant die Hooper heette. Hij was langer dan Neagley, maar het was geen reus van een kerel. Orozco en hij hadden allebei een Beretta van het leger. Reacher had een nieuw magazijn in zijn Colt. Uit het vorige was hij vier kogels kwijtgeraakt.

Griezman leidde het konvooi. Hij kende de weg. Hij nam de toeristische route. De stedelijke bedrijvigheid nam toe toen ze in de buurt van de havens kwamen. Er werd snel, efficiënt en hard gewerkt, alles was helder verlicht, alles krioelde door elkaar als een mierenhoop. Hectares vol opgestapelde containers, kilometers kranen en rijen wachtende vrachtwagens. Er waren grote metalen loodsen, de ene na de andere, sommige met namen die Reacher kende en andere met namen die hij nog nooit eerder had gezien.

Toen kwamen ze aan bij een gigantische metalen loods, dik en uivormig op een moderne manier. Op het dak stond een reclamebord met felrode neonletters. De tekst was in een lopend schrift, alsof het om een beroemd merk ging. Zoiets als een ouderwets reclamebord in Amerika voor Coca-Cola. Er stond *Schuhe Dremmler*, wat Dremmler Schoenen betekende.

Griezman nam gas terug en reed er langzaam voorbij. De loods was verlicht met schijnwerpers alsof het een stadion was. Aan de andere kant van de loods lag de kade. Kennelijk kwamen de schoenen vanaf schepen aan de andere kant de loods binnen en belandden daar in een of ander routerings- of verpakkingssysteem, of een inventarisatiesysteem, en verlieten ze de loods weer aan de andere kant, waar de vrachtwagens werden geladen voor transport over de weg. Een miljoen paar schoenen per week. Dat vereiste een avondploeg, dat was duidelijk. Misschien geen volledige ploeg, want het leek alsof er op halve kracht werd gewerkt. Of misschien iets harder.

'Weet je zeker dat die vrachtwagen hier is?' vroeg Orozco.

'Welk deel van "zomaar een gok" heb je niet begrepen?' vroeg Reacher.

'Gaan we nog wachten tot het later wordt?'

'Ze werken hier de hele nacht.'

'Er zijn misschien wel vijftig man daar binnen.'

'En die hebben allemaal iets te doen. We zouden net zo goed honderd meter verderop kunnen zijn. Ze besteden geen aandacht aan ons. Die vrachtwagen zal wel worden bewaakt, maar wij zijn met z'n vieren. De klus is al zo goed als geklaard.'

'Als die vrachtwagen daar binnen staat.'

Ze parkeerden de auto's twee loodsen verderop en stapten uit. De nachtlucht was vochtig.

'Kunnen we die zoekgeraakte items herkennen als we ze zien?' vroeg Sinclair.

'Ik heb er nog nooit een gezien,' zei Reacher. 'Maar afgaand op wat Helmsworth zei zijn het metalen cilinders van net geen vijfentwintig kilo in een rugzak van canvas.'

'Staat er iets op?'

'Er staan vast codes of een serienummer op en een productiedatum. Maar niet zoals achter op een auto. Er zal niet op staan wat het is.'

'Dat is dan ook de reden dat ze nog niet in paniek zijn.'

'Tenzij ze het codeboek hebben gevonden. Dat brengt ze misschien op een idee.'

'Dat is gecodeerd.'

'Denk eens terug aan wat Helmsworth vertelde, aan D-day. Ik ben ervan overtuigd dat het goed te volgen is.'

'Het is een pakhuis vol schoenen. Volgens mij vergis je je. Het is gewoon niet realistisch.'

'Een atoombom aan een brugpijler knopen en hard weglopen is ook niet realistisch.'

'Dat was toen.'

'Ze weten niet wat ze in handen hebben. Ze hoopten op machinegeweren. Granaten misschien. Nu zitten ze zich daar binnen op hun hoofd te krabben.'

'Het is maar één mogelijkheid van de vele, maar we krijgen slechts één kans.'

'Laten we dan maar hopen dat het de juiste mogelijkheid is.'

'Maar is dat ook zo?'

'Laten we eens vragen wat Griezman ervan vindt,' zei Reacher.

Griezman haalde zijn schouders op. Volgens hem was Dremmler een doortastende, ambitieuze amokmaker en volksmenner. Hij was verzot op het verleden, en bewegingen en zaken en de macht die grote mannen hadden verworven door op het juiste moment toe te slaan. Griezman dacht dat hij misschien ooit heel gevaarlijk zou kunnen worden. Maar tot nu toe was het bij veel geschreeuw en weinig wol gebleven. Dus had de man geen ervaring. Dus was hij waarschijnlijk onder de indruk van wat er bij dit eerste project gebeurde. Niemand voorziet wat er achteraf moet gebeuren. Dus was het heel aannemelijk dat hij even een pauze zou inlassen om op adem te komen. Op een plek waar hij veilig was. Dus was het aannemelijk dat hij daarvoor zijn eigen terrein zou uitkiezen. Meer dan aannemelijk zelfs. Het lag zonder meer voor de hand. Hier had hij alles onder controle. Het was gewoon de aard van de mens.

'Als hij het gedaan heeft,' zei Sinclair.

'Er is maar één manier om daarachter te komen,' zei Reacher.

Het had geen zin om te proberen onopvallend te werk te gaan. De havenweg was helder verlicht. De laadstations van de vrachtwagens waren helder verlicht en de metalen loodsen waren helder verlicht. De enige duisternis was het water. Ze keerden op de straat en reden terug naar de loods van Schuhe Dremmler. Griezman remde af en parkeerde langs de rand van het trottoir, gevolgd door Bishop. Orozco's sergeant Hooper passeerde beide wagens en reed rechtdoor. Naar het rode reclamebord. Naar de hoofdingang.

Hij draaide de hoofdingang in.

Van dichtbij was de loods enorm. Hij was opgetrokken uit een soort glanzend gegalvaniseerd metaal. Geen ventilatiesleuven of vierkante of ronde ramen. Het dak stak uit over de muren, opgezwollen en bol, als een plattelandsbrood, als een wijd uitstaand kapsel. Het was een geribbelde, opgespannen, complexe constructie, waarbij vergeleken de muren in het niet vielen. In de wand naar de straat waren ongeveer vijftig sluizen voor laadstations. Roldeuren, net als bij garages in de voorsteden, maar groter, in primaire kleuren gespoten en met kleine plastic patrijspoortjes. Het licht stroomde erdoor naar buiten. Een dertigtal roldeuren was omhooggeschoven, keurig netjes tot iets verder dan de eerste helft. Bij een stuk of twintig werd gewerkt. Er reden vrachtwagens door naar binnen en naar buiten. De tien roldeuren daarna waren wel open, maar er gebeurde verder niets. De laatste twintig helemaal rechts waren gesloten. Het was de avondploeg. Misschien werden alleen spoedorders afgewerkt.

Ze reden dichterbij.

De loods was vanbinnen zo groot als een voetbalstadion. Er waren transportbanden, immens hoge stapels met dozen en vorkheftrucks die heen en weer reden. En blijkbaar maakte het allemaal ook veel lawaai. De mannen die er aan het werk waren, droegen allemaal grote gele oorbeschermers.

Dat was een meevaller.

'Het waren wapens voor paratroepers,' zei Reacher. 'Ze waren voorbereid op onmiddellijk contact met de vijand na de landing. Dat betekent dat ze wisten dat de cilinders geraakt konden worden door verdwaalde kogels. Dat betekent dat die daardoor waarschijnlijk niet zullen exploderen. Vrijwel zeker niet. Maar als het even kan, zou ik die theorie liever niet willen testen.'

'Als hij daar binnen staat,' zei Orozco.

'Laten we maar gaan kijken.'

Hooper reed door de laatste sluis waar niet werd gewerkt de loods in en sloeg rechts af, weg van het deel van de loods waar het druk was, door een met lint afgezet pad voor voertuigen. Hij reed door tot achter de gesloten roldeuren, remde af en bleef stilstaan. Neagley stapte uit. Hij reed door en remde opnieuw af. Orozco stapte uit. Weer reed hij door en weer remde hij af en deze derde keer stapte Reacher uit.

Reacher keek Hooper na toen hij wegreed. Het eerste wat hem

trof, was het lawaai. De transportbanden huilden, krijsten en ratelden. De vorkheftrucks ronkten en piepten. Het tweede wat hem trof was de geur. Een miljoen paar nieuwe schoenen. Als een jeugdherinnering. Als de geur van de schoenenwinkel in de hoofdstraat, maar duizend keer sterker.

Achter hem stonden vrachtwagens, maar niet van het soort dat ze zochten. Voor hem was niets in beweging, was niets geparkeerd, waren geen vrachtwagens te zien. Hij kon de hele loods overzien tot aan de kade, een hele afstand, maar hij had goed zicht. Het licht was fel. Daarginds was ook niets te zien.

Wel waren er bergen met dozen op veel verschillende plaatsen. De kleinste berg was hoger dan Kansas, en de grootste was kolossaal. Met een rafelige bergrug, net zoals de Rocky Mountains van een afstand. Een panorama van links naar rechts. Bijna tegen de achterwand, maar niet helemaal. Er was nog ruimte achter. Niet veel, optisch gezien, vergeleken met al dat geweldige er vlak voor. Maar van dichtbij en op menselijke schaal zou het een bruikbare ruimte kunnen zijn. Misschien wel breed genoeg voor een vrachtwagen.

Reacher keek achter zich. Er waren ongeveer een stuk of vijftig mannen aan het werk. Ze waren ingepakt als atleten die een fysiek harde sport bedreven, in felgekleurde overalls, met helmen op en oorbeschermers, plastic beschermers om de knieën en ellebogen, net als de beide mannen van de luchthaven. De meesten waren aan het werk. Een paar stonden te kijken. Onzeker. Reacher zwaaide naar ze. Ze zwaaiden terug en draaiden zich om. Een oude truc. *Doe net alsof je daar thuishoort.* Alsof je zojuist de helft van het bedrijf hebt gekocht. Maak kennis met de nieuwe baas.

Reacher draaide zich weer om. Vijftig meter verderop had Hooper de auto geparkeerd. Hij wachtte. Orozco kwam naast Reacher staan en daarna Neagley. Ze moesten bijna tegen elkaar schreeuwen om zich verstaanbaar te kunnen maken boven het lawaai. 'Ze hebben hem achter die dozen verborgen of hij is hier niet,' zei Orozco.

'Knap speurwerk, Sherlock.'

'Een argument dat daartegen pleit, is dat dat wel heel veel dozen zijn om heel snel even op te stapelen.'

'Volgens mij staan die dozen daar altijd,' zei Neagley. 'Ik denk dat daarachter het kantoor ligt. Dat zie ik nergens anders. Ze hebben zich verschanst achter een muur. Rust en ruimte om te parkeren.'

Ze liepen erheen. De geur was enorm. Alsof je door een warenhuis liep. Het gebergte van dozen strekte zich door de loods uit tot aan de laatste roldeur, die er volledig door werd gescheiden van de rest van de loods. Dat betekende een privé-ingang voor het kantoorpersoneel. Net als bij het leger.

Ze maakten een omweg naar roldeur nummer 47 om uit te zoeken hoe de roldeuren werkten. Het goede nieuws was dat ze handmatig bediend konden worden. Er was een knop voor omhoog en een knop voor omlaag. Beide van plastic, felgekleurd en zo groot als een schoteltje. Mijn Eerste Magische Paddenstoelen. Het slechte nieuws was dat de knoppen op een paneel links van de roldeur zaten. Aan de andere kant van het pad achter de roldeur, in de achterste hoek van de afgescheiden ruimte.

'Misschien staat hij wel met de neus naar de deur geparkeerd, net als een brandweerauto. Hij kan in een oogwenk vertrokken zijn. Schiet de banden lek als hij in beweging komt,' zei Orozco.

'Schiet op de chauffeur,' zei Reacher. 'Die Davy Crocketts zijn nog geen halve meter lang. Met een schot door het hoofd zit je goed.'

'Als hij daar staat.'

Reacher herinnerde zich de hand van Sinclair op zijn borst. Om hem tegen te houden, maar toch ook weer niet. Een beoordeling en dan een oordeel. Het had niets te maken met vertrouwen in hem, of zelfvertrouwen, of interesse, maar alles met een stevige gok. Ze had besloten dat hij de moeite waard was om die gok te wagen.

'Ja,' zei hij. 'Als hij daar staat.'

43

Hij stond er. Reacher gluurde met één oog om de hoek van de bergrug en zag de vrachtwagen, niet langer wit, maar toegetakeld met nepgraffiti, grote bolle letters, een w en een h, een s en een l. Hij stond met de neus naar de roldeur. De deur van de laadruimte was omhooggerold. In de laadruimte stonden forse canvas rugzakken, met banden eraan, gevoerd en rond, in camouflagekleuren gespoten die er nog steeds donker en krachtig uitzagen. Ze waren nooit aan daglicht blootgesteld geweest.

Links van de vrachtwagen was een rij ramen van een groot, maar leeg kantoor. Rechts was de achterkant van de berg dozen. Aan beide zijden van de vrachtwagen was net een meter ruimte vrij. Ruimte zat. Helemaal niet krap of benauwd.

Er was niemand te zien. De vrachtwagen werd niet bewaakt.

Reacher trok zijn hoofd terug en keek de andere kant op. Opnieuw stonden er twee arbeiders naar hen te kijken. Hij liep terug naar Orozco en Neagley. Hooper stond er nu ook. Reacher vertelde hun wat hij had gezien. Ze gingen zelf kijken, een voor een, steeds met één oog. Orozco kwam terug en zei: 'Dat kantoor bestaat uit twee ruimtes achter elkaar. Ze moeten in het achterste deel zijn.'

'Of ze zijn de deur uit gegaan voor een pizza en een pul bier. Waarom zou je een stelletje grote blikken bewaken? Ze weten niet wat ze in handen hebben.'

'Onze eerste prioriteit is de vrachtwagen, niet het personeel.'

'Dat vind ik ook,' zei Reacher.

'Laten we de auto dan maar terugstelen. Nu meteen. We hebben een sleutel. Alsof we een auto jatten die langs het trottoir geparkeerd staat en waarvan de eigenaar even naar binnen is gelopen om iets te regelen.'

Reacher knikte. Hij had ooit eens een training in vechttechnieken doorlopen bij een instructeur, een echte rouwdouwer, die hem graag voorhield dat de gevechten waaraan je nooit hoeft te beginnen, de beste gevechten zijn. Je loopt geen risico te verliezen, je loopt geen risico gewond te raken. Ook niet een klein beetje of heel licht. Daarbij had die optie in dit geval ook nog een politieke dimensie. Als die vrachtwagen gewoon verdween, wie zou er dan ooit kunnen zeggen dat hij had bestaan? Het was altijd goed als je zaken kon ontkennen. Terugstelen zou passen in het verhaal. Hoezo kist? Welke kist?

Het omhoogrollen van de pakhuisdeur zou ongetwijfeld het meeste lawaai maken. Het gebeurde met een elektrische motor en kettingen. Lange kettingen, een langzaam gebeuren. Hij zou helemaal open moeten, want het was een vrachtwagen met een hoge laadruimte. Waarschijnlijk zou het wel een halve minuut kosten. Geknars, geratel, schurende geluiden van iets dat omhooggaat. Een heel herkenbaar geluid, alsof je het luidkeels aankondigde. Ze zouden meteen naar buiten komen rennen.

Ze konden beter achteruitrijden, de andere kant op, en dan zo dicht mogelijk bij het midden van de loods voorzichtig keren en door de loods aan de andere kant van de bergrug ontsnappen, door de dichtstbijzijnde openstaande sluis, op dezelfde manier naar buiten rijden als Hooper naar binnen was gereden.

Zeventig meter verderop stonden nu vier arbeiders te kijken.

'Oké,' zei Reacher. 'Wie wil er rijden?'

'Dat doe ik wel,' zei Neagley.

'Als ze de motor horen, zullen ze aan jouw kant op je af komen. Dus je hebt dekking nodig, maar niet vanaf de passagiersstoel, want dan zou je in de vuurlijn zitten. Ik loop met je mee aan de blinde kant. Zodra je bent gekeerd, spring ik aan boord en kun je doorrijden. Hooper en Orozco kunnen de aftocht dekken.'

'Ik ben van plan om sneller achteruit te rijden dan jij kunt lopen. Het zijn wapens voor paratroepers, die moeten er wel tegen kunnen om een beetje heen en weer geslingerd te worden. Ga maar op de passagiersstoel zitten, maar bedenk een andere vuurlijn. Zo ingewikkeld kan dat niet zijn.'

Reacher wierp een blik de andere kant op. Er stonden nog steeds vier arbeiders te kijken.

'Gewoon vlot rijden,' zei hij. 'Niet als een idioot. Zorg dat het eruitziet alsof het de normaalste zaak van de wereld is. De vrachtwagen is aan komen rijden en nu vertrekt hij weer.'

Hij gluurde nog één keer om de hoek, nu met beide ogen. De lege ramen, de wachtende vrachtwagen, maar verder niets, geen mensen.

Er stonden nu zes arbeiders te kijken. Ze waren wat dichterbij gekomen en vormden een formatie in de vorm van een speerpunt. De man die het dichtstbij stond, was nog steeds zestig meter van hen verwijderd. Van hen gescheiden door lawaai en afstand, maar hij keek wel.

Reacher gaf Neagley de sleutel.

'Doe het,' zei hij.

Orozco en Hooper liepen terug naar hun blauwe Opel. Ze stapten in en verplaatsten de Opel zo dat ze het afgescheiden laadstation in konden kijken, schuins, om de missie te kunnen ondersteunen zonder Neagley bij het achteruitrijden te hinderen. Ze lieten een ruimte vrij waar zij naast hen zou kunnen gaan staan met de vrachtwagen. Dan zou ze vol gas optrekken, voor hen langs naar rechts gaan en wegrijden. Zij zouden in hetzelfde spoor achter haar aan gaan.

Neagley nam de omgeving in zich op, haalde diep adem en liep het afgescheiden laadstation in. Reacher volgde haar. Ze liep naar de blinde kant van de vrachtwagen, naar het portier aan de passagierskant. Hij bleef staan bij de achterbumper en keek naar de ramen van het kantoor. Ze probeerde het portier aan de passagierskant te openen. Het zat niet op slot. Ze trok het portier wijd open en klom naar binnen, naar de bestuurdersstoel. Reacher maakte zich lang, greep het touw en trok de roldeur omlaag. *Het zijn wapens voor paratroepers, die moeten er wel tegen kunnen om een beetje heen en weer geslingerd te worden.* Misschien wel, maar hij wilde niet dat ze bij een of andere plotse manoeuvre uit de laadruimte zouden worden geslingerd. Hij wilde niet dat ze hotsend en botsend over een kruispunt in Hamburg zouden stuiteren.

Hij trok aan het touw en de roldeur kwam geruisloos en rustig en soepel omlaag, zoemend en spinnend op nylon lagers. Eerst een halve meter, toen driekwart meter, een meter.

Hij stopte.

Shit.

Hij zocht Neagleys blik in de achteruitkijkspiegel vanaf haar plaats achter het stuur en hij maakte met zijn hand een snijbeweging langs zijn keel.

Afbreken.

Nu.

Ze klom uit de cabine aan de passagierskant en schoof langs de met graffiti opgesierde flank van de vrachtwagen. Ze liep achter hem aan om de hoek van de bergrug met dozen naar de relatief veilige plek waar ze net hadden gestaan.

Orozco en Hooper stapten uit de Opel.

Op vijftig meter afstand stond nu een tiental arbeiders te kijken. Een complete samenscholing die, nog steeds in een soort speerpuntformatie, langzaam in hun richting schuifelde.

'Wat is er?' vroeg Neagley.

'Er zouden tien zakken in de vrachtwagen moeten staan, maar ik heb er maar negen geteld,' zei Reacher.

Hooper en Reacher hadden elkaar nog nooit eerder ontmoet, dus wist Reacher wel zeker dat Hooper het niet zou vragen. Orozco evenmin. Te lang in aanraking geweest met de beleefde omgangsvormen van de oude wereld. Dus zou Neagley degene zijn die het zou vragen. Ze zou in gedachten een tiental alternatieve theorieën opstellen die varieerden van naar Brazilië terugvarende schepen tot naar Berlijn rijdende vrachtwagens. Al die theorieën zouden uiteindelijk leiden tot een bevredigende oplossing of een explosie en vuurballen en een miljoen doden. Maar niet voordat ze de vraag had gesteld.

'Weet je zeker dat je geen fout hebt gemaakt bij het tellen?' vroeg ze.

Hij glimlachte.

'We moeten het nucleaireveiligheidsvoorschrift van twee personen toepassen,' zei hij. 'Hooper moet gaan kijken. Hij kent mij amper, hij kan nog onbevooroordeeld iets observeren.'

Dus deed Hooper wat hem werd gevraagd. Hij keek om de hoek, heel voorzichtig met één oog, en stapte toen het afgescheiden laadstation in. Reacher nam zijn plaats in op de hoek van de dozenberg en zag Hooper bij de bumper. Vanwege de hoogte van de laadvloer plus de hoogte naar de bovenkant van de canvas rugzakken kon hij alleen de achterste rij zien.

Toen zag Reacher een man in het kantoor. Rechts achter in de hoek. In een schuine lijn van waar hij zelf stond, wat betekende dat de man Hooper niet kon zien. Nog niet. Niet onder die hoek. De punt van de vrachtwagen blokkeerde zijn zicht.

De man liep door het kantoor. Hij zocht iets. Hij liep van het ene bureau naar het andere, trok laden open, rommelde erin met een dikke vinger en liep weer verder. Hij was groot en bewoog zich doelgericht.

Hooper deed een stap achteruit en ging op zijn tenen staan.

De man liep verder naar het volgende bureau.

Nu was de hoek wel goed.

De loods was vol geluid. Het huilde, het piepte, het ratelde en ronkte en krijste.

'Hooper, klim in de vrachtwagen,' riep Reacher.

Hij hoopte dat het net luid genoeg was, zodat Hooper het wel zou horen maar de man in het kantoor niet. Hooper verstijfde heel even, zette toen zijn handen op de laadvloer, drukte zich op en krabbelde over de rugzakken in het duistere binnenste van de vrachtwagen.

De man in het kantoor keek door het raam.

Hij deed een stap naar het raam toe.

Hij liet zijn blik over de vrachtwagen glijden. Hij liet zijn blik over de ruimte achter de vrachtwagen glijden.

Hij bleef even staan kijken.

Toen draaide hij zich om en liep weg, terug naar de verste hoek, een deur door naar het verborgen deel van het kantoor.

Reacher wachtte.

De man kwam niet terug. Niet in de eerste minuut, ook niet in de tweede. Als hij iets had gehoord, zou hij natuurlijk wel terug zijn gekomen. Dat lag nu eenmaal in de aard van de mens. Hij zou zijn wapens hebben gegrepen en zijn maten hebben gealarmeerd.

Dus had hij niets gehoord.

'Alles is veilig, Hooper,' riep Reacher.

Er gebeurde niets.

Huilen en ratelen en krijsen.

'Alles is veilig, Hooper,' riep Reacher nog een keer, nu iets harder.

Hooper stak zijn hoofd uit de laadruimte van de vrachtwagen. Hij sprong omlaag, veerde overeind en liep terug naar hun relatief veilige plek.

'Negen bommen,' zei hij. 'En het codeboek is ook weg.'

44

Achter hen stond inmiddels een groep van een man of twintig, op een afstand van slechts een meter of veertig. Nog steeds maar een kleine groep tegen de achtergrond van de enorme loods. Er ging niets dreigends van hen uit. Reacher had het gevoel dat eerder het tegenovergestelde het geval was. Ze verzamelden zich uit een soort solidariteit gericht tegen wat ze als een bedreiging beschouwden van hun bazen in het kantoor. Ze waren er klaar voor om de rijen te sluiten tegen indringers. Het waren loyale werknemers, of niet alleen dat. Misschien speelde een deel van hen wel een rol in de beweging, in de onderste gelederen, en waren ze erop gespitst om voor de zaak op te komen. Misschien was dat wel de manier om een bevordering tot voorman bij Schuhe Dremmler in de wacht te slepen.

'Hoe goed is jouw Duits?' vroeg Reacher aan Hooper.

'Vrij goed,' zei Hooper. 'Daarom werk ik in Duitsland.'

'Zeg maar tegen ze dat er niets aan de hand is en dat ze weer aan het werk moeten gaan.'

'Moet ik nog iets speciaals zeggen?'

'Zeg maar dat we van de militaire politie van de Verenigde Staten zijn, en dat we hier zijn op verzoek van de Braziliaanse autoriteiten, de Braziliaanse militaire politie, om een routine-inspectie uit te voeren naar de kwaliteit van de schoenen, en dat ze extra zullen worden gecontroleerd als we vijandig tegemoet worden getreden.'

'Trappen ze daarin?'

'Dat hangt ervan af hoe geloofwaardig jij overkomt.'

Ze keken toe hoe hij op veertig meter afstand oog in oog stond met de man helemaal vooraan in de speerpunt. Hooper gebruikte lange, ingewikkelde zinnen. Ze geloofden hem niet.

'Pas op, klaarstaan om hem te redden,' zei Orozco.

'Trap ze niet tegen de knieën,' zei Reacher.

'Waarom niet?'

'Omdat ze kniebeschermers dragen.'

Hooper praatte maar door. Hij bleef maar praten. Langzaam ebde de voorwaartse beweging van de groep weg. De mannen zwegen, al waren ze niet overtuigd. Hooper kwam het hele eind teruglopen. 'Ik heb mijn best gedaan,' zei hij.

'Bellen ze de politie?' vroeg Reacher.

'Dat is niet aan hen. Ze snappen het niet, dat is alles. En ze maken zich zorgen. Het is een familiebedrijf.'

'Dan kunnen we beter opschieten.'

'Waar beginnen we?'

'Met informatie, dat wil zeggen het kantoor. En die man in het kantoor.'

'Geweldsinstructies?'

'Die stellen we achteraf vast.'

Dit keer lieten ze het met één oog gluren om de hoek achterwege. Er werd te veel op hen gelet. Ze liepen zonder aarzelen de hoek om, energiek en alsof het vanzelfsprekend was, het afgescheiden laadstation in, alsof ze alleen maar even een handtekening kwamen halen op een formulier, of nog even een antwoord nodig hadden op een extra vraag, of een kopie van een document. Op het moment dat de arbeiders hen niet meer konden zien, trokken ze hun pistolen. De deur van het kantoor bevond zich achter in de loods, voorbij de vrachtwagen, in de buurt van het paneel met knoppen om de roldeur van het laadstation te openen en te sluiten. De deur bood toegang tot de eerste ruimte. Achter in de ruimte was een tweede deur, die toegang bood tot wat daarachter lag en waarin de man was verdwenen. Het achterste deel van de kantoorruimte waarschijnlijk. Onbekend terrein.

Toen ze de deur opentrokken drong een hoeveelheid lawaai uit de loods door in de kantoorruimte, dus haastten ze zich naar binnen. Ze verspreidden zich, op alles voorbereid. Hooper liep achteruit. Het was zijn taak om te allen tijde in het oog te houden wat er achter hen gebeurde. Belangrijk voor het gevoel van veiligheid. Er was niets zo erg als niet weten wat er achter je gebeurde. De arbeiders zouden opnieuw onrustig kunnen worden. Er zou versterking kunnen komen opdagen, of de nachtploeg die wat aan de vroege kant was. Of ingehuurde deskundigen. Dat zouden dan waarschijnlijk veteranen zijn uit het Duitse leger, die waren opgetrommeld om één enkele vraag te beantwoorden: wat zijn dit in hemelsnaam voor dingen?

Ze wisten niet wat ze in handen hadden gekregen.

Ze liepen verder naar de volgende deur. Een smalle deur. Een bottleneck. Daar waren flitsgranaten voor uitgevonden, maar die hadden ze niet bij zich. De deur stond op een kier. Reacher gluurde door de kier, maar alleen een stukje van een kamer was zichtbaar. Hij legde zijn oor tegen de kier. Hij hoorde mensen in het Duits praten. Mannenstemmen. Vragen en antwoorden. Gefrustreerd, maar niet kwaad. Verbaasd, maar geduldig. Ze probeerden iets te achterhalen. Het waren drie mannen, dacht Reacher. Waren er nog anderen, die niets zeiden? Het geluid klonk van links en had een harde, glasachtige, gedempte klank. Alsof de mannen zich in een afgesloten directiekamer bevonden in de linkerhoek, de hoek die hij niet kon zien.

Reacher deed een stap achteruit en wierp een blik uit het raam. Er kwam niemand achter hen aan. Nog niet. Hij gebaarde met zijn handen. Minstens drie man, in de linkerhoek achterin. Ze bootsten de situatie na aan deze kant van de scheidingsmuur, ruggen tegen de muur. Een onhandige afstand om te overbruggen. Twee stappen te ver om echt iemand te verrassen. Hooper zou hun dekking in de rug bieden tegen alles wat van buiten kon komen. Neagley, en dan Reacher, en tot slot Orozco, zouden het vertrek binnenstormen, zich verspreiden en zorgen dat er drie doelwitten waren in plaats van één enkel doelwit, zodat er drie zichtlijnen zouden zijn. Als er ook maar iets geks gebeurde, zouden ze schieten. Dan zouden ze ze allemaal omleggen, op één na.

Ze stelden zich achter elkaar op. Neagley voorop, dan Reacher, dan Orozco en als laatste, met de rug naar hen toe, Hooper. Neagley stormde de deur door en rende naar het derde honk. Reacher rende naar het tweede honk en Orozco bleef bij het eerste honk staan. Op de plaats waar de thuisplaat zou zijn, was een kantoortje met glazen wanden. Een kantoor in een kantoor. Aan weerszijden van het bureau stonden twee mannen. De een was de man die Reacher eerder had gezien. Een grote kerel die doelgerichtheid uitstraalde. De andere man had eenzelfde uitstraling.

Op een stoel voor het bureau stond de tiende Davy Crockett. Als een bezoeker. Als een verdachte op een politiebureau. De canvas rugzak was opengeritst en omlaaggetrokken. De cilinder was donkergroen. Er stonden witte sjabloonletters op. Erbovenop was een paneeltje geschroefd met zes kleine pijlknoppen en drie tweestandenschakelaars.

Achter het bureau zat een man op een stoel, die volgens Reacher Dremmler moest zijn. Hij zag eruit als een baas. Een jaar of vijfenveertig oud, een imposant figuur. Hij had blond haar dat hier en daar grijs werd, en een rood gezicht dat nu ook grijs werd. Hij droeg een pak met hoge revers. Ouderwets Duits. Hij zat met zijn ellebogen op het bureau, de vingertoppen tegen elkaar. Hij bestudeerde het codeboek, of misschien had hij het bestudeerd. Maar nu staarde hij Reacher aan, keek in de loop van de Colt Government Model die op zijn gezicht gericht was.

'*Hände hoch*,' zei Reacher.

Alsof het een oude zwart-witfilm was.

Hands up.

Dremmler deed niets. De mannen aan weerszijden van het bureau gedroegen zich zoals verwacht mocht worden van stoere kerels. Hun handen gingen langzaam half omhoog, de vingers gespreid, gespannen en afwachtend. Hooguit een wapenstilstand, absoluut geen overgave.

Reacher deed een stap naar voren.

'Spreek jij Engels?' vroeg hij.

'Ja,' zei Dremmler.

'Je staat onder arrest.'

'Onder wiens verantwoordelijkheid?'

'Het leger van de Verenigde Staten.'

Dremmler keek omlaag, naar het verfrommelde canvas in camouflagekleuren.

'Heb je met dat ding zitten rotzooien?' vroeg Reacher.

'Nog niet,' zei Dremmler. 'We weten niet wat het is.'

'Het is niets belangrijks.'

'We hebben een beetje aan de knoppen zitten draaien om te kijken wat er zou gebeuren.'

'En de schakelaars?'

'Een paar keer aan en weer uit.'

'En nu bestudeer je dat boek om het allemaal uit te zoeken.'

'Wat is het?'

‘Een voor een het vertrek uit,’ commandeerde Reacher.

De eerste man stapte het kantoortje uit. Het was de man die Reacher eerder had gezien. Hij liep op zijn tenen, gespannen, afwachtend. De tweede man liep net zo.

‘Jij blijft hier zitten,’ zei Reacher tegen Dremmler.

Dremmler bleef aan zijn bureau zitten, de vingertoppen nog steeds tegen elkaar geplaatst.

‘Jullie zijn gearresteerd door het leger van de Verenigde Staten,’ zei Reacher tegen de beide mannen. ‘Het is mijn plicht jullie te zeggen dat we jullie bij verzet echt pijn zullen doen.’

De twee mannen verroerden zich niet.

Reacher keek Orozco aan. ‘Jij en Hooper nemen deze twee kerels mee naar buiten naar Griezman. Stuur Neagley naar buiten om de vrachtwagen te bewaken. We vertrekken over een kwartier.’

‘Waarom?’

‘Hij heeft met de knoppen zitten rotzooien.’

‘Er zal toch wel meer dan dat moeten gebeuren, neem ik aan?’

‘Dat hoop ik van harte, maar ik wil het graag controleren. Herr Dremmler kan me daarbij helpen. Per slot van rekening heeft hij het codeboek.’

45

Dremmler bleef op zijn stoel achter het bureau zitten en Reacher pakte een stoel naast de Davy Crockett. Alsof een gastheer twee gasten ontving. Een gesprek met drie deelnemers. Drie verschillende standpunten. Maar er werd niets gezegd. In ieder geval niet gedurende de eerste minuten. Reacher pakte het codeboek van het bureau en probeerde er wijs uit te worden. Je moest een code van zes cijfers invoeren met behulp van de pijlknoppen. Officieel deed de eerste man de eerste drie cijfers en zette hij zijn schakelaar om de bom op scherp te zetten om, en daarna deed de tweede man de tweede reeks van drie, gevolgd door het omzetten van de schakelaar om de bom op scherp te zetten. De middelste schakelaar bleef in de uit-stand staan. Waar diende die voor? Het stond niet in het codeboek.

Er was een lijst met tien codes van zes cijfers, gekoppeld aan tien serienummers. De wapenmeester hoefde ze alleen maar met zijn krijtje op de cilinder te kalken.

'Wat is dat voor ding?' vroeg Dremmler.

'Wat hoopte je in handen te krijgen?' vroeg Reacher.

'Ik snap niet wat je bedoelt.'

'Om een punt te maken voor de goede zaak.'

'Het is tijd dat je vertrekt,' zei Dremmler. 'Dit gesprek is afgelopen.'

'O ja?' zei Reacher.

'Je hebt hier geen bevoegdheid. Dit is gewoon een eenvoudig misverstand. Ik weet niet eens wat dat voor ding is.'

'Het is een bom. Die heb jij gestolen, nadat je naar de nieuwe naam van Horace Wiley hebt gevraagd.'

'Het zal Griezman niet meevallen om een procedure tegen me op te tuigen.'

'Omdat jij mensen hebt op posities die hem zouden verbazen?'

'Honderden, en nog eens honderden mensen.'

'En ben jij hun *Führer*?'

'Die eer valt mij inderdaad te beurt.'

'Waar leid je hen naartoe?'

'Ze willen hun land terug. Ik zal ervoor zorgen dat ze het terugkrijgen. En meer. Ik zal ervoor zorgen dat ze het land krijgen dat ze verdienen. Een sterk land. Met een zuiver doel. Een land waarin iedereen hetzelfde doel voor ogen heeft. Geen nutteloze slapjanussen meer. Geen inmenging van buitenaf. We zullen dat allemaal niet langer tolereren. Duitsland voor de Duitsers.'

Reacher zweeg geruime tijd.

Toen zei hij: 'Hoeveel weet je van de geschiedenis van je land?'

'De leugens of de waarheid?'

'De terreur en de ellende en de tachtig miljoen doden. Wij hebben al die dingen op de academie geleerd. En dan zaten we 's avonds een beetje lol te trappen en dan begon iemand over een tijdmachine waarmee je terug kon gaan in de tijd om de man dood te schieten, nog voordat hij ooit aan de macht kwam. Zou jij dat doen?'

'Wat vond jij?'

'Ik was er helemaal voor, maar het was een domme vraag. Er zijn geen tijdmachines en wijsheid achteraf is altijd gemakkelijk. Volgens mij zou je de vraag andersom moeten stellen. Te beginnen in het hier en nu en met het oog op de toekomst gericht. Vooruitkijkend. Dat is het tegenovergestelde van een tijdmachine. Je moet je afvragen of er nu een kerel is die je nu moet doodschieten om te voorkomen dat ooit mensen gaan verlangen naar een tijdmachine. Als er zo iemand is, zou je het dan doen? Het zou kunnen dat je het bij het verkeerde eind had. Maar stel nou dat je het bij het juiste eind had. Eén leven voor tachtig miljoen levens.'

De klok in Reachers hoofd had hem duidelijk gemaakt dat er vijftien minuten voorbij waren gegaan. Er was niets aan de hand met de bom. Een beetje willekeurig knoppen omdraaien had geen enkel effect. Dat was ook logisch. Een ongelukkige landing met een parachute had wel voor ergere dingen kunnen zorgen.

'Het was een vraag die tot de kern van de moraal doordrong. Sommigen op de academie zeiden dat je hem niet mocht doodschieten, omdat hij geen wetten had overtreden. Nog niet. Maar ooit gold dat voor al die lui. Als je in een tijdmachine terug zou willen komen om hem overhoop te schieten, kon je het net zo goed nu doen. Sommigen maakten zich zorgen over de mate van zekerheid. Als je het nu eens maar negentig procent zeker wist? Je moest het zekere voor het onzekere nemen, vonden sommigen, wat logisch gezien alles boven de vijftig procent betekent. Maar niet echt, want alles boven de één procent was misschien al de moeite waard. Een kans van één op honderd om tachtig miljoen mensen te behoeden voor terreur en ellende? Heb jij daar een mening over, Herr Dremmler?'

Dremmler zei niets.

'We waren nog in opleiding. West Point is een militaire academie. We praatten voortdurend over dat soort dingen. Meenden we het allemaal serieus? Het maakte niet uit. Er was geen enkele manier om te bewijzen dat we achter onze beweringen stonden. Of niet. Maar het kan raar lopen in het leven, want nu sta ik ineens echt voor die keuze. Heb ik al die tijd maar een beetje slap zitten ouwehoeren?'

Hij schoot Dremmler dwars door zijn hart. Toen het lichaam tot rust was gekomen, schoot Reacher nog een keer. Dit keer door het hoofd vanaf dezelfde afstand, voor alle zekerheid. Toen stopte hij het pistool in zijn zak, stopte het codeboek in de canvas rugzak in camouflagekleuren, hees de Davy Crockett op zijn schouder en liep het kantoor uit naar de vrachtwagen. Hij deed een stap opzij naar het paneel met de groene magische paddenstoel om de roldeur te openen, en stapte opzij de andere kant op om de rugzak bij zijn negen soortgenoten te dumpen. Hij trok de roldeur van de vrachtwagen omlaag en vergrendelde hem stevig.

Hij ging op de passagiersstoel zitten.

'Alles goed?' vroeg Neagley.

'Kan niet beter.'

'Zeker weten?'

'Hé, ben jij mijn moeder of zo?'

De deur van de loods schoof helemaal open.

'Rijden maar,' zei Reacher.

De NSC voerde een noodprotocol uit waarbij de deelnemers aan de operatie onmiddellijk werden verspreid om het risico op visuele herkenning te verkleinen en dientengevolge het risico op dagvaardingen. Nog geen zestien uur later was Reacher in Japan. Hij hoorde dat een compagnie genisten opdracht had gekregen de vrachtwagen uit te laden. Daarvoor hadden ze een ouderwets voertuig dat stamde uit de tijd dat er nog wel eens een raket met een kernkop onder een vliegtuig vandaan viel en op een akker terechtkwam. Later hoorde hij dat White en Vanderbilt rechtstreeks naar Zürich waren gevlogen met de boodschapper. Ze hadden één bankrekening leeggehaald en een andere gevuld. De CIA was honderd miljoen dollar rijker. De Iraniër kreeg een flat in Century City. Binnen een week had hij een baan bij de film. De Saoedi's werden teruggeroepen naar Jemen. Daarna raakte men hun spoor bijster. Wiley werd begraven in een armengraf, ergens langs een Duitse Autobahn, zonder steen of grafteken.

Reacher ontmoette Sinclair nog één keer, ongeveer twee maanden later, toen hij naar Washington werd geroepen voor een medaille. Ze stuurde hem een kattebelletje en nodigde hem uit om samen te gaan eten, de avond voordat de medaille zou worden uitgereikt. Bij haar thuis. Een huis in een buitenwijk van Alexandria. Hij droeg zijn broek van het Korps Mariniers en het zwarte T-shirt dat hij in Hamburg had gekocht, beide gewassen en gevouwen in een Japanse wasserij. Geen jasje, omdat het warm was. Hij had zijn haar laten knippen, hij had zich gedoucht en hij had zich geschoren. Zij droeg een zwarte jurk. Dit keer met diamanten, niet met parels. Ze aten aan een tafel zo lang als een schip. Kaarsen flakkerden, de diamanten schitterden. Ze vertelde dat het nieuws deels goed was. De schurken was een gevoelige slag toegebracht. De financiële strop was aanzienlijk. Honderd miljoen dollar was een hele hoop geld. Hamburg kwam niet meer in aanmerking voor transport door de lucht. De beide pezige mannen hadden een sleutelrol gespeeld. De boodschapper was heel behulpzaam geweest. Ze had een deel van de structuur blootgelegd. Ze had een aantal ontbrekende puzzelstukjes aangedragen. Maar er was ook minder goed nieuws. Wiley had geen testament gehad en dus was de ranch nog steeds zijn eigendom. Dat konden ze niet terugdraaien. Er was nog steeds een heleboel wat ze niet wisten. Ze renden nog steeds als een gek rond alsof hun haar in brand stond.

Na het eten deden ze een halfhartige poging de tafel af te ruimen, maar ze bleven steken in de deuropening naar de keuken. Hij rook haar parfum. Hij was opnieuw nerveus.

'Doe het nog eens net zoals toen,' zei ze.

Hij hief zijn hand, streek met zijn vingertoppen over haar voorhoofd, schoof zijn vingers in haar haar en kamde de lokken naar achteren. Hij haakte een deel van het haar achter haar oor en liet een lok vrij hangen.

Het zag er mooi uit.

Hij haalde zijn hand weg.

'Nu de andere kant,' zei ze.

Met zijn andere hand deed hij hetzelfde, raakte amper haar voorhoofd aan, begroef zijn vingers diep in de lokken en duwde ze erdoorheen. Dit keer liet hij zijn hand waar die terechtkwam. Haar nek was slank en warm. Ze legde haar hand tegen zijn borst en schoof hem toen achter zijn nek. Ze trok zijn hoofd omlaag, hij tilde haar hoofd op en ze kusten elkaar, plotseling weer vertrouwd. Hij vond het lipje van haar rits op haar rug. Het kleine metalen druppeltje. Hij trok het langzaam omlaag tussen haar schouderbladen door, over het holle deel van haar rug, voorbij haar middel.

'Laten we naar boven gaan,' zei ze.

Ze gingen naar haar slaapkamer, waar ze boven op hem klom. Ze bereed hem als een cowgirl, maar opnieuw met haar gezicht naar hem toe gekeerd, de heupen vooruit, de schouders achteruit geworpen, haar gezicht omhooggekeerd, de ogen dicht. De diamanten zwaaiden en stuiterden heen en weer en op en neer. Ze hield haar armen naar achteren, net als de eerste keer, uitgestrekt en weg van haar lichaam, de handen plat en geopend, de handpalmen vlak boven het bed. Ze zweefde als op een luchtkussen, alsof ze balanceerde. Wat ze ook deed. Net als toen. Ze balanceerde op één enkel punt waar haar hele gewicht werd samengebald, wiegde vooruit en achteruit, licht heen en weer alsof ze het perfecte gevoel najoeg, het vond en weer verloor, en opnieuw vond en het vasthield, en zo door tot het ademloze einde.

De volgende ochtend kwam hij al vroeg aan in Belvoir. Hetzelfde vertrek. Hetzelfde vergulde meubilair en hetzelfde stelletje vlaggen. De stafchef nam dit keer de honneurs waar. Dat was een aangename verrassing. Er werden vijf onderscheidingen uitgedeeld. Eerst vier

Army Commendation Medals voor Hooper, Neagley, Orozco en Reacher. Iets minder mooi dan een Legion of Merit, maar nu ook weer niet de beroerdste onderscheiding die hij ooit had gezien. Het was een zeshoekige medaille van brons met een gestileerde adelaar in reliëf. Het lint had een frisse mintkleur met een witte streep en witte randen. Vergelijkbaar met een Bronze Star, maar dan buiten oorlogsgeweld.

Aanpakken en je mond houden.

De vijfde onderscheiding was een Silver Star voor generaal-majoor Wilson T. Helmsworth.

Naderhand liepen ze allemaal wat rond, praatten wat over koetjes en kalfjes en enkelen schudden elkaar de hand. Reacher schuifelde in de richting van de deur. Niemand hield hem tegen. Hij liep de gang in. Hij werd niet opgevangen door een sergeant. De rest van de dag was hij een vrij man.

De Jack Reacher thrillers van Lee Child zijn:

1 *Jachtveld*
In een stadje in Georgia stapt Jack Reacher uit de bus. En wordt in de gevangenis gegooid voor een moord die hij niet gepleegd heeft.

2 *Lokaas*
Jack Reacher zit in een vrachtwagen opgesloten met een vrouw die beweert dat ze van de FBI is. Hij komt in een heel ander deel van Amerika terecht.

3 *Tegendraads*
Terwijl Jack Reacher een zwembad graaft in Key West, komt een detective allemaal vragen stellen. Later wordt die dood gevonden.

4 *De bezoeker*
Twee naakte vrouwen liggen levenloos in een bad. Het daderprofiel van de FBI wijst richting Jack Reacher.

5 *Brandpunt*
Midden in Texas ontmoet Jack Reacher een jonge vrouw. Zodra haar echtgenoot uit de gevangenis komt, zal hij haar doden.

6 *Buitenwacht*
Een vrouw in Washington roept Jack Reachers hulp in. Haar baan? Ze beschermt de vicepresident van Amerika.

7 *Spervuur*
Een ontvoering in Boston. Een politieagent sterft. Heeft Jack Reacher zijn gevoel voor goed en kwaad verloren?

8 *De vijand*
Er was een tijd dat Jack Reacher in het leger zat. Eens, toen hij wachtliep, werd er een generaal dood aangetroffen.

9 *Voltreffer*
Vijf mensen worden doodgeschoten. De man die beschuldigd wordt van moord, wijst naar Jack Reacher.

10 *Bloedgeld*
Het drinken van koffie op een drukke straat in New York leidt tot een schietpartij vijfduizend kilometer verderop.

11 *De rekening*
In de woestijn van Californië wordt een van Jack Reachers oude maten dood aangetroffen. De legereenheid van toen moet weer bij elkaar gebracht worden.

12 *Niets te verliezen*
Jack Reacher gaat de onzichtbare grens tussen twee steden over: Hope en Despair, hoop en wanhoop.

13 *Sluipschutter*
In de metro van New York telt Jack Reacher af. Er zijn twaalf aanwijzingen voor een zelfmoordterrorist.

14 *61 uur*
In de vrieskou staat Jack Reacher te liften. Hij stapt uiteindelijk op een bus die regelrecht op de problemen af rijdt.

15 *Tegenspel*
Een onopgeloste zaak in Nebraska. Jack Reacher kan de vermissing van een kind niet van zich afzetten.

16 *De affaire*
Een halfjaar voor de gebeurtenissen in *Jachtveld* is Jack Reacher nog in dienst van het leger. Hij gaat undercover in Mississippi om een moord te onderzoeken.

17 *Achtervolging*
Na anderhalf uur wachten in de kou van Nebraska krijgt Jack Reacher eindelijk een lift, en komt in heel fout gezelschap terecht.

18 *Ga nooit terug*
Jack Reacher gaat terug naar zijn oude hoofdkwartier in Virginia. Hij wil de nieuwe commandant wel eens ontmoeten – maar ze is spoorloos.

19 *Persoonlijk*
Iemand heeft op de Franse president geschoten. Er is maar één man die dat gedaan kan hebben – en Jack Reacher is de enige die hem kan vinden.

20 *Daag me uit*
Jack Reacher belandt in het vreemde plaatsje Mother's Rest en treft een vrouw aan die wacht op een vermiste privédetective. Weglopen zou tegen Jack Reachers principes zijn.

21 *Onder de radar*
Hamburg, 1996. Jack Reacher is naar Duitsland vertrokken voor een zeer geheime missie. Een jihadistische cel daar heeft een boodschap gekregen: *de Amerikaan wil honderd miljoen dollar*. Wat is er gaande?